문호 스트레이독스 외전

아야츠지 유키토
VS.
교고쿠 나츠히코

Asagiri Kafka
Illustration / Harukawa Sango

「이제 네놈에게 죽음이 닥칠 것이다.
잘 음미해라」.

「자네는 날 이길 수 없네,
살인 탐정. 영원히」.

아야츠지 유키토
Yukito Ayatsuji

능력명 **Another**

교고쿠 나츠히코

Natsuhiko Kyogoku

능력명

악령 빙의

능력명

어제의 그림자밟기

츠지무라 미즈키

Mizuki Tsujimura

「나와 같은 시대에 태어난 게 너의 실수다.」

Bungo Stray Dogs
Another Story
Ayatsuji Yukito VS. Kyogoku Natsuhiko

목 차

표지 · 삽화 : 하루카와 산고
장정 : 사사키 모토이

최근, 세상을 혼란스럽게 만든 일들은 모두 내가 일으킨 것이다. 나는 태어나기 전부터 악마의 세계에 마음을 빼앗겨 *헤이지의 난을 일으켰고, 죽은 뒤에도 여전히 조정에 재앙의 씨를 뿌리고 있다. 잘 봐 두거라. 이제 곧 이 세상에 대혼란을 일으켜 줄 테니.

——스토쿠 상황의 망령

우에다 아키나리 저(著)

**우게쓰모노가타리(雨月物語)「시라미네(白峰)」/ 안에이(安永) 5년

* 헤이지의 난(平治の乱) : 일본의 헤이안 시대인 1159년, 천황(天皇)파와 상황(上皇)파가 교토에서 벌인 내전.
** 우게쓰모노가타리(雨月物語) : 우에다 아키나리(上田秋成)의 저서. 1776년 출간. 삽화를 곁들인 9편의 괴기소설로 구성된다. 초판은 전 5권.

서막 타키레오(滝霊王)의 폭포

저녁
안개비

폭포 위 낭떠러지에 그림자 둘이 있었다.

하나는 키가 큰 청년.

또 하나는 머리가 흰 늙은 남자였다.

아무 말 없이 서로 마주 본 두 그림자의 시선에는 불꽃이 튀었다.

왜냐하면—— 숙적이었으니까. 두 사람은 서로가 불구대천의 적이자, 언젠가는 한쪽이 다른 쪽을 쓰러뜨리고 목숨을 빼앗아야만 하는 숙명임을 이해하고 있었다.

그리고 그 숙명의 날이 바로 오늘이며, 숙명의 장소가 이곳이라는 사실을—— 두 사람은 이미 깨달았다. 상대가 깨달았다는 사실도 알고 있었다.

---

*타키레오(滝霊王) : 폭포에서 부동명왕의 형태로 나타나는 요괴.

때문에—— 아무 말도 하지 않았다.

요란한 소리를 내는 폭포. 희미하게 비치는 석양.

주변을 둘러싼 숲도, 젖은 바위도, 멀찍이 다리 아래의 용소(龍沼)도. 모든 것이 창백한 안개비에 휩싸여 창백하게 희미해져 갔다.

속세에서 벗어난 땅.

땅거미가 질 시간.

때문에 그 땅은 경계이자, 가장자리이자—— 이승과 저승 틈새였다.

키가 큰 청년이 입을 열었다.

"이제 네놈에게 죽음이 닥칠 것이다. 잘 음미해라, 교고쿠(京極)."

냉혹한 뱀조차도 소름이 돋아 몸을 떨 정도로 낮고 맑은 목소리.

헌팅캡에 차광안경. 죽은 사람처럼 흰 피부. 청년의 주변에만 냉기가 흘렀고, 두렵다는 듯이 안개비가 그를 피해 떨어졌다.

그러자 머리가 흰 늙은 남자가 껄껄 웃었다.

"훌륭하군. 아주 훌륭해, 아야츠지(綾辻)."

은둔자처럼 너덜너덜한 기모노를 걸친 모습. 천 년간 이어질 계략를 품은 듯한 진흙색 눈동자. 치기와 사악함이 동시에 엿보이는 보조개가 새겨진 뺨.

초연하면서도 즐겁게 웃는 중노인의 목소리에는 단 한 치의 분노도 담겨 있지 않았다. 어디에서나 흔히 볼 수 있는 마음씨 좋은 할아버지 같은 표정. 하지만 아야츠지라고 불린 청년은 웃음을 보고 불쾌하다는 듯이 눈을 가늘게 떴다.

"기분 나쁜 늙은이 같으니라고. 웃지 마라. 네놈의 진흙 같은 웃음소리는 귀에 거슬린다. ──교고쿠. 네놈은 자신이 얼마나 많은 죄를 저질렀는지 기억하나?"

"글쎄. 죄라니, 뭘 말하는 겐가? 이 겁 많고 선량한 늙은이를 붙들고 죄인 취급을 하다니, 자네는 경로사상이 많이 부족해 보이는구먼. 이래 봬도 나는 준법정신이 투철한 사람이네. 반드시 파란불일 때만 길을 건너지."

머리가 흰 중노인은 여전히 초연한 말투로 말했다.

"재미있는 농담이군. 그럼 노망이 난 네놈을 대신해 내가 네놈의 죄를 하나하나 열거해 주지. ──살인교사가 서른여덟 건, 공갈이 스물아홉 건, 절도, 감금, 폭행. 미수까지 포함하면 수백 건에 달하는 중범죄와 경범죄. 하지만── 네놈은 결코 자신의 손을 더럽히지 않았다. 스오도(蘇芳堂) 사건, 고즈(牛頭) 사건. 수많은 사건이 세상을 떠들썩하게 만들었지만, 네놈이 주모자라는 증거는 전혀 남아 있지 않아. 죄를 뒤집어쓴 사람은 모두 자신이 조종당했다는 것도 모르는 실행범들뿐."

중노인은 부정하지 않고 계속 깊게 웃기만 했다.

그 표정을 본 아야츠지는 불쾌한 듯 눈썹을 찌푸렸다.

"네놈은 죄를 짓지 않아 정부조차도 손을 대지 못했다. 하지만."

아야츠지는 냉기를 가르며 손을 들었다.

"그것도 오늘이 마지막이다."

위로 올린 아야츠지의 손이 미끄러지듯이 품으로 잠겨 들어가더니, 이윽고 동화(銅貨) 한 닢을 꺼냈다.

"바로 이것이 지난 박물관 학살 때 네놈이 주모자였다는 명백한 증거다." 아야츠지는 동화를 정면으로 들어 보여 주었다. "박물관에 전시된 화폐를 봉투에 담아 피해자를 없애고, 그 뒤 당당하게 다시 전시한다―― 그것이 흉악한 소실 사건의 트릭이다. 이 동화에서는 피해자의 혈흔, 그리고 네놈의 지문이 검출되었다."

교고쿠라고 불린 늙은 남자는―― 그저 입술을 살짝 올려 웃기만 했다.

하지만 눈만은 웃지 않았다. 그 진흙색 눈동자는 신선의 신기한 계략을 담은 채, 조용히 빛났다.

"이 반짝임을 기억해 둬라, 교고쿠." 아야츠지는 동화를 집어 회전시켰다. 그러자 있는 듯 없는 듯 희미한 황혼을 받아 동화가 둔탁하게 빛났다. "저승에 가서, 네놈 때문에 죽은 피해자들에게 사과해라."

"저승이라. 그렇군. 흐음—— 그런데 아야츠지, 그냥 흥미로 물어보는 거네만, 저승이라도 다 같은 저승이 아니라 다양하지 않은가. 고사기(古事記)에 나오는 요모츠쿠니(黃泉國), 소코네츠네노쿠니(底根國), 대승불교에서 말하는 십계의 최하층인 나락. 니치렌 쇼닌(日蓮上人)이 말씀하신 보리(菩提)의 피안, 구약성서에 나오는 셰올. 그리고 신약성서 마태복음서나 누가복음서에 나오는——."

"지옥(하데스)." 아야츠지는 말을 끊으며 말했다. "어디든 마찬가지다. 본질은 변하지 않아."

"자네는 그럴지 모르나, 나는 신경 쓰이는군."

"신경을 쓰면 쓸수록 헛고생이지. 어쨌든 간에 곧 알게 될 거다."

아야츠지의 입에서 죽은 사람같이 차가운 입김이 새어 나왔다.

"네놈은 이제 곧 그곳으로 가게 될 테니 말이야—— 몇 시간 안에."

잠시간 두 사람 사이에 침묵이 흘렀다.

우레 같은 폭포 소리가 두 사람 사이에 들러붙었다가 안개비가 되어 녹아 갔다.

“그래.” 교고쿠는 감정이 없는 목소리로 말했다. “그것이 탐정 · 아야츠지 유키토(綾辻行人)와—— 살인범보다도 증오스러운 탐정인 자네와 대적하는 자의 숙명이지. 참으로 두려운 일이군.”

늙은 남자에게서 희미하게 내뿜어진 조롱 섞인 기척.

청년은 저기압이었지만 그 기척을 그냥 눈을 가늘게 뜬 채 받아넘겼다.

“교고쿠. 참 질기고 오랜 인연이었다.” 먼저 입을 연 사람은 아야츠지였다. “오늘, 진실을 이야기해 주지. ——사실은 네놈이 어떤 모략을 꾸몄든, 어떤 악행을 저질렀든, 내 알 바 아니다. 흥미도 없다. 마음껏 꾸미고 마음껏 죽여라.”

“*봉불살불(逢佛殺佛)——이라는 것인가.”

“사람의 목숨은 평등하지 않다. 그 증거로 사람은 누구나 착한 사람의 죽음을 슬퍼하고, 악한 사람의 죽음을 기뻐하지. 그리고 내 입장에선 사람의 목숨이란 한없이 무가치하다. 때문에 나에겐 사람의 목숨이 숭고하다고 말할 자격도 없고, 그럴 생각도 없다. 그렇다 하더라도——.”

---

*봉불살불(逢佛殺佛) : 부처를 만나면 부처를 죽여라. 선종의 한 갈래인 임제종(臨濟宗)의 창시자인 당나라 승려 의현(義玄)이 남긴 말. 부처도 조사도 아라한도 부모도 만나면 죽여야 해탈할 것이란 말을 남겼으며 해석은 다양하다.

아야츠지는 동화를 손가락으로 튕겼다.

맑은 금속 소리가 산골짜기에 메아리쳤다.

"——그래도 네놈은 너무 많이 죽였다."

동화는 빙글빙글 하늘을 날아 두 사람의 눈 아래에 펼쳐진 낭떠러지 밑으로 떨어졌다.

교고쿠를—— 희대의 대범죄자의 죄를 증명해 줄 증거품은 수증기가 자욱한 용소 아래로 떨어져 이윽고 보이지 않게 되었다.

그 궤적을 눈으로 좇으면서 교고쿠가 눈을 가늘게 떴다.

"정말 괜찮겠나? 겨우 찾은 증거품 아닌가."

"이제 필요 없다. ——잘 알고 있을 텐데."

교고쿠는 진흙색 눈동자에 웃음을 지을 뿐 아무런 대답도 하지 않았다.

*피안(彼岸)과 차안(此岸)을 연결하는 산골짜기에서.

죽은 자처럼 조용한 절벽 위에서.

아야츠지는—— 발을 앞으로 한 발 내디뎠다.

"예고하지." 아야츠지는 속삭이듯이 말했다. "추락사. ——그게 네놈의 사인(死因)이다. 네놈은 이 절벽에서 떨어져 사고사한다."

교고쿠는 그 말에 이끌리듯이 절벽 아래의 용소를 내려다

---

*피안(彼岸)과 차안(此岸) : 피안은 진리를 깨닫고 도달할 수 있는 열반의 세계. 차안은 삶과 죽음이 있는 세계. 이상적인 열반과는 반대되는 이 세상.

보았다.

“추락사.” 교고쿠는 중얼거리듯이 말했다. “추락사라. ——나쁘지 않군.”

“이 높이에선 살아날 가망이 없다.” 아야츠지는 발을 한 걸음 더 앞으로 내디뎠다. “이 절벽은 외길이다. 주변엔 이미 군경이 자리를 잡고 있지. 곧 포위될 거다. 도망칠 곳은 없다. 이곳이 네놈의 무덤이다.”

그렇게 말하는 탐정에게는 아무런 감정의 흔들림도 없었다.

그저 담담하게 사실을 말할 뿐이었다. 지금까지 계속 범인에게—— 스스로 밝혀낸 사건의 주모자에게 알려 주었던 것처럼, 아야츠지는 말했다.

“명탐정의 예고인가. ——그렇다면 빗나갈 리가 없겠지.”

아야츠지의 발걸음과 동시에 교고쿠가 뒤로 한 걸음 물러섰다.

교고쿠의 발뒤꿈치가 건드린 작은 돌이 절벽 아래로 떨어졌다.

“네놈과의 길고 길었던 승부도 이제야 겨우 끝나는군.”

“그래.” 교고쿠가 고개를 끄덕였다. “자네와의 대결은 실로 유쾌했었네. 하지만 아쉽군. 이제부터 시작되는 ‘의식’에 비하면 지금까지의 승부 따위는 제막식에 불과할 뿐이니까.”

“뭐라고?”

아야츠지의 질문에는 대답하지 않고 교고쿠가 또 한 걸음 뒤로 물러섰다.

이미 발뒤꿈치 바로 뒤는 낭떠러지였다. 이제는 한 발도 뒤로 물러설 수 없었다.

"자네는 내게 이길 수 없네, 살인 탐정. 영원히 말이지. 이것은 패배가 결정된 싸움이야. 승리가 존재하지 않는 수령과의 싸움. 아야츠지—— 패배의 과정을 즐겨 주길 바라네."

아야츠지는 움직이지 않았다.

팔조차도 매우 가느다란 중노인의 작은 몸을 앞에 두고—— 아야츠지는 손가락 하나 움직이지 않았다.

그것은.

교고쿠가 내뿜은 그 기척은.

"그리고 자네의 마지막 예고도 빛나가게 해 주지. ——사고사? 나는 사고사 따윈 하지 않을 걸세. 두 눈 뜨고 잘 보길 바라네."

교고쿠는 유쾌하게 웃더니——.

절벽에서 몸을 내던졌다.

파도 소리가 몹시 요란하게 울렸다.

저 멀리 아래편으로, 누더기 옷을 펄럭이면서.

용소로 쏟아지는 폭포수 안으로.

단, 계속 웃으면서.

안개비 너머, 저 멀리 있는 피안의 끝으로――.

“………”

아야츠지는 아무 말도 하지 않고 그저 교고쿠가 사라진 용소를 계속 노려보았다.

그 자세 그대로, 계속 아무 말 없이, 괴인이 사라진 아래쪽 광경을 계속 바라보았다.

이윽고 군경이 달려와 무슨 일이 일어났는지 추궁하는데도 한마디도 하지 않은 채.

계속 숙적이 사라진 그 끝을――.

요술사 · 교고쿠 나츠히코(京極夏彦).

살인 탐정 · 아야츠지 유키토.

이것은 계략을 지닌 두 이능력자의.

두뇌를 창 삼아, 계략을 이빨 삼아 서로의 몸을 좀먹는 숙적의.

대결에 관한 이야기이다.

제1막 산속의 옛 예배당

정오 맑음

"범인은 이 안에 있다."

조용한 예배당에 무미건조한 목소리가 울려 퍼졌다.

예배당 안에는 창백한 그림자 세 개가 늘어서 있었다. 그림자 세 개는 다음 말을 놓치지 않겠다는 듯이 호흡을 잊은 채 목소리가 들리는 곳을 주시했다.

낡은 예배당이다.

금이 간 회반죽 벽, 사용하지 않아 희미하게 먼지가 쌓인 중앙 제단. 나무로 된 바닥은 셀 수 없이 많은 신발 밑창의 왕래 때문에 매끈매끈하게 닳았다.

예배당 안에 있는 사람은 모두 열한 명.

모두 초췌한 몰골이거나, 불안한 표정이었다. 기괴하고 어둡고 끔찍한 살인 사건이 그들의 얼굴에 남기고 간 흔적이었다.

그들은 실내의 단 한 사람만을 주시했다. 초조함도 슬픔도 그 외의 어떤 표정도 짓고 있지 않은 사람. 모든 진실을 아는 인물.

"범인은 68명이었던 초등학생 중에서 한 사람을 의도적으로 선택해 아침 식사에 독을 타 죽음에 이르게 했다. 명확한 살의를 지닌 살인이야."

단 한 사람, 예배당 중앙에 선 키가 큰 사람만이 감정의 흔들림 없이 조용한 목소리로 말했다.

헌팅캡에 차광안경. 그 사람은 불이 붙어 있지 않은 가는 담뱃대를 가죽 장갑을 낀 손가락으로 빙글빙글 돌리며 만지작거렸다.

'죽음'에 '살인'—— 말에 섞인 위험한 단어가 아무렇지도 않다는 듯, 차갑고 감정이 없는 목소리. 차단안경 안쪽 눈만이 한없이 날카로웠다.

탐정의 이름은 아야츠지.

그리고 아야츠지의 말을 듣고 있는 사람들은 임간학교에서 일어난 살인 사건에 혼란스러워하는 교사와 시설 관계자들이었다.

지금 그야말로, 기괴한 살인 사건의 수수께끼가 아야츠지의 손에 의해 풀리려 하는 순간이었다.

"하지만 탐정님."

불안한 표정으로 이야기를 듣고 있던 한 사람이 참지 못하겠다는 듯이 앞으로 나섰다.

말을 건 사람은 양복을 입은 남자 교사였다. 잠을 제대로 자지 못했는지 충혈된 눈 아래에는 살짝 다크서클이 내려와 있었다.

"피해 아동이 독살당했다는 말씀은 경찰의 발표와도 일치합니다만…… 식사가 아니라 독침에 찔려 죽은 것으로 추정되지 않았습니까? 실제로 피해를 입은 소년의 목 뒤에는 침에 찔린 듯한 상처도 있었다고 하는데……."

"위장 공작이다." 아야츠지는 그 한마디로 남자 교사의 말을 물리쳤다. "죽기 전…… 독으로 인해 괴로워하는 피해자를 간호해 주는 척하면서 준비해 둔 침으로 찌른 거겠지. 동공이 크게 열리는 사지마비나 호흡 곤란 등의 증상이 있었으니, 신경에 작용하는 독임에는 틀림없다. 하지만 그것이 경구 감염인지, 상처를 통한 감염인지는 전문가라도 판단하기가 매우 힘들지. 범인은 그 사실을 이용해 경찰이 살해 수법을 오인하게 만들었다."

아야츠지의 목소리에는 감정이 없었다. 마치 아야츠지에게만 보이는 투명한 수식 페이지를 읽어 내려가는 듯했다.

"하…… 하지만, 식사에 독이 들어 있었는지는 경찰도 분명히 조사했을 겁니다! 그리고 분명히 식사는 모두 같은 냄비에 조리한 요리를 같은 선반에 보관되어 있던 식기에 담았습니다. 같은 식당, 같은 조리실이었고, 요리를 한 사람도 같습니다. 그런데 학생 딱 한 사람만을 노리고 독을 타다니, 불가능하지 않습니까?"

"불가능하다고?" 아야츠지는 교사를 바라보았다. "물론 가능하다."

당황스러워하는 남자 교사를 대신해 옆에 있던 안경을 쓴 여교사가 말을 이었다.

"그럼 설마…… 음식을 그릇에 담은 뒤, 식사를 하나하나 아이들에게 나누어 준 후── 그러니까, 식사 직전이나 식사 중에 독을 탔다, 그 이야기인가요?"

아야츠지는 고개를 가로저었다.

"아니. 피해자가 식사할 때에는 주변에 많은 아이들이 있었다. 여러 사람이 지켜보고 있었으니 피해자의 눈까지 속이면서 독을 타기는 정황상 불가능했겠지."

"그럼 대체 어떻게 독을……."

"아, 어떻게 탔느냐? 역시 그런 질문이 나오는군."

아야츠지는 혼잣말처럼 그렇게 말하며 한숨을 내쉬더니, 입을 닫았다.

실내에 있는 모든 사람이 탐정의 기묘한 침묵이 불안해 서로의 얼굴을 마주 보았다. ……무슨 말실수라도 한 것일까.

"아무튼 좋아. 신경 쓰지 마라. 당신들에게 생각할 힘이 없다는 사실은 이미 잘 알고 있으니까. 사건 관계자들은 어떻게 된 게, 탐정이 어머니처럼 다정하게 사건 하나하나를 마치 기저귀를 갈아 주듯이 자세하고 정성스럽게 가르쳐 줘야 할 의무가 있다고 생각하는 듯하더군. 정말 천진난만해서 흐뭇한 이야기야."

그 자리에 있는 사람들은 모두 어안이 벙벙한 표정을 지었다. 탐정이 한 말이 무슨 뜻인지도, 상처가 되는 말인지 아닌지도 이해하지 못했기 때문이었다. 그 사람들은 다음 날 아침이 되어서야 화를 냈다.

탐정은 손가락에 끼운 담뱃대를 입으로 빨아들인 뒤, 천천히 가는 연기를 내뱉었다.

그리고 말했다.

"오컴의 면도날이라는 말을 아나?"

"……면도날……?"

이해가 안 된다는 듯이 서로의 얼굴을 바라보는 사람들에게 탐정이 말했다.

"논리를 구축할 때의 원칙이다. '여러 이론이 존재할 경우, 가장 가설이 적은 이론이 진실이다.' —— 즉, 가장 단순한 이론이야말로 가장 진실에 가깝다는 지침을 말하지."

아야츠지는 사람들 모두의 표정을 한 번 돌아본 뒤 말했다.

"같은 요리를 먹은 아이들 중 한 명만이 살해당했다. 그렇다면 방법은 간단하다. 모든 아침 식사에 독이 들어갔지만, 한 사람만을 죽일 수 있는 독을 사용했다. 그게 가장 간단한 대답이지. 그런 독은 실제로 존재한다. 그것도 자연계의 어디서나 아주 흔하게 볼 수 있지."

"뭐라고……?"

이야기를 듣던 사람들이 웅성거렸다.

아야츠지는 그런 사람들을 무시하듯이 담뱃대를 입에 물고 계속 말했다.

"범인은 전날 밤에 식기에 아주 미량의 독을 발랐다. 모든 식기에 같은 독을. 그리고…… 다음 날, 모두가 아침을 먹으려고 할 때 피해 소년만을 자리에서 일어서게 했다."

교사들은 그때의 장면을 떠올렸다. 분명히 피해 소년은 사건 직전, 도둑맞은 교사의 지갑이 소년의 가방에 들어 있었기 때문에 20분 정도 질책을 받았다. 하지만 질책을 받은 것은 식당의 한쪽 구석이었고, 모두가 교사에게 혼나는 아동을 보고 있었기 때문에 사건과는 무관하다고 생각했었다.

"그럼 그사이에 누군가가 독을……?"

"당신은 기억력이 너무 형편없군. 이미 모든 식기에 독을 발랐다고 말했지 않나." 아야츠지는 싸늘하게 말했다. "독은 날달걀을 떨어뜨려 섞을 예정이었던 그릇에 발라져 있었다. 그리고—— 그 독은 불과 1그램으로 100만 명을 죽일 수 있는 자연계 최강의 맹독이지. 게다가 독의 생산자는 땅속이나 호수 바닥에 흔히 존재하고, 영양만 충분하면 폭발적으로 증식할 수 있다."

"아하!" 가만히 듣고 있던 시설 관리자가 갑자기 소리쳤다. "보툴리눔 독소……!"

아야츠지는 고개를 끄덕인 뒤 말했다. "클로스트리디움 속(屬)의 혐기성 세균인 보툴리눔은 아주 강력한 독소인 보툴리눔 톡신을 생산한다. 테러리스트가 생물 병기로 사용할 정도로 위험한 독소지. 이 균은 날달걀, 특히 노른자와 흰자를 섞은 것과 접촉하면 폭발적으로 증식한다. 독 그 자체는 보통 먹어도 체내에서 독을 생산하지 않기 때문에 거의 무해하지만, 한 번 식품에서 번식하여 독소를 내뿜은 것을 먹으면 여덟 시간에서 서른두 시간 내로 죽음에 이르지."

아야츠지는 실내를 조용히 걸으면서 천천히 진실을 밝혔다. 낡은 예배당임에도 불구하고 탐정의 신발은 나무 바닥을 전혀 삐걱이게 하지 않았다.

"범인은 모두가 날달걀을 섞었을 때 피해자만이 식사를 중단하도록 교묘하게 상황을 조종해, 균이 독소를 내뿜을 만큼의 시간을 벌었다. 구체적으로 말하자면, 식당의 한쪽 구석으로 피해 소년을 불러 오랫동안 지도를 한 것이지. 그렇게 하여 피해자만을 죽이는 특수한 독을 만든 거다. 같은 반의 다른 아이들도 모두 같은 음식을 먹었으니, 피해자는 설마 자신의 달걀만 위험한 맹독으로 변해 있을 것이라고는 생각도 못 했겠지."

"그럼 범인은……!"

모두가 한 남자 교사를 바라보았다.

사건 당일, 피해자를 불러 식당 한쪽 구석에서 혼을 냈던 체육 교사였다.

"나…… 난 아니야! 나는 그때 그저……."

"이 사람은 범인이 아니야." 말을 차단하듯 아야츠지가 말했다. "잘 생각해 봐라. 범인인 보툴리눔이라는 시간이 필요한 독을 사용한 이유는 완전한 알리바이를 만들기 위해서였다. 피해자가 독을 먹고 쓰러지기까지 절대로 피해자에게 접근한 적이 없다는 완벽한 알리바이…… 그것을 손에 넣기 위해 타이밍을 봐서 체육 교사에게 '도둑맞은 지갑이 피해자의 가방에서 발견되었다.'는 거짓 정보를 흘린 인물."

아야츠지는 자신의 말을 듣고 있던 사람들 중 한 명을 담뱃대로 가리켰다.

"도둑맞은 지갑의 주인. ——당신이 범인이다."

사람들의 눈이 한 곳으로 쏠렸다.

"나…… 나라고요……?"

아야츠지에게 지목된 사람은 꺼져 들어가는 듯한 목소리로 말했다.

그 사람은 조금 전, 탐정에게 살해 방법을 질문한 교사였다. 검은 양복을 입고 안경을 쓴 모습으로, 어디에나 있을 법해 보이는 젊은 초등학교 교사. 쾌활하고 사교성이 좋으며, 한 번 인사했더라도 바로 잊어버려 다음에 만날 때에는 알아보지 못하는 게 아닐까 할 만큼 외모가 평범한 교사.

"그럴 수가……."

"선생님이 설마……."

실내가 술렁이기 시작했다.

"마, 말도 안 되는 소릴. 내가 아이를 죽였다니요?" 탐정이 범인으로 지목한 교사는 당혹스런 미소를 지었다. "이상한 소린 그만하십시오! 나는 평범한 국어 교사로, 균에 관한 지식은……. 애초에 내가 죽였다는 증거가 어디에 있습니까?!"

"증거라면 있다."

아야츠지의 목소리는 그 질문을 예상했다는 듯이 낮고 조용했다.

"당신의 신발 바닥에 대충 봐서는 눈치채지 못할 만큼 작은 침을 붙여 두었지. 내가 의뢰를 받고 이곳에 도착하자마자 말이다. 아니나 다를까, 당신은 증거를 은멸하기 위해 배양 샬레를 뒤쪽 등산로에 묻으러 갔다. 당신이 어디로 걸어갔는지는 등산로에 새겨진 가는 침의 흔적이 가르쳐 주겠지. 길을 따라간 곳에서 샬레가 발견되어도 과연 발뺌을 할 수 있을까?"

"으…… 아……."

주변의 기척에 압도된 검은 양복을 입은 교사가 한 걸음 뒤로 물러섰다.

불과 몇 초 전까지, 옛 예배당은 불안과 혼란, 그리고 두려움에 사로 잡혀 있었다. 하지만 혼란은 오랫동안 사람을 지배하지 못한다. 지금 실내를 지배하고 있는 것은 확연한 분노였다.

“쓸데없는 생각은 하지 마라.” 아야츠지는 얼어붙을 듯한 목소리로 말했다. “지금까지 많은 범죄자들이 내 눈에서 벗어나기 위해 많은 노력을 거듭했다. 하지만 그 노력이 보답받은 적은 한 번도 없었다.”

검은 양복을 입은 교사가 두렵다는 듯이 한 걸음 뒤로 물러섰다.

그때.

“아야츠지 선생님!” 예배당 입구에서 여성의 목소리가 들렸다. “지금 뭐 하고 계신 거예요?! 이런 곳에다 마음대로 관계자를 불러 모으시다니――! 저희의 허가 없이 범인을 밝혀내선 안 된다고 몇 번이나 경고했잖아요!!”

성난 목소리와 함께 나타난 사람은 정장을 입은 늘씬한 여성이었다. 정장 차림에 눈초리가 치켜 올라가, 기가 세 보이는 눈. 하지만 체격은 검은 양복을 입은 교사와 비교해 봐도 상당히 작았다.

“아니, 츠지무라(辻村) 아닌가.” 탐정이 차가운 눈빛으로 여성 쪽을 바라보았다. “여전히 나타날 때의 타이밍이 최악이군, 자네는."

목소리와 동시에 검은 양복을 입은 교사가 발작을 일으키듯이 달리기 시작했다.

실내의 누군가가 "도망친다!" 하고 외쳤다.

"츠지무라. 그 녀석이 범인이다. 잡아라!"

"네……에?!"

검은 양복을 입은 교사는 입구를 향해 돌진했다. 그 앞에는 츠지무라라고 불린 여성이 서 있었다.

살기를 띤 남자 교사가 자세를 낮춘 채, 츠지무라를 향해 돌진했다.

츠지무라의 하반신이 빙글 돌았다.

잠시 뒤, 남자 교사는 눈으로 확인할 수 없을 정도의 빠른 속도로 날아온 발차기에 턱을 맞고 지면에 나뒹굴었다.

스쳐 지나갈 때 날아온 츠지무라의 돌려차기가—— 바람을 가르고 빙글 돌아 나온 츠지무라의 뒤꿈치가, 교사의 얼굴을 내려친 것이다.

츠지무라는 팔을 재빨리 잡아 비튼 뒤, 등 뒤로 올라타 지면에서 뒹구는 남자 교사를 제압했다.

"발버둥치지 마세요." 정장을 입은 여성은 무릎으로 남자의 등을 누르며 말했다. "당신에게는 묵비권, 그리고 변호사를 선임할 권리가 있습니다."

"여전히 그런 대사를 좋아하는군, 츠지무라."

"그치만…… 당연히 묵비권이 있으니 말해 주지 않으면 손해잖아요!" 츠지무라가 당당하게 말했다.

"영화를 너무 많이 본 거 아닌가." 아야츠지는 차가운 눈빛으로 츠지무라를 내려다보았다. "애초에 이 사람에겐 그런 느긋한 권리를 행사할 시간도 없겠지만 말이지."

"그런 것보다!" 츠지무라는 범인을 제압한 상태로 아야츠지를 노려보았다. "아야츠지 선생님! 이번엔 선생님의 독단적인 행동을 상부에 보고하겠어요. 자꾸 경고를 무시하고 함부로 범인을 밝혀내면, 저희 특무과도 그에 걸맞은 대응을."

"무슨 소리지? 사건 해결을 의뢰한 사람은 자네들 아닌가. 그래서 나는 순종적인 개처럼 그 말대로 사람들을 모아 놓고 사건을 해결한 거야. 게다가 상황은 한시를 다퉜지. 이 남자가 죽이고 싶어 한 아동들의 목록을 보면 아직 이름이 더 남아 있었거든. 자네들 특무과가 나를 기르는 개라고 생각한다면, 재주를 부렸을 때 어떻게 칭찬해 줄 것인지 정도는 생각해 뒀으면 하는군."

"젠장! 왜 내가 잡힌 거지?!" 제압당해 지면에 엎드려 있던 남자 교사가 외쳤다. "아직 잡히면 안 되는데……. 그 꼬맹이들, 잘난 척하며 매일 나를 골탕 먹이는 그 재수 없는 꼬마들에게 이 세상이 얼마나 무서운지 알려 주고 나에게 한 짓을 후회할 때까지! 그때까지 난 절대 잡히면 안 되는데……!"

“잡혀?” 탐정이 차광안경을 너머의 눈을 가늘게 떴다. “그럴 걱정은 안 해도 된다. 당신은 잡히지 않아. ‘살인 탐정’ 에게 죄를 폭로당한 사람이 가게 될 장소는 감옥이 아니니까 말이야. ――내가 왜 ‘살인 탐정’ 이라고 불리는지 당신은 모르는가 보지?”

“아야츠지 선생님.” 츠지무라 여사가 주의를 주듯이 짧게 외쳤다.

“츠지무라, 그 남자를 풀어주게.”

“하지만!”

“자네까지 말려들고 싶나?”

츠지무라가 잠시 망설이는 틈을 노려 남자가 벌떡 일어섰다.

그리고 츠지무라를 밀치고 입구를 향해 달렸다. 남자가 밀친 탓에 입구 근처의 벽에 등을 강하게 부딪친 츠지무라는 폐에서 공기를 세차게 내뿜었다.

범인이 도망치는 모습을 보고도 아야츠지는 아무 말을 하지 않은 채 계속 입구 위쪽을 올려다보기만 했다.

옛 예배당의 입구 위쪽에는 낡은 스테인드글라스가 박혀 있었다. 옛날에는 교인들을 모아 기도를 드리던 장소였던 이 예배당도 그 역할을 끝내고 임간학교의 집합 장소로 사용되는 중이었다. 그 때문에 벽에는 수많은 금이 나 있었고, 스테인드글라스에도 보수를 위한 필름테이프가 붙어 있었다.

츠지무라가 벽에 부딪친 충격으로 스테인드글라스에 새롭게 금이 갔다.

균열은 새로운 균열을 만들며 스테인드글라스 전체로 퍼져 나갔다.

"이럴 리가 없어!" 도망치면서 남자가 외쳤다. "이건 뭔가 잘못된 거야! 절대 들킬 리가 없다고…… 나는 절대 잡히지 않을 거라고 그 녀석은 그렇게 말했었는데!"

청색, 비취색, 진홍색—— 다양한 색으로 기사와 성모 마리아를 형성했던 스테인드글라스.

100년 가까운 세월 동안 계속 빛을 발한 아름다운 유리 세공은 그 순간, 오랜 책무를 끝내고 지상으로 세차게 쏟아졌다.

빛을 응고한 듯 다양한 색을 자랑하는 유리.

무거운 유리판이 범인의 어깨에서 몸통을 절단했다.

선혈이 뿜어져 올랐다.

절단된 남자의 목에서 비명이 채 되지 못한 피리 같은 소리가 새어 나왔다.

폭이 넓은 유리는 범인의 귀를 자르고, 목과 몸통 사이에 꽂혔다. 그리고 여세를 몰아 똑바로 가슴까지 관통해 살과 뼈를 갈라놓고 정지했다. 내장이 엿보이는 단면에서 간헐천처럼 혈액이 용솟음쳤다.

붉은색 피가 예배당 앞의 지면에 동그란 모양을 만들었다. 그 위로 색이 선명한 유리 파편이 반짝이며 쏟아졌다.

마지막으로 그 위에 가슴까지 크게 잘린 죽은 사람이 앞으로 쓰러졌다.

그리고—— 정적.

"주……." 모여 있던 사람 중 한 명이 중얼거렸다. "죽은 건가……?"

모두 망연자실한 표정을 지었다. 비명을 지르는 사람조차 없었다. 무슨 일이 일어났는지 이해하지 못한 것이다.

스테인드글라스가 낡고 금이 가 있다는 사실은 모두가 알고 있었다. 하지만 스테인드글라스는 테이프로 땜질해 놓았고, 설사 충격을 받아 떨어진다고 하더라도 몇 년 후, 자신들과는 상관없는 곳에서 발생할 사고라고 생각했다.

그런데 우연히.

그야말로 우연히, 이 타이밍에——.

죽은 사람의 잘린 어깨에서 뿜어져 나오던 피가 힘을 잃더니 이윽고 멎었다.

"범인이…… 사고사……?"

모든 사람이 그렇게 생각했다.

모두가 오해했다. 정부에서 파견된 탐정. 냉혹하지만 명석한 두뇌로 살인 사건을 해결하는 탐정. ——그들 앞에서 눈썹 하나 까딱하지 않고 죽은 사람을 바라보는 탐정이 '살인 탐정' 이라고 불리고 있다는 사실을 사람들은 모두 잘 알았다.

하지만 그것은 '살인 사건을 해결하는 탐정' 이라는 의미라고—— 모두 그렇게 생각했다. 이 순간까지는.

"……선생님." 몸을 일으키며 츠지무라가 말했다. 그 목소리는 꽉 문 어금니 사이에서 새어 나오는 신음 소리 같았다. "아야츠지 선생님. 당신은 또——."

"이건 자연 현상이다." 아야츠지의 목소리는 아무런 변화가 없었다. "삶 옆에 죽음이 있듯이, 땅거미가 지면 밤이 오듯이, 바람이나 의도와는 관계없이 일어나는 필연적인 현상. 그곳에 내 의지는 깃들어 있지 않아. ——나에게 죄를 폭로당한 범인은 100퍼센트 반드시, 어떤 형태로든 사고사를 당한다."

죽은 사람처럼 차가운 말.

그냥 가만히 서 있을 뿐인 검은 그림자에게서는 사람다운 기척조차 느껴지지 않았다.

특1급 위험 이능력자.

'살인 탐정.'

그 별명은 '살인 사건을 해결하는 탐정' 이라는 의미가 아니었다.

자리에서 일어난 츠지무라가 분노가 깃든 목소리를 억누

르며 한마디 중얼거렸다.

"범인을 '살인' 하는 탐정——."

제2막 이능력 특무과 기밀 거점 앞

아침 맑음

앞머리가 딱 보기 좋다. 나는 그렇게 생각했다.

자동차 창문에 비친 자신의 앞머리를 살짝 집어 올렸다. 자신과 눈이 마주쳐서 눈에 힘을 주고 잔뜩 노려보았다.

괜찮다. 나는 완벽하다. 이렇게 무서운 에이전트에 대항할 수 있는 이능력 범죄자가 있을 리 없다. 나는 완벽하다.

나는 도서관의 뒷문 주차장에 있었다.

주차장은 아주 조용했다. 이용자인 노인이 간간이 보일 뿐, 인기척도 없었다.

당연하다. 이곳은 정부의 극비 시설. 내무성이 직접 관할하는 정보 집적 기지이자, 현재, 유일한 나의 직장이라고 부를 수 있는 시설이기도 했다. 표면적으로는 산속에 있는 도서관이지만, 전문가가 주의 깊게 보면 보안이 핵 시설급으로 엄중하다는 사실을 쉽게 눈치챌 수 있겠지. 경비원들도 단기관총을 허리 파우치에 숨긴 채 무장하고 있다.

나는—— 츠지무라는 이 시설에 소속된 정부 관계자이자, 내무성의 비공식 조직, 이능력 특무과의 에이전트이기도 하다.

열쇠로 문을 열고 자동차 운전석에 올라탔다. 힘들게 영국에서 주문해 가져온 실버 애스턴 마틴. 에이전트에게 딱 어울리는 차다. 가벼운 마그네슘 합금 보디와 12기통 엔진의 높은 파워는 달리기 위해서 태어난 기계 생명체를 떠올리게 했다. 기밀 조직의 에이전트이니 마력이 높고 터프한 차가 필요하다—— 그런 생각에 구입한 차이지만, 아직까지는 자동차 추격전을 할 만한 상황과 맞닥뜨린 적이 없다.

열쇠를 돌려 시동을 걸고 액셀러레이터를 밟았다.

나는 마을로 이어지는 조용한 도로를 달리면서 자신이 놓인 상황에 대해 생각해 보았다.

내 직무는 어떤 탐정을 감시하는 것이다.

그 탐정은 탐정이라는 직함을 가지고 있는 것에서도 알 수 있듯이 사건이나 문제를 해결하는 것이 일이다. 일의 대부분은 곤란해하는 사람을 돕는 것. 즉—— 일반적인 시각에서 봤을 때 나쁜 사람인가 착한 사람인가 하면, 착한 사람 쪽에 가깝다고 할 수 있다.

하지만 정부의 견해는 다르다. 정부 입장에서 보면 이 탐정은 길거리에 놓인 핵탄두다. 때문에 그가 어디에 있는지, 어디서 무엇을 생각하고 있는지, 정부는 항상 100퍼센트 파악하고 있어야만 한다. 만약 그 사람이 행방불명되거나, 정부의 제어를 벗어나 폭주하기라도 한다면, 그거야말로 마을 하나가 사라져도 이상할 게 없는 일이니 큰 소동이 벌어진다. 그런 일이 벌어지면 윗선의 목이 몇 개나 날아갈지 상상도 하기 어렵다.

최중요 감시 리스트에 올라가 있는 사람.

특1급 위험 이능력자.

'살인 탐정'.

그게 그 사람에게 부여된 별명이었고, 내가 이능력 특무과의 에이전트로서 감시·관리를 해야만 하는 타깃이기도 했다.

——절대 실패해선 안 된다.

베테랑 선배가 나에게 지령을 내렸을 때의 그 차가운 시선을 나는 아직도 잊을 수 없었다.

나는 잠시 카페에 들러 설탕이 없는 라떼를 샀다. 그리고 그것을 차의 드링크홀더에 놓고 마시면서 운전을 다시 시작했다.

빨간 신호에 걸려 멈출 때마다 백미러를 들여다보며 뒤쪽 차량을 확인했다. ——아무래도 오늘도 미행하는 사람은 없는 듯하다. 정부의 일을 하는 이상, 아무리 철저하게 주의

하고 경계해도 지나치다고는 할 수 없었다. 나 같은 신인 에이전트는 더욱 그렇다. 물론 아직 실제로 미행당한 경험은 없지만.

그렇지만.

정부 조직의 에이전트. 자신이 그렇게 엄청난 일을 하게 되다니, 배속된 지 2년지 지난 지금도 믿기지 않을 때가 있었다. 마치 영화나 소설 속 이야기 같았다. 불과 몇 년 전까지는 아무것도 모르는 대학생이었다. 그런데 지금은 가장 친한 친구에게도 '수입 회사의 사무직' 이라고 설명을 해야 하는 비밀 임무에 종사하는 중이다.

물론 자신감은 넘친다. 이래 봬도 사격도 격투술도 최고 성적으로 통과했다. 의욕도 그 누구보다 강하다. 그렇기에 발탁된 것이고, 중요 임무를 맡게 된 것이다. 상층부 사람들은 결코 임무를 수행하는 데 적합한 실력이 없는 자에게 일을 맡기지 않는다. ……라고 생각한다. 아마도.

그런 생각을 하는 사이에 목적지가 있는 감시 대상 건물이 보였다.

아야츠지 탐정 사무소.

큰길에 접한 벽돌로 만든 낡은 건물. 그 1층의 좁은 입구가 보였다.

얼핏 보면 별것 없는 길거리의 별것 없는 건물이지만, 사무소의 위층과 좌우 쪽을 포함한 모든 건물은 정부가 매입

해 점유한 상태였다. 안전을 확보하기 위해서다.

나는 애스턴 마틴을 타고 그 앞을 지나 조금 떨어진 유료 주차장에 차를 주차했다. 사이드미러로 화장을 확인하는 척 하면서 주변에 수상한 사람이 없는지 체크했다.

그다음 주머니에서 이어폰 마이크를 꺼내 귀에 장착한 뒤, 호출 버튼을 눌렀다.

"지원 부대 호출, 소속 코드 4048."

내 목소리를 음성 인식한 단말이 자동적으로 상대에게 통신을 연결했다.

"이쪽은 저격 지원 1팀."

목소리가 투박한 남자가 호출에 응했다.

"이쪽은 에이전트 코드 4048, 수사관 · 츠지무라. 행동 확인 및 내부 감시를 시작하겠습니다."

"알겠다. 이쪽도 위치를 D2로 변경한 뒤, 계속해서 건물을 감시하겠다. 타깃은 건물 안에 있다."

"수고 많으십니다."

내가 이어폰 마이크를 통해 그렇게 말하자 통신기 너머에서 남자가 작게 웃었다.

"츠지무라, 왜 이렇게 늦었나? 선배에게 설교라도 들었나 보지?"

"아── 아닙니다!"

"안색을 보니, 정곡을 찔렸나 보군."

나는 도로 너머의 빌딩 옥상을 바라보았다. 옥상 가장자리 부근에서 순간 햇빛을 반사한 렌즈가 번쩍 빛났다.

탐정 사무소를 스물네 시간 감시하는 특무과의 저격 부대다.

만약 아야츠지 선생님이 정부를 배신하고 그 '이능력'을 허가 없이 일반 시민에게 사용했을 경우―― 저격 부대는 즉시 '특1급 위험 이능력자' 아야츠지를 사살하라는 명령을 받았다.

"잘 알고 있겠지만." 통신을 통해 저격팀이 말했다. "그 건물은 호랑이 우리다. 호랑이가 날뛰면 쏴 죽여야 하는 게 우리의 일이지만, 될 수 있으면 쏘고 싶지 않다. 너도 그렇지?"

"……걱정 마십시오. 이래 봬도 에이전트이니까요."

"그래. 건투를 빌지. 저격팀, 통신 종료."

그 말과 함께 통신은 끊어졌다.

나는 숨을 들이쉬고 잠시 멈추었다가 숨을 뱉어 냈다.

――바라던 바다.

요즘 들어서는 매일 밤, 자기 전에 두 번씩 그런 말을 하는 것이 일과가 되었다.

얼마나 흉악한 이능력자이든, 내가 있는 한 결코 제멋대로 날뛰게는 두지 않는다.

나는 사무소 앞까지 걸었다. 입구 앞에서 걸음을 멈춘 뒤, 열쇠를 손끝으로 빙글빙글 돌려 주머니에 넣고, 비스듬하게

서서 말했다.

"나와 같은 시대에 태어난 게 너의 실수다."

좋아하는 첩보 영화의 대사다. 오토바이 재킷을 입고 차광안경을 쓴 여자 첩보원이 활약하는 매우 쿨한 영화.

하루라도 빨리 그 주인공처럼 되어야 한다.

나는 문을 열었다.

실내는 어두웠고, 흐릿하게 담배 냄새가 감돌았다.

아치형 천장, 쭉 늘어선 황갈색 등의자. 벽 쪽에 놓인 천장까지 닿을 만큼 높다란 책장. 천장 팬이 뜨뜻미지근한 공기를 천천히 시원한 공기와 뒤섞었다. 서양풍 앤티크 램프가 실내를 오렌지색으로 비추어서인지 아침인데도 실내는 분위기가 매우 나른했다.

바닥에는 고양이 두 마리── 검은 고양이와 삼색묘──가 엎드려 있었다. 고양이는 주인의 발밑에서 따분하다는 듯 하품을 했다. 검은 고양이가 나를 보고 야옹 하고 무심하게 울었다.

탐정 사무소라기보다는 어딘가 양옥집의 거실 같았다.

사무소의 주인은 실내 중앙에 있는 안락의자를 흔들면서 책을 한 손에 든 채 담배를 피웠다.

"……여어, 츠지무라. 어서 오게."

사무소의 주인은 가볍게 이쪽을 바라봤다가 시선을 곧장 책으로 되돌렸다.

색소가 옅은 피부. 연보라색 헌팅캡. 보는 사람의 온도까지 내려가게 할 만큼 감정 없는 눈.

――특1급 위험 이능력자.

난처하게도…… 탐정이라는 직함 때문인지, 아니면 다른 무언가 때문인지…… 이 선생님은 이런 모습이 무서울 정도로 잘 어울렸다. 뭐라고 하면 좋을까. 아우라가 온몸에서 분출되는 느낌이 든다.

"아야츠지 선생님." 내심 주눅이 들었다는 사실을 들키지 않기 위해 나는 평소보다 더욱 감정 없는 목소리로 말했다. "뭐가 '어서 오게.'죠? 먼저 저에게 해야 할 말씀이 있을 텐데요?"

고개를 들려고도 하지 않는 선생님.

안 되겠어. 이래선…… 이래선 안 돼.

내 머릿속에 존재하는 또 하나의 나―― 오토바이 재킷을 입고 차광안경을 쓴 이상적인 내가 속삭였다. 네 일은 뭐지? 에이전트다. 그리고 이 녀석은 누구지? 네가 감시해야 하는 대상이다. 그럼 원래 이 녀석은 팔을 들고 내리는 것조차 너에게 허락을 구해야 하는 게 아닌가? 이렇게 얕보이기만 해도 괜찮은 건가?

나는 단호하게 말했다. 괜찮지 않다!

나는 성큼성큼 아야츠지 선생님에게 다가가 책을 낚아챘다.

"사람과 이야기를 할 때만큼은 책을 읽지 마세요." 나는 될 수 있는 한 냉정한 목소리로 말했다. "저는 당신의 감시자예요, 아야츠지 선생님. 선생님이 어떻게 나오느냐에 따라 저는 언제든 선생님을 사살할 수 있습니다. 저에겐 그럴 권한이 있어요. 제가 무슨 말을 하는지 아시겠나요?"

아야츠지 선생님이 내가 낚아챈 책을 멍하니 올려다보더니 말했다.

"호오. 아주 효과적인 협박이군." 아야츠지 선생님은 담뱃대를 두드려 재를 털었다. "그럼 이렇게 하지. 나는 이제부터 경의를 담아 자네를 대하지. 그 대신 자네는 지금부터 나에게 커피를 내려 주게."

"뭐야, 그런 거였나요?" 나는 맥이 빠진 듯 말했다. "좋아요, 그 정도야."

"흑설탕은 두 개, 밀크는 넣지 말고."

"알겠습니다."

부엌으로 가 물을 끓이고, 드리퍼에 커피 가루를 넣었다. 끓인 물을 가루 중심에 천천히 따르고 거품이 가라앉길 기다린 다음, 물을 더 따랐다. 적절한 시점을 봐서 떫은맛이 나오기 전에 재빨리 드리퍼를 잡고 농도와 향기를 확인했을 때, 무언가 이상하다는 사실을 깨달은 나는 외쳤다.

"저는 메이드가 아니에요!"

"이제야 눈치챘나?"

아야츠지 선생님이 책을 읽으며 차가운 목소리로 말했다.

"방금 잠시 동안 생각해 봤는데, 도저히 모르겠군. 자네가 조금 전에 말한 '해야 할 말씀' 이란 게 뭐지?"

"어제 있었던 사건에 대한 얘기예요!" 나는 커피 컵을 든 채 외쳤다. "임간학교에서 초등학생이 살해된 사건 때, 저희 특무과의 경고를 무시하고 멋대로 사건을 해결하셨잖아요!! 그러시면 정말 곤란해요!"

"왜지?"

나의 지적에 뭐가 문제인지 모르겠다는 듯 대답하는 아야츠지 선생님.

어제 그 사건—— 임간학교의 시설 내에서 3박 4일 숙박을 하던 초등학생이 살해된 사건. 매우 긴급한 사건이었기 때문에 특무과는 아야츠지 선생님에게 사건 해결을 의뢰했다. 아무래도 그 초등학생들 중 한 명이 정부 관계자의 친척이었기 때문에 특별 조치가 내려진 게 아니냐는 소문이 도는 모양이었다(그런 상층부의 사정은 현장까지 전달되지 않는데, 이건 어느 업계나 마찬가지다).

때문에 현지에 도착한 아야츠지 선생님은 당연히 엄중한 감시하에 놓였다. 왜냐하면 아야츠지 선생님은 아동을 살해한 범인보다 몇백 배는 더 위험한 인물이었기 때문이다.

그런데 잠시, 정말로 잠시 한눈을 판 사이에——.

"잘 들으세요, 아야츠지 선생님. 특무과가 최대한 배려해 주었기 때문에, 제가 사무소에 출입하며 감시하는 정도로 끝난 거예요. 원래라면 철창 안에 들어간 채 머신건을 든 경비부대에게 둘러싸여 감시를 받아도 할 말이 없을 정도예요. 조금 더 저에게 감사를——."

"감사하고 있지. 특히 자네처럼 다루기 쉬운 인재를 감시 요인으로 보내 주어서 말이야."

"다루기 쉽다니!"

나는 무심코 주먹을 들어 올리려고 했지만, 오른손에 커피 컵을 들고 있는 상태였다.

"그 커피, 모처럼 탄 거니 여기에 놓아두면 어떤가?"

"아……, 네, 그러죠."

당연한 소리에 나는 어쩔 수 없이 커피를 선생님 옆에 있는 독서 테이블 위에 올려 두었다.

선생님은 책을 덮고 차분하게 컵을 기울여 천천히 커피를 마셨다.

"흐음. 의외로 나쁘지 않군."

"가…… 감사합니다."

칭찬을 받았다. 갑자기 칭찬을 받으니 뭔가…….

정신이 번쩍 들었다. 아니다. 이래선 안 된다.

“어물쩍 넘어가려 해도 소용없어요!” 나는 소리쳤다. “사람을 뭘로 보고……. 애초에 다루기 쉽다니 그게 무슨 의미죠?! 이래 봬도 저는 비밀 조직의 에이전트예요. 주변 사람들은 저를 미스테리어스한 사람으로 보고 있다고요. 이렇게 실력 좋은 엘리트를 보고 다루기 쉽다니…….”

“이곳에 오기 전에 상사한테 혼나지 않았나?”

“네?”

“그래서 기분을 전환하기 위해 카페에서 라떼를 산 뒤, 1번지의 좁은 고서점 골목을 지나 이곳까지 왔겠지.”

“어, 어?”

“그리고 사무소 앞에서 저격팀과 통신을 했지? 그 사람들은 감시 위치를 D2로 바꾸고 감시를 계속한다고 말했을 거다. ……이어서 마지막으로 그 대사를 했겠지. 영화의 멋진 그 대사. ‘나와 같은 시대에 태어난 게 너의 실수다.’ 였던가?”

“어, 어어……?! 어떻게 그걸 알고 있는 거죠?! 저……선생님, 어떻게 그걸 알고 계신 거냐고요?!”

“진정하게.”

진정할 수 있을 리가 없다.

이 일은 비밀이 자신의 몸을 지키는 최고의 갑옷. 행동을 간파당하고 움직임을 예측당한 에이전트를 기다리고 있는 것은 잠복, 기습, 온갖 위험과 재난이다. 하물며 선생님은 감시 임무의 타깃이다. 이쪽 행동을 훤히 들켜서는 일의 성공률이 떨어질 수밖에 없다.

하지만 실제로 나는 이곳에 오기 전── 거점 중 하나인 도서관에서 특무과 멤버인 사카구치 선배에게 어제의 그 임무 때문에 질책을 받았다. 라떼를 산 것도, 고서점 골목을 지나온 것도 모두 지적대로다.

조금 전 사무실에 들어올 때의 자신감이 하늘에서 터진 불꽃처럼 스르르르 사라져 갔다.

"진정하래도. 미스테리어스한 츠지무라. 자네는 잘못한 게 없어. 서로 일을 했을 뿐이니까. 자네가 말한 대로야. 나는 철창 안에 있어도 할 말이 없지. 그만큼 많은 사람을 죽였고, 앞으로도 죽일 수 있으니까. 그런데 왜 내가 이렇듯 사무소에 앉아 커피를 마실 수 있는 것인가? 그건 정부가 보기에 나는 아직 쓸 만한 장기짝이기 때문이다. 구체적으로는 탐정으로서 뛰어난 관찰력을 지니고 있기 때문이지. 지금 같은 관찰력 말이야."

"……관찰력……."

아야츠지 선생님은 귀찮다는 듯이 숨을 내쉰 다음, 담뱃대를 내려놓고 말을 하기 시작했다.

"상사에게 혼났다고 생각한 이유는 이곳에 도착한 시간이 평소보다 5분 늦었기 때문이야. 자네는 정시에 와야 하는 임무인데도 이유 없이 늦을 사람이 아니고, 자네의 상사는 상당히 예민하다고 들었거든. 자네가 자주 가는 카페가 있다는 얘긴 전에 살짝 들은 적이 있고, 립스틱이 지워진 흔적이 남아 있어서 라떼를 주문했다고 추측했지. 그리고 고서점 거리는 일방통행에 차량도 많이 지나다니지 않기 때문에, 그 길이라면 크게 이동 시간을 소모하지 않으면서도 후방의 미행도 확인할 수 있지. 사무소 앞에서 저격 지원팀과 통신하는 것은 매번 하는 일이고, 저격팀이 다음에 어느 감시 지점으로 이동하는지는 스물네 시간 항상 감시당하고 있으니 대충 짐작할 수 있어."

관찰력.

이게…… 탐정…….

"하, 하지만, 하지만, 하지만 말이죠!" 나는 사무소 입구를 가리키며 말했다. "제가 저기 입구 앞에서 한 영화 대사! '나와 같은 시대에 태어난 게 너의 실수다!' 그건…… 그건 어떻게 아신 거죠?!"

아야츠지 선생님은 표정 하나 바꾸지 않고, 그것 말인가, 하고 말했다.

"들키고 싶지 않은 대사면 조금 더 작은 목소리로 말하는 게 어떨까."

나는 얼굴을 감싸며 웅크려 앉았다.

지금까지 살아오면서 가장 창피한 일이었다.

조금 늦었지만, '이능력자' 라는 존재에 대해 말을 해야 할 듯하다.

우리가 사는 세계에는 이능력을 지닌 사람이 소수지만 존재한다. 각자가 지닌 이능력은 종류에 따라서 위험하고 사회에 해악을 끼치는 것도 있다. 때문에 정부의 비밀 조직인 이능력 특무과는 계속 그들을 감시한다.

이능력자들의 범죄는 끊이지 않고 일어난다. 특히 조직화된 이능력 범죄 집단은 특무과의 골칫거리다.

물론 모든 이능력자들이 나쁘지는 않다. 이능력자 조직 중에는 특무과의 허가를 받고 합법적으로 활동하는 경우도 있다. 소문으로는 소규모이지만 정예들이 모인 이능력 탐정 조직이 활동하는 케이스도 있는 모양이었다. 그 조직은 요코하마에 있다고 들었다.

그리고 특히 위험한 이능력자는 이능력 특무과가 관리 · 감독하며, 때에 따라서는 제거를 하기도 한다. 그 리스트의 가장 위쪽에 위치하는 사람이 우리의 '살인 탐정', 아야츠지 선생님이다.

'상대를 사고사하게 만드는 능력.'

온갖 이유를 불문하고 조건을 만족하면 상대를 100퍼센트 사망하게 하는 능력.

강력하고 위험한 이능력은 그 외에도 많다. 상대를 날려 버리는 능력, 찢어 버리는 능력, 내동댕이치는 능력. 그러한 상식을 초원한 이능력은 물론 위험하기 때문에 경계할 필요가 있다. 하지만 위험하고 강력하기만 해서는 '특1급 위험 이능력자'로 지정되지 않는다.

선생님의 이능력은 모든 물리적 장벽과 확률을 무시한 채, 표적에게 '우연한 죽음'을 선사한다. 상대가 지구 반대편에 있든, 신도 죽일 수 있는 강력한 이능력자이든, 아무런 관계도 없다. 일종의 '저주'라고도 할 수 있는 이능력.

질식, 뇌경색, 추락사. 자살에 병사에 심장마비. 사인 그 자체는 예측할 수 없다. 예방도 취소도 못한다.

그리고 이능력의 타깃이 되는 조건은 단 하나. 범인일 것.

어쩌면── 그것은 매우 탐정에 어울리는 능력일지도 모른다. 진실을 밝혀내 사건을 해결하고, 범인의 잡아내어 잘못을 나무라는, 그 과정을 거치지 않는 한 결코 사람을 죽이는 이능력은 발동되지 않는다.

그렇기 때문에 상층부에 때때로 제출되는 '위험 이능력자 · 아야츠지 제거' 계획은 일단 계속 기각되고 있다.

하지만 방어 수단이 없는 100퍼센트 확실한 살해 능력은, 이능력 특무과가 보유한 이능력자 리스트에 등재된 사람들 중에서도 매우 이례적이었다. 정작 중요한 아야츠지 선생님도 이런 태도니, 선생님을 완벽하게 제어하고 있는지 어떤지, 특무과로서도 별로 자신이 없었다.

그렇기에 '위험 이능력자 · 아야츠지 제거' 계획은 지금도 일주일에 두세 번 정도는 계속 제출되고 있다.

하다못해 선생님이 조금 더 순종적이고 알기 쉬운 성격이었다면 이쪽도 마음이 편할 텐데——.

"츠지무라, 뭔가? 뭘 보는 거지? 역시 메이드가 되고 싶은 건가? 그럼 갈아입고 오게. 옷은 저쪽에 있으니까."

"아니에요!"

아무튼 간에 선생님은 이런 성격이다. 어디까지가 진심인지 알기 어렵다.

그보다 왜 메이드복을 가지고 있는 거지? 산 건가?

"그럼 왜 이쪽을 보고 있는 거지? 자네가 감시 임무 중이라는 건 알지만, 스물네 시간 계속 바라보는 게 일이라면 감시 카메라 쪽이 훨씬 능률이 좋을 텐데. 자네와는 달리 월급을 줄 필요도 없고, 쓸데없는 소리도 안 할 테니까."

"알아요. 하지만 감시 카메라는 저와는 달리 선생님에게 '빨리 보고서를 완성해 주십시오.' 라고 재촉할 수 없잖아요?"

"그게 자네의 부가가치였나?"

"됐으니까 잔말 말고 보고서를 완성해 주세요."

"이거 참."

아야츠지 선생님은 지금 집무 책상에 앞에 앉아 서류를

작성 중이다. 바로 어제 사건에 관한 상세한 내용을 정리한 보고서다. 사건의 경위, 발견한 증거, 어떻게 범인을 찾아냈고, 어떤 증거를 확보했는가. 이능력 특무과는 선생님이 지닌 이능력의 메커니즘과 발동 기준을 조금이라도 상세히 분석하기 위해 아주 사소한 정보라도 확인할 필요가 있었다. 그래서 탐정 일을 한 뒤에는 보고서가 필수였다.

물론 보고서를 제출 가능한 한 권의 서류로 정리하는 사람은 바로 나다. 나는 사건이 끝난 뒤 관계자와 협의를 하고, 군경, 시 경찰과 교섭을 하여 관계자의 묵비 의무 계약서를 회수해야 한다. 선생님의 말대로 내 일은 감시 카메라 역할뿐만이 아니다. 업무의 감독, 선생님이 외출할 때의 운전과 호위, 때에 따라서는 탐정 일을 원활하게 완수하도록 돕기 위한 조수 역할도 한다. 그래도 나 외에 맡길 사람이 없는 이상, 내가 이 일을 할 수밖에 없다.

그렇기 때문에 나는 아야츠지 선생님을 눈으로 확인할 수 있는 곳에 놓인 등의자에 앉아 업무용 노트북에 데이터를 입력했다. 서류 업무도, 감독도, 선생님의 호위도, 모두 완벽하게 해내야 일류 에이전트라 할 수 있다. 그 영화의 주인공이라면 분명히 그렇게 말하겠지.

덧붙여 말하자면, 선생님의 말대로 이 건물 안에 몰래 감시 카메라를 설치하자는 제안도 있었다. 아니, 실제로 설치한 적도 있다는 듯했다. 하지만 선생님이 사고로 위장해 모조리 고장 내거나 사각을 발견해 역으로 이용을 한 탓에 폐지를 한 모양이었다. 당연하다면 당연하다는 생각이 절로 들었다.

삼색묘가 몇 번이고 내 발목에 머리를 비비고 지나갔다.

"다 됐다."

선생님이 만년필을 놓고 일어섰다. 그리고 종이 뭉치를 나에게 건네주었다.

"다 됐다고요?" 내가 되물었다. "벌써요? 빠뜨린 내용 없이 모두 다 쓰셨어요?"

"빠뜨렸는지 아닌지 확인하는 게 자네의 일 아닌가."

나는 보고서를 받아 들었다. 그리고 한 장, 한 장 내용을 확인했다.

그러다 어떤 페이지에서 내 손이 멈췄다.

"잠시만요." 내가 말했다. "이 마지막 부분…… 이게 뭐죠?"

매우 불길한 문장이었다. 입 안에서 순간 독침을 머금은 듯한 맛이 났다.

"쓴 그대로야. 왜 그러지? 에이전트 츠지무라는 글을 읽을 줄 안다는 것이 최고의 장점이었을 텐데."

"한 대 맞고 싶으세요? ……가 아니라, 이 내용."

나는 보고서의 내용 중 한 문장을 가리켰다.

나는 절대 잡히지 않을 거라고 그 녀석은 그렇게 말했었는데!

"이거…… 범인이 한 말이죠?"

아야츠지 선생님은 담뱃대를 물더니, 입술 틈새로 시간을 들여 연기를 조금씩 내뱉은 다음 말했다.

"자네도 그 자리에 있었지 않나."

"저는 그때 때마침 건물 벽에 등을 부딪쳐서…… 그러고 보니 그때 분명히 무언가 외치는 소리가 들린 것 같긴 해요. 하지만 그 말은."

불길한 예감이 들었다. 어둠 속에서 손끝으로 무언가 꺼끌거리는 것을 만지고 있는 느낌이었다.

하지만 손끝에 닿은 것이 코끼리의 피부인지, 무시무시한 괴물의 이빨인지는 아직 알 수 없었다.

"확실히 무언가를 암시하고 있는 말이군. 그게 뭐 어쨌다는 거지?"

선생님은 다시 독서를 하기 시작했다.

"어쨌다는 거냐니……. 그러니까 이건 범인 외에 범행을 사전에 알고 있던 사람이 적어도 한 명은 있다는 거 아닌가요?"

선생님은 대답하지 않았다. 그저 페이지를 조용히 넘길 뿐이었다.

"그 뒤로 시 경찰이 범인의 자택을 수색했어요. 하지만 이상해요. 범행을 계획한 흔적이 놀라우리만치 적었거든요. 균을 사용한 살해라면 사전에 미리 조사를 해 봤을 텐데, 인터넷 이력도 도서관에 간 기록도 없어요. 그런 기록이 있기는커녕——."

"어느 날 이후로는 사적인 전화를 한 기록도, 퇴근 후 어디에 들른 흔적조차도 없었다." 아야츠지 선생님은 갑자기 그렇게 말했다. "아닌가?"

내 호흡이 순식간에 가빠졌다. 그 말대로였다.

"……20일 전부터였어요. 눈치채고 계셨나요?"

"보툴리눔 균은 자연계 최강의 맹독이지만, 그 보이지 않는 악마를 활용하려면 전문 지식이 필수적이지. 배양을 해야 하고, 보관을 해야 하고, 균이 죽지 않도록 접시에 바르는 양을 조절해야 하니까. 게다가 날달걀 안에서 균이 치사량까지 증식할 수 있도록 타이밍을 제어해야 하니, 그야말로 장인의 경지에 이르지 않으면 안 되지. 아무리 생각해도 국어 교사 한 명이 생각해 낸 살해 방법이라곤 하기 어려워."

선생님은 이쪽을 곁눈질로 바라보았다. 머릿속에 빙하기의 호수를 담고 있지 않을까 하는 생각이 들 만큼, 차갑고 날카로운 시선.

"자, 그럼. 특무과의 결론은 뭐지?" 선생님이 물었다.

"먼저 선생님의 의견을 말씀해 주세요." 나는 그렇게 대답했다.

선생님은 컵에 남은 커피를 단숨에 들이켜고 말했다.

"틀림없이 협력자가 있겠지. ――아니, 모든 것을 가르쳐 주고, 그 국어 교사를 악의 길로 이끈 '교사범'이 있을 거다."

"교사범――."

"범죄의 흔적을 지우고, 더 나아가서는 의심을 받거나 우연히 계획이 노출될 위험을 제거하는 방법을 알기 쉽게 가르쳐 준 사람. 어떻게 완전 범죄를 저지를 수 있는지 알려 준, 이른바 '악한 선생님'. 그 녀석이 누군지는 모르지만…… 실행범과 접촉한 날이라면 짐작이 가는데, 그렇지 않나?"

나는 선생님의 눈을 보고 거의 자동적으로 대답했다.

"……20일 전……."

"그날 범인의 행동을 모두 추적해 봐야 하지. 물론 특무과에 정의감이 있다면 말이지만."

나는 생각했다.

균을 이용해 완전 범죄를 일으킨 살인범. 조사 결과, 범행 동기는 죽이고 싶을 정도로 건방진 행동을 한 학생이 있었지만 때리면 체벌 문제로 비화될 수도 있기에 샘솟은 불만 때문. 어디에나 있을 법한 사사로운 울분. 일반적으로, 전 세계에 넘쳐나는 그런 동기 때문에 독살을 시도하는 경우는 거의 없다.

누군가가 '그 방법'을 가르쳐 주지 않는 한.

나는 노트북으로 데이터를 조사하면서 말했다.

"20일 전……. 하지만 거의 특별한 점은 찾을 수 없어요. 평소대로 직장에서 돌아와 근처의 대중식당에서 저녁을 먹었을 뿐이었거든요. 물론 집으로 돌아오는 도중에 조금 길을 잃고 헤맨 기록이 GPS에 남아 있지만, 지나간 길은 시가지에서 멀리 떨어져 축사나 우물밖에 없는 시골길이에요. 무슨 일이 있었다고는 생각하기 어려워요. 그리고 그날을 마지막으로 차를 타지도 전화를 하지도 않았고요."

"역시 특무과. 일처리가 빠르군."

"그렇게 칭찬받을 일은 아니에요."

"일처리가 빠른 건 자네 이외의 특무과 사람들이야."

덤덤한 말투에, 나는 무심코 발끈했다.

"아야츠지 선생님."

"뭐지?"

"교사범에 관해서…… 눈치채고 있었으면서 왜 가르쳐 주지 않으신 거죠?"

"그러고 보니 그렇군. 깜빡했다. 진심으로 사과하지." 아야츠지 선생님은 어깨를 으쓱 들어 올리며 말했다. "그런데 항상 자네들이 반복했던 말, 그건 내 환청이었나? 지시받은 것 외에는 하지 마라. 의뢰를 받지 않은 사건은 해결하지 마라. 목줄이 채워진 반려견처럼 얌전히 의뢰받은 것만을 해결하고, 그 뒤론 꼬리를 흔들며 다음 명령을 기다려라. ──어제 내게 주어진 의뢰는 살인 사건 해결이야. 나는 의뢰대로 사건의 범인을 찾아 이능력으로 단죄했다. 그 외에 뭘 바라는 거지? 게다가."

"게다가……?"

아야츠지 선생님은 말을 잇기 위해 공중을 노려본 채 가만히 움직임을 멈췄다. 하지만 아무 말도 하지 않았다. 누가 뽑아내 버린 듯, 말꼬리가 공중에 목표 없이 떠돌았다.

" '우물' 이라고?"

"네?"

아야츠지 선생님이 한 말의 의미를 바로 이해할 수 없었다.

" '우물' ? 저수지도, 연못도 아니고, 우물? 조금 전, 자네는 그렇게 말했지? 집으로 돌아가는 도중에 우물이 있는 길을 지났다고. 맞지?"

나는 갑자기 말이 빨라진 선생님의 모습에 어쩔 줄을 몰라 했다.

"그…… 그런데요. 그렇게 말했는데, 그게 뭐 어쨌다는 거죠?"

선생님은 갑자기 자리에서 일어섰다. 그리고 나를 힐끔 보지도 않고 걷기 시작했다.

"저어, 선생님?"

"입 다물게."

고드름처럼 날카롭고 차가운 말이 나를 찔렀다. 하려던

말이 목구멍에 걸려 나오지 않았다.

선생님은 성큼성큼 걸어 사무소 안쪽 문을 열더니, 그 안으로 사라졌다.

이어서 계단을 내려가는 발소리.

"저기, 선생님?"

나는 기억났다. 이 사무소 안쪽에는 지하실로 이어지는 계단이 있다.

이유가 무엇이든 간에 선생님에게서 쉽게 눈을 뗄 수는 없었기 때문에, 나는 내심 불안해하면서도 서둘러 일어서 선생님의 뒤를 쫓았다.

사무실에 남겨진 검은 고양이가 따분하다는 듯이 야옹 하고 울었다.

그 지하실에 처음 들어가 보는 것은 아니었다.

이 건물이 어떻게 나뉘어 있는지는 모두 파악한 상태다. 저격을 해도 맞지 않는 사각지대와 만일의 습격에 대비한 두꺼운 벽은 어디에 있는가, 뒷문으로 가는 최단 루트는 어디인가. 다른 방에도 최소한 한 번씩은 들어가 눈으로 상태를 확인했다. 프로로서 당연한 일이다.

단, 이 지하실은 몇 번을 와도 으스스했다.

계단을 내려가 지하실로 들어갔다. 으스스한 공기가 발밑에서 휘돌다가 어디론가 사라졌다.

낮은 천장의 어둑한 지하실. 그곳에는 다양한 크기의 인형이 장식되어 있었다.

앤티크 인형. 레플리카 인형. 구체관절 인형. 천과 면으로 만든 작은 인형도 있었고, 당장에 움직이는 게 아닐까 할 만큼 정교한 등신대 인형도 있었다. 인형들은 모두 눈을 감고 소파나 쇼케이스 안에 걸터앉아 있었다. 그리고 얼마 되지 않지만 일본 인형도 장식되어 있었다.

인형의 변색을 막기 위해서인지, 조명은 매우 어두웠다. 바닥에는 먼지 하나 떨어져 있지 않았고, 어디에선가 냉기가 흘러들어 왔다.

이 일을 한 지 꽤 시간이 지났지만, 솔직히 말해 이 방은 지금까지 본 그 어떤 살인 현장보다도 엽기적인 살인 무대에 잘 어울린다는 생각이 들었다.

선생님은 지하실 안쪽 의자에 앉아 있었다. 나무 의자에 걸터앉아 양손을 맞대고 엄지 위에 턱을 올려놓은 채, 눈을 감고 있었다.

다가가서 말을 걸려고 했는데, 그런 나를 제지하듯이 손가락 하나를 들어 올렸다. '입 다물게.' 라는 사인이었다. 생각을 방해받고 싶지 않은 듯했다.

불평 한마디 해 줄까도 생각했지만, 그냥 하지 않기로 했다. 가끔은 빚을 지게 해 주는 것도 좋다. 아무 말 없이 등을 돌려 주변의 인형을 바라보았다.

아름다운 소녀 인형도 있었고, 소년 인형도 있었고, 동물 인형도 있었다. 그리고 사람과 동물이 섞여 굉장히 신기해 보이는 조형물도 있었다.

이 인형 집단은 선생님의 취미다. 개중에는 세계에서도 몇 개밖에 없어 골동품으로서의 가치가 매우 높은 유명 작가의 인형도 있는 듯했다. 확실히 얼핏 봐도 모든 인형이 대량생산된 기성품과는 완전히 달랐다. 하지만 일을 하러 온 사람 입장에서는 역시 개인 사무소 지하에 이런 비밀 화원이 있다니, 아무래도 으스스했다.

선생님은 '인형이 사람보다 훨씬 흥미롭고 질리지 않는다.' 라고 말했다.

이거 참.

"생각났다." 눈을 감고 있던 선생님이 갑자기 날카로운 목소리로 말했다.

선생님은 공중의 무언가를 가만히 바라보았다.

"3일 전 저녁 무렵, 여기서 두 블록 떨어진 뒷골목. 주차장에 접해 있는 쓰레기장 어딘가에서 가십 잡지가 굴러다녔다."

"쓰레기장……? 가십 잡지?" 나는 고개를 갸웃했다. "그게 왜요?"

"그러니까 '우물' 이다. 아직도 모르겠나?" 아야츠지 선생님은 차가운 목소리로 말했다. "쓰레기장을 스쳐 지나갔을 때, 잡지의 기사가 살짝 눈에 들어왔다. 거의 신경도 안 썼고, 봤다는 것 자체도 지금까지 잊어먹고 있었지. 하지만——.”

“자, 잠깐만요.” 나는 당황해 말을 끊었다. “슬쩍 본 가십 잡지의 기사 내용을 기억하고 있다는 것도 대단하지만——그 전에, 3일 전 저녁이요? 어떻게 그때 밖을 걸어 다닌 거예요?! 그때는 감시 부대가 건물을 빙 둘러 감시하고 있었을 텐데요?!”

“잠깐 혼자서 산책하고 싶어 몰래 밖으로 빠져나갔다.” 선생님이 태연하게 말했다. “무슨 문제라도 있나?”

자칫 그냥 뒤로 쓰러질 뻔했다.

왜 문제가 없다고 생각하는 걸까. 정말 큰문제다.

나는 위험 이능력자 리스트를 본 적이 있다. 그 안에는 생각을 하기만 해도 주위 수 미터 안에 있는 모든 것을 너덜너덜하게 절단할 수 있을 만큼 두려운 능력을 지닌 이능력 범죄자도 있었지만, 그 사람은 3급 위험 이능력자로, 아래에서 세 번째에 실려 있었다. 선생님 같은 ‘특1급 위험 이능력자’는 그런 사람들보다 훨씬 위쪽에 실려 있는데, 문자 그대로 구름 위의 존재라고 해도 과언이 아닐 정도로 매우 위험하다.

그만큼 위험한 이능력자가 엄중한 감시팀의 감시를 뚫고 훌쩍 산책을 가?

대체 어떻게——.

"특무과의 감시팀은 우수하지만, 저녁놀이 창문에 정면으로 반사될 때는 눈이 부셔서 그런지 그 창문의 감시가 소홀해지지. 그때 창문 안쪽에 다른 유리를 놓아 두어 빛이 반사되게 해 두면 창문 밖으로 나가는 건 어렵지 않아."

현기증이 났다. 이걸 솔직히 상부에 보고하면 감시 체제를 근본적으로 재검토할 테니, 3일은 철야를 해야 한다.

"그런 건 어떻게 되든 상관없다." 정말 중요한 화제를 선생님은 얼른 일단락 지으려 했다. "아무튼 문제는 그 가십 기사의 내용이야. 그 기사에 '우물'에 관한 내용이 있었기 때문이지."

"우물이라니…… 그게 그렇게 특별한가요?"

분명히 이 근처에서는 우물을 쉽게 찾아볼 수 없었다. 오래된 민가가 남아 있는 산악 지대 쪽으로 가야 볼 수 있겠지. 하지만 살인범이 우물 가까이를 지나간 것이 그렇게 깊은 의미를 지니고 있다고는 생각하기 어려웠다.

3일 전에 잠시 눈에 들어왔을 뿐인 잡지의 기사를 기억하는 기억력은 물론 경이적이지만, 그 기사와 '우물'을 왜 지금 그토록 신경 써야 하는 걸까.

"잡지 그 자체는 저속한 소문이나 도시전설을 다룬 거라, 읽을 가치는 전혀 없지. 하지만—— 순간 눈에 들어온 기사의 표제는 이거였다."

선생님은 일단 말을 멈추고 내 마음속을 확인하려는 듯,

나를 날카롭게 노려보더니 말했다.

"빌면 나쁜 사람이 될 수 있는 우물." 선생님의 시선이 날카로워졌다. "그 우물 앞에서 소원을 빈 자는 타고난 악(惡)이 되어, 어떤 악행을 저질러도 벌 받지 않는다."

"……악……?"

설마 그럴 리가.

나는 웃어넘기려고 했다. 한 가지 이유는 '악'이라는 말이 너무 부자연스러워 동화에서나 나올 법한 단어처럼 느껴졌고…… 또 하나는 소원을 빌면 악이 된다는 걸 알면서 정말로 소원을 비는 사람이 어딘가 기묘하고 우습게 느껴졌기 때문이었다.

하지만 나는 웃어넘기지 못했다. 숨을 쉴 수 없었다. 방 안의 공기가 어느새인가 긴장감에 휩싸여 목이 바짝바짝 메말랐다.

"츠지무라, 사건의 진상을 알고 싶으면." 앉은 채 아야츠지 선생님이 말했다. 그 눈동자에서는 그 어떤 온기도 느낄 수 없었다. "특무과에 가서 의뢰를 받아 와라. 우물 찾기다. 어쩌면——."

——요괴가 나올지도 모른다.

아야츠지 선생님은 그렇게 말한 뒤 옅게 웃었다.

결론부터 말하자면, 아야츠지 선생님의 말은 100퍼센트 옳았다.

소원을 빌면 악인이 될 수 있는 우물.

그건 실제로 있었다. 그리고 소원을 빈 사람은 정말로 악이 되어 악을 행했다.

그리고 또 하나 선생님이 옳았던 것이 있다.

그 우물을 조사한 뒤에 나타난 것은, 그야말로 다르게 표현할 도리가 없는,

——요괴였다.

다음 날—— 아야츠지 탐정 사무소에 우물과 관련된 수수께끼를 풀어 달라는 의뢰가 정식으로 들어왔다.

제3막 습지대 오후 흐림

그 오래된 우물은 현(縣)과 현의 경계에 있는 습지 부근에 있었다.

한가롭다고 표현할 수도 있고, 으스스하다고도 표현할 수 있는 곳이었다. 그곳에서는 인기척을 전혀 찾아볼 수 없었다. 어딘가에서 개똥지빠귀가 우는 소리가 들리는 것 외에는 주변을 둘러싼 잡목림의 술렁이는 소리와 눈앞의 강물이 흐르는 소리만이 들렸다.

그 우물은 좁은 십자로를 지나간 곳의 작은 강 바로 옆에 있었다. 왜 눈앞에 강이 있는데 일부러 우물을 팠을까? 나는 잘 이해가 되지 않았다. 어쩌면 이 우물을 처음 팠을 때 —— 100년이나 200년 정도 전——에는 이곳에 강이 없었거나, 있었다 하더라도 더러워서 사용할 수 없었을지도 모른다. 그런 문제야 어찌 됐건 간에 지금은 크게 중요한 문제가 아니었다.

문제는 살인 사건의 범인 몇 명인가가 이곳을 찾아왔다는 사실이었다.

나와 아야츠지 선생님은 소문을 좇아 이 우물까지 조사를 위해 찾아왔다.

이 우물을 찾는 과정은 솔직히 말해서 도저히 쉬웠다고는 말하기 어려웠다. 일단 나는 아야츠지 선생님의 지시로 가십 잡지의 출판사를 찾은 다음, 우물 기사를 쓴 기자와 만나 탐문 조사를 벌였다. 그때 기자에게서——유난히 말이 많고 활기찬 기자였다——우물에 관한 정보를 손에 넣었다.

"부끄럽지만 그 기사는 아직 취재를 계속하는 중인 소재라서요." 기자는 겸연쩍은 듯이 뒤통수를 긁으며 말했다. "저는 조금 더 조사한 뒤에 기사를 쓰려고 했는데—— 아무튼 간에 위쪽이 이 모양이라서요."

기자는 검지를 세워 양쪽 귀에 꽂는 시늉을 했다. 그게 뭘 말하는지 이해가 되지 않았다.

기자는 출판사의 응접실에서 차를 마시며 나에게 설명했다.

"단, 확실한 건 미즈하 강 부근에 있는 그 우물에는 분명히 뭔가가 있다는 거예요. 분명히 뭔가가 있어요. 물론 좋지 않은 거고요."

"좋지 않은 거요?" 내가 물었다.

"네, 좋지 않은 겁니다. ……이건 기사에 싣지는 않았는데." 기자는 급히 목소리를 낮추고 책상 앞으로 몸을 내밀었다. 어딘가 모르게 호들갑스럽다. "우리 회사와 친한 법률가 선생님이—— 이분의 이름은 아무쪼록 비밀로 해 줬으면 하는데요—— 어떤 살인 사건의 담당자였어요. 화재로 일가족 네 명이 죽었는데, 우연히 외출을 했던 남편만이 살아남은 사건이었죠. 그때 살인 사건의 용의 선상에 오른 남편이 그 법률가 선생님께 변호를 의뢰했다더라고요. 물론, 결국엔 증거 불충분으로 불기소 처분을 받은 듯하지만요."

나는 이야기를 들으면서 빠르게 펜을 움직였다. 화재, 일가족 네 명. 남편은 불기소.

"근데 말이죠, 그 뒤에 술을 마시면서 의뢰인이 이렇게 말했대요. '나는 그 우물에 갔다 온 뒤로 변했다. 그 우물이 나를 다시 태어나게 해 주었다. '신에게 선물을 받은' 우물이다.' 라고 말이죠. ——그 말을 듣고 변호사 선생님은 확신했대요. '이 녀석이 범인이구나.', '이 의뢰인이 화재인 척하고 불을 질러 가족을 죽였구나.' 하고요."

"그럴 수가." 나는 무심코 크게 외쳤다. "그럼 어째서 유죄를 받지 않은 거죠?"

"그게 수사를 할 때는 완전한 사고라고 판단할 수밖에 없었던 모양이에요." 기자가 어깨를 으쓱 들어 올리며 말했다. "부엌의 불을 잘 단속하지 못해서 발화가 됐대요. 저도 아는 사람을 통해서 수사 자료를 본 적이 있는데, 그야말로 철벽이더군요. 누가 봐도 고의성이 있다고는 판단할 순 없겠더라고요."

나는 생각했다. 고의성이 없어 보이는 사망 사고. 아무도 유죄를 받지 않은 사건. ——완전 범죄.

"변호사 선생님도 고민을 꽤 많이 하신 모양이더라고요." 기자는 난처하다는 듯한 표정을 지었다. "무려 네 명을 죽인 살인자의 비밀을 지켜 줘야만 했던 거니까요. 물론 변호사는 그런 직업이라고 본인도 마음을 굳게 먹은 것 같지만요. 하지만 죄의식이라고 하나요? 그런 게 있었으니 술을 떡이 되도록 마시게 해서, 간신히 거기까지 말을 이끌어 낼 수 있었던 거겠죠."

"그렇군요. 그 남자는 구체적으로 우물에서 뭘 했던 건가요?"

"협력하고 싶은 마음은 굴뚝같지만…… 거기까지는 듣지 못했어요. 아, 제가 아니라 선생님이요. 아무리 변호사라지만 '그 우물에 갔을 때 구체적으로 무슨 일이 있었기에 가족을 죽일 결심을 했습니까?' 라고 물어봐야 가르쳐 줄 리가 없지 않습니까."

"그 남자는 지금 어디에 있죠?"

"저도 찾아봤는데, 행방이 묘연해요. 석방된 후에 바로 모습을 감췄는데, 어디로 이사했는지도 전혀 모르겠어요."

그 사람의 뒤를 쫓는 것도 불가능한 건가. 역시 우물을 조사하는 것부터 시작할 수밖에 없을 듯했다.

"단, 그 사람이 이렇게 말했대요." 기자는 신묘한 얼굴로 말했다. "그건 우물이면서 우물이 아니다. '사당' 이다, 라고요."

"사당?" 평소에는 듣기 어려운 말이었다.

"뭘 받들어 모시는 곳이겠죠. 뭐라고 해야 하나…… 정체를 알 수 없는 무언가를요. 그래서, 재앙을 쫓아 주소서, 깨끗하게 해 주소서, 뭐, 이런 식으로 빌면 그 녀석이 소원을 들어줘서 자신을 악인으로 만들어 주는 거죠."

"악인으로 만들어 준다라……."

"그 석방된 아저씨, 원래는 소방사였대요." 기자가 어두운 표정을 지으며 말했다. "불이 나면 사람을 구해 주는 일을 하던 사람이 불로 가족을 죽이다니…… 수사관님."

"네?"

이능력 특무과는 밖에서 수사를 할 때, 다른 신분을 내세울 수 있다. 지금 나는 군경의 특별 상등 수사관이다.

"부탁합니다. 어떻게 좀 해 주세요. 이쪽은 내일 끼니도 걱정해야 할 판인 가난한 기자지만, 그건 다음 사람이 죽을 때까지 그냥 묻어 둬도 되는 그런 사건이 아닙니다. 그것만은 확실합니다. 엄청난 괴물이 나오기 전에 꼭 좀 부탁드립니다."

기자는 책상에 손을 대고 깊이 고개를 숙였다.

나는 그 정수리를 보고 뭐라고 말하면 좋을까 생각하다가, 어쩔 수 없이 "알겠습니다."라고 대답했다.

"……이런 일이 있었어요."

"그렇군."

내 말을 듣고 아야츠지 선생님은 별 관심 없다는 듯 건성으로 대답했다.

"어떤가요, 아야츠지 선생님. 제 수사력. 어제오늘로 이렇게까지 정보를 모아 오다니 역시 대단하죠?"

"그래. 놀라우리만치 수사력이 형편없군. 자네는 거의 물어봤을 뿐이잖나. 일방적으로 그 기자가 이야기를 했을 뿐이지. 그래, 그 기자의 이름은 뭐지?"

"분명히, 토리, 뭐라고 했었는데……."

"그야말로 엄청난 수사력이군."

내가 뭐라고 반론하기도 전에 아야츠지 선생님은 성큼성큼 앞으로 걸어가 버렸다.

나는 쫓아가려다가 걸음을 멈췄다.

나무들이 서로 스치는 소리를 내며 굼실거렸다.

으스스하다. 이렇게 인기척이 없는 마을 외곽인데, 꼭 누가 보고 있는 듯한 느낌이 들었다.

으스스한 기분을 떨쳐 내기 위해 나는 조금 빠른 걸음으로 선생님의 뒤를 쫓았다.

"흐음……." 선생님은 우물 앞에서 멈춰 서더니 말했다. "아주 흥미롭군."

나는 선생님의 등 너머에서 우물을 바라보았다.

다 부서져 가는 콘크리트제의 오래된 우물. 바깥쪽에는 다 썩어 가는 금줄이 2중으로 둘러져 있어서, 어딘가 모르게 종교적인 분위기를 내뿜었다. 단, 그 외엔 아무것도 없었다. 비밀 패스워드가 적혀 있지도 않았고, 수수께끼의 이능력 생물이 우글거리지도 않았다. 애초에 이곳에서는 이능력과 관련된 기운이 전혀 느껴지지 않았다. 베테랑 선배 정도는 아니지만, 나도 이능력 특무과 소속이다. 이능력과 관련된 것이라면 어느 정도 낌새를 눈치챌 수 있다.

종합해 보면, 그냥 낡은 우물일 뿐이었다.

"십자로에, 강, 우물이라……. 그럴듯해졌군." 아야츠지 선생님이 혼자서 그렇게 중얼거렸다. "츠지무라, 저게 보이나?"

아야츠지 선생님은 우물과 땅의 경계를 가리켰다.

"저건…… 조릿대 잎인가요?"

나는 가까이 다가가 웅크려 앉았다. 비바람을 맞아 진흙투성이였지만, 틀림없이 큼직한 조릿대의 잎이었다. 조릿대 잎이 몇 장인가가 떨어져 있었다.

"전부 몇 장이지?"

"하나, 둘…… 네 장이요."

"네 장이라."

그렇게 말하더니, 아야츠지 선생님은 얼굴을 찡그렸다.

"그 외에 또 뭐가 있지?"

"으으음……."

나는 허리를 숙이고 우물을 관찰했다.

조릿대 잎 주변에는 거의가 다 진흙이었다. 그 외에는 드문드문 작고 검은 자갈과 몇 개인가 둥글고 큰 자색 돌이 굴러다녔다. 그 외에는 특별한 게 없었다.

우물 안도 들여다보았다. 꽤 깊다. 게다가 머리 위의 잡목림 때문에 햇빛이 잘 닿지 않아 바닥 쪽까지는 잘 보이지 않았다. 그래도 일단 보니, 우물은 이미 말라 있어 진흙만이 잔뜩 쌓여 있는 듯했다.

"그 외엔…… 없네요."

"없다라……. 그래, 그 외엔 없을지도 모르지. 자네가 보기엔." 아야츠지 선생님은 표정을 바꾸지 않은 채 말했다. "그 둥근 자색 돌을 잘 봐 봐라. 강 주변에 있는 돌은 더 뾰족하지? 저렇게 마모가 심한 둥글 돌은 더 하류에 가야 볼 수 있는 거다. 즉, 사람이 이곳으로 가져왔다는 거지."

"네?"

나는 가까이 다가가 돌을 자세히 살펴보았다. 조릿대 잎 근처에 있는 돌은 분명히 다른 돌과는 달랐다. 이상하게 둥근—— 사람의 안구 크기의 자색 돌.

"전부 몇 개지?"

"으음…… 여섯 개요. 여섯 개네요."

나는 손가락으로 가리키며 세어 본 다음 대답했다. 혹시 몰라 조금 떨어진 곳도 찾아봤지만 자색 돌은 우물 주변에 밖에 없었다.

아야츠지 선생님은 잠시 고개를 들고 멍하니 허공을 노려보다가 이윽고 입을 열었다.

"소금은 있나?"

"소금?"

소금이라니…… 그 조미료인 소금?

그런 질문을 하려고 했지만, 또 바보 같은 질문이라고 헐뜯을까 봐 질문은 하지 않았다. 나는 아무 말 없이 땅을 바라보았다.

근데…… 소금? 이런 야외에?

며칠 전인지는 잊어버렸지만 이 근처에도 비가 내렸을 게 틀림없다. 조릿대 잎도 비바람에 흙이 묻었다. 설사 소금이 어딘가에 놓여 있다 하더라도 비가 내려 다 녹아내리지 않았을까……?

"모르겠어요." 나는 고개를 저었다. "애초에 갑자기 웬 소금 얘기죠?"

"조릿대 잎과 돌이면 당연히 다음엔 소금이 와야지. 왜 그걸 모르지?"

왜 모르는지, 나도 잘 모르겠다. 선생님이 하는 말이니 아마 착각은 아니겠지만, 나로서는 고개를 갸웃할 수밖에 없었다.

선생님은 가볍게 한숨을 내쉰 뒤, 낮은 목소리로 노래하듯이 말했다.

"이 대나무 잎이 푸르듯이, 이 대나무 잎이 시들듯이, 푸르러지거나, 시들어라. 이 바다가 가득 찼다가 빠져나가듯이 건강해지거나 병들어라. 이 돌이 가라앉듯이 납작 엎드려라."

선생님은 그렇게 소리 내어 말한 뒤 또 아무 말도 하지 않았다.

어딘가에서 불어온 찬바람이 선생님의 주변을 휘돌다가 빠져나갔다.

"그건……."

"문맥을 보고 아마 짐작이 갔겠지. '저주'. 즉, 재앙과 불행을 기원하는 말인 거다. 『고사기(古事記)』 중권, 아키야마노시타비오토코(秋山之下氷壮夫)라는 남자 신이 남동생과의 약속을 어기자 어머니 신이 화가 나 조릿대와 돌과 소금으로 주술 도구를 만들어 저주를 걸었는데, 그 결과 아키야마노시타비오토코는 저주의 말대로 병에 걸려 8년을 고통스럽게 살다가, 어머니에게 빌어서 겨우 용서를 받았지."
"더 빨리 사과를 했으면 좋았을걸." 나는 생각한 대로 솔직하게 말했다. "근데…… 고사기라니, 1000년 전 이야기잖아요? 이 우물과 대체 무슨 관계가……."
"자네는 여전히 적절한 질문을 잘 못하는군. 중요한 건 관계가 아니라 의도야. 그리고 그것도, 소금이 있는지를 확인한 다음에 생각해 봐야 하지."
"하지만, 보이지 않는데, 어떻게 확인을 하면……."
"당연한 얘길 묻지 마." 선생님은 차가운 눈으로 나를 내려다보았다. "자네의 혀는 뭐 때문에 있는 거지? 핥아 보면 되잖나."
……뭐어?
……이 조릿대를?
내가 진심으로 싫어하는 표정을 지었다는 사실을 눈치챈 모양인지, 선생님은 일어서서 내 표정을 보고는 입꼬리만 움직여 흥 하고 웃었다.
순간, 정말 한순간, '전속을 희망합니다' 라는 말이 머릿속을 스쳤다.
조릿대 잎은 진흙투성이로 매우 불결해 보였다. 뭐가 묻어 있을지 알 수 없다. 소금을 확인하기 위해서이니 닦거나 진흙을 씻어 낼 수도 없었다.
나는 조릿대 한 장을 들고 부모의 원수를 보듯 노려보았다.

그때 섬광처럼 좋은 생각이 내 뇌리에서 번쩍였다.

"그렇지." 나는 말했다. "감식반한테 조사해 달라고 부탁하면 되지 않나요?"

"이제야 눈치챈 건가?"

아야츠지 선생님은 한심하다는 듯이 혀를 찼다.

계속해서 우리는 우물 주변에서 단서를 찾았다.

하지만 발자국이나 유실물은커녕, 사람의 손이 닿은 흔적조차도 하나 발견하지 못했다. 조릿대 잎과 돌을 제외하면 누군가가 이곳에 들렀다는 증거조차 없었다. ……정말로 이 우물이 사람을 살인귀로 만드는 '사당' 일까? 단서가 고사기뿐이어서는 조금 믿기가 힘들었다.

나는 주변을 조사하면서 힐끔 선생님을 관찰했다.

선생님은 돋보기로 주변을 관찰하지도, 담뱃대를 물고 사색에 잠기는 법도 없이, 우물 가장자리에 손가락을 대보는 중이었다. 탐정이라기보다는 설계 기술자가 자신의 건축물을 보는 눈초리다. 그리고 선생님은 회중시계를 꺼내 태양에 비춰 보았다.

마지막으로 햇빛을 가리며 우물 아래를 향해 손을 뻗었다. 마치 그곳의 영기라도 읽어 내려는 듯이. 그 자세를 유지한 채 움직이지 않았다.

"무슨 에너지라도 느껴지나요?" 내가 물었다. "언제부터 영감을 느끼는 탐정이 된 거죠?"

"모든 걸 영감으로 해결할 수 있다면 탐정 일이 훨씬 편해지겠지만." 선생님은 날카로운 눈으로 이쪽을 쳐다보았다. "세상은 그렇게 쉽지 않지. 살아 있는 사람을 죽이는 건 살아 있는 사람이니까. 거의 대부분의 경우에는 말이야."

"……?"

기묘한 그 말을 들은 나는 아야츠지 선생님의 표정을 확인했다. 여전히 얼음 같은 그 표정은 전혀 바뀔 생각을 하지 않았다.

선생님은 잠시 아무 말 없이 우물을 바라보다가, 갑자기 아무런 예고도 없이 우물에서 등을 돌려 걷기 시작했다.

"서, 선생님?" 나는 선생님의 등을 향해 말을 걸었다.

"조사는 끝났다. 돌아가자."

"돌아가자니……." 나는 서둘러 선생님의 뒤를 쫓았다. "하지만 이곳이 유일한 단서인데…… 혹시 뭔가 발견하셨나요?"

"아무것도 모르겠다. 포기야." 선생님은 앞을 본 채로 그렇게 말했다.

"포기?" 나는 깜짝 놀랐다. 선생님이 그런 말을 하다니, 처음이다.

"그래."

나는 종종걸음으로 선생님의 뒤를 쫓았다. 선생님은 보폭이 넓어 평범하게 걸어도 발이 매우 빠르다. 잔달음질을 하지 않으면 거리는 점점 멀어질 뿐이다.

포기, 헛손질, 단서 없음. 그런 단어는 선생님과 가장 거리가 먼 것들이었다.

하지만 선생님은 이제 우물에는 흥미를 잃은 듯, 곧장 우물에서 멀어져 갔다. 나는 그런 선생님을 따라가는 것 말고 다른 선택지가 없었다.

차를 타고 시가지로 돌아갔다. 그사이에 아야츠지 선생님은 계속 정면을 향한 채, 무언가 눈에 보이지 않는 것을 노려보았다.

나는 운전을 하면서 선생님의 모습을 힐끔힐끔 쳐다보았다. 무언가 생각을 하고 있는 걸까. 아니면 단서가 없어 답답해하는 걸까.

나는 가끔 그럴 때도 있는 법이라고 생각했다. 거대한 악의 뿌리가 바로 눈앞에 있는 건 분명한데, 아무리 노력해도 정확하게 어디에 있는지 알 수 없는 상황. 단서는 사라지고, 힌트는 지워져, 창조주조차도 진실에 이르지 못하는 그런 현장도 있는 법일지 모른다. 선생님에게 있어 오늘이 그런 날일 가능성도 있다.

"신경 쓰실 필요 없어요." 나는 밝은 목소리로 말했다. "이제 감식도 하게 될 테고…… 애초에 우물이 모든 악의 계기라니 뭔가 이상해요. 아무리 봐도 그냥 오래된 우물이잖아요. 특무과의 자료를 찾아봐도 '사람을 악으로 만드는 이능력' 은 없었으니, 분명 다른 단서가."

"다른 단서?" 아야츠지 선생님이 갑자기 그렇게 물었다. "츠지무라, 정말 그런 게 있을 거라 생각하나? 그 우물이 처음이자 마지막 실마리야. 왜냐하면 그게 우물이기 때문이다."

"우물이기 때문이라니……." 나는 핸들을 쥔 채 고개를 갸웃했다. "우물이야 다른 곳에도 있어요. 왜 그렇게 우물을 신경 쓰시는 거죠?"

사실 처음부터 신경이 쓰였다. 선생님은 처음부터 우물이라는 단어에 과민하게 반응했다. 분명히 가십 잡지의 기자는 무언가 있을 게 틀림없다고 말했지만, 뒤집어 말하면 그냥 그뿐이었다. 임간학교의 살인 사건, 가족을 죽인 방화범, 그 두 사건의 범인이 우연히 같은 우물 근처를 지나갔다. 하지만 그것만으로 모든 악의 근원이라고 단정 지을 수는 없었다.

"우물에서는 좋지 않은 게 쉽게 나타나지." 아야츠지 선생님은 그렇게 말한 뒤, 살짝 입술을 일그러뜨렸다. "그게 이유다."

"좋지 않은 것……? 근데."

분명히 같은 표현을 잡지 기자도 사용했었다.

"접시 저택 괴담을 알고 있나?"

갑자기 아야츠지 선생님이 그런 말을 꺼냈다.

"접시 저택이라면…… 그 무서운 이야기 말씀인가요?" 나는 기억을 총동원했다. "유령이 밤이면 밤마다 접시를 세다가 '한 장이 모자라~.' 라고 말하는 그거죠?"

"그래. 나도 전문이 아니라 한 남자의 말을 그대로 인용할 수밖에 없지만…… 접시 저택은 가부키나 *조루리의 소재로도 사용되는 괴담이다. 반슈 · 히메지(播州 · 姫路)가 무대인 반슈 접시 저택, 에도의 반초(番町)가 무대인 반초 접시 저택, 그 외에도 토사(土佐), 이즈모(出雲), 아마가사키(尼崎) 등, 일본 각지에 접시 저택 이야기의 변형이 남아 있지."

"그…… 그런가요?" 몰랐다. 그 이야기가 일본 각지에 동시다발적으로 전승되고 있었다니. 옛날엔 접시가 많이 부족했던 걸까.

"그 이야기의 공통된 무대 장치라면, 바로 유령이 항상 우물에서 나온다는 거다. 저택의 다른 곳에선 유령이 나오지 않아. 그 외에도 우물에서 유령이나 괴이한 무언가가 나온다는 전승은 아주 많이 있지. 게다가 우물을 신성한 장소로 여기는 풍습도 많고 말이야. 지방에 따라서는 우물을 미즈하노메노카미(弥都波能売神) 등의 물의 신을 모시는 신

*조루리(浄瑠璃) : 일본의 전통 인형극.

성한 건축물로 여기기도 하지. 그 외에도 우물을 통해 현세와 이세계가 연결된다고 생각하는 생각도 널리 퍼져 있다. 헤이안 시대에는 오노노 타카무라(小野篁)라는 고위 관리가 황천으로 가는 입구인 우물을 통해 매일 지옥에 내려가 염라대왕의 보좌를 했다는 기록이 전해질 정도로."

낮에는 관리, 밤에는 염라대왕의 보좌. 현대의 관점으로 본다면 굉장히 고된 일이다.

"그 우물은 그 외에도 현과 현을 가르는 강 근처에 있었고, 근처에는 십자로도 있었지. 이른바 '경계'다. 우물뿐만이 아니라 경계, 즉, 저쪽과 이쪽을 연결하는 접속점에는 옛날부터 유령 이야기나 괴담이 많이 발견되고 있지. 즉—— 좋지 않은 것이 나타나기 쉽다는 말이다."

"그러니까—— 그 우물은 '아무리 봐도 뭔가가 있는' 장소다, 그건가요?"

"적어도 그 우물에는 그렇게 생각할 수밖에 없는 요소가 갖춰져 있지."

나는 고개를 갸웃했다.

"혹시 이 사건은 정말로 영혼이라든가 그런 것 때문에 일어난 건가요? 소원을 빌면 악에 물들도록 해 주는 영혼이 살인범에 들러붙어 살인을……."

나는 내가 한 말을 듣고 등골이 오싹해졌다. 그런 사건은 웬만하면 담당하고 싶지 않다.

"그럴 리가 있나."

선생님이 평소와 똑같은 말투로 그럴 리가 없다고 말해 주어서, 나는 조금 마음이 놓였다.

"영혼도 사후 세계도 존재할 리가 없지. 적어도 이번 사건과는 관계가 없어. 관계가 있다면, 이번 사건의 주모자가 그런 연출을 하고 싶어 하는 녀석이다라는 것 정도일까."

"연출……?"

"그래." 선생님은 창문 밖을 노려보았다. "우물은 그 녀석이 아주 좋아하는 장치지."

그 녀석이 좋아하는 장치. 연출. 주모자.

어렴풋이 눈치는 채고 있었지만, 역시……. 지금은 한 번 확인을 해 볼 필요가 있었다.

"아야츠지 선생님. 선생님은 이 사건의 구조와 흑막에 대해 이미…… 짚이는 곳이 있으신 거군요?"

선생님은 곧장 대답해 주지 않았다.

마침 눈앞의 신호가 빨간색으로 바뀌어 나는 브레이크를 밟았다. 차가 드문드문 앞쪽의 십자로를 가로질러 갔다.

신호가 파란색으로 바뀌었을 때, 선생님이 입을 열었다.

"영혼과 유령이 공포스러운 근본적인 이유는―― 잘 알지 못하기 때문이야. 구조나 행동을 예측할 수 있다면 괴이하다고는 하지 않지. 이능력과 괴이한 현상의 차이는 그거다. 이능력은 시스템이라, 그곳에는 으스스한 불길함이 들어갈 여지가 없지. 이번 사건을 획책한 사람은 그걸 아주 잘 알고 있기 때문에 그걸 이용할 생각이다."

선생님은 가는 담뱃대를 손가락으로 두드리며 말했다.

"손가락으로 우물의 둘레를 재 봤다. 한 바퀴가 약 232센티미터. 이걸 원주율 3.14로 나누면 직경이 나오지. 직경은 약 74센티미터다. 그리고 우물의 가장자리에 손을 펼쳐 놓고 손가락의 길이와 우물 바닥의 직경이 같아지도록 눈의 위치를 조정하면 삼각측량과 같은 원리로 우물 바닥까지의 깊이도 계산할 수 있지. 내 엄지손가락의 길이가 약 6센티미터, 눈에서 손까지의 거리가 대충 33센티미터. 여기서 우물의 깊이를 간단하게 암산해 보면 약 407센티미터가 된다. 오차는 있겠지만 말이야."

나는 어안이 벙벙했다.

듣고 보니, 선생님은 우물을 조사할 때 우물 가장자리에 손가락을 대보기도 하고, 우물 바닥을 향해 손을 펼쳐 보기도 했다.

그건 영감을 발동하기 위한 게 아니라 우물 바닥까지의 거리를 계측하기 위한 거였구나.

근데 그런 일에 대체 무슨 의미가 있다는 건지…….

"또 하나. 둥근 돌 여섯 개와 조릿대 잎 네 장. 그 숫자에도 의도가 있다. 하루를 12로 나누었을 때, 여섯 번째 시각은 사각(巳刻)이라고 하는데, 옛날에는 사각 때 종을 네 번

울렸기 때문에 '아침 네 번' 이라고 부르기도 했지. 요즘 시간으로 말하자면 10시 전후다."

여섯 번째에…… 종을 네 번. 숫자는 들어맞는다.

"지금 계절엔 사각 때의 태양 각도가 대략 68도. 사인, 코사인을 기억하나? 직경 74센티미터, 깊이 407센티미터의 어둑한 우물에 68도 각도로 햇빛이 비쳤을 때, 바닥에서 약 244센티미터 위치까지 딱 햇빛이 들어가게 되지. 내일 그 시간에 그 부근을 한번 조사해 봐. 뭔가가 있을 테니까."

나는 바로 뭐라고 말을 하지 못했다.

그 우물 앞에서 선생님은 아무것도 하지 않는 것처럼 보였지만, 이렇게까지 많은 생각을 했었던 것이다.

"근데 대체 왜 우물에 그런 장치를 해 둔 거죠?"

"당연히 그게 괴이한 현상을 만들어 내는 속임수이기 때문이지. 마술의 트릭, 공연 마술의 무대 뒤, 유령의 정체가 사실은 마른 억새였더라 하는 것들과 마찬가지다. 기자가 그 우물을 뭐라고 했지?"

"그건." 나는 기억을 더듬으며 대답했다. "소원을 빈 사람을 악으로 만들어 주는 '사당' 이라고……."

"그 정체가 이거다." 아야츠지 선생님은 눈을 감았다. "즉, '암호' —— 우물은 악을 부여해 주는 사당이 아니라, 악한 일을 할 수 있는 지능과 끈기가 있는지 없는지를 선별하는 시련인 거지. 아마 우물 안 224센티미터 위치에는 다음 장소로 가는 힌트가 주어져 있을 거고, 그 뒤로도 계속 수수께끼를 풀어 마지막 관문까지 통과한 사람에게는 완전 범죄에 관한 정보가 주어졌을 거다. 그 우물 안에 들어가 높이 2미터 정도에 위치한 힌트를 보기 위해서는 나름의 도구를 이용하거나, 두 사람이 진흙투성이가 될 각오를 해야 하지. 그리고 그렇게까지 하는 사람이라면 끈기와 지식이 있으면서, 뒤로 물러설 수 없는 사정이 있는 사람일 테지. 반대로 그만큼의 자질을 갖춘 사람이라면 완전 범죄에 관한 힌트를 완전히 활용할 수 있을 거다. ——즉, '악'이 될 수 있는 거지."

나는 어안이 벙벙했다.

우물은 사당도 이세계로 가는 문도 아니고, 시험장이었던 건가?

지금까지 범죄를 저지른 사람들은 그 관문을 통과한 합격자?

확실히 합격한 사람은 우물의 시험 내용을 다른 곳에 누출하지 않을 게 틀림없다. 그런 짓을 하면 완전 범죄가 되지 못해, 자신의 죄가 폭로되기 때문이다. 그래서 제3자에게는 불확실한 소문—— 그곳에 간 사람이 악한 행동을 하게 된다는 정체불명의 으스스한 소문만 남게 되는 것이다.

"이 완전하게 설계된 우물의 시스템에 관한 수수께끼를 풀 필요가 있다." 아야츠지 선생님이 말했다. "그리고 그 안에 숨어 있는 설계자의 진짜 노림수를 좌절시킬 필요가 있지. 그렇지 않으면 지난번에 아동이 보툴리눔 독소에 살해 당했던 것같이 이해 불가능한 범죄가 전염병처럼 확산될 테니까. 한시라도 빨리 우물의 시스템을 만든 사람을 잡아 그 목적을 저지하지 않으면―― 이 나라의 살인 사건은 다른 나라보다 몇백 배나 더 많이 발생하게 될 거다."

아야츠지 선생님의 예언이 불길하게 차 안에 울려 퍼졌다.

술렁이는 불안이 내 몸 전체를 휘돌았다.

아야츠지 선생님은 언제부터 우물의 시스템을 파악하셨을까?

우물의 시스템은 누가, 무슨 목적으로 만든 걸까.

무수히 많은 질문이 가슴속에서 계속 늘어만 갔다.

"……아." 그 결과 나는 그중에서도 가장 요점에서 벗어난 질문을 하고 말았다. "조금 전 우물에서 '아무것도 모르겠다.' 라고 말씀하시며 돌아가려고 하신 건, 거기서 방금 얘기에 나온 것처럼 선생님이 진흙투성이가 되고 싶지 않았기 때문이군요?!"

"내일 동료라도 데리고 진흙투성이가 되어서 와." 아야츠지 선생님은 입꼬리를 올리며 살짝 웃었다. "자네의 활약을 기대하지, 탐정 조수."

아야츠지 유키토는 걷는 중이었다.

말도 없이, 일행도 없이 혼자서, 좁은 골목길을 걸었다.

하늘은 푸르렀고, 빌딩은 더욱 푸르렀다. 엷게 낀 구름과 낙엽이 같은 속도로 서쪽으로 흘러갔다.

혼자 걷는 아야츠지의 눈은 차가웠다. 건물에 부딪친 태양빛이 대각선으로 비쳐도 그 눈에서 흘러넘치는 냉기는 식을 줄을 몰랐다.

아야츠지는 혼자 모퉁이를 돌아 허름한 공사 현장 터의 옆길로 들어갔다.

지금쯤 특무과의 저격 팀은 거품을 물고 있겠지. 특1급 감시 대상이 또다시 모습을 감추었으니까. 특무과는 지난번에 알려준 창문을 2중으로 만들어 빠져나가는 탈출 트릭의 대책을 겨우 세운 참이었다. 슬슬 감시 책임자의 목이 날아갈지도 모른다.

하지만 아야츠지에게는 그러든 말든 반드시 빠져나와야만 하는 사정이 있었다.

——어떤 예감이 들었기 때문이다.

길을 걷는 아야츠지의 오른편에는 높은 금속 펜스가 빙 둘러쳐져 있었다. 부지 내에 있는 공사용 중장비 등을 도난당하지 않기 위해서겠지. 펜스 위에는 철선이 설치되어 있어 키가 큰 아야츠지도 넘기는 어려워 보였다.

공사 현장의 부지 내에도 아야츠지가 걷는 골목길에도 인

기척은 없었다.

아야츠지가 그 장소를 지날 때도 마찬가지였다. 인기척은 찾아볼 수 없었다.

"오랜만이군, 아야츠지. ……우물 사건은 매우 훌륭했네."

지옥 아래에서 목소리가 들렸다.

아야츠지는 돌아보지 않았다. 그냥 멈춰 서서 두 번 천천히 눈을 깜빡였다.

숨을 쉬고 숨을 내뱉었다. 주먹을 쥐었다가 다시 폈다. 눈을 감았다. 아야츠지조차도 말을 할 때 이만큼이나 시간을 필요로 했다.

그리고 입을 열었다.

"역시 네놈의 짓인가. ……내가 『고사기』를 인용했을 때, 얼마나 불쾌했는지 아나?"

아야츠지가 고개를 옆으로 돌렸다.

그리고 아야츠지는 그 모습을 봤다.

누더기 같은 기모노. 1000년을 내다본 계략을 담은 듯한 진흙색 눈동자. 뺨에는 보조개.

다리 아래에 그림자도 없이 마치 유령처럼 서 있는 사람.

펜스 너머, 이끼가 낀 낡은 돌에 걸터앉아 매우 시원스럽게 웃는 사람.

"내 수업이 도움이 되었다니 아주 기쁘군."

아야츠지의 눈동자 속에서 그 늙은 남자가 히죽거리며 웃었다.

"네놈은 정말 나를 불쾌하게 만드는 남자구나, 교고쿠." 아야츠지는 눈을 가늘게 떴다. "지금 당장 특무과의 일개소대를 이곳으로 불러 네놈을 위해 불꽃놀이를 열어 줄까?"

아야츠지는 펜스의 철망을 붙잡고 그 너머를 노려보았다. 그러자 금속이 카창 하는 소리가 골목길에 울려 퍼졌다.

"아야츠지, 이미 알고 있을 텐데. 쓸데없는 짓이네." 교고쿠는 껄껄 웃었다. "대책을 다 세워 두고 이곳에 왔기 때문이지. 내가 좀 겁이 많아서 말이야."

아야츠지는 눈을 가늘게 떴다.

"그때—— 폭포 위에서 네놈이 말했었지? '이제부터 시작되는 '의식' 에 비하면 지금까지의 승부 따위는 제막식에 불과할 뿐.' 이라고. 그리고 네놈은 폭포 위에서 몸을 내던졌다."

"후하하하. 그때는 나도 꽤 몸이 차가워졌었지. 죽는 것은 처음이니까 말이네." 교고쿠는 아주 여유롭게 웃었다.

아야츠지 유키토와 교고쿠 나츠히코.

두 괴인의 대결은 2개월 전—— 폭포 위에서 종지부를 찍었어야 했다.

아야츠지의 이능력. '범인을 사고사하게 만드는 능력.'에 걸려든 상대가 살아날 수단은 존재하지 않는다. ——원래는 그랬어야 했다.

"……."

아야츠지는 아무 말 없이 펜스 너머의 사람을 바라보았다.

만약 그 아야츠지를 지나가던 평범한 사람이 봤다면, 그 사람은 내장에 경련이 일어나 격렬하게 구토를 했겠지.

아야츠지의 눈동자에는 진짜 살의가 서려 있었다.

세심하게 갈아 놓은 낫을 연상시킬 만큼 날카롭게 번뜩이는 살의.

"아무래도 네놈은 죽인 정도로는 멈추게 할 수 없는 듯하군." 살의를 숨기려고도 하지 않은 채, 아야츠지가 그렇게 말했다. 그 입에서 냉기가 새어 나오자 주변의 공기가 얼었다가 깨졌다. "좋다. 네놈의 장난을 받아 주지, 요술사. 네놈이 말한 '의식'이라는 것을 말이야. 따분한 마음을 달래는 데 정도는 도움이 되겠지."

"그렇게 나와야지." 교고쿠는 그렇게 말한 뒤 다시 웃었다. 그리고 문득 생각났다는 듯이 말했다. "수많은 사람들의 목숨이 자네의 분투에 달려 있네. 열심히 해 보게."

——이 시스템을 만든 사람을 잡아 그 목적을 저지하지 않으면 이 나라의 살인 사건은 다른 나라보다 몇백 배나 더 많이 발생하게 될 거다.

아야츠지는 자신이 했던 말을 떠올렸다.

교고쿠의 '의식'을 파헤치고, 그 음모를 막는다. 그리고 이 질긴 인연에 종지부를 찍는다.

갑자기 교고쿠가 눈썹을 들어 올리며 물었다.

"미즈치라고 들어봤나?"

"미즈치?" 아야츠지가 눈을 가늘게 떴다.

"가장 오래된 기록에 따르면, 키비노미치노나카노쿠니(吉備中国) 카와시마 강(川嶋河)의 지류에 사는 미즈치(大虬). 만엽집(萬葉集) 16권 사카이베노오키미의(境部王)의 노래에 나오는 교룡(蛟龍). 그리고 위지왜인전(魏志倭人伝)에 나오는 교룡(蛟竜). 다양한 이름으로 불리며 다양한 모습을 지닌 화생(化生). 간단히 말해 물가에 사는 뱀이나 용의 모습을 한 요괴다. 그게 다음 자네의 상대지."

"뱀이라고?" 아야츠지의 목소리가 더욱 낮아졌다. "뱀이 사람을 죽인다는 말인가?"

"그렇고말고. 재미있겠지?" 교고쿠는 어깨를 살짝 들어 올렸다. "**다음 희생자는 우물에서 기어 올라온 미즈치에게 먹혀 죽는다**. 이건 살인 예고라고 할 수 있지. 자, 어쩔 텐가, 살인 탐정? 아무리 자네라도 미즈치 같은 요괴에게 습격당하는 피해자는 구할 수 없을 텐데 말이네."

살인 예고.

우물에서 기어 나오는 미즈치에게 먹혀 죽는다.

"역시 우물인가." 아야츠지는 눈을 감고 말했다. "그럼 그곳에서 지혜를 받아 간 제3의 살인자가 아직 있다는 이야기군."

"글쎄, 과연 그럴까?"

"이 요술사 자식." 아야츠지가 내뱉듯이 그렇게 말했다. "나도 예고를 하지. 다음엔 네놈을 더 확실하게 죽이겠다."

"그건 그야말로 최고의 칭찬이구먼." 교고쿠는 즐겁다는 듯이 웃었다. "그럼 나의 새로운 유희의 시작을 축하해줄 내빈을 모시지. 나의 약소한 배려네. 뒤를 보게."

아야츠지가 급히 뒤를 돌아보았다.

골목길 안쪽에는 사람이 있었다. 그림자가 둘—— 남자와 여자.

두 사람은 권총을 들고 있었다.

권총은 가늘게 떨렸다.

"다, 당신이—— 아야츠지 씨, 입니까?" 남자가 말했다.

아야츠지는 대답하지 않았다.

양복 차림에 안경을 쓴 남자와 어깨 부근까지 머리카락을 가지런히 자른 여자. 모두 30대 중반에서 40대 즈음으로 보이는 연령대의, 특별한 특징이 없는 두 사람이 나란히 서 있었다. 왼손 약지에 낀 커플링을 보건대, 부부다.

"요스케. 나, 나…… 못하겠어." 아내 쪽이 떨리는 목소리로 말했다. 권총을 든 손으로 흐르는 눈물을 닦았다.

"괜찮아, 리츠코. 무서워할 거 없어. 그냥 하라는 대로 하면 돼." 남편 쪽이 울면서 웃는 얼굴로 대답했다. 호흡이 거칠었다.

권총을 들고 우는 부부.

아야츠지는 두 사람을 관찰한 뒤, 바로 결론을 하나 내렸다.

이 두 사람은 총으로 아야츠지를 쏘기 위해 온 것이 아니다. 이 두 사람은——.

"총을 버려라." 아야츠지가 낮은 목소리로 말했다.

"이름을 모르는 남자가 우리 두 딸 중…… 한 명의 수술비를 내 주었습니다." 남편이 떨리는 이를 딱딱 부딪치며 말했다. "그리고 말했습니다. 지시대로 하면 다른 한 명의 수술비도 내 주겠다고요."

"요스케. 무, 무서워서 나는 역시……." 아내가 눈을 감았다. 눈물이 계속 흘렀다.

"리츠코, 무서워할 거 없어. 우리 아이들을 위해서잖아. 그래서 하기로 결심한 거잖아. ……자, 어서."

부부는 몸을 떨며 아야츠지의 눈앞에서——.

서로의 머리를 향해 권총을 겨눴다.

"그만둬!" 아야츠지가 송곳니가 드러날 정도로 그렇게 외치면서 앞으로 한 걸음 내디뎠다. 전에 느껴 보지 못했던 분노가 눈동자 안에서 소용돌이쳤다. "총을 내려라. 그 남자는 장난을 치고 있을 뿐이야. 너희의 목숨으로!"

"알고 있습니다." 부부는 눈물범벅이 된 얼굴로 벌벌 떨며 웃었다. "하지만 저희에게는 더 이상 장난이 아닙니다. ……이제 끝내자, 리츠코."

"하느님…… 응, 그래……."

부부가 눈을 꽉 감았다.

"그만둬!"

아야츠지가 그렇게 외치며 발을 또 내디뎠다. 그리고 권총을 향해 손을 내뻗었다. 하지만 막을 수 없었다.

부부가 동시에 서로의 머리를 향해 총을 쏘았다.

골목에 검붉은 피와 뇌척수액이 튀었다.

골목의 벽에 선명한 붉은빛이 튀었다.

얼굴의 반을 잃은 부부는 총격의 충격으로 좌우로 튕겨 나갔다.

그리고 지면에 쓰러져—— 죽은 살덩이가 되었다.

남아 있는 것은 혼자 서 있는 아야츠지의 긴 그림자뿐.

"피는 벚꽃. 때문에 아름답지—— 사랑 때문에 흩뿌려진 피라면 더욱더."

"교고쿠…… 네 이놈……!"

"나는 연구가라 말이네. 자네의 이능력에 대해서는 자세히 조사해 봤지. 자네의 이능력은 '수술비를 지불한 남자'를 살인범이라고는 인식하지 못해. 그렇지?"

아야츠지가 철망을 힘껏 후려갈겼다.

앞에 있던 교고쿠는 어디로 갔는지 모습이 보이지 않았다.

"그 얼굴이야, 아야츠지. ……자네의 그 얼굴을 보고 싶었네. 그럼 또 보지. 나의 요술을 즐겨 주게."

보이지 않는 교고쿠의 목소리가 골목에 반사되더니 이윽고 사라졌다.

혼자 남은 아야츠지는 철망을 피가 나올 정도로 꽉 잡은 채 고개를 숙이고 정지해 있었다.

붉은 피가 골목에 천천히 퍼져 나갔다.

그 뉴스는 순식간에 특무과까지 퍼졌다.

나는 내무성까지 출두해 설명을 해야 했다. 물론 뭐라고 대답할 말이 없었다. 그 괴물이—— 교고쿠가 살아 있었던 것이다. 폭포에 떨어져 죽었어야 할 그 남자가.

왜? 어떻게? 시체는 떠오르지 않았지만, 몇몇 기관이 철저하게 조사했다. 그 폭포에서 떨어졌는데 살아 있을 리가 없다.

게다가 교고쿠는—— 아야츠지 선생님의 이능력에 걸려들었다. '사고사' 라는 이능력에. 그 능력에서 도망치는 데 성공한 사람은 지금까지 한 명도 없었다.

내무성 내부에 있는 동안 계속 사카구치 선배는 아무 말 없이 험악한 표정을 지었다. 설명이 끝나고 기지로 돌아갈 때, 딱 한마디. "아무튼 간에 정보를 모아 주십시오." 라고만 말했다.

나는 지니고 있는 모든 힘을 다하겠다고 대답했다. 정말로 진심에서 우러나온 말이었다.

하나—— 짚이는 데가 있었다.

그리고 열여덟 시간 후, 나는 어느 교외의 하수처리 시설에 와 있었다.

나는 서류를 한 손에 들고 벽에 등을 기대고 서 있었다. 주변은 조용했다. 멀리서 거대한 처리 기계가 작동하는 소리가 이리저리 울려 퍼졌다.

하수 처리장이라고는 하지만 요즘엔 깨끗했다. 오수 냄새도 안 났고, 벽에 진흙이 묻어 있지도 않았다. 깨끗하고 삭막하고 아무도 없었다. 직원은 이곳에서 2킬로미터 떨어진 사무소에서 하수 처리를 컴퓨터로 제어한다. 그래서 이곳에는 아무도 없다.

적에게 들키지 않고 몰래 만나기에 딱 적합한 장소다.

내가 있는 통용 복도에는 아무도 없었다. 반쯤 벽에 묻혀 있는 약품 수송관이 있을 뿐, 도청기가 설치되어 있을 만한 장소도, 누군가가 몰래 숨어서 훔쳐 들을 만한 장소도 없었다. 그야말로 텅 비었다.

어딘가 모르게 첩보 영화 같아서 조금이지만 우습다는 생각이 들었다. 만약 이게 첩보 영화라면 내가 이렇게 위가 타는 듯한 불안을 느끼진 않겠지. 왜냐하면 첩보 영화에서는 마지막에 주인공이 반드시 악을 해치우고 승리를 거두기 때문이다. 영화 주인공에게는 '어떻게 이길 것인가.' 만이 존재한다. 하지만 나는 다르다.

지금 나는 적에게── 그 괴인에게 도무지 이길 수 있을 것 같지가 않았다.

멀리서 발소리가 들려왔다. 침착하고 여유 있는 발걸음 소리다.

그 소리만으로 나는 신기하게도 마음이 놓였다.

"아주 멋들어진 곳을 골랐군." 낮고 차가운 목소리가 들렸다. "무대 장치에 집착하다니, 2류나 할 짓이야, 비밀 에이전트."

안쪽의 통용문이 열리고 사람이 나타났다.

"아야츠지 선생님." 나는 말했다.

"자네는 좀 더 동료를 생각하는 게 좋아. 내가 혼자 탐정 사무소에서 택시를 타고 이동한다는 걸 알게 된 저격 감시팀의 혼란이 얼마나 심할지 상상은 해 봤나? 그에 걸맞은 내용이겠지?"

"우물 안에 있던 암호를 발견했어요." 나는 서류를 들고 말했다.

"호오." 아야츠지 선생님은 차단안경 너머의 한쪽 눈썹을 가볍게 들어 올렸다.

나는 서류를 펼쳐 자료를 보여 주면서 말했다. "선생님의 말씀대로였어요. 우물의 벽, 중간쯤에 균열이 세 군데 있더라고요. 딱 점심 전후로 햇빛이 들어오지 않으면 안까지 볼 수 없을 만큼 가늘고 긴 균열이에요. 그 안에 플라스틱 파편이 몇 개인가 박혀 있었어요. 핀셋으로 겨우 빼낼 수 있을 정도로 작은 플라스틱 파편인데, 모두 작은 글자가 적혀 있다는 공통점이 있더군요. 이게 그 확대 사진이에요."

나는 서류 하나를 손가락으로 가리켰다. 아야츠지 선생님은 그것을 손에 들고 보았다.

"978-0-."

"5-19-1."

"198-57."

세 종류의 플라스틱 파편에 각각 적혀 있던 숫자다.

아야츠지 선생님은 아무 말 없이 그 사진을 바라보았다. 눈이 가늘어졌다.

"혹시 몰라 틈새에 박혀 있던 플라스틱 파편은 모두 처리

했습니다. 이제 새로운 '완전 범죄자' 가 나올 가능성은 없어진 셈이죠. 일단 우물 주변을 감시하고는 있지만……."

"쓸데없는 짓이야." 아야츠지 선생님은 확신에 찬 목소리로 말했다. "그게 유일한 우물이라고는 할 수 없지. 그 외에도 '괴이한 현상' 이 발생하는 우물이 분명 마련되어 있을 거다."

"괴이한 현상?"

"그래." 아야츠지 선생님은 이쪽을 날카롭게 슬쩍 본 뒤 말했다. "적어도 녀석은 사람들이 그렇게 생각해 주었으면 하겠지. 그 이유가 뭔지는 아직 모르지만 말이야."

나는 고개를 끄덕였다. 그 괴인이 생각하는 일은 아무도 이해할 수 없다. 이해가 가능한 일이라고는 이대로 가만 놔두면 잇달아 희생자가 나온다는 것뿐이었다.

"그 플라스틱 파편은 암호인가요?"

"그래."

"그 암호를 풀면 녀석에게 한발 다가갈 수 있는 건가요?"

"그래."

"특무과의 암호팀도 그 암호를 해독하기 위해 노력하는 중이에요. 컴퓨터를 사용한 특수 해독 프로그램을 이용하고 있는데, 아직 결론이 나오진 않았어요. 하지만 며칠 내로 해독할 수 있을 거래요."

"며칠 내로?" 아야츠지 선생님은 고개를 들었다. "나는 지금 해독했는데."

"네?" 순간 선생님이 무슨 말을 했는지 이해하지 못했다. "지금…… 뭐라고 하셨죠? 벌써 해독하셨다고요?"

"왜 금붕어 같은 표정으로 놀라는 거지? 그렇게 어려운 암호는 아니야." 아야츠지 선생님은 사진을 손가락으로 튕겼다. "상상력도 발상력도 필요 없지. 조금은 스스로 생각해 보는 게 어떤가?"

나는 하라는 대로 암호가 적힌 사진을 보았다. '978-0-', '5-19-1', '198-57'.

우물에 각각 숨겨져 있던 암호다. 순서가 이대로인지는 확실하지 않았다. 각각이 독립된 암호인가, 아니면 연결된 하나의 숫자인가.

자료를 봤을 때 한 번은 생각해 봤지만, 아무것도 떠오르지 않았다.

'5-19-1'은 날짜처럼 보이기도 한다. 5월 19일 01시. 하지만 다른 숫자는 날짜처럼 보이지 않았다. 그럼 알파벳을 변환한 걸까. 다섯 번째인 e, 열아홉 번째인 s, 첫 번째인 a. ……만약 그렇다면 다른 암호인 '198-57'은? 백아흔여덟 번째나 쉰일곱 번째 알파벳은 존재하지 않는다. 대체 어떻게 생각하면…….

아야츠지는 조용하게 말했다.

"사람은 암호 해독 게임을 즐기지. 그런데 사람들이 오해를 하는 것 중에 하나가, 암호가 항상 일정한 방식으로 풀릴 거라고 생각한다는 점이다. 이리 줘 봐."

아야츠지 선생님은 서류를 들고는 순서대로 숫자를 가리키며 말했다.

"이건 연속된 하나의 수열이다. 맨 처음의 '978-0-'이 부자연스럽게 하이픈으로 끝나 있기 때문에 여기까지는 자연스럽게 추측할 수 있지. 덧붙이자면 순서는 '978-0-', '198-57', '5-19-1'이다. 다음은 지식이군."

아야츠지 선생님은 사진 하나를 가리켰다.

"맨 처음에 나오는 '987'. 이걸 보고 눈치를 챌 수 있는가 없는가가 열쇠지. 국어 교사가 이 수수께끼를 풀 수 있었던 건 어떻게 보면 당연한 일이야. 이 숫자는 모든 서적에 반드시 붙는 전 세계 공통의 머리 숫자이거든."

"서적? 서적이라면…… 그 서적이요?"

"그 외에 무슨 서적이 있다고 생각하는 거지?" 아야츠지 선생님은 차가운 눈으로 바라보며 그렇게 말했다.

"이건 국제 표준 도서 번호다. 전 세계의 서적에 모두 다른 번호가 부여되기 때문에, 같은 번호는 존재하지 않아. 원래는 열 자리였는데, 번호가 부족해질 때를 대비해 2007년에 열세 자리로 확장해 두었지. 그때 늘어난 세 자리 숫자가 '987'이다. 지금은 거의 대부분의 서적에 이 번호가 사용되고 있지. 서적 뒤에 있는 바코드에도 반드시 이 숫자가 인쇄되어 있고."

"그럼 이 수열은……."

"이 수열은 어떤 책 한 권을 가리키는 거다. '978-0-198-575-19-1'. 맨 처음에 나오는 978은 고정 기호, 다음에 나오는 0은 언어를 가리키지. 0은 영어를 의미한다. 다음으로 나오는 '198-575-19'는 출판사 기호와 서적 기호. 마지막 1은 체크를 위해 자동으로 부여되는 숫자라, 항상 한 자리이니, '5-19-1'이 세 번째 수열이라는 걸 알 수 있지. ……즉, 이 수열은 영어로 저술된 어떤 서적을 가리키고 있는 거야. 서적명은 인터넷으로 쉽게 조사할 수 있을 테지."

나는 서둘러 휴대전화를 꺼내 특무과에 조사 내용을 알렸다.

아야츠지 선생님의 말대로 몇 초 만에 조사가 끝났다. 나는 인사를 하고 전화를 끊었다.

"알아냈어요. 출판은 옥스퍼드 대학이에요." 나는 아야츠지 선생님에게 말했다. "『The Selfish Gene』이라는 책의 초판이래요. 저자는 리처드 도킨스. 출판 연도는 1976년."

"그 책인가." 아야츠지 선생님은 눈썹을 모았다. "유명한 과학 계열의 교양서다. 우리 나라의 번역명은 『이기적 유전자』. ……근데 의외인걸? 우물을 보고, 민속학이나 영매 전승 관련 책일 거라 생각했는데."

"어떤 책인가요?"

"아주 쉽게 말해, 유전자와 밈(MEME)에 관한 고찰이지."

"밈?"

"유전자가 번식에 의해 자신을 복제해 후세에 전달하는 것이라는 생물학의 기본을 참고해, 전달을 통한 자기 복제가 후세에 전해져 살아남은 것이 밈이라고 정의한 뒤, 그 특성을 논의한 책이다."

전달을 통해서? ——유전자가 부모에게서 아이로 전달되는 것이라는 개념은 대충 이해가 되지만, 밈이라는 말은 들어본 적이 없다.

"구체적으로는 종교, 문화, 언어, 윤리 같은 거지. 예를 들어, 산타클로스는 실제로 존재하지 않지만, 사람의 대화나 미디어를 통해 전달·번식해 생명과 마찬가지로 지구 전역에서 목격할 수 있는 것과 같아. 즉, 산타클로스는 유전자가 아니라 밈으로 번식하는 생명체라고 할 수 있는 거지. 천 년보다도 더 전의 종교나 문화를 일상생활에서도 당연하게 볼 수 있는 이유는 정보가 유전자처럼 자기 복제 능력과 번식 능력을 지니고 있기 때문이다—— 그게 밈 이론이고, 『The Selfish Gene』은 그 이론을 개척한 서적이지."

나는 고개를 끄덕였다. "어렴풋이 이해가 됐으니, 나중에 더 자세히 가르쳐 주세요."

아야츠지 선생님은 차가운 눈으로 나를 바라보았다. "츠지무라, 왜 내가 암호를 풀 수 있었을까? 바로 보통은 듣고도 흘려버리기 십상인 도서 번호 지식을 기억해 두고 있었기 때문이야. 그 작은 부면이 자네와 나의 차이지. 일반교양 수준에 해당하는 책이고, 번역서도 나와 있으니 직접 찾아 읽어 봐."

"찍." 나는 그렇게 말했다.

아야츠지 선생님은 잠시 나를 노려보더니, "뭐지? 방금 그 '찍'은?" 하고 말했다.

"아니요. 사실은 찍 소리도 못 할 상황이었지만, 그러기엔 너무 화가 치밀어서요."

"그렇군." 아야츠지 선생님이 말했다. "나는 자네가 어제 먹었던 생쥐가 배 속에서 으깨지는 소리인 줄 알았는데, 그건 아니었나 보군."

그때, 아야츠지 선생님이 들어왔던 그 문이 열렸다.

"집합 장소는 여기 맞아?"

안으로 들어온 사람은 양복을 입은 남자였다.

"아스카이 수사관." 나는 그 남자를 보고 말했다. "여기까지 와 주셔서 감사합니다."

양복을 입고 모자를 쓴 남성—— 아스카이 수사관은 손을 들더니, 이쪽을 향해 걸어왔다. 튼실한 체격. 조용한 동작에, 틈이 없는 움직임. 그리고 양손에는 검은 가죽 장갑.

"츠지무라, 늦어서 미안해. 사과라고 하기엔 좀 모자랄지도 모르지만, 이건 교토에서 사 온 절임이야. 지난주 휴가 때 갔다 왔거든."

"네에."

아주 자연스러운 동작으로 아스카이 씨는 양복의 안주머니에서 절임 팩을 꺼내 나에게 건네주었다. 내가 얼떨결에 손을 내밀자 포장도 안 된 절임 진공팩이 내 손에 달랑 놓였다.

"아야츠지 선생님, 오랜만입니다."

"자네인가."

아스카이 수사관은 아야츠지 선생님을 향해 인사를 하더니, 다시 물 흐르는 듯한 자연스러운 동작으로 절임을 꺼내 내밀었다. "선생님 것도 있습니다."

아야츠지 선생님은 아무런 동요 없이 담뱃대를 입에 물었다. 절임을 받을 생각은 없는 듯했다.

"자네의 수수께끼 같은 취미에도 이제 익숙해지긴 했다만, 나는 절임 종류를 별로 안 좋아해서 말이지."

"응? 그러셨나요?"

"그래. ……자네가 1년 5개월 전에 준 청참외 절임은 생각보다 나쁘지 않았지만."

아스카이 수사관은 인사를 한 뒤, 그 연결 동작에 맞춰, 역시 아무런 낭비가 없는 아름다운 동작으로 양복에서 다른 절임 봉지를 꺼내 내밀었다. "여기 있습니다."

"그게 있단 말인가?"

아야츠지 선생님은 아스카이 수사관이 다시 내민 절임을 떨떠름하게 받아 들었다.

저 주머니는 대체 어떻게 생겨 먹은 걸까?

"츠지무라, 아무것도 묻지 않고 절임을 줬는데, 혹시 좋아하는 절임이 따로 있어?"

아스카이 씨는 안주머니에 손을 넣고 이쪽을 향해 다가왔다. 나는 당황해 없다는 말을 연발하며 손을 저었다.

"흠—— 츠지무라가 말했던 정보 제공자라는 사람이 이 절임 마니아였던 건가."

"네." 아야츠지 선생님의 말을 듣고, 나는 고개를 끄덕였다. "아스카이 씨는 군경의 특별 상등 수사관으로, 교고쿠와 관련된 사건을 오랫동안 뒤쫓고 계세요. 교고쿠와 관련된 수사 정보는 거의 모두 아스카이 수사관을 한 번 이상 거친다고 해도 과언이 아닐 정도예요."

군경의 특별 상등 수사관.

최전선에서 범죄와 싸우는 수사의 프로다. 정체를 숨기고 몰래 움직이는 이능력 특무과 같은 비밀 조직과는 달리, 항상 수사의 최전선에서 지휘를 하며, 분야와 지역에 관계없이 흉악한 범죄를 쫓는 프로페셔널. 웬만큼 억세서는 도저히 맡을 수 있는 일이 아니다.

"아스카이 씨, 바쁘신데 여기까지 오시게 해 죄송합니다. 몇 가지 여쭤 볼 일이 있어서요."

"역시 그 일 때문에 날 부른 건가?"

아스카이 씨는 굵은 팔을 꼬고 그렇게 말했다.

"들었습니다, 아야츠지 선생님. 녀석이 다시 나타났다고요……? 실로 기괴한 일입니다. 녀석은 2개월 전, 그 폭포에서 선생님이 분명 죽였는데 말이죠."

"그래, 죽였지. 하지만 겨우 그 정도로는 막을 수 없는 모양이야." 아야츠지 선생님은 담뱃대를 빨아들이며 조용히 말했다.

"그 일에 관해서 말인데요." 내가 말했다. "아스카이 씨, 그 뒤로, 그 폭포에서 수사가 어떻게 진행되었는지, 자세히 말씀해 주실 수 없을까요?"

"녀석이 어떻게 되었는가 말이지? 좋아."

아스카이 수사관은 그렇게 말하더니, 눈을 가늘게 떴다.

"결론부터 말하자면 시체는 발견하지 못했어. 하지만 녀석은 틀림없이 죽었을 거야."

아스카이 수사관은 그렇게 말을 하더니, 반응을 살피듯이 이쪽을 힐끔 쳐다보았다.

"시체는—— 발견되지 않았다고요?"

"그래." 아스카이 씨는 담배를 꺼낸 뒤, 아야츠지 선생님을 바라보았다. "피워도 될까요?"

아야츠지 선생님은 눈을 감고 간신히 구별할 수 있을 정도만 턱을 끄덕였다. 그 신호를 확인한 아스카이 씨는 담배에 불을 붙였다.

그리고 말을 하기 시작했다.

"그 사건── 인가에서 멀리 떨어진 박물관에서 남녀 스무 명이 사망한 사건 말인데, 저녁이 지났을 즈음에 특무과에서 연락이 왔어. 흑막을 발견해 궁지로 몰았으니, 포위 · 체포에 협력해 달라고. 우리는 정보를 바탕으로 그 폭포 주변을 바로 포위했지. 흑막이── 교고쿠가 폭포에서 떨어졌다는 정보를 알게 된 건 그 직후야."

나는 고개를 끄덕였다. 그때의 일은 나도 기억하고 있다.

이 모든 것의 시작은 인가에서 멀리 떨어진 박물관에서 벌어진 참극이었다. ──그 박물관에서 갇힌 남녀 스무 명이 서로가 서로를 죽이는 무지막지한 비극이 일어났다. 스무 명 가운데 누군가가 사람의 눈을 멀게 만들고 죽이는 흉악한 살인귀라는 허위 정보가 돌았고, 그런 소문에 속아 넘어간 사람들이 서로가 서로를 의심한 끝에, 작은 다툼을 계기로 서로가 서로를 죽이는 데까지 이르렀다. 박물관의 감시 카메라 영상을 통해 사람들이 부엌칼이나 부지깽이로 서로를 죽이는 처참한 상황을 확인할 수 있었다. ──그리고 마지막으로 남은 한 사람도 누군가에게 맞아 죽었다.

아야츠지 선생님은 그 일련의 참극을 계획하고, 뒤에서 서로를 죽이도록 부추긴 사람이 교고쿠라는 사실을 밝혀냈다.

아야츠지 선생님은 교고쿠를 몰아붙여 폭포 위에서 직접

대결했다. 패배를 직감한 교고쿠는 스스로 폭포 아래로 몸을 던졌다—— 그 사실은 들어서 알고 있다.

"녀석이 폭포에서 떨어졌다는 말을 듣고, 처음에는 위장 도망일 가능성을 생각해 봤어." 아스카이 수사관이 말했다. 그리고 담배의 불을 바라보며 말을 이었다. "설사 현장이 세계에서 가장 높은 빌딩 위였다고 해도, 불타는 들판에 뛰어들었다고 해도 방심할 수는 없지. 상대는 무려 교고쿠니까. 나는 부하들에게 명령해 주변을 완전히 봉쇄했어. 산길은 물론 쥐구멍 하나라도 빠뜨리지 않게 완벽하게 주위를 둘러쌌지. 그리고 서서히 폭포를 향해 포위망을 좁혔어."

나도 뒤늦게 현장으로 급히 달려갔기 때문에 그때의 일은 잘 알았다.

그 포위망을 뚫고 도망쳤을 리가 없다. 당시에는 특무과의 추적팀도 동행했다. 비행이나 땅속으로 이동할 수 있는 이능력이 있었다고 하더라도, 그런 수법에 익숙한 특무과를 속이는 건 불가능했다. 게다가—— 교고쿠가 어떤 이능력을 사용하는지는 이미 잘 알고 있었다. 교고쿠는 물리적으로 외부에 영향을 미치는 이능력을 지니고 있지 않았다. 따라서 폭포에서 돌연히 사라지는 이능력을 사용하는 건 불가능하다. 주변에는 동료로 보이는 이능력자도 없었다.

내가 그 사실을 언급하자, 아스카이 씨는 내 말이 맞다고 말하며 고개를 끄덕였다.

"직업상, 이능력 범죄에 대해서는 잘 알지. 교고쿠의 이능력은 그 상황에서 아무런 도움도 안 돼. 교고쿠가 조종하는 '악령' 은 물리적으로 외부에 영향을 줄 수 없으니까." 아스카이 씨는 아야츠지 선생님을 힐끔 보았다. "그렇죠, 선생님?"

아야츠지 선생님은 눈만 움직여 대답을 했다.

"그 폭포는 아주 위험한 장소다. 설사 무언가 비밀 대책을 마련해 놓았다고 해도, 나라면 절대로 '시험 삼아 뛰어 봐야지' 라고는 생각하지 않았을 거다." 아스카이 수사관은 담배를 휴대용 재떨이에 꽉 누르면서 말했다. "높이만 해도 엄청난 데다, 폭포 중간중간에는 바위가 튀어나와 있으니까. 용소의 깊이도 꽤 깊고, 노인이 헤엄쳐서 빠져나올 수 있을 정도로 물의 흐름도 약하지 않아. 이건 나도 직접 시험해 봤지. 하마터면 빠져 죽을 뻔했다."

"예를 들면…… 폭포 뒤에 동굴이 있다든가, 빠져나갈 길이 있다든가 할 가능성은요?"

내 질문을 들은 아스카이 씨는 웃으면서 대답했다.

"그것도 조사해 봤어. 혹시나 있을지 모르는 물속의 숨겨진 통로도. 하지만 발견하지 못했지. 게다가 그 뒤에는 대규모 인원을 풀어 산속을 조사했어. 시체를 찾기 위해서 말이야. 충돌 시험용 마네킹을 폭포 위에서 떨어뜨리기도 했지. 그랬더니 산산조각이 나더라고." 새 담배에 불을 붙이면서 아스카이 씨는 아야츠지 선생님을 바라보았다. "선생님은 모르시나요? 녀석이 어떻게 살아남아 그 포위망에서 도망쳤는지."

"글쎄." 아야츠지 선생님을 무뚝뚝하게 대답했다.

나도 팔을 꼬고 생각했다.

절대 도주가 불가능한 용소에서 탈출해 생존. 괴인 · 교고쿠가 던져 놓은 상상을 초월한 트릭.

"저어, 하나 질문해도 될까요?" 나는 작은 목소리로 말했다. "사실, 제가 보기에 그 폭포에서 교고쿠가 사라진 사실 그 자체는 별로 놀랍지 않아요."

아스카이 씨가 이쪽을 바라보았다. "그래? 혹시 폭포에서 탈출한 방법을 알아냈다든가?"

"아니요…… 그런 건 아니지만요." 그걸 알고 있었다면 조금 우쭐했겠지만. "그런 게 아니라, 그 사람이라면 포위된 폭포에서 사라지는 방법 정도는 어떻게든 생각해 냈을 것 같거든요. 지금까지 그 녀석이 남긴 수많은 증거 없는 완전 범죄와 비교하면, 용소에서 사라지는 것 정도야 경악할 만한 일이 아니잖아요?"

아무런 증거도 남기지 않고 스무 명을 서로 죽이게 하거나.

대기업 사장을 광기에 휩싸이게 해 종업원을 살육하게 만들거나.

유명한 무차별 살인범을 몇 명이나 동시에 구치소에서 탈옥시키거나.

'요술사', '주술사', '괴뢰사' ——수없이 많은 불길한 이명을 지닌 남자. 공공의 적.

"제가 놀란 점은 딱 하나예요." 그렇게 말한 뒤, 나는 힐끔 아야츠지 선생님을 보았다. "아야츠지 선생님의 이능력에 당하고도 살아남았다는 거요—— 저는 그 딱 한 가지가, 그 녀석의 이상한 점이라고 생각해요."

아스카이 수사관은 떨떠름한 표정을 지었다. 그리고 아야츠지 선생님은 나를 쳐다보았다.

범인을 사고로 죽게 만드는 이능력.

절대로 피할 수 없는 운명을 지배하는 능력.

특1급 위험 이능력자.

아야츠지 선생님의 말을 빌리면, 이능력은 시스템이다. 이 세상의 이론을 속박하는 절대적인 윤리. 아무도 그 규칙에서는 도망칠 수 없다.

있다고 한다면, 서로 모순되는 이능력을 맞부딪치게 만들어 특이점을 발생시킬 수밖에——.

"특이점." 나는 무언가가 번뜩 떠올라 그렇게 말했다. "이능력의 특이점? 그걸로 아야츠지 선생님의 이능력을 깨버린 게 아닐까요? 하지만 설마……."

"그 특이점이라는 게 뭐지?" 아스카이 씨가 고개를 갸웃했다.

"네?" 나는 심장이 크게 뛰었다. "제가…… 그런 말을 했나요?"

나는 고개를 살짝 기울이며 어색하게 웃었다.

이능력의 특이점—— 그것은 특무과가 비밀리에 연구하고 있는 이능력 현상 중 하나였다.

특무과 선배가 해 주었던 설명이 머릿속에서 되살아났다.

'여러 이능력이 서로 영향을 준 결과, 아주 드물게 전혀 예상하지 못했던 방향으로 능력이 폭주하는 일이 확인된 모양입니다.' 선배는 그렇게 말했다. '예를 들어 '반드시 선제공격을 하는' 이능력을 지닌 두 사람이 싸우면 어떻게 되는가? '반드시 상대를 속이는' 이능력자와 '반드시 진실을 꿰뚫는' 이능력자가 대화를 하면 어떻게 되는가. 그 대답은 '해 보지 않으면 알 수 없다' 입니다. 대체로는 둘 중 한 명이 이기죠. 하지만 가끔 양쪽 어디에도 속하지 않은 현상으로 발전하는 일이 있다고 하더군요. 특무과에서는 그걸 '특이점' 이라고 부르죠.'

실제로 직접 확인해 본 적은 없다. 특무과에서도 그 현상을 목격한 사람은 거의 없다고 한다.

그래도 아야츠지 선생님의 이능력—— '반드시 죽는' 이능력을 피하기 위해서는, 그 정도의 이능력 현상이 일어나야만 할지도 모른다.

물론 '반드시 죽는' 이능력과 모순되어 충돌을 일으키는 이능력이라니, 상상이 잘 가지 않는다. 요코하마의 민간 탐정 기업에는 '상대의 이능력을 무효화하는' 엄청난 이능력을 지닌 사람이 있다고 하지만, 그래도 다른 사람인 교고쿠의 사고사를 피하게 만들 수는 없다. 당연히 충돌도 일으키지 못한다.

힌트를 구하듯, 슬며시 아야츠지 선생님의 모습을 살폈다. 선생님은 뭔가 힌트가 될 만한 행동도 하지 않은 채, 그냥 먼 산만을 바라보았다. 마치 마음이 딴 데 가 있는 듯한, 우리의 논의는 별로 신경 쓰이지 않는 듯한, 그런 모습이었다.

"아야츠지 선생님의 이능력에 당했는데도 죽지 않은 건 확실히 이상해." 아스카이 씨가 말했다. "레이고 섬 주민 열일곱 명 학살―― 기억납니다. 저도 수사를 위해 현장에 갔었으니까요. 선생님은 순식간에 범인 열일곱 명을 사고로 죽게 만드셨죠. 그것도 각각 다른 사인으로―― 그 엄청난 광경은 지금도 눈에 선명하게 새겨져 있습니다."

레이고 섬 열일곱 명 학살―― 5년 전에 일어난 사건. 아야츠지 선생님이 우연히 들른 작은 섬에서 살인 사건이 일어나, 선생님이 사건을 해결했다. 그 결과 공모자였던 섬 주민 열일곱 명이 모두 아야츠지 선생님의 이능력에 당해 처참하게 살해당했다. 살인 사건으로 죽은 사람의 몇 배나 되는 사람이 이능력으로 살해당한 그 사건은, 아야츠지 선생님이 정부의 감시를 받고 특1급 위험 이능력자로 지정되는 계기가 되었다.

나에게도── 적지 않은 인연이 있는 사건이다.

"옛날 일은 옛날 일일 뿐이야." 아야츠지 선생님은 그렇게 말한 뒤, 담뱃대를 손가락으로 두드렸다. "아무튼, 녀석은 머지않아 틀림없이 움직일 거다. 그때 뭘 어떻게 할지가 중요하지. 아스카이."

"네?"

"자네는 이 사건에서 손을 떼게." 아야츠지 선생님은 자연스러운 말투로 그렇게 말했다. "나머진 나랑 이능력 특무과에 맡겨 둬. 자네 같은 일반인이 나설 자리가 아냐."

"……일반인?" 아스카이 씨는 한쪽 눈썹을 들어 올렸다. "그건…… 절 말씀하시는 겁니까?"

"나는 사실만을 말하지." 아야츠지 선생님은 날카로운 눈으로 아스카이 씨를 바라보았다. "자네는 우수한 수사관이야. 법을 준수하고, 결코 정의를 굽히지 않으며 사건을 해결하지. 그리고 녀석은 다음에 그런 사람을 노릴 거다. 규칙에 얽매여 움직임을 읽기 쉽고, 자신이 조종당하고 있다는 자각조차 가지지 않을 사람. 녀석이 위에서 '악령'을 빙의시켰을 때, 자네는 자신의 본래 모습을 유지할 자신이 있나?"

"있습니다." 아스카이 씨는 날카롭게 아야츠지 선생님을 마주 보았다. "없으면 일을 시작하지도 않았을 겁니다."

"그게 백 명 이상의 사람을 죽음으로 몰아간 남자의 이능력이라도 말인가?"

"아야츠지 선생님." 아스카이 씨는 앞으로 한 발을 내디뎠다. "알고 계실 텐데요? 왜 제가 녀석을 뒤쫓는지? 녀석은 저의 파트너를 죽였습니다. 너덜너덜해질 정도로 갈가리 찢어 참혹하게요. 그건 명백한 사실입니다."

"……."

분명히 아스카이 씨의 파트너—— 역시 특별 상등 수사관인 유이 씨——는 교고쿠를 뒤쫓으며 수사를 하다가 목숨을 잃었다. 흑막이 교고쿠가 아닐까 추정되고 있지만, 다른 사건과 마찬가지로 증거는 하나도 없다.

"아야츠지 선생님, 저는 이래 봬도 선생님을 존경하고 있습니다." 입을 떨면서, 아스카이 씨는 아야츠지 선생님에게 다가갔다. "위험 이능력자든 뭐든, 선생님의 능력은 정말 대단합니다. '범인을 반드시 죽인다.' 선생님은 제가 법을 준수한다고 말씀하셨지만, 아닙니다. 저는 교고쿠를 체포할 생각이 없습니다. 발견하는 즉시, 반드시 제 손으로 죽일 겁니다."

그렇게 말한 아스카이 씨는 한 번 숨을 삼키고, 숨을 멈추더니, 말했다.

"선생님보다 먼저 말이죠."

아야츠지 선생님은 아무 말 없이 그 말을 들었다. 그러더니, 담뱃대를 빨아들이고 연기를 내뿜은 다음, "좋지." 하고 말했다.

그때였다.

까랑까랑, 하고 메마른 금속음이 복도에 울려 퍼졌다.

나는 무슨 소린가 싶어 바닥을 내려다보았다. 그리고 그 소리를 낸 물체를 바로 발견했다.

원기둥형 금속. 커피캔 사이즈의 백은색 물체였다. 원기둥의 한쪽 편은 구형이어서, 마치 거대한 총알 같았다. 어디선가 본 적이 있는 형태. ——뭐였지?

그렇게 생각한 직후, 캔에서 회백색 연기가 기세 좋게 뿜어져 나왔다.

"……가스 수류탄이다!"

아스카이 씨가 경계하는 맹금류 같은 목소리로 외쳤다.

그 목소리가 신호였다는 듯, 복도 안쪽 어둠에서 빛과 함께 소리가 습격해 왔다.

총구에서 튀는 불꽃과 총소리.

누군가가 총을 쏘고 있다.

겨우 그렇게 이해한 순간, 시간 감각이 사라졌다.

한기가 스멀스멀 몸을 타고 올라왔다.

"이쪽이야, 어서!"

아스카이 수사관의 외침이 귓가를 스치는 총알 소리에 지워졌다.

몸을 부딪치며 나에게 신호를 보내더니, 앞의 두 사람이 달리기 시작했다. 내 눈에는 고속으로 통과해 가는 것의 잔상만이 남았다. 연기, 총알, 빙글빙글 도는 바닥과 벽. 내 옆을 스쳐 간 총알이 천장과 벽을 부쉈다. 거리가 먼지 사격의 정확도는 높지 않았다. 하지만 탈출구가 없는 복도에서 습격을 당하자, 본능적인 공포감이 치솟아 어떻게 행동해야 할지 머릿속엔 아무것도 떠오르지 않았다.

여러 사람이 소총을 쏠 때의 타다다다당 하는 분명치 않은 소리가 실내에 메아리쳤다. 달리려고 했지만, 다리가 뜻대로 움직이지 않았다.

적의 습격, 총격, 도망쳐야 해. 아니, 반격해야 해.

"뭐 하는 거야?! 이 멍청이가!"

누군가가 내 손을 강하게 잡아당겼다. 낮고 맑은 목소리. 누구의 목소리인지 생각할 겨를도 없이, 몸이 먼저 반응을 보였다. 나는 튕겨 나가듯 달리기 시작했다.

안쪽 문을 향해.

철제문을 통과할 즈음에는 복도가 전체가 흰 연기에 휩싸여 있었다. 재빨리 닫은 문의 표면에 총알이 박혀 귀에 거슬리는 소리를 냈다.

도망친 곳은 작은 방 안이었다.

아마도 비품 창고인 모양이었다. 방 위쪽에는 사람 한 명이 간신히 통과할 수 있는 창문이 있었는데, 그곳으로 흐릿한 빛이 들어와 실내에 떠오른 먼지가 보였다.

들어온 문 이외에 다른 문은 없었다. 막다른 곳이다.

그래도 창문이 하나 있으니 그곳으로 탈출할 수 있지 않을까 해서 몸을 뻗었는데, 아야츠지 선생님이 손으로 제지했다.

"그만둬." 아야츠지 선생님은 평소보다 살짝 작은 목소리로 말했다. "밖도 포위되어 있다."

선생님 말씀대로였다. 창문 밖에서 희미하게 사람의 발소리가 들렸다. 한두 사람이 아니었다. 묵직하고 단단한 신발이 자갈을 밟으며 이쪽을 향해 다가왔다.

그렇다면, 건물의 출구 모두가 봉쇄되어 있을 가능성이 높았다.

나는 달려온 탓에 거칠어진 호흡을 간신히 진정시키며 말했다. "대체…… 무슨 일이……."

"비합법 조직이나 마피아는 아냐." 아스카이 씨가 목소리를 잔뜩 낮추며 말했다. "소총 소리가 다르거든. 그렇다면 녀석들은 대체."

거기서 아스카이 씨의 목소리가 갑자기 끊어졌다. 보니 옆구리를 누르고 있었다. 꽉 문 어금니에서 돌을 가는 듯한 괴로운 소리가 흘러나왔다.

"아스카이 씨, 옆구리에……."

"겉보기와는 달리 큰 상처는 아냐. 총알은 뼈에 맞고 빠져나갔어." 그 말과는 달리 아스카이 씨의 이마에는 비지땀이 흘렀다. 아스카이 씨가 붙들고 있는 늑골 근처의 상처에서 검붉은 피가 흘러 정장을 적셨다.

"아무튼, 한시라도 빨리 탈출해야 해……. 밖에서 이 좁은 방에 수류탄이라도 던졌다간 그냥 전멸이야."

"흥. 나를 궁지로 모는 수법치고는 참으로 시시하군. 총으로 습격을 하다니…… 품위가 없어. 가볍게 쫓아 버려 주지."

이런 사태가 벌어졌는데도, 아야츠지 선생님은 어딘가 먼 산을 바라보고 있었다. 마치 그곳에 숙적인 교고쿠가 있다는 듯이.

선생님은 눈을 감고 몇 초간 무언가를 생각하더니, 이윽고 눈을 뜨고는 나를 바라보았다.

"나한테 생각이 있다."

나는 권총을 겨누고 문 근처에 웅크렸다.

땀으로 손잡이가 미끄러졌다. 언제 땀이 눈에 들어가 시야가 흐려질지 모른다는 생각에, 소맷자락으로 끝없이 땀을 닦았다.

사격은 잠시 멈춘 상태다. 하지만 곧 두 번째 공격이 시작되겠지. 조금 전보다도 더 철저하고 가차 없는 공격이. 그 전에 이 방에서 탈출해야 한다.

그게 가능한 사람은 나뿐이었다.

괜찮다. 훈련 학교에서는 실기 실적 1위였다. 훈련 경찰봉으로 마구 때리려고 하던 교관을 기절시킨 적이 한두 번이 아니다.

하지만—— 그 훈련에서는 실탄이 날아오지 않았다. 적의 무기도 실력도 파악하고 있었고, 무엇보다 교관은 이쪽을 죽일 생각이 없었다. 상대를 물리쳐도 내가 공격당해 쓰러져도, 곧장 가볍게 농담을 나누며 웃었다. 하지만 이번엔 당하면 모든 게 끝장이다.

내가 과연 할 수 있을까.

적이 밖에서 방해 전파를 사용했는지, 휴대전화에는 전파가 닿지 않았다. 일단 특무과 본부에 연락하기 위해, 전파가 닿는 곳까지만 가면 된다. 즉, 적을 전멸시킬 필요는 없다.

"적은 이쪽이 생각하는 것보다 훨씬 적을 거다." 조금 전 작전 회의 때 아야츠지 선생님은 바닥의 먼지에 간단한 지도를 그리며 말했다.

"처음부터 연기를 피워 우리를 이곳에 몰아넣은 걸 보면 알 수 있는 일이야. 이 방의 출입구는 두 군데. 안으로 들어온 문과 저기 작은 창문이다." 선생님은 지도에 출입구를 그려 넣었다. "화력과 인원이 부족할 때, 사냥꾼은 어떻게 사냥감을 사냥할까? 간단하다. 사냥감을 놀라게 해서 막다른 곳으로 몰아넣고 구멍에 불을 피우지."

선생님은 지도에 화살표 표시를 그렸다. 커다란 입구――우리가 들어온 문――를 연기와 총격으로 막고, 다른 쪽의 작은 창문에서 수류탄이나 최루탄을 넣어 제압. 그래. 이렇게 하면 확실히 공격하는 쪽의 피해도 화력 소모도 최소한으로 줄일 수 있다.

즉, 이 상황을 만들어 낸 적은, 상대를 숫자로 압도할 수 있을 만큼 사람이 많지가 않다.

"그럼…… 반대로 말해, 이 연기가 나는 쪽은 경비가 허술하다는 말씀인가요?" 다리를 누르고 앉아 있던 아스카이 씨가 물었다.

"그래. 복도 쪽은 심리적 장벽으로 막혀 있는 셈이지. 연기가 끼어 복도에 나가면 앞이 보이지 않으니까. 하지만 그렇기 때문에 사람을 두 명만 배치해 둔 거야. 도망칠 때 불꽃이 튀는 총이 몇 개인지 확인해 뒀으니 확실하다."

나나 아스카이 수사관조차도 도망치는 데 정신이 팔려 있을 때, 불꽃이 튀는 총의 개수까지 파악하다니…….

"적은 몇 명일까요?"

"글쎄. 지금 생각해 봐야 답을 알긴 어렵지. 하지만 적이 몇 명이든 간에, 배후에서 조종하는 사람이 누구인지는 확실해."

교고쿠의 책략. 그 첫 번째.

"그럼 습격한 사람들은 교고쿠의 이능력에 조종을 당해서……?"

"그렇진 않겠지. 녀석의 이능력—— '악령 빙의'는 상공에서 상대에게 악령을 내려 빙의시킨 뒤, 대상의 정신을 변하게 하는 이능력이다. 그런데 빙의된 악령은 본인에게밖에 보이지 않기 때문에, 어디까지나 본인에게만 간접적으로 악감정과 혼란을 야기시킬 뿐이지. 이번처럼 조직적인 작전 행동을 지휘할 힘은 없어. ——녀석에게 이능력은 보조적인 영역에 불과하다. 녀석이 진짜 사악한 이유는 모두 악마 같은 두뇌 덕분이지."

아야츠지 선생님의 이야기를 듣고, 나도 특무과의 자료를 떠올렸다.

교고쿠가 지닌 이능력은 아야츠지 선생님에 비하면 훨씬 순위가 낮다. 물리적으로 상대를 공격하는 것도 아니고, 상대를 자유자재로 움직일 수 있는 능력도 아니기 때문이다. 빙의—— 귀신이나 악령 같은 것을 빙의시켜 환각을 보이게 한다. 그냥 그뿐인 이능력이다.

하지만 그렇다면 의문이 남는다.

대체 녀석은 어떻게 이런 습격을 가능하게 한 것일까?

나는 아야츠지 선생님의 말을 떠올리면서, 방금 홀스터에서 빼낸 권총을 손에 쥐었다.

"기회를 봐서 아스카이가 창문 밖으로 권총을 쏴서 위협을 할 거다. 그때 밖으로 뛰쳐나가라." 아야츠지 선생님은 벽에 등을 기댄 채 그렇게 말했다. "잘 안 돼 봐야 죽는 게 고작이지만, 될 수 있으면 잘되는 게 좋겠지. 츠지무라."

"……네."

"죽이지 않고 흑막을 캐물을 필요는 없다. 위험하다고 생각되면 망설이지 말고 죽여라."

"네……."

죽인다……. 안다. 그 방법밖에 없다. 상대가 이쪽을 향해 총구를 겨누고 있을 때는 망설일 여유가 없다. 죽여야 한다. 하지만 나는 아직 실전에서 누군가를 죽여 본 적이 없다.

"츠지무라. 그 영화의 그 결정적인 대사, 뭐였지?"

갑작스러운 질문에 순간 당황했다. 하지만 금방 기억을 가다듬었다.

——나와 같은 시대에 태어난 게 너의 실수다.

"아야츠지 선생님." 나는 선생님을 노려보며 말했다. "선생님은 정말 얄미운 분이에요."

하지만 선생님의 그 질문 덕분에 몸의 긴장이 풀렸다.

그 영화의 주인공은 이런 장면에서 전혀 떨지 않는다. 즉, 나도 떨지 않는다.

"시작하겠습니다."

아스카이 수사관과 눈빛을 교환한 뒤, 나는 문에 손을 댔다.

권총의 안전장치를 풀었다.

나는 아스카이 씨가 창문을 향해 권총을 쏘자마자 문을 박차고 나갔다.

문 앞은 흰 연기로 가득해 아무것도 보이지 않았다.

1미터 앞조차 보이지 않았다. 하지만 지금은 오히려 다행이었다.

나는 빠르게 달렸지만, 발소리는 나지 않았다. 미리 신발을 벗어 두었기 때문이다.

아야츠지 선생님의 말대로였다. 이렇게 연기가 가득 차서는 상대도 이쪽이 보이지 않는다. 맨발로 조용히 접근하면 반대로 이쪽이 습격을 하는 셈이나 마찬가지다.

나는 자세를 낮추고, 언제든 총을 쏠 수 있는 자세를 유지한 채 달렸다. 흰 연기가 사라지기 전에 반드시 승부를 봐야 한다.

흰 연기가 옅어질 즈음, 검은 부츠의 발끝이 보였다.

서로 준비할 시간도 없을 만큼, 바로 코앞에서의 조우.

깜짝 놀란 상대가 이쪽을 향해 소총을 겨누는 모습이 시야 끝에서 슬쩍 보였다.

나는 속도를 줄이지 않은 채 슬라이딩을 해서 상대의 다리 사이로 빠져나갔다. 그리고 등 뒤에서 다리를 걸었다.

쓰러지면서 적이 총구를 겨누려 했다. 나는 맨발 끝으로 총을 차 올렸다. 그리고 곧장 발바닥으로 상대의 손목을 밟고 적을 향해 권총을 겨눴다.

그때 처음으로 상대의 모습을 제대로 확인했다. 방탄복에 방독면. 오른쪽 눈에는 소형 카메라. 총의 조준기는 도트 사이트.

불길한 예감이 치솟았다.

나는 상대의 머리에 권총을 대고 외쳤다. "소속과 작전 목표를 말해라!"

상대는 대답하지 않았다. 나는 바닥을 향해 권총을 한 발 쏜 뒤, 다시 외쳤다. "소속과 작전 목표를 말해라!"

"시 경찰의…… 대테러 특수부대……." 방독면 너머에서 먹힌 목소리가 들렸다. "형사를 죽이고 형사로 위장을 한 살인범이 민간인을 인질로 잡고 농성을 하고 있다는 정보가 있어…… 돌입을."

그게 무슨 소리지?

우리가 싸우고 있는 상대는 악당이 아니었다. 경찰의 특수부대였다.

교고쿠의 커다란 웃음소리가 들리는 듯했다.

"젠장!" 나는 권총을 겨누고 외쳤다. "위장한 적 없다! 우리는 정부 관계자다! 녀석이 가짜 정보를 흘려 서로 죽이게."

말을 할 수가 없었다.

한 명 더 있던 특수부대 소속이 옆에서 나를 때리려고 달려들었기 때문이다.

몸을 돌려 피할 때, 총대가 내 코앞을 스쳤다. 나는 바닥에 손을 짚고 등을 이용해 벌떡 일어섰다.

그때 상대의 주먹이 날아왔다. 훈련을 받고 완전 무장한 특수부대 대원. 주먹을 정통으로 맞으면 뼈가 으스러진다.

나는 몸을 크게 오른쪽으로 돌려 주먹을 피한 뒤, 뻗어 온 팔꿈치를 붙잡았다. 그리고 상대를 잡아당겨 장비로 가득한 몸의 약점인 목을 노렸다.

방어가 되어 있지 않은 목에 팔꿈치가 적중하자, 특수부대 대원은 신음소리를 흘렸다. 나는 팔꿈치를 한 번 더 휘둘러 권총의 총목으로 관자놀이를 때렸다.

그런데 갑자기 균형을 잃었다. 조금 전에 쓰러뜨린 특수부대 대원이 내 발목을 잡은 것이다.

교전을 멈추게 할 셈이었던 듯하지만, 타이밍이 너무 안 좋았다.

대자로 쓰러지는 내 눈앞에 총구가 나타났다. 관자놀이를 얻어맞은 특수부대 대원이 소총을 나에게 겨눈 것이다.

나는 쓰러지면서 권총을 겨눴다. 방탄복을 향해 총을 쏘아 사격을 중지시킬 수밖에 없었다. 하지만 자세가 너무 나빴다. 어딘가를 정확하게 노릴 여유가 없었다.

한 컷, 한 컷 흘러가는 필름처럼, 시간이 길게 늘어졌다.

나는 쓰러졌고—— 시야가 흔들렸다. 적이 총을 겨누었

다—— 방아쇠에 손가락이 걸렸다.

내 권총이 적의 얼굴을 향했다.

나는 바닥에 등을 부딪쳤다—— 서로의 총구가 교차했다.

내 발밑에서 검은 괴물이 스며 나왔다.

마치 그림자 그 자체처럼 생긴 뿔이 있는 검은 짐승은, 검은 낫을 손에 번쩍 들더니, 특수부대 대원의 가슴을 향해 내리꽂았다.

가슴에서 피를 분출하며 특수부대 대원이 쓰러졌다.

뿔이 있는 검은 짐승은 귀에 거슬리는 소리를 내면서, 내 그림자 안으로 다시 되돌아왔다. 그리고 그림자에 녹아들어 사라졌다.

이런 일이.

이런 타이밍에—— 내 이능력이 발휘되다니.

막 간 무간지옥

무명(無明)
땅거미 질 무렵

——따오기가 우는 소리가 났다.

*무명의 심연, 어디에서도 찾아볼 수 없는 장소. 공간이 아닌 공간, 시간이 아닌 시간 속에서—— 교고쿠는 눈을 떴다.

눈을 뜨면서도 졸고, 의식을 하면서도 의식이 없는 상태. 거품 같은 사유(思惟)가 교고쿠의 윤곽을 겨우 형성했다.

——따오기가 우는 소리가 났다. 짐승이 으르렁거리는 소리도.

교고쿠는 몸을 뒤척였다. 아니, 몸을 뒤척인 게 아니다.

동작은 동작이 아니다. 왜냐하면 이곳은 어디에도 속하지 않는 장소이니까.

스스로 사유하고 있지 않다는 사실을 자각하면서, 교고쿠

*무명(無明) : 십이 연기의 하나. 진리에 어두운 것. 근원적인 무지. 사람이 지닌 욕망과 집착심 등. 번뇌의 근원이 되는 것.

는 사유했다. 뇌 없는 사고, 사과 없는 자성. '나는 생각한다, 하지만 존재하지 않는다.' ──그 모순되는 오류에 쓴웃음을 지으면서 교고쿠는 몸을 일으켰다.

이곳은 마치 어머니의 배 속 같았다.

어둡고, 시끄럽고, 지금과 과거의 경계가 명확하지 않았다. 자신의 안과 밖의 경계도 애매했다.

아니면, 자신의 사고 그 자체가 어두운 것인가.

이능력자 · 교고쿠는 일찍이 매우 다양한 얼굴로 세상에 알려져 있었다. 시골의 폐가에 사는 괴짜 노인. 박식하고 마음씨 좋은 할아버지. 풍토 연구가. 한때는 정부의 의뢰를 받아 수수께끼 같은 사건을 해결하기도 했다.

하지만 지금, 교고쿠가 가장 마음에 들어 하는 얼굴은 단 하나.

──요술사.

사람의 목숨을 가지고 놀고, 다른 사람의 마음을 비웃고, 이능력과 은밀한 계획으로 세상을 제멋대로 주무르고 다니는 노회한 악인.

악인이라 불리며 국가 조직에게 쫓기니, 확실히 조금 귀찮기는 했다. 무엇보다 상대가 너무나도 거대했다. 지나친 악인은 제재를 받는 게 사회의 규칙. 인체의 면역계가 이물질을 제거하듯이, 사회는 악을 제거하려고 한다. 때문에 보통은 사람을 죽여 악인이라는 소리를 듣는 것보다, 종잡을 수 없는 괴짜라는 소리를 들으며 평온하게 사는 게 더 편하다. 대가가 작다.

하지만 자신은 그럴 수 없었다. 스스로 나서 악이 되었다.

교고쿠는 생각했다. 악은 나쁘다. 그야 그렇겠지. 하지만 악이 나쁜 이유는 벌을 받기 때문인가. 사람들이 싫어하기 때문인가. 재판을 받아 형을 선고받기 때문인가. ——아니, 그래선 순서가 반대다.

악은 나쁜 것이기 때문에 벌을 받는 것이다.

그렇다면 왜 악은 나쁜 것일까.

교고쿠는 그 대답도 알고 있었다. 악이란—— 본질적으로, 가장 빠르게 이익을 얻는 방법이기 때문이다.

즉, 다른 사람에게서 빼앗는 것.

다른 사람의 물건을 빼앗는다. 지위를 이용해 뇌물을 받는다. 방해되는 사람을 죽인다. 악의 본질이란, 스스로는 아무것도 생산하지 않은 채, 다른 사람에게서 빼앗는 것이다.

예를 들어 '다른 사람에게서 빼앗는 것이야말로 가장 손쉽고 빠른 방법이다.' 라고 생각하는 사람을 백 명 모아 마을을 만들면 어떻게 될까.

생각할 것도 없다. 그런 마을은 보름 정도면 망한다.

아무도 밭을 경작하지 않고, 아무도 집을 세우지 않고, 다른 사람의 성과를 노려 손쉽게 이득을 얻으려고만 하는 마을에서는 발전도 진보도 찾아볼 수 없다. 오로지 폭력이 지배하는 지옥 그 자체가 되겠지.

그렇기에 악은 사회의 적이다. 사회가 살인을 금지하는 이유는 그것이 무시무시하기 때문이 아니다. 살인이 만연한 사회는 방어와 경계를 하는 데 지나치게 많은 희생이 필요해 시스템 자체가 붕괴되어 버리기 때문에 살인을 금지하는 것이다.

형벌도 윤리도, 즉, 사회의 존속 비용을 줄여가기 위한 합리적인 작용이다.

즉, 악이란 이익이다. 집단보다도 개인의 이익을 우선시하는 것이다. 그런 사람은 사회에서 배제해야 한다. 이기적으로 행동하면 두려운 벌칙이 있다고 하며 위협을 해야 한다.

하지만 이기심이란 사람이 당연히 가지고 있는 본능이기도 하다.

자신을 지킨다. 자신이 사랑하는 것을 지킨다. 그를 위해서는 지구 반대편의 사람이 얼마나 죽든 아무런 상관도 없다. 그게 사람이다.

악을 제거한다는 것은 즉, 인간성을 제거한다는 것과 다를 바 없는 게 아닐까.

교고쿠는 몸을 뒤척이면서 작게 기침을 했다.

그럼 뒤집어서―― 자신은 과연 악일까?

교고쿠는 생각했다. 자신은 이기적이었는가. 다른 사람보다 자신을 우선시했던 적이 있었는가.

아니. 그런 적은 한 번도 없다. 그 어떤 때에도 자신은 항상 자신을 뒷전으로 미뤄 두었다. 최소한의 방어 본능은 있었지만, 일찍이 단 한 번도 다른 사람의 이익을 빼앗으려고 행동한 적은 없었다. 다른 사람을 지배하고 가지고 놀려는 반사회적 인격이라고 자신을 표현하는 사람도 있지만, 아무튼 간에 그런 지적과는 거리가 멀었다.

왜냐하면 자신은 항상 이타적이었기 때문이었다.

애당초, 자신은 한 번도 자신의 이익을 위해 다른 사람을 죽인 적이 없다. 교고쿠 주변에서 일어나는 죽음은, 모두 다른 사람이 다른 사람을 죽인 사건뿐이다. 교고쿠의 주변에서는 악이 소용돌이쳤지만, 교고쿠 본인은 그 안에서 태풍의 눈처럼 청렴함을 유지했다.

교고쿠는 자신의 몸에 위험이 닥칠 때에만 이기적이 된다.

교고쿠는 돌이켜 생각해 보았다. 인생의 최초이자 최대의 이기심을 발휘했던 때를.

그때, 교고쿠는 태아였다.

뚜렷하게 기억하고 있다. 어둠과 온기. 부드럽고 좁은 곳.

교고쿠의 두뇌는 이미 그때부터 평범하지 않았다.

자신은 좁은 방에 갇혀 있었다. 어머니의 배 속에는 출구도 없었고, 빛도 없었고, 그곳이 어디인지를 나타내는 단서도 없었다. 태내의 고동 소리가 유난히 크고 시끄럽게 울려 퍼졌다. 그 소리는 공포 그 자체였다. 정체를 알 수 없는 장소에 갇혀 있는 것이었으니까. 울고불고 날뛰고 싶었지만, 자신의 몸은 너무나도 작고 덧없었다. 공기가 없어 목소리도 나오지 않았다. 갇혀 있었다. 도망칠 수 없었다.

그리고—— 이윽고 찾아온 탄생의 순간에도 구원은 없었다.

분만 때, 온몸을 덮친 어마어마한 고통이 기억났다. 자신의 몸이 믿을 수 없이 일그러지고, 두려울 만큼 좁은 문을 비집고 나왔던 때. 그렇게 태어난 장소는 압도적인 빛과 정보의 홍수가 넘쳐 나는 곳이었다. 뭐가 뭔지 몰라 교고쿠는 울었다. 밖에 나와서야 비로소, 어둡고 좁은 감옥이 얼마나 마음 편한 요람이었는지를 깨달았다.

하지만 바로 알았다. 이제 돌아갈 수 없다는 사실을. 이 차가운 세상에서 살아갈 수밖에 없다는 사실을.

아직 눈꺼풀도 뜨지 못했다. 하지만 빛과 기척으로 주변에 무언가가 존재한다는 사실을 깨달았다. 자신을 내려다보는 거인들. 천을 두른 거대한 움직이는 무언가. 너무나도 상식을 벗어난 상황이었지만, 교고쿠의 두뇌는 냉정하게 그곳에 있는 거인들을 자신과 같은 종류의 존재라고 인식했다. 자신이 지금 태어났다는 것, 그리고 앞으로는 이 빛의 홍수 안에서 살아가야 한다는 사실을 깨달았다.

거인들은 크고, 보기에도 강했다. 순간적으로 그들에게 반항해 봐야 이길 가능성이 없다는 사실을 눈치챘다. 압도적인 폭력이자, 위협인 거인들에게서 어떻게 해서든 자신을 지켜야 했다.

그게 교고쿠의 처음이자 최대의 이기심이었다.

그리고 이윽고 알게 된 사실이지만—— 그 거인들도 역시 약했고, 압도적인 폭력의 위협에 몸을 떠는 불쌍한 개인이었다. 거인들—— 즉, 인간——보다도 더 위에는, 더욱 강력한 상층 구조가 있었다.

약한 거인을 지배하는 보이지 않는 지배자. 즉, 시스템이다.

사회, 집단, 조직. 작게는 가족에서부터 기업, 지자체, 크게는 국가까지. 그들은 개인이라는 육체가 있는 존재를 지배하고, 포위하고, 때로는 짓밟았다. 이 세상에 살아가는 모든 개인은 시스템의 노예이며, 항상 시스템에 봉사해야 한다——. 세상은 그런 식으로 개인에게 이타적이기를 강요했다. 이기적, 즉, 사람다운 모습을 올바로 발휘하는 일은 시스템에 대한 배신행위로 간주했다. 그리고 시스템을 배신하면 추방, 벌칙, 더 나아가서는 사형이라는 명목으로 존재 자체를 제거했다.

그곳에는 명확한 모순이 존재했다.

그 모순은 이용할 수 있다. 교고쿠는 그렇게 생각했다.

교고쿠는 사유했다. 선이란 무엇인가. 악이란 무엇인가.

교고쿠는 사고하고, 사고하고, 또 사고했다. 그리고 한 가지 결론에 이르렀다.

교고쿠는 몸을 일으키고는 웃었다.

진흙 같은 웃음.

"그럼 다음 유흥의 막을 올려 볼까——."

그리고 교고쿠는 주름이 깊게 팬 손가락을 들어 장기짝을 잡고 다음 '의식' 위에 올려놓았다——.

제4막 사법성 본관

아침 맑음

아무리 생각해도 최악의 하루가 될 게 틀림없었다.

나는 부어 오른 눈을 비비면서 애스턴 마틴을 운전해 목적지인 사법성 본관에 도착했다. 몸을 꿰뚫을 듯한 아침 햇빛이 머리 안을 욱신거리게 만들었다.

어제는 거의 한숨도 자지 못했다.

몸 이곳저곳이 마치 진흙 속에 파묻힌 것처럼 무거웠다. 게다가 뒤늦게 찾아온 근육통까지 말썽이었다. 포위망을 돌파하기 위한 전투 때에 너무 무리를 했기 때문이다.

전투.

권총, 격투, 그리고 이능력.

나는 한숨을 내쉬었다.

"츠지무라, 늦었군. 늦잠을 자니 기분 좋았나?"

고개를 들어보니, 입구 앞에 아야츠지 선생님이 서 있었다. 오늘은 저격 감시팀에 끌려온 것이겠지.

"기분이 좋긴요. 애당초, 잠을 자지도 않았어요."

"보면 알아. 얼굴이 심각하군. ……다음 약속 때 늦으면, 더 심각한 얼굴로 만들어 줄 테니 각오하도록."

아야츠지 선생님의 차가운 말을 듣고도, 오늘 나는 고개를 떨구며 노려보는 게 한계였다.

"자아, 가지. 시간에 늦으면 정부 관리는 다섯 살 어린아이처럼 어르기가 힘들어지니까. 서두르자."

나와 아야츠지 선생님은 나란히 사법성 건물 안으로 들어갔다.

사법성 건물은 지은 지 얼마 되지 않았다. 크림색 바닥은 번쩍거려서, 걷는 사람이 그대로 비쳐 보였다. 천장은 한없이 높고, 로비는 야구 시합을 해도 될 만큼 넓었다. 오가는 사람들은 모두 세련되게 방금 맞춰 입은 것 같은 양복을 멋들어지게 입고 있었다. 틀림없이 말쑥하게 차려입고 멋지게 로비를 오가는 것도 이곳 사람들의 업무 중 하나이겠지.

나와는 너무나도 다르다.

나는 이제 곧 이곳에서 책임을 추궁당하게 된다.

어제, 우리가 맞닥뜨린 포위 전투—— 시 경찰의 대테러 특수부대와의 전투 때에, 나는 상대 특수부대 대원을 찔렀다. 자신의 이능력으로. 찔린 사람은 폐를 관통당하는 중상을 입었고, 지금도 의식불명이다. 생사의 경계를 헤매고 있는 것이다.

그게 내가 이곳에 불려온 이유였다.

총격전은 어쩔 수 없는 일이었다. 격투를 하고, 상대를 쏘려고 한 것도 정당방위에 해당한다. 하지만 이능력 특무과의 멤버가 시 경찰이라는 공권력을 지닌 사람에게 이능력을 사용해 사경을 헤맬 정도의 중상을 입힌 일은, 어물쩍 변명을 한다고 해서 그냥 넘어갈 수 있는 문제가 아니었다.

왜냐하면, 정치적인 문제가 관련되어 있기 때문이었다.

이능력이라는 공개적으로 밝히기 어려운 현상을 특별히 취급하고, 자신들도 역시 특별히 이능력을 사용해도 좋다고 허락을 받은 이능력 특무과. 표면적으로는 존재하지 않는 비밀 조직. 만약 그런 조직이 폭주하면 어떻게 할 것인가. 정부에 대항하면 어떻게 할 것인가. 그런 점을 걱정하는 정부의 고위 관료가 많기에, 특무과의 특권적인 지위를 박탈하려고 정치적인 압력을 가하는 사람들도 끝없이 나타났다.

지금 이 사법성 건물 안에도 그런 사람이 있다.

그래서 우리는 불려 왔다.

"약속 시간은?" 아야츠지 선생님이 물었다.

"이제 거의 다 됐어요." 나는 손목시계를 보고 대답했다.

나는 로비 한쪽 구석에 서서 상대가 오기를 기다렸다.

말없이 가만히 기다리려고 했는데, 무심코 말이 새어 나왔다. "대체 이게 뭐야? ……진지하게 일을 했을 뿐인데, 왜 이렇게 된 거지?"

"그러게 말이다." 아야츠지 선생님은 앞을 본 채로 말했다. "교고쿠의 작전에 말려들어 특수부대와 한바탕 대결을 펼친 끝에, 시민을 지키는 정의의 사도를 의식불명의 중태에 빠뜨리다니. 모두 우리의 얕은 생각과 자네의 미숙한 이능력이 가져온 비극이다. 하지만 진지하게 일을 했으니, 자네가 질책을 받아야 할 이유는 없어. 정말 말도 안 되는 이야기지."

"선생님." 나는 아야츠지 선생님을 노려보았다. "꼭 그런 식으로 말을 해야 하나요?"

"그럼 어떻게 말하란 거지? '아직 신인이니까 신경 쓰지 마라, 다음부터 조심하자.' 라고 말하면 될까?" 아야츠지 선생님의 표정은 가차가 없었다. "자네가 시 경찰의 사무 작업원이었다면 그렇게 말해 줘도 괜찮겠지. 하지만 사람의 생명에 '다음' 은 없어."

할 말이 없었다. 선생님의 말씀대로였다.

비밀 기관인 이능력 특무과의 에이전트는 거의 대부분이 이능력자로 구성되어 있다. 이렇게 이능력자의 비율이 높은 조직은 정부 안에서도 거의 존재하지 않는다. 나도 그중 한 사람이고, 나밖에 쓰지 못하는 이능력을 지니고 있다.

하지만 그것이 유용하고 강력하냐고 한다면—— 그건 좀

애매했다.

왜냐하면 내 이능력은 사람의 명령을 듣지 않았기 때문이었다.

내 이능력은 발밑 그림자에 깃들어 있다. 하지만 거의 확실한 형태가 없다. 그림자 그 자체가 자율적으로 굼실거린다고 해도 과언이 아닐 정도로 종잡을 수 없는 이능력 생명체다. 간신히 파악하고 있는 것이라고 해 봐야, 그 녀석이 염소의 뿔 같은 것을 지닌 이족보행 짐승이라는 것과 검은 낫 같은 것으로 공격한다는 것뿐이었다. 나머진 거의 아무것도 모른다. 아무리 뚫어지게 바라봐도 모습조차 확실히 볼 수 없었기 때문이다. 무슨 생각을 하고 있는지도 모른다.

나는 그 녀석을 '그림자 아이' 라고 부른다.

지금도 내 그림자 안에 숨어 무언가를 생각하는 중이다.

언제 모습을 드러낼지, 누구를 공격할지도 모른다.

적인지 아군인지조차 알 수 없다.

가끔 길을 걷다가, 그림자 속에서 그 녀석의 시선을 느끼고 몸을 부르르 떤 적도 있다.

내 안에 숨어 있는 괴물.

일상 속에 숨을 죽이고 살아 있는 이상한 무언가.

"선생님." 나는 갈라진 목소리로 말했다. "자신에게 이능력이 없었다면 더 좋았을 거라 생각하신 적은 없나요?"

"꽤 고차원적인 질문이군." 아야츠지 선생님이 말했다.

"대답은 해 줄 수 있지만, 자네처럼 미숙한 사람이 과연 대답을 받아들일 수 있을지 어떨지 모르겠군. 그런 고차원적인 질문을 하려면 10년 정도는 더 고뇌를 해야 해. 자네는 자신의 이능력에 눈을 뜬 지 몇 년이나 됐지?"

손을 꼽을 필요도 없이, 몇 년인지는 잘 알고 있었다.

"……5년이요."

"사람이 언제, 왜 이능력을 얻게 되는지는 불명확한 점이 많아. 하지만 대부분은 어떤 계기가 있지. 자네의 경우는 어머니의 죽음이었지? 5년 전의 레이고 섬에서 일어난 연속 살인 사건. 그렇게 엄청난 일을 겪었으니, 이능력 한둘쯤 생기는 것도 이상하지 않지. 본인이 원했든 원하지 않았든 말이야."

5년 전에 일어난 레이고 섬 연속 살인 사건.

섬을 찾은 관광객이 잇달아 이유를 알 수 없이 실종됐던 사건.

그 사건으로 어머니가 죽은 이후, 나는 이 불안정하고 정체를 알 수 없는 이능력과 함께 살아갈 수밖에 없었다.

특무과의 선배는 이 이능력을 '어머니의 유품'이라고 분석했다. 이유가 어떻든 간에 어머니 덕분에 나는 이능력이 발현하게 되었고, 그 덕분에 특무과에 스카우트되었다. 그런 점을 생각해 본다면, 내가 에이전트가 될 수 있었던 것도 어머니 덕분이다. 선배는 그런 사실을 상기시켜 주면서,

'어머니의 선물이라고 생각해라.' 라고 말했다.

하지만.

특수부대 대원의 가슴을 꿰뚫은 순간의 검고 차가운 그림자 아이의 모습을 떠올렸다.

살의조차 없는 그 투명하고 때 묻지 않은 살인 의지.

그게—— 선물?

우리 어머니는, 어머니로서 어울리는 사람이 아니었다. 나는 나대로 분명 딸로서 어울리는 사람이 아니었겠지.

어머니가 죽기까지 몇 년간, 어머니와는 제대로 말도 하지 않았다. 나는 집에 오지 않는 어머니를 남처럼 생각했고, 어머니는 그런 나를 탐탁지 않게 생각했을 게 분명하다.

어머니는 틀림없이, 나를 좋아하기는커녕 아무런 감정도 없었겠지.

'그림자 아이' 는 정말로, 어머니가 나를 축복한 증거일까?

"선생님. 레이고 섬 연속 살인 사건을 해결한 사람은 선생님이셨죠? 그때 어머니의 모습은 어땠나요?"

"글쎄다. 흥미가 없는 것은 굳이 기억을 안 해 두는 성미라서."

나는 어깨를 떨궜다. "……그러시군요."

"거짓말이다. 세세하게 똑똑히 기억하지. 하지만 자네가 알고 싶어 할 만한 정보는 아무것도 없어."

아야츠지 선생님은 과거를 떠올리듯이 시선을 위로 올렸다.

"그런데 그 사건에 대해서는 자세히 알고 있나?" 아야츠지 선생님이 말했다. "그 살인 사건은 섬사람들이 한패였지. 관광객을 몰래 죽여 섬에 오랫동안 체류하는 것처럼 꾸민 다음, 돈을 계속 인출했다. 내가 해결하지 않았다면 피해가 계속 생겼을 테지. 하지만 그럼에도 불구하고, 범인을 모두 발견한 건 아니야."

나는 아야츠지 선생님을 바라보았다. 선생님은 여전히 표정에 변화가 없었다.

"범행에 가담한 섬사람은 모두 열일곱 명. 하지만 주모자였던 열여덟 번째 사람은 아직 발견하지 못했지. 신중하고 교활한 남자거든. 밝혀진 정보는, 섬사람들을 선동해 범죄에 가담하도록 한 주범이라는 것. 목격 정보에 따르면 왼손 약지의 끝만이 잘려 나갔다는 것 정도. 그 외에는 본명도 얼굴도 몰라. 섬에 있었을 때의 직업을 근거로, 경찰은 그 녀석을 '엔지니어' 라고 부르는 중이지."

열여덟 번째의 살인범. 아야츠지 선생님이 섬에 있었을 때, 유일하게 섬에 없어 밝혀내지 못한 살인범. 가장 깊이 사건에 관여했던 것으로 추정되는 남자.

선생님은 그 연속 살인 사건을 해결했다. 그리고 범행에 관여한 섬사람 열일곱 명을 이능력으로 '사고사' 시켰고, 그

대량 학살 때문에 정부의 주목을 받게 되었다.

선생님에게 있어서도, 나에게 있어서도, 레이고 섬 사건, 그리고 '엔지니어'는 인연이 깊은 상대다.

아야츠지 선생님은 나를 곁눈질로 보며 말했다.

"자네가 특무과에 들어가 내 담당이 된 것은—— 그 사건의 복수를 하기 위해서인가?"

나는 아무 말도 하지 않았다.

복수.

분명히 어머니가 살해당했으니, 소녀가 복수를 꿈꾸는 것은 아주 당연한 일이다.

하지만 나는—— 모르겠다. 자신은 복수를 하고 싶은 것일까? 그래서 지금 임무를 수행하고 있는 것일까? 몇 번이고 자문을 해 보았지만 결론은 나지 않았다.

"아무튼, 일단은 교고쿠다." 아야츠지 선생님은 말했다. "녀석은 범죄자 정보망에도 정통하겠지. 아니면, 수사를 하는 중에 '엔지니어'의 행방을 발견할 수 있을지도 몰라. 그러려면 일단 지금 눈앞에 닥친 문제를 해결할 필요가 있다."

아야츠지 선생님은 눈으로 앞을 가리켰다.

"봐라. 자네를 명부로 연행할 지옥의 사자들이다."

내가 고개를 들어보니, 사람이 이쪽을 향해 걸어오고 있었다.

"오오, 아야츠지 유키토 선생님! 명성은 익히 들었습니다. 만나서 영광입니다!"

호들갑스러운 동작을 섞으며 양복을 입은 남자가 걸어왔다.

양복은 짙은 회색 브리오니. 손톱에서 턱의 솜털까지 깔끔하게 깎았고, 중년 관료에게는 흔한 인상 나빠 보이는 미간의 주름도 없었다. 뺨에는 보조개. 그 세련되고 완성된 외모를 통해 그가 발신하는 한 가지 메시지를 읽을 수 있었다. 관료는 외모와 태도와 목소리다. 내면이 아니라.

사법성 사법 기관국의 사카시타 국차장. 중앙 정권에 둥지를 튼 뱀 한 마리다.

옆에는 검은 양복을 입은 수수한 비서관이 서류를 한 손에 들고 조용히 옆에 서 있었다.

"이거 참. 관계자는 모두 입을 맞춰 아야츠지 선생님을 '국내에서 가장 위험한 이능력자' 중 한 사람이라고 떠들고 있습니다만…… 솔직히 말씀드려, 저는 선생님의 실력을 높게 평가하고 있습니다. 수사력, 관찰력, 그리고 무엇보다도 나쁜 범죄자를 무조건 제거하는 이능력. 안 그래도 꼭 한번, 과거에 해결하셨던 흉악 사건에 관한 이야기를 듣고 싶었던 참이었습니다."

사카시타 국차장은 얼굴 가득 미소를 지으며 아야츠지 선생님의 손을 잡고 크게 흔들었다. 보이지 않는 에너지를 손바닥으로 흘려보내듯이. 하지만 그동안 나한테는 눈길조차 보내지 않았다.

"사카시타 국차장. 굳이 나를 맞이하러 나오다니 몸 둘 바를 모르겠군." 아야츠지 선생님은 표정 하나 바꾸지 않고 그렇게 말했다. "사건 보고서는 읽었나?"

"아니요. 개요를 들었을 뿐입니다." 사카시타 국차장은 태양과도 같은 미소를 지었다. "될 수 있으면 아야츠지 선생님께 직접 듣고 싶군요. 홍차라도 마시면서 말입니다. 자, 이쪽으로 오시죠."

"잠깐만요." 나는 옆에서 말을 걸었다. "이번 사건은 저에게 책임이 있어요. 아야츠지 선생님과 특무과는 아무런 책임도 없고요. 보고서에 작성한 대로예요."

"흐음." 사카시타 국차장은 눈썹을 들어 올리며 나를 바라보았다. 마치 내 존재를 지금 막 눈치챘다는 듯이. "아가씨. 책임이 누구에게 있는지를 결정하는 건 자네가 아니야. 더 위에 있는 사람들, 그러니까 규칙을 정하는 사람들이지."

"규칙이라니요?"

"흐음. ……좋아, 아가씨. 자네의 마음이 편안해지도록, 사실을 말해 줄까?" 사카시타 국차장은 양손을 펼치며 웃었다. "이번 사건은 자네 탓이 아니네. 문제가 있었던 곳은 규칙, 즉, 조직 제도 그 자체였지. 이능력 특무과는 이 나라를 좀먹는 암이야. 녀석들은 이능력자를 숨기고, 이능력 범죄를 숨기면서, 이능력이라는 것이 이 세계에 아무런 영향을 미치지 않는다고 사람들을 세뇌하려 하지. 그리고 자신들만이 이능력자를 관리하려고 하는 등, 특권적인 지위를 독점하려 하고 있네. 마치 오락 영화에 나오는 악한 음모 조직 같은 녀석들이라 할 수 있지."

"말도 안 돼!" 나는 무심코 소리쳤다.

"아니라고 할 셈인가? 하지만 대중은 다르게 생각할걸? 진실을 알면 말이야. 의사가 암을 제거하듯이, 이능력 특무과의 특권적인 지위를 이 나라에서 박탈할 걸세. 그게 내 일이니까. 자네 덕분에 그 계기는 마련됐네."

사카시타 국차장이 옅게 미소 지었다. 사형 집행관이 사형수를 보고 웃듯이.

내무성의 이능력 특무과와 사법성의 사법 기관국은 사실 견원지간이다. 물과 기름, 태양과 북풍. 정부 내의 적대 세력으로, 옛날부터 서로 으르렁거리며 권력 투쟁을 반복했다.

재판과 양형을 관장하고 경찰과 검찰 조직 위에 군림하는 사법성은 이능력자를 공평하게 재판할 수 있는 규칙 제정을 일관되게 주장해 왔다. 이능력자도 일반인과 똑같이 재판해라. 그게 그들의 주장이다.

하지만 이능력 특무과의 주장은 달랐는데, 이능력자는 너무나 개인차가 크고, 그 성질도, 폭주했을 때의 대책도, 한 사람, 한 사람마다 차이가 너무 컸기 때문이었다. 건드리지 않고 특정 대상을 움직일 수 있는 이능력자, 사람의 마음을 읽는 이능력자, 빛처럼 빠르게 이동할 수 있는 이능력자—— 각각 개성이 너무나도 다른 이능력자들에게는 일률적으로 규범을 적용시킬 수 없었다.

사법의 정점에 군림하는 사법성 입장에서는 자신들의 영역에 제멋대로 특별 영역을 만들어 규칙을 흐리는 이능력 특무과가 눈엣가시일 게 분명했다.

물론…… 이능력 특무과의 행동이 완벽하지는 않다. 이능력자의 활동을 관리하기 위해서라면, 특무과는 어떤 수단이든 주저하지 않고 사용한다. 소문에 따르면, 요코하마의 범죄 조직에 이능력 개업 허가증을 내주어, 제한적이긴 하지만 활동을 보증해 주었다고도 한다. 감시만 할 뿐, 제재를 가하지 않는 특무과를 '왓처' 라고 야유하는 사람들도 많다.

우리는 때가 묻지 않은 정의의 사도가 아니다.

그건 잘 안다.

"그래도 이능력 특무과는 필요해요." 내가 말했다. "평범한 경찰은 이능력 범죄를 단속하기는커녕 이해도 못 하잖아요? 그러니까 저희가 있는 거예요. 부디 그 사실을——."

"아쉽지만, 자네의 의견을 물은 적은 없네." 사카시타 국차장은 내 말을 중간에 끊었다. "자네를 이곳에 부른 이유는 내가 녀석들을 짓밟을 수 있는 도구를 손에 넣기 위해서야. 다음 심사회에서 이 이야기를 보고하도록 하지. 아야츠지 선생님, 그때에는 조수를 잠시 빌려 주십시오."

아야츠지 선생님은 어깨를 으쓱 들어 올렸을 뿐 대답은 하지 않았다.

사카시타 국차장은 텔레비전에 나오면 딱 어울릴 만한 미소를 지으며 걷기 시작했다.

"할 말은 끝났네. 우리는 이제부터 증거를 확보할 생각이다." 그리고 그 자리를 떠나려다가 뒤를 돌아보더니, 엷게 웃었다. "생사가 위태로운 경관에게는 미안한 말이지만, 딱 알맞은 타이밍에 칼에 맞아 주었군."

사카시타 국차장과 비서는 안쪽 엘리베이터를 향해 걸어갔다.

"저기요!"

"잠깐." 아야츠지 선생님이 뛰어서 쫓아가려는 나를 손으로 제지했다.

"하지만 선생님, 이대로 가면 저 녀석은 우리를……!"

"자네는 시골 중학생인가? 겨우 이 정도로 동요하면 안 되지." 아야츠지 선생님은 차가운 눈으로 나를 바라보았다. "이거 참…… 어쩔 수 없군. 오늘은 특별히 가르쳐 주지. 저런 녀석들을 어떻게 물리치면 되는지 말이야. 잘 봐 둬."

아야츠지 선생님은 그 말을 끝내자마자, 걸어가는 상대의 등을 향해 말을 걸었다. "사카시타 국차장."

사카시타 국차장이 돌아보았다. "네?"

"깜빡하고 물어보지 않은 게 있어서. 특수부대의 오른쪽 가슴을 찔린 경관에 대해 이야기를 하고 싶은데."

"오른쪽 가슴?" 사카시타 국차장은 눈썹을 가운데로 모았다. "경관이 찔린 곳은 왼쪽 가슴이 아닌지요?"

"그래. 왼쪽 가슴이지. 당신은 조금 전 '보고서를 읽지 않았다' 고 했었지만, 이걸로 그게 거짓말이라는 사실이 증명되었군." 아야츠지 선생님은 거리낌 없이 그렇게 말했다. "당연하다면 당연하지. 당신같이 교활한 관료가 상대를 찌르는 무기가 될 보고서를 읽지 않았을 리 만무하니까 말이야."

사카시타 국차장이 살짝 얼굴을 찡그렸다. 아마 아야츠지 선생님의 말 그대로겠지.

아야츠지 선생님은 상대가 얼굴을 찡그리든 말든 전혀 신경도 쓰지 않은 채, 말을 계속했다. "그리고 그 보고서에는 또 한 가지 중요한 사실이 적혀 있지. 경관에게 가짜 정보를 흘려 돌입 지시를 내렸을 것으로 추정되는 흑막에 대해서 말이야."

"분명히…… 교고쿠라고 해서, 죽은 것으로 추정되는 이능력자였습니다만."

"하지만 녀석은 살아 있었네. 그 녀석은 악령을 빙의시켜 사람을 조종하는 정신 조작 계열 이능력자로, 나와 조수에게 나쁜 장난을 치며 노는 악취미를 가진 남자지."

"그게 뭐 어쨌다는 겁니까?"

"단순한 이야기야. 특수부대를 부추긴 녀석이 다음에 어떤 질 나쁜 장난을 칠지 생각해 봤거든. 혹시 츠지무라의 조직을 짓밟기 위해 정부 중추에 속한 사람을 뒤에서 조종하지 않았을까?"

"네?" 사카시타 국차장의 안색이 확 변했다. "제가요? 제가 누군가에게 조종당하고 있다는 말씀입니까? 그럴 리가요. 저는 다릅니다. 그런 녀석을 따를 이유도 동기도 없습니다."

"내가 정신 조작 계열 이능력이라고 말했을 텐데. 정말 교고쿠의 꼭두각시라면 이상한 범죄를 일으키기 전에 구속해야 하지."

"구속? 제가…… 이능력에 조종을 당하다니, 말도 안 되는 일입니다." 사카시타 국차장의 표정이 단단히 굳었다.

"다들 그렇게 말하지. 하지만 이능력 전문가가 아닌 당신의 자기 진단은 믿을 게 못 돼."

"말도 안 됩니다! 절대로!"

"글쎄. ……아, 전문가 하니 생각나는데, 딱 좋은 녀석들이 있군. 그 녀석들에게 봐 달라고 하면 멀쩡하다는 사실을 증명할 수 있겠지. 이능력 특무과라고 있는데, 아나?" 아야츠지 선생님이 엷게 미소를 지었다. 그와는 달리 사카시타 국차장의 안색은 창백해져 갔다. "특무과에는 상대의 기억을 끌어내는 전문가가 있는데, 그 녀석한테 한번 봐 달라고 해 보는 게 어떤가."

"기억이라고요……?" 사카시타 국차장의 얼굴이 완벽하게 창백해졌다. "진심으로 하시는 말씀입니까, 아야츠지 선생님?! 기억을 끌어내다니, 그건 좀."

"난처한가?"

아야츠지 선생님이 놀리듯이 물었지만, 사카시타 국차장은 대답하지 못했다.

"당연히 난처하겠지. 지금까지 수없이 해 왔을 악독한 거짓말을 들켜서는 안 되니까." 아야츠지 선생님은 눈앞의 상대를 벌레 보듯이 차갑게 내려다보았다. "하지만 나도 거짓말 정도는 꿰뚫어 볼 수 있지. 당신은 보고서 외에도 거짓말을 했어. '나를 만나 영광' 이라고? 뒤에서는 나를 '피가 얼어붙은 사신' 이라고 부르는 사람이 과연 어디의 누구일까?"

사카시타 국차장의 표정이 굳었다. 어떻게 그걸 알았는지 의아해하는 얼굴이었다.

"놀랄 건 없어. 탐정이 의뢰인을 조사하는 건 자연스러운 섭리이니까. 당신은 제3자를 통해 나에게 더러운 일을 참 많이도 떠넘겼지. 직접 의뢰하지 않은 건, 이능력에 말려들까 봐 무서웠기 때문인가?"

나는 깜짝 놀라 무심코 끼어들었다. "의뢰라고요?"

"그래. 이곳의 고급 양복으로 몸을 두른 사법성의 은밀한 큰 뱀은 잇따른 정적의 실각과 죽음으로 지금의 위치까지 오른 인물이거든. 전 상사였던 사법 장관은 25년 전의 살인 사건 혐의가 폭로된 뒤 사고로 사망. 동기이자 같은 직위를 놓고 다투던 관료도 아내의 범죄가 발각되어 실각. 그 모든 일은 정부의 의뢰로 내가 해결한 사건이지."

"잠깐. 잠깐만요." 나는 당황해서 말했다. "그럼 사카시타 국차장님은…… 자신에게 방해가 되는 사람을 아야츠지 선생님을 이용해 사고로 죽게 만들었단 말이에요……?"

"난 그런 적 없다!" 갑작스럽게 폭탄 발언을 들은 사카시타 국차장은 누가 봐도 당황해하는 모습이 역력했다. "설사 그렇다고 하더라도, 단죄 받은 사람은 범죄자가 아닌가!"

"과거의 일마저도 당신이 꾸민 짓이 아니었다고 누가 단언할 수 있지?"

"그런 건 증명할 수 없어!"

"그야 그렇지. 하지만 당신은 조금 전에 말했지. ——하지만 대중은 다르게 생각할걸? 진실을 알면 말이야."

"아니, 나는, 아니야. 그건 정당한! 아니, 그런 사실은! 왜 그런 걸, 잠깐만……!" 사카시타 국차장은 허둥거리며 뒷걸음질했다.

"거물 관료가 어린아이처럼 당황하는군. 아무튼 내가 할 말은 끝났다. 뒤에서 익명으로 손을 써서 이능력자에게 방해꾼을 죽이게 한 남자라면, 특무과를 없앤 뒤에도 틀림없이 새로운 체제를 훌륭하게 만들어 주겠지. 견학을 한번 해볼게. 그 뒤로 당신에 대한 어떤 불리한 사실이 밝혀질지,

난 잘 모르겠지만."

사카시타 국차장은 새하얗게 질린 얼굴이 새빨갛게 달아올랐지만, 한마디도 반론하지 못했다.

나는 어안이 벙벙했다. 아야츠지 선생님은 사실을 나열하고, 상대의 발언을 인용했을 뿐이다. 그런데도 사카시타 국차장의 특무과에 대한 공격 논리를 완전히 봉쇄해 버렸다. 아야츠지 선생님은 추리력만 뛰어난 게 아니었다. 상대를 관찰하여, 어떻게 하면 상대의 발언을 봉쇄할 수 있는지를 순식간에 조합하는 능력이 뛰어났다. 머리의 회전이 무서울 정도로 빠르기 때문이겠지.

물론―― 그냥 상대를 괴롭히는 걸 아주 좋아하는 것일 뿐일지도 모르지만.

조금 전부터 어딘가 모르게 선생님의 얼굴에 생기가 넘치는 것도 같고.

"아…… 아무튼, 다음 심사회에서 아가씨를 소환해 신문할 테니, 그렇게 알게. 오늘은 이상이다!"

사카시타 국차장은 오가는 사람들을 난폭하게 밀어제치면서 로비의 안쪽으로 성큼성큼 걸어갔다.

나는 그 등을 향해 힘껏 혀를 내밀었다.

"아야츠지 선생님, 속이 후련해요!" 나는 웃으며 말했다.

"자네는 여전히 머리가 꽃밭이군." 아야츠지 선생님은 차가운 눈으로 나를 내려다보았다. "후련할 거 하나도 없어.

이제 저 남자는 자네 개인을 공격하는 걸로 전략을 바꾸겠지. 자네를 파면한 뒤, 실수를 범한 사람이 없는 상태에서 특무과의 감독 책임을 추궁하는 전략으로 말이야. 그렇게 하면 내가 말한 부정직한 행동과 관련된 이야기를 꺼내지 않아도 되니까."

"네?" 내 머리가 순식간에 냉정을 되찾았다. "그럼 저는……."

"자네 같은 소녀에게도 알기 쉬운 표현을 사용하자면." 아야츠지 선생님은 앓는 소리를 하는 시인 같은 표정으로 말했다. "잘릴 위기다."

"그럼 안 되죠!"

"흐음." 아야츠지 선생님은 손가락으로 자신의 턱을 톡톡 두드렸다. "그 말을 듣고 보니, 그런 것 같긴 하군."

이게 뭐야!

나는 아야츠지 선생님은 내버려 둔 채, 로비 안쪽으로 걷기 시작했다. 사카시타 국차장의 뒤를 쫓아서.

즉, 자신의 일은 자신이 어떻게든 해야 한다는 말이었다.

"서둘러 쫓아가는 게 좋을 거야." 등 뒤에서 아야츠지 선생님의 목소리가 들렸다. "지금 기회를 놓치면, 사카시타 국차장에게 매달릴 기회는 아마 다시는 없을 테니까."

그 말 그대로였다. 자칫하면 이 뒤로 아무 일도 없이 조용히 해고 통지서 한 통을 받는 것으로 마무리가 될 가능성도 매우 높았다.

뭔가 제대로 된 대책을 세운 건 아니다. 사카시타 국차장과 이야기를 한다고 해서 뭔가 번뜩이는 멋진 언변으로 문제를 말끔하게 해결할 수 있을 가능성이 있는 것도 아니었다.

하지만 이대로 물러설 수는 없었다.

나도 일류 에이전트다운 모습을 보여 줘야 한다.

앞쪽에 사카시타 국차장의 모습이 보였다. 나는 똑바로 안쪽 엘리베이터로 걸었다. 저건 분명 꼭대기 층의 전문 에어리어로 올라가는 고층 엘리베이터다. 허가된 일부 관료만이 입장할 수 있는 곳이다. 즉, 저 엘리베이터에 올라타기 전에 걸음을 멈추게 해야 한다는 이야기다.

“사카시타 국차장님!”

내가 크게 불렀지만, 양복을 입은 국차장은 무시하고 엘리베이터를 향해 걸었다.

그쪽이 그렇게 나온다면 억지로라도 붙잡아 주겠어.

“사카시타 국차장님! 이야기 좀 들어주세요!”

엘리베이터 앞에는 먼저 와 가다리고 있던 비서가 있었다. 그 사람이 타이밍 좋게 버튼을 눌렀는지, 알리베이터의 문이 소리도 없이 열렸다.

“잠깐만 기다려 주세요!”

나는 성큼성큼 빠르게 걸었다.

뭔가 변명을 해야 한다. 그렇지 않으면 내 미래도 닫혀 버리고 만다.

사카시타 국차장은 주머니에서 키카드를 꺼내 엘리베이터 내부의 인증 패널에 갖다 댔다. 아무래도 저게 꼭대기로 올라가기 위한 통행증인 모양이다.

사카시타 국차장은 힐끔 이쪽을 보았다. 얼굴에는 아무런 표정이 없었다. 국차장에 이어 그 옆으로 비서가 올라탔다. '닫힘' 버튼을 눌렀다. 나와의 거리는 5미터가 채 안 됐다. 달리면 닿을 수 있는 거리다.

엘리베이터의 문이 닫히기 시작했다.

그 순간.

갑자기 뒤에서 큰 소리가 들려왔다.

"츠지무라, 함정이다! 사카시타 국차장을 끌어내라!"

돌아볼 필요도 없이 아야츠지 선생님의 목소리였다.

온몸의 털이 곤두섰다.

머리가 목소리의 뜻을 이해하자마자 달렸다. 엘리베이터를 향해.

문은 이미 반쯤 닫혔다. 깜작 놀라 눈을 휘둥그렇게 뜬 사카시타 국차장의 표정이 보였다.

갑자기 엘리베이터 내부에서 굉음이 울렸다.

큰 나무가 쓰러지는 듯한, 철이 갈라지는 듯한, 크고 불쾌한 소리였다.

무슨 소리인지 확인할 여유가 없었다. 아야츠지 선생님의 지시를 믿을 수밖에 없었다.

늦지 말아야 할 텐데.

나는 3초 만에 엘리베이터에 도착해 사카시타 국차장의 멱살을 잡고 힘껏 끌어당겼다.

동시에 엘리베이터 상자가 어둠에 휩싸였다. 귀에 거슬리는 금속음이 들릴 뿐, 주변 상황을 정확하게 파악할 수 없었다.

그래도 나는 멱살을 잡은 손을 힘껏 잡아당겼다. 온 힘을 다해서.

"으아아아아아아아아아아!"

나와 사카시타 국차장은 뒤엉키며 뒤로 쓰러졌다.

쓰러질 때 뒤통수를 땅에 부딪쳐 순간 시야가 어두워졌다.

"츠지무라!"

그 목소리만이 들려왔다. 그리고 달려오는 발소리. 어딘가에서 들려오는 굉음.

"일어나라, 츠지무라."

바로 근처에서 들리는 목소리를 듣고 나는 살짝 눈을 떴다. 흐릿하게 아야츠지 선생님의 얼굴이 보였다. 하지만 표정까지는 알 수 없었다.

"대체…… 무슨 일이……."

"엘리베이터가 떨어졌다."

그 말에 가슴이 철렁했다. 나는 엘리베이터 쪽을 바라보았다.

반쯤 열린 문 너머에는 어두운 공간만이 펼쳐져 있었다. 엘리베이터 앞쪽 바닥에는 흩어진 검은 금속 가루만이 보였다.

"사카시타 국차장님은…… 무사하신가요……?"

"그래. 네가 살렸어." 아야츠지 선생님은 조용히 말했다. "절반뿐이지만."

그제야 나는 내가 무엇을 쥐고 있는지 확인했다.

쓰러져 엎드려 있는 사카시타 국차장. 회색 양복. 그리고 등뼈. 살덩이.

사카시타 국차장에게는 하반신이 없었다.

선명한 피가, 내가 끌어당긴 궤적을 나타내 주듯이 엘리베이터까지 쭉 이어져 있었다.

아야츠지 선생님은 엘리베이터 쪽으로 다가갔다. 그리고 안쪽 공간을 올려다보았다.

꼭대기 층으로 이어진── 동물의 몸속 같은 길고 어두운 수직 공간을.

"미즈치다." 아야츠지 선생님이 공간을 들여다보며 말했다. "다음 희생자는 미즈치에게 먹혀 죽는다. ……이게 미즈치인가."

로비의 사람들이 술렁이기 시작했다.

엘리베이터의 추락. 끌려나온 시체와 피와 살덩이.

사람들의 혼란이 점점 퍼져 나갔다. 로비가 광란에 휩싸여 갔다…….

책상의 전화가 울렸다.

아스카이가 가죽 장갑을 벗고 새로 나온 절임을 한입 베어 물었을 때의 일이었다.

오랜 경험 덕분인지, 아스카이는 전화 벨소리만으로도 대충 어떤 연락인지 감이 잡혔다. 어린아이가 골목대장에게 얻어맞았다는 전화 벨소리와 뒷골목에 모여 있는 질 나쁜 남자들을 봤다는 전화 벨소리, 새로운 커피 추출기가 도착했다는 택배 기사의 전화 벨소리는, 모두 울림이 달랐다. 동료나 부하들은 그런 소리를 들으면 비웃었지만, 군경의 특별 상등 수사관 정도 되면, 별로 대단치 않은 그러한── 하지만 때때로 수사의 명암을 가르는── 직감이 발동된다.

사무실 책상 위에서 울리는 그 벨소리에, 아스카이 수사관은 흠칫 놀라며 전화를 돌아보았다. 그 다급한 벨소리는 처음 듣는 소리가 아니었다.

살인이다.

수화기를 들어 보니, 예상이 적중했다. 아스카이는 상황을 확인하고 전화를 끊은 뒤, 코트를 가지고 사무실 밖을 향해 걸었다. 그리고 나가기 전에 자리에 앉아 있던 부하 직원 세 명을 지목해 따라오라고 명령했다.

사무실을 나가며 권총의 총알을 확인했다. 정부에서 지급하는 9밀리미터 권총이었다. 탄창에 아홉 발, 약실에 한 발. 장전된 총알을 확인했다.

이 녀석의 안전장치를 풀지 않았으면 좋겠는데 말이야.

아스카이는 가죽 장갑을 끼었다. 그리고 부하들과 차에 올라타자마자 사건 현장으로 달려갔다.

사건 현장은 사법성의 본관, 지하 엘리베이터 피트였다.

이미 시 경찰과 관청을 경비하는 경관이 주변을 봉쇄하고 아스카이가 도착하기를 기다리는 중이었다. 피트로 연결되는 지하 주차장을 걷고 있는데, 낯익은 두 사람이 돌아보았다.

"아스카이. 역시 자네였나."

"아야츠지 선생님. 수고 많으십니다." 이미 두 사람이 있다는 사실을 전화로 들어 알고 있던 아스카이는 꾸벅 고개를 숙였다. "큰일을 당하셨군요."

"큰일은 무슨. 진짜 큰일을 당한 사람은 자신의 하반신과 영원히 이별하게 된 불쌍한 사카시타 국차장이지."

아스카이는 아야츠지가 눈으로 가리키는 곳을 바라보았다. 사람들이 엘리베이터의 문을 뜯어내 네모난 엘리베이터 안쪽 공간이 드러나 있었다.

들여다볼 것도 없이 그곳에는 익숙한 냄새가 가득했다. 피 냄새다.

엘리베이터의 내부를 보니, 외벽은 비틀려 있었고, 철가루가 이리저리 흩어져 있었다. 그리고 바닥에는 사람의 절반에 해당하는 피—— 허리에서 아래에 존재했던 피——가 흩뿌려져 있었다.

같이 엘리베이터에 탔던 비서의 시체도 보였다. 안경을 쓴 젊은 남자 비서는 엘리베이터가 피트에 낙하했을 때의 충격으로 등뼈가 부러진 모양이었다.

"사카시타 국차장은 꽤 거물인데요." 아스카이는 그 참상을 보고 얼굴을 찡그리며 말했다. "미디어 대책도 필요하겠어요."

살해당한 사람은 사법성의 사카시타 국차장. 그리고 그 비서. 사법성 경비원이 작성한 보고서를 보니, 타고 있던 엘리베이터가 낙하했다고 한다. 낙하하는 순간은 로비에 있던 몇십 명이나 되는 사람이 목격했다.

아스카이 수사관은 사건 현장을 둘러보고 말했다. "보통 이런 엘리베이터에는 만약을 대비해 비상 정지 장치가 설치되어 있을 텐데……."

"그것도 파괴돼 있었다." 아야츠지가 말했다. "이건 사카시타 국차장 개인을 노린 계획적 살인이겠지."

"그런가요?" 아스카이는 눈썹을 들어 올렸다. "즉……

범인은 사카시타 국차장을 감시하다가 엘리베이터에 올라타는 순간, 승강 줄과 비상 장치 등을 원격으로 폭파했다는 거군요."

만약 그게 사실이라면, 범인은 이 엘리베이터가 보이는 장소, 즉, 1층 로비에 있었던 셈이다.

그렇다면 일단은, 로비에 있는 사람을 모두 모아 청취 조사와 짐 수색을 실시해야 하는 걸까.

아스카이가 그런 생각을 했을 때, "아니." 하고 아야츠지가 말했다.

"아니라고요?"

"그래. 이걸 봐라."

아야츠지는 엘리베이터의 내부를 가리켰다. 관계자용 키카드를 대는 인증 패널이었다.

"이건 꼭대기 층의 집무 에어리어에 들어가는 사람을 확인하기 위한 인증 패널이지. ID인 키카드를 이곳에 대면, 엘리베이터가 꼭대기 층으로 움직이는 시스템이다. 그리고 잘 보면, 패널 위에 또 한 장, 얇은 가짜 패널이 겹쳐져 설치되어 있지? 더미 패널로 ID를 읽어 들여, 특정한 사람이 왔을 때만 유선으로 신호를 보내는 구조다."

아스카이는 패널에 얼굴을 가까이 대며 조사해 보았다. 확실히 크림색 판독 패널 위에 똑같은 크기에 굵기가 1밀리미터 정도 되는 판독 패널이 겹쳐져 설치되어 있었다. 표면

디자인도 완전히 똑같아서, 전문가가 주의 깊게 살펴보지 않는 한, 미리 발견하기란 불가능해 보였다.

더미 판독 패널은 반쯤 벗겨져 뒤편에 있는 필름형 회로가 겉으로 다 드러나 있었다. 그리고 그곳의 배선은 엘리베이터 상자 바깥으로 연결되어 있었다. 폭파 장치까지 유선으로 연결되어 있는 모양이었다.

"즉, 이런 건가요?" 아스카이가 말했다. "이 더미 패널은 사카시타 국차장의 ID카드에만 반응하도록 설정되어 있었고, 그 사람이 이곳에 카드를 대면 엘리베이터가 낙하해 안쪽 사람이 충격을 받아 사망하도록 조작되어 있었다……."

아야츠지는 고개를 끄덕인 뒤 말했다. "범인은 아주 신중한 사람이다. 현장에서는 폭약 냄새가 안 났으니, 입수 경로를 들키지 않으려고 일부러 성분이 남지 않는 종류의 폭약을 사용한 거겠지. 게다가 사용된 전선이나 패널 자체는 대형 잡화점에서도 구입할 수 있을 만큼 흔한 것들이다. 남아 있는 물증으로 범인을 찾기란 불가능하지. 거기에 더해, 원격으로 폭파를 한 게 아니기 때문에 주파수 대역을 해석해도 범인은 잡을 수 없어. 아주 궁리를 많이 했나 보군."

아스카이는 수사 계획을 머릿속으로 재빨리 다시 계산했다. 분명히 꼬리가 잡히지 않도록 많은 궁리를 한 범행이지만, 동시에 장난꾸러기 꼬마가 생각할 수 있을 만큼 쉬운 장치는 아니었다. 전문 지식도 필요했다. 이렇게 정교한 범행이니, 자연스럽게 범인 후보자를 좁힐 수 있지 않을까.

그래서 아스카이는 그 점에 관해 물었다. "이렇게 정교한 장치를 만들려면 상당히 고도의 전문 지식이 필요합니다. 그 점을 토대로 범인 후보를 좁힐 수 있지 않을까요?"

하지만 아야츠지는 고개를 가로저었다.

"이게 평범한 사건이라면 그것도 가능하겠지. 하지만 이번 사건만 본다면, 전문 지식은 필요 없다. 누구나 할 수 있는 범행이니까."

아스카이는 고개를 갸웃했다. "왜죠?"

"이건 교고쿠가 유도한 것이기 때문이다."

아야츠지가 눈을 가늘게 뜨며 말했다.

"애당초, 우물에서 시작된 이 일련의 사건은 모두 녀석이 설계한 장난이다. 보툴리눔 균 살인과 마찬가지로, 이번 살인도 '엘리베이터를 이용한 완전 범죄' 방법을 녀석이 범인에게 가르쳐 주고, 범인이 그걸 실행한 거지. 즉, 지식이 없다 해도 신중하고 끈기가 있다면, 이 살인은 누구에게나 가능하다는 말이다."

"하지만…… 교고쿠는 대체 왜 그렇게 귀찮은 짓을."

"아스카이. 어떤 사람이 살의를 지니고 부엌칼로 사람을 찔러 죽였다고 했을 때, 부엌칼을 제조한 기술자에게 과연 죄를 물을 수 있을까?"

"네?" 아스카이는 당황한 표정을 지었다. 하지만 어떻게

든 대답을 했다. "아니요…… 부엌칼을 판 사람은 죄가 없겠지요."

"그게 대답이다." 아야츠지가 그렇게 말했다. "보툴리눔 때도 지금도, 범인은 어디까지나 자신에게 살해 동기가 있었기 때문에 범행을 저지른 거다. 범인이 면밀하고 완벽한 살해 방법을 누군가에게서 배웠다 하더라도, 그건 일종의 범행 도구에 지나지 않아. 즉, 이런 경우—— 범행 방법을 가르쳐 준 사람은 내 '사고사'의 대상이 되지 않는다는 거지. 그게 귀찮은 짓을 하는 이유다."

그래, 교고쿠의 범죄는 모두 죄를 물을 수 없는 것들이다.

일반적으로 형사 사건이 일어났을 때, 교사범에게 죄를 묻기 위해서는 피교사범의 실행 행위와 교사한 내용의 인과 관계를 증명해야 한다. 하지만 살인 동기가 있는 실행범이 직접 살인을 한 이상, 교고쿠가 의도적으로 실행범에게 살해를 하도록 부추겼다는 사실을 증명하고, 동시에 그 부추김이 없었으면 범행이 일어나지 않았다고 증명할 수 없는 한, 교고쿠를 살인 교사범으로 고발할 수 없다.

물론, 군경이든 특무과든, 시민에게 죄가 없다고 해서 손가락 하나 까딱하지 못할 만큼 물러터진 조직은 아니다. 별건 구속을 하거나, 그게 아니라도 무언가 트집을 잡아 임의동행을 요구할 수는 있다.

그럼에도 교고쿠가 집요하게 '죄가 되지 않는 살인'에 집착하는 이유는 무엇인가.

그때까지 등 뒤에서 아무 말 없이 가만히 있던 이능력 특무과의 츠지무라가 갑자기 입을 열었다. "즉── 이번 사건은 각각 살인범이 따로 있는 독립된 사건처럼 보이지만, 사실은 단 하나의 목적── 오로지 아야츠지 선생님에게 도전하기 위해서 계획된 사건인 거군요?"

아야츠지는 대답하지 않았다. 아무 말도 하지 않은 채 멀리 어딘가를 가만히 계속 노려보았다.

아스카이는 그런 아야츠지의 표정을 바라보았다.

아야츠지와 교고쿠── 서로 다투는 그림자와 빛, 정의와 부정. 아스카이에겐 둘 다 구름 위의 존재이고, 도무지 이해할 수 없는 강 건너의 사람들이었다.

그리고 교고쿠가 죄를 저지르지 않는 이유는 모두, 아야츠지의 '살인' 이능력에 대한 도전이었다.

이유를 불문하고 100퍼센트 범인을 죽이는 최강의 이능력.

오로지 그 흰 눈밭에 발자국을 남기기 위한 도전.

그럼에도 작은 의문이 머리를 스쳤다.

교고쿠는 아야츠지에게 도전하는 중이다. 그건 명백하다. 만약 작전에 문제가 있어 교고쿠가 스스로 죄를 드러내는 일이 생기면, 아야츠지는 교고쿠를 '사고사' 시키겠지. 그게 아야츠지의 '승리' 다.

하지만—— 그 반대가 되면? 아야츠지가 진흙투성이가 되어 무릎을 꿇고, 교고쿠가 쾌재를 부르는, 그런 순간이 과연 올까?

현재, 교고쿠의 도전은 '이 완전 범죄를 해결해 봐라.' 같은 형식이다. 즉, 아야츠지가 만약 실행범을 발견하지 못하고, 수수께끼를 해명하지 못한다 하더라도, 사실 아무런 문제될 게 없다. 승부를 아무리 거듭해도 아야츠지는 죽기는커녕 긁힌 상처 하나 입지 않는다.

한편 교고쿠는 아주 작은 실수로도 바로 사고를 당해 죽는다. 그리고 대결도 그대로 끝을 맞이한다.

교고쿠는 대체 뭘 위해서 이렇게 불공평한 승부에 도전하고 있는 거지?

"조사를 시작할까." 아스카이의 생각을 차단하듯이, 아야츠지가 낮은 목소리로 말했다. "감시 영상을 확인해 봐야겠군. 아무리 완전 범죄라도 엘리베이터에 장치를 설치하려면 현장에 올 필요가 있으니까. 그때의 모습이 영상에 기록되어 있을 거다. 범인의—— '미즈치 술사' 의 모습이."

"하지만…… 언제 어느 때의 기록을 확인하면 되죠?"

"엘리베이터에 장치를 설치한 때는 오늘 우리가 이곳 시설에 방문한다는 사실을 알게 된 이후일 가능성이 높아." 아야츠지가 말했다. "그래야 나에 대한 도전이라 할 수 있기 때문이지. 어젯밤부터 오늘 아침에 걸쳐 옥상 권양기실 주변에서 찍힌 인물을 확인한다."

아스카이는 영상을 준비하기 위해, 재빨리 부하에게 지시를 내렸다.

감시 영상은 양이 방대했다.

아야츠지는 그중에서도 출입구 영상과 지하 엘리베이터 피트, 옥상의 권양기실 주변의 영상을 확인했다.

경비실의 십 수 개에 달하는 화면에 감시 영상이 비치기 시작했다. 정부의 중추 시설답게, 영상은 사각도 없이 매우 선명했고, 통행인의 눈썹 색깔까지 확실하게 구별할 수 있었다.

아야츠지는 영상을 조용히 바라봤다. 그 시선에는 한 치의 흐트러짐도 없었다. 그 시선은 잔혹한 왕이 벌벌 떠는 신하를 아무 말 없이 위압적으로 바라보듯, 날카롭고 가차가 없었다.

아스카이는 그런 아야츠지를 멍하니 바라보았다. 아스카이는 저 날카로운 시선을 바라봤을 뿐인데도 죄를 모두 자백한 범죄자 세 명을 알고 있었다. 사건을 수사할 때면, 아스카이는 시 경찰 파출소가 맡아서 해야 할 분량을 혼자서 해치운다. 지고 싶은 마음은 없었지만, 아스카이는 이 감시 영상을 보고 아야츠지보다 먼저 단서를 찾을 수 있을 거라고는 생각하지 않았다.

그래서 먼저 근처에 있던 츠지무라에게 말을 걸었다.

"츠지무라." 아스카이가 말을 걸자, 감시 영상을 바라보던 츠지무라가 고개를 돌렸다. "이 일을 시작한 지 몇 년째야?"

"2년이요." 질문의 의도를 파악하려고 미심쩍게 바라보면서도 츠지무라는 솔직하게 대답했다.

"무섭지 않아?"

츠지무라는 의외라는 표정을 지었다. "뭐가요?"

"네 일은 사방에 널린 게 죽음이잖아."

츠지무라는 작게 웃었다. "그거야 아스카이 씨도 마찬가지잖아요? 흉악한 살인 사건을 몇 개나 담당하고 계시니까요."

"나는 그런 뜻으로 말한 게 아니야." 아스카이는 진지한 표정으로 말했다. "나도 아야츠지 선생님과 알게 된 지 오래됐어. 그래서 아야츠지 선생님을 담당하고 싶어 하는 특무과 에이전트가 거의 없다는 것도 알아. 특1급 위험 이능력자—— '얼어붙은 피의 사신'이라면 학을 떼지. 타고난 강골인 특무과 직원마저도."

츠지무라는 아스카이를 똑바로 바라보았다.

"츠지무라. 너는 복수를 위해 이 일을 선택한 거야?"

"아니요." 츠지무라는 곧장 그렇게 잘라 말했다.

"부정이 굉장히 빠르네?" 아스카이가 말했다. "나한테 거짓말을 하지 말라고는 하지 않을게. 하지만 스스로에게 거짓말을 하고 있다면, 빨리 솔직해지는 게 좋아."

츠지무라는 잠시 아무 말도 하지 않다가, 힐끔 아야츠지를 보았다.

아야츠지는 완벽하게 감시 영상에 집중하고 있는 상태였다. 열 개가 넘는 영상에 비치는 몇십 명이나 되는 사람의 세세한 복장이나 거동까지 관찰하고 있는 것이다. 그 집중력은 쉽게 깨지지 않을 듯했다.

"다들 그러더라고요." 츠지무라가 작은 목소리로 말했다. "위험하니까 다시 생각해 보라고요. 하지만 저는 선생님의 이능력을 정확하게 파악하고 있으니까요. 위험하지 않다고 생각해요."

"정말로?"

"네." 츠지무라는 그렇게 잘라 말했다. "'사고사'를 당하는 대상은 살인이나 흉악한 살인 미수를 저지른 범인 또는 범행 그룹이에요. 자신이 죽인 사람에게 살의를 지니고 있을 것, 그 범인이 유일하게 범행을 저질렀다는 사실이 증명되어야 할 것. 그리고 사람들이 아야츠지 선생님에게 해결을 의뢰한 사건이어야 할 것. 그게 조건이죠. 일단 아야츠지 선생님이 의뢰를 받으면, 설사 어떤 경위가 있든지 간에 범인은 반드시 어떤 이유로든 죽어요. 도중에 사람들이 의뢰를 취소해도, 한 번 발동된 죽음과 관련된 이능력을 중단시키거나 취소시킬 수 없죠. 한 번 발설한 말을 주워 담을 수 없는 것처럼요."

아스카이는 생각했다. 아야츠지의 이능력은 절대 실패하는 일이 없다. 만약 추리가 올바르면 범인은 반드시 죽고, 만약 올바르지 않으면 아무 일도 벌어지지 않는다. 그것이 오류가 없는 진실 발견 장치로서 기능을 발휘한다.

그리고── 만약 범인을 발견하지 못하면, 아야츠지는 특무과에게 '처분'을 당한다.

진실을 밝혀내지 못하는 살인 탐정은 그냥 위험하기만 한 시한폭탄이다.

아야츠지도 그 사실을 잘 알면서 수사를 하고 있다.

진실을 밝히면 범인이 죽는다. 진실을 잘못 밝혀내면 탐정이 죽는다. 그런 줄타기 같은 상황 속에서도 아야츠지는 지금까지 의뢰를 받은 모든 사건을 해결했다.

강철 같이 강력한 아야츠지의 정신력에, 아스카이는 몸을 크게 떨었다.

──그렇구나.

아스카이는 뒤늦게 깨달았다.

그것이 교고쿠의 '승리'다. 아야츠지가 잘못된 추리를 하게 만들어 특무과가 처리하게 만든다. 그것이 교고쿠가 완전 범죄를 계속 꾸미는 이유이자, 목숨을 걸고 아야츠지에게 도전하는 이유였다.

아야츠지는 그걸 모두 알면서 의뢰를 받아들이고 있다.

완전 범죄를 꾀하는 교고쿠와 그것을 푸는 아야츠지.

하나라도 자신과 관련된 증거가 발견되면 교고쿠는 죽는다. 한 번이라도 범인을 맞추지 못하면 아야츠지가 죽는다. 결코 실수가 허용되지 않는 줄타기. 언젠가는 줄에서 떨어진다. 둘 중 한 명은 반드시.

"젠장!"

갑자기 성난 목소리가 실내에 울려 퍼졌다.

모두가 깜짝 놀라 자리에서 벌떡 일어섰다.

"빌어먹을── 교고쿠 이 자식! 이게 네놈의 유희인가!"

책상을 두드리며 소리를 친 사람은 아야츠지였다. 머리카락을 곤두서게 할 정도의 분노가 주변을 휘돌았다.

"선생님── 발견하신 거라도 있으세요?"

"자네들은 보고도 모르겠나? 방금 화면에 비친 남자를 봤을 텐데?"

일행은 당황해하며 동시에 화면을 주목했다.

관계자가 드나드는 뒷문이 찍힌 영상. 시간과 카메라 넘버가 들어간 영상에는 사람이 몇 명 보였다.

"5초 정도 되돌려 봐라." 아야츠지가 지시를 내리자, 경비원이 서둘러 단말을 조작해 화면을 되돌렸다.

화면이 전환되니 와이셔츠를 입은 남자가 나타났다. 반듯하게 빗은 머리카락과 시원한 눈매. 민간 기업 임원과 접대 골프를 다녀온 관료 같은 모습이었다. 별로 수상해 보이지는 않았다.

아스카이는 그 사람을 유심히 살폈다. 아야츠지 선생님의 말을 들어보면, 뭔가 부자연스러운 점이 있을 게 틀림없었다. 옷이나 몸에 걸치고 있는 것에서 부자연스러운 무언가를 발견할지도 모른다.

아야츠지는 영상을 들여다보는 사람들 모두를 어처구니가 없다는 듯이 바라보며 말했다. “다들 제정신인가? 이건 관찰력도 필요 없는 거잖나. 누가 어떻게 봐도 범인은 이 사람뿐이다.”

갑자기 츠지무라가 “앗!” 하고 외쳤다.

“……그럴 수가……!” 그리고 억누른 목소리로 신음소리처럼 그렇게 말했다.

“츠지무라, 뭐, 발견한 거라도 있어?”

“이거 보세요.” 츠지무라가 떨리는 손으로 화면을 가리켰다. “손가락이……!”

아스카이는 그제야 눈치챘다.

왼손 약지의 끝 마디가 없었다.

아야츠지는 분노를 억누른 목소리로 말했다.

“기본적으로 교고쿠가 조종하는 사람은 자신이 조종당한다는 사실도 모르는 꼭두각시지. 하지만 몇 명인가 직접 지시를 듣고 녀석의 음모를 돕는 사람이 존재한다. 모든 명령에 따르고, 녀석을 위해서라면 목숨까지는 내던지는 사람…… 그런 사람을 교고쿠는 '사역마', 또는 '식신'이라고 부르더군. 녀석의 이능력으로 각각 악령에 빙의된 사람들이겠지. 하지만 정작 그 중요한 사역마가 누구인지, 어디에 있는지, 단서조차 없었다. 지금까지는 말이야."

그렇게 말하면서 아야츠지는 실내에 있는 사람들을 둘러보았다.

"이걸로 확실해졌다. 레이고 섬, 범인 열여덟 명—— '엔지니어'는 교고쿠의 사역마다."

줄이 팽팽해진 것처럼, 매우 긴장된 목소리였다.

"정말……인가요?" 츠지무라가 말했다. "'엔지니어'가…… 이 사건과 관련되어 있다고요?"

"그야말로 녀석이 생각할 만한 일이다." 아야츠지가 고개를 끄덕였다. "'엔지니어'가 이번 엘리베이터 사건을 꾸민 범인이다. 보아하니, 우리가 이 영상을 보는 것까지 계산에 넣었군. 봐라."

아야츠지가 단말을 조작하자, 정지되어 있던 감시 영상이 다시 움직이기 시작했다.

약지가 잘린 남자는 골프백을 무거운 듯이 고쳐매고 자리에서 일어섰다. 그리고 잠시—— 감시 카메라를 보고 웃었다.

잡아 봐라. 마치 그렇게 말을 하듯이.

아주 잠깐이라서 미리 주의를 기울이며 보지 않으면 알기 어려운 미소였지만, 틀림없었다.

"이것과 같은 카메라에 작업을 끝낸 '엔지니어'가 나오는 모습이 찍혔을 거다." 아야츠지는 경비원에게 지시했다. "45분에서 1시간 후."

경비원이 지시받은 대로 영상을 앞으로 이동시켰다.

바로 같은 사람의 모습이 보였다. 같은 카메라의 54분 후. 와이셔츠 차림의 눈매가 시원한 남자가 찍혀 있었다.

"……저 녀석의 백을 봐라. 측면 주머니에 막대기 모양의 카트리지가 네 개 끼워져 있지? 저건 화학 반응을 이용해 수증기 폭발을 일으켜 건물을 파괴할 때 사용하는 파쇄제다. 이걸로 엘리베이터를 추락시킨 거겠지. 현장의 폭파흔에서 화약 성분이 검출되지 않은 이유는 저걸 사용했기 때문이야."

아야츠지는 단말을 조작해 '엔지니어'가 들어올 때와 나갈 때의 영상을 나란히 틀어 놓았다.

"파쇄제가 여섯 개였는데…… 네 개가 됐어." 아스카이가 화면을 보고 중얼거렸다.

"혹시 몰라 더 준비해 둔 걸까요?"

"아니, 녀석이 '엔지니어'라면 사전에 면밀한 계획을 세워 뒀겠지. 혹시 몰라 네 개나 더 준비해 둘 가능성은 없다. 아마도 다른 이유가……."

거기까지 말을 한 아야츠지가 움직임을 딱 멈췄다.

마치 사고의 심연 속으로 영혼이 날아가, 육체만이 그 자리에 덩그러니 남겨진 것처럼.

"……아야츠지 선생님?" 츠지무라가 조심스럽게 얼굴을 들여다보았다.

"아스카이. 이곳에서 반경 6킬로미터 이내에 있는 건물 중, 엘리베이터에 카드 시큐리티 장치가 설치되어 있는 건물을 모두 파악해 리스트를 만들어 둬라. 그리고 당장 조사 본부를 설치하고, 근처의 경찰 관계자를 동원해. 이건 녀석의 예고장이다."

"예고장?"

"폭약을 네 개 더 가지고 있었던 이유는 나중에 쓸 생각인 거다. 적어도 한 번은 또 똑같은 방법으로 살인을 할 생각이야!"

"또…… 살인을요……?!"

"아지트에서 파쇄제를 보충하지 않고 추가로 더 가져왔으니, 범행 현장은 아주 가까울 거다. 자동차로 이동하는 시간과 작업 시간을 생각해 보면, 아마 6킬로미터 반경 내이겠지."

"본부에 연락해 움직일 수 있는 시 경찰을 모두 모아라. 이 영상의 얼굴 데이터도 뿌리고." 아스카이가 부하에게 지시를 내렸다.

부하들이 고개를 끄덕이고는 각자 임무를 위해 흩어졌다.

흩어지는 수사관의 뒷모습을 바라보면서 아야츠지가 말했다. “이걸로 나머진 경찰에 맡겨 두면 되는 건가.”

“선생님!” 츠지무라가 몸을 앞으로 내밀며 말했다. “저도 수사에 참가할게요!”

아야츠지는 츠지무라의 그 모습을 잠시 바라보더니 말했다.

“내가 잘못 들은 건가? 자네의 임무는 내 감시지, 살인범 체포가 아닐 텐데? 그리고 나에게 의뢰가 들어온 일은 우물의 수수께끼를 푸는 거지, 범인을 잡는 게 아니야. 이곳에서 기다리는 것 이외에 해야 할 일은 없다고 생각한다만.”

“하지만! 녀석은 ‘엔지니어’ 잖아요!”

아야츠지는 대답하지 않은 채, 츠지무라의 표정을 바라보았다. 그 다급한 얼굴 안쪽의 무언가를.

“녀석에게…… 어머니에 대해서, 물어봐야 해요. 그러니 선생님에게도 도울 책임이 있는 거 아닌가요? 레이고 섬의 사건을 해결한 아야츠지 선생님에게도…….”

아야츠지는 수 초간 생각을 한 뒤, 담뱃대를 꺼내며 말했다.

“내가 그렇게까지 할 책임은 없지.”

“하지만!”

“하지만 자네가 어떻게 하느냐에 따라 도와줄 수도 있지.

교환 조건이다. 그래…… 내가 지정한 하루 동안 뭐든 내 부탁을 들어주는 건 어떤가?"

"네……? 뭐든?"

츠지무라의 표정이 순간 얼어붙었다. 하지만 금방 마음을 다잡았는지 확실하게 선언했다. "……좋아요. 그렇게 할게요."

"그럼 결정이군." 아야츠지는 담뱃대를 손으로 툭, 하고 두드렸다.

"바로 차를 가지고 올게요!"

재빨리 달려 나가는 츠지무라의 등을 아야츠지와 아스카이가 바라보았다.

"아야츠지 선생님, 정말 그래도 괜찮나요? 츠지무라는 '엔지니어'에 대해 과민반응하고 있습니다. 어머니의 원수이니 당연할지도 모르지만…… 복수를 위해 눈이 어두워지면 교고쿠에게 약점을 이용당하는 게 아닐까요?"

"만약 그렇다면 츠지무라는 겨우 그 정도에 불과한 사람인 거지. 나는 츠지무라의 부모가 아니니 그렇게까지 걱정해 줄 필요는 없어."

전혀 온도가 느껴지지 않는 목소리에, 아스카이는 무심코 아야츠지 쪽을 바라보았다.

"그리고 한 가지 정정해 줬으면 하는군. '엔지니어'는 츠지무라가 복수해야 할 대상이 아니야. 츠지무라의 어머니를 죽인 사람은 '엔지니어' 가 아니니까."

"그런가요? 그럼 츠지무라가 복수해야 할 상대는 대체 ——."

아야츠지는 천천히 고개를 돌려 아스카이를 바라보았다.

그 표정을 본 숙련된 수사관 아스카이는 순간 심장이 멎을 뻔했다. 뱀이 자신을 노려본다는 사실을 깨달은 작은 동물처럼.

"나다."

아야츠지의 입에서 냉기가 흘러나왔다.

"내가 츠지무라의 어머니를 죽였다. 츠지무라의 어머니는 열일곱 명의 범인 중 한 사람이었다."

은색 애스턴 마틴이 거리를 질주했다.

거리는 평소와 다름이 없어 보였다. 따뜻한 햇살은 아스팔트 위로 쏟아졌고, 갓길에는 세일이라고 적힌 상점의 깃발이 펄럭였다.

하지만 그런 경치에 조금씩 이질적인 모습이 섞이기 시작했다. 무선에 귀를 기울인 순찰 경관. 서둘러 준비를 진행하고 있는 군경의 경찰서. 사이렌을 울리며 질주하는 수많은 경찰 차량.

지금 이 순간, 사법성 주변 6킬로미터 이내의 이 일대는 계엄령 상태나 마찬가지였다. 지금 그야말로, 어딘가에서 살인범이 살인 준비를 진행 중이다.

"일단은 가장 가까운 시설부터 조사하죠." 나는 운전을 하면서 말했다. "근처에 있는 병원, 그리고 상업 시설 순으로 돌겠습니다."

아야츠지 선생님은 뒷좌석에 앉아 아무런 대답도 없이 계속 밖을 바라보기만 했다.

"선생님, 제 말 안 들리세요?"

"뭘 시키는 게 좋을까."

아야츠지 선생님이 갑자기 그런 말을 했다.

"뭘 시키다니…… '엔지니어' 에게 말씀인가요?"

"아니. 자네에게다."

아야츠지 선생님은 고개를 들더니 백미러 너머로 나를 바라보았다.

"머리가 항상 꽃밭인 자네니, 조금 전에 한 말도 벌써 잊어버렸나 보군. 거래를 했을 텐데. 지정된 하루 동안, 뭐든 내 부탁을 들어주기로 약속했지 않나?"

"윽."

그랬었다.

조금 전, 우발적으로 그런 약속을 해 버렸다.

"그 약속의 요점은 두 가지. 하나는 지정된 하루 내내라는 것. 또 한 가지는 뭐든 부탁을 들어준다는 것. 즉, 내 명령은 하나일 필요가 없다는 말이야. 명령을 내릴 수 있는 기회는 하루 종일, 몇 번이든 가능하다는 거지. 옛날이야기 중에 '무슨 소원이든 세 가지를 들어준다' 는 말도 있지만, 명령을 내릴 수 있는 개수로 따지면 그에 비할 바가 아니군. 자아……내가 내릴 명령의 개수는 백 개일까 이백 개일까."

유난히 수다스러운 그 모습에, 나는 깜작 놀라 백미러를 바라보았다.

아야츠지 선생님은 엷게 미소를 짓고 있었다.

그제야 나는 깨달았다. ——함정에 빠졌어!!

선생님은 감시 영상을 봤을 때부터 약속을 잡기까지의 흐름을 예측하고 있었던 것이다.

"그런 거래는 무——."

"무효인가? 그럼 그러든지." 아야츠지 선생님은 아쉬울 것 없다는 듯이 말했다. "대신 나는 이곳에서 내려, 명령을 위반하고 독단적으로 행동하는 자네에 대해 특무과에 보고하지."

"크으……!"

뭐라고 할 말이 없다.

"으음, 그 표정이야." 아야츠지 선생님은 시원스럽게 말했다. "전부터 생각한 건데, 자네의 그 억울해하는 표정은 꽤 감상할 만한 가치가 있어. 인형사에게 그 얼굴을 만들게 해 보관해 둘까?"

이 사람과 말을 하다 보면, 자신이 선생님의 감시자이자, 생사여탈권을 쥐고 있다는 사실을 자주 잊어버린다.

나는 에이전트인데…….

"저를 괴롭히며 즐거워하시는 것까지는 좋은데, 잊지 마세요?" 나는 운전하면서 말했다. "제가 '폭주 위험 있음' 이라고 한마디만 위에 보고하면, 선생님은 순식간에 '처분' 당한다는걸요!"

"호오. 자네는 그런 식의 거짓 보고로 특무과의 신뢰를 배신할 생각인가 보지? 그야말로 자네가 이상적으로 생각하는 일류 에이전트의 모습이군."

"크윽……."

또 할 말이 없어졌다.

"너무 풀 죽을 거 없어." 아야츠지 선생님이 말했다. "자네는 미숙하고 칠칠치 못한 트러블 메이커이지만 장점도 있으니까. 바로 젊고 흡수가 빠르다는 거지. 다른 임무를 할 때는 별 쓸모가 없지만, 내 사무소에서 일할 수 있게 된 건 다행이라 할 수 있겠군. 내 가르침을 흡수해서 한시라도 빨리 제몫을 하는 메이드가 되기를 바라는 바다."

급브레이크를 밟은 탓에 차 안의 모든 물건들이 우르르르 쏟아져 내렸다.

"저는 메이드가 아니에요!"

"아직은 말이지." 아야츠지 선생님은 안색 하나 바뀌지 않은 얼굴로 말했다. "그 약속을 이행할 날이 벌써부터 기대되는군."

또 뭐라고 소리를 지르려고 했는데, 내 휴대전화가 울렸다.

아스카이 수사관에게 온 건가. '엔지니어' 에 대해 뭔가 발견했을지도 모른다.

"네, 츠지무라입니다."

이어폰 마이크의 버튼을 눌러 전화를 받았다.

예상은 조금 빗나갔다. 전화를 건 사람은 아스카이 씨가 아니었다.

"……사카구치 선배?!"

'엔지니어' 는 사람들 틈에 섞여 들어갔다.

평일 오전. 길거리를 오가는 사람들의 얼굴은 밝았다. '엔지니어' 는 그 평범한 통행인들의 얼굴을 밝은 얼굴로 바라보았다.

통행인들은 각자 존엄을 지닌 개개인처럼 보였다. 하지만 그것은 잘못된 생각이다. '엔지니어' 는 그렇게 생각했다. 통행인들은 '부분' 이다. 결코 개체가 아니다. 거대한 시스템의 구성 요소. 몇만에 달하는 '부분' 이 모이고 조합되어야 비로소 거대한 장치로서 기능한다. 그것이 사회다.

하지만 자신은 다르다. 완전 범죄로 몇 명이나 되는 사람을 죽였다. 시스템에 어긋나게 행동한 것이다. 거대한 시스템 내부에 은밀하게 시스템을 파괴하는 요소가 과연 섞여 들어갈 수 있을까? 대답은 '노' 다. 즉, 자신은 시스템의 구성 요소가 아니다. '부분' 이 아닌 것이다.

따라서 자신은 길거리의 사람들과는 다르다. 독립된 완전한 '개체' 이다.

'엔지니어' 는 골프백을 메고, 오래된 재즈곡을 작게 흥얼거리면서 걸었다.

경찰은 내가 차를 타고 이동하고 있을 거라 생각하겠지 —— '엔지니어' 는 그렇게 생각했다. 그렇기에 도로를 감시하고, 검문하고, 고속도로의 감시 영상을 체크한다. 녀석들이 무슨 생각을 하는지 정도는 뻔히 다 보인다. 왜냐하면 나는 시스템에 속한 '그들' 을 알고 있지만, 그들은 완전한 '개체' 인 나를 모르기 때문이다. 정보의 불평등. 그것이야말로 내가 잡히지 않는 이유다.

그래서 허를 찔러 걸어서 이동하는 중이다. 그래야 더 자유롭게 행동할 수 있다. 물론 혹시나 몰라 도주 루트를 확보하기 위해 뒷골목을 완전히 외워 두었다.

완전한 '개체' 에게는 책임이 따른다. 반사회적 존재이기 때문에 실패해도 도와줄 사람은 아무도 없다. 그렇기에 누구나 될 수 있는 존재가 아니다. 보통은 중압감이나 죄책감에 짓눌리겠지. 하지만 그래도 괜찮다. 대부분의 사람에게 있어, 거대한 시스템을 거역해서 얻을 수 있는 이점은 아무것도 없기 때문이다. 사람은 약하기에 무리를 짓는다. 그리고 그 결과, '개체'는 상상도 할 수 없을 만큼 커다란 시스템을 만들어 냈다.

사회라는 거대한 악마를.

'엔지니어'는 걸어서 계단을 올라 건물 안으로 들어갔다.

스쳐가는 사람들은 '엔지니어'에게 아무런 관심도 없었다. 건물의 유리문을 열어서 잡아 주자, 생글생글 웃으며 인사를 해 주었다. 아주 조금 유쾌해졌다.

자신이 지금부터 이 건물에 무엇을 하려는지 알고 있다면, '부분'들은 비명을 지르며 그 자리에 주저앉겠지. 나는 그들이 아주 작은 '부분'이라는 것을 알지만, 그들은 내가 '개체'라는 사실을 모른다. 이것도 정보의 불균형이다.

관계자 통로로 들어가 준비해 둔 작업복을 가방에서 꺼냈다. 재빨리 옷을 입고 안으로 들어갔다. 시설 내의 지도를 머릿속에 그리면서 막힘없이 이동했다.

'엔지니어'는 잠겨 있는 금속문 앞에서 멈춰 섰다. 목적지는 이 안. 하지만 그것도 예상대로. '우물'에 따르면, 불가능한 것은 없다.

주변에 사람이 없다는 걸 확인한 뒤, 가방에서 컴퓨터 청

소용 스프레이 캔을 꺼냈다. 그리고 캔을 뒤집어 잡고 문손잡이에 공기를 뿌렸다.

대체 프레온 가스가 들어간 스프레이 캔을 뒤집어 잡고 뿌리면 저온 액상 가스가 분출된다. 사람을 죽일 수 있을 만큼 차가운 바람을 일으킬 수는 없지만, 잠금 장치가 저온에 취약해지도록 만들 수는 있다. 그리고 이 정도면 충분히 잠금 장치를 파괴할 수 있다.

조심스럽게 가스를 뿌린 다음 문손잡이를 돌리고, 어깨로 있는 힘껏 문을 치자, 안에서 철로 된 축이 부러지는 둔탁한 소리가 나더니, 문이 열렸다.

'우물' 은 실로 많은 것을 가르쳐 준다. 그 대부분은 기술이나 지식이다. 자신이 '부분' 이 아니라 '개체' 가 되기 위해 필요한 정보, 그리고 마음가짐.

만약 5년 전, 그 레이고 섬에서도 '우물' 의 도움이 있었다면, 더 완벽한 살인을 할 수 있었을 텐데. 만약 그랬다면, 훌쩍 섬에 나타난 탐정이 사건의 전모를 밝힐 수도 없었을 테고, 어쩌다 섬을 떠난 자신을 제외한 공범들이 모두 살해당하는 일도 없었을 테지. 그 일은 실로 아쉬운 결말이었다.

하지만 어쩔 수 없다. 중요한 건 지금이다.

'엔지니어' 는 고저차가 심한 높은 곳에서 그대로 뛰어내렸다. 폭약을 설치하는 순서를 떠올렸다.

시 경찰은 지금쯤 병원이나 상업 시설을 조사하는 중이겠지. 파괴 가능한 엘리베이터가 설치되어 있으면서도, 효과적으로 사람을 죽일 수 있는 장소를. 지금까지의 경향을 생각한다면, 올바른 추측이다.

그렇기에, 녀석들은 자신을 막을 수 없다.

'엔지니어' 는―― 사람이 없는 고가 철도 선로에 착지했다.

네 개의 파쇄제로 최대의 효과를 거둘 수 있는 살해 방법은 무엇인가.

이 장소가 그 대답이었다.

이곳은 철도가 거리 위를 지나는 고가 선로였다. 둘러보니, 주변에는 번화가가 펼쳐져 있었다. 그렇게 멀지 않은 곳에 역이 보였다. 눈 아래의 지상에는 이리저리 오가는 사람들의 모습이 보였다.

'엔지니어' 는 시계를 확인했다. 이제부터는 시간과의 싸움이다. 다음 열차가 도착하기 전에 파쇄제를 선로의 레일에 파묻어 파괴해야 한다. 예행연습은 충분히 해 보았다. 열차가 지나가기 수초 전에 선로가 파괴되도록 지정해 놓으면, 진동을 감지한 열차가 급정거할 우려도 없다.

그러면 나는 또 한 걸음, 독립된 '개체' 에 가까워지겠지.

다른 어중이떠중이와는 다른, 특별한 인간.

그리고 언젠가는 '그 사람' 처럼――.

두 번째 파쇄제를 설치한 다음 '엔지니어'는 고개를 들었다.

그리고 눈치챘다. 사람의 기척. 그것도 여러 명.

목소리가 들렸다. 그 목소리는 나에게 이렇게 말했다.

K I

"아쉽게 됐군. 네놈의 패배다, '엔지니어'."

아야츠지 선생님은 그렇게 말했다.

총을 겨눈 수사관이 '엔지니어'를 포위했다.

선로 위에서 그 사람은 얼어 있었다. 골프백을 메고 작업복을 입은 사람. 반듯한 머리 모양에 시원한 눈매.

레이고 섬의 열여덟 번째 범인. 교고쿠의 '사역마'.

"정부의 개인가……." '엔지니어'가 중얼거렸다. "어떻게…… 이곳에 있다는 걸 알았지?"

"네놈의 범죄 경향을 통해 심리를 읽었다." 아야츠지 선생님이 말했다. "일부러 감시 카메라를 향해 엘리베이터를 파괴하는 데 파쇄제를 사용할 거라고 암시해 놓고, 우리가 다른 엘리베이터를 조사하는 사이에 다른 장소를 파괴해 대규모 사건을 일으키면, 나나 군경의 체면을 철저하게 짓밟을 수 있겠지. 그 심리를 예상한 나는 엘리베이터 외에 가장 크게 피해를 일으킬 수 있는 역이 표적일 거라 추측했다."

아야츠지 선생님은 주변 풍경을 둘러보았다.

"이 선로를 파괴하면, 열차는 쉽게 궤도를 벗어나 저 아래의 거리로 추락하겠지. 당연히 피해는 어마어마해질 거다. 승객뿐만 아니라, 거리에서도 대량의 사망자가 나올 테니까. 기껏해야 파쇄제 네 개가 일으키는 재앙으로는, 그야말로 최악의 규모다. 네놈에게는 훈장일지 몰라도 말이야. 하지만 철도 회사에 연락해 열차는 긴급 정지시켜 놓았으니, 이제 그런 재앙은 일어나지 않을 거다."

아야츠지 선생님은 등 뒤에 있던 아스카이 수사관을 힐끔 바라보았다. 아스카이 씨는 선생님의 말이 맞다는 듯이 작게 고개를 끄덕였다.

아야츠지 선생님은 처음부터 '엔지니어'의 행동을 거의 읽고 있었다. 시 경찰을 엘리베이터 시설이 있는 곳으로 집중시켜 범인을 방심하게 한 뒤, 아스카이 씨를 비롯한 수사관을 이곳에 배치해 놓았다. 범인이 자동차로 이동하지 않을 거란 사실을 계산해, 표적이 될 만한 역이 어디인지 추렸다.

처음부터 범인은 아야츠지 선생님의 손안에서 놀고 있었던 셈이었다.

'엔지니어'는 살짝 창백해진 얼굴로 아야츠지 선생님을 노려보았다.

"그렇군…… 당신이 '살인 탐정'인가."

"너무 서두르지 마라. 자기소개를 할 시간은 나중에 얼마든지 있으니까. 네놈에게는 묻고 싶은 게 산더미 같거든. ……기대가 되는군. 교고쿠와는 다르게 네놈은 입이 가벼워 보이기도 하고 말이야."

수사관 중 한 명이 파쇄제를 회수하고, 백 안을 확인하려고 했다.

"아직 백은 열지 마라." 아야츠지 선생님은 날카로운 목소리로 말했다. "이 녀석이 사카시타 국차장을 죽인 범인이라는 사실은 거의 확실하지만, 그 백 안의 확실한 증거를 내가 보게 되면, '사고사' 이능력이 발동되어 이 녀석은 죽는다. 그건 그거대로 구경거리지만, 굳이 바로 죽일 필요는 없겠지."

수사관은 서둘러 가방에서 떨어졌다.

아야츠지 선생님의 이능력은 한번 범인을 찾으면 범인이 사망할 때까지 절대 취소를 할 수 없다. 선생님 자신의 의지가 어떻든 간에, 범인이라고 증명되는 순간 발동되어 범인은 반드시 죽는다.

그렇기에, 증거를 봐서는 안 됐다. 백 안에 있을 결정적 증거—— 공사용 무소음 드릴이나 예비 배선을 보면, 그 자리에서 죽음의 이능력이 발동된다.

"츠지무라." 아야츠지 선생님은 갑자기 나를 돌아보더니, 턱으로 범인을 가리켰다. "요즘 스트레스가 많이 쌓였지? 녀석에게 수갑을 채워 줘라. 힘껏 손을 꺾어서 말이야."

그 말에 따르기로 한 나는 허리에 차고 있던 수갑을 꺼내 들었다. “당신을 체포하겠습니다.”

“미안하지만 그렇게 쉽게 잡힐 수는 없지.”

‘엔지니어’가 재빨리 파쇄제를 꺼내 자신의 목에 갖다 댔다.

그 동작에 반응해 수사관들이 일제히 ‘엔지니어’를 향해 총구를 겨눴다.

“의외로 따분한 남자군.” 아야츠지 선생님만이 안색 하나 변하지 않았다. “자신에게 폭약을 대고 협박을 하다니…… 영화를 너무 많이 봤다. 흉악범이 자신의 목숨을 인질로 삼는다고, 이 포위망을 뚫을 수 있을 거라 생각하나?”

“글쎄다. 하지만 당신들은 나에게서 이것저것 캐묻고 싶은 게 많을 텐데? ……지금 죽으면 난처하겠지?”

“폭약을 버리세요!” 나는 권총을 겨누고 외쳤다.

“그쪽이 총을 버리고 도주용 차를 준비해 주면, 기쁘게 버려 주지.”

나는 총을 겨눈 채 힐끔 아야츠지 선생님을 바라보았다. 선생님은 무표정한 얼굴로 ‘엔지니어’를 관찰했다.

미묘한 상황이었다. 당연히 상대를 도망치게 해서는 안 되지만, 죽을 수 있는 리스크는 최소한으로 억제하고 싶었다.

나는 재빨리 머리를 굴렸다.

녀석과 이야기를 해서 틈을 만들자. 그러면 이렇게 수사관이 많으니 어떻게든 될 가능성이 높다.

"내가 당신을 못 쏠 거라 생각한다면 큰 착각입니다." 나는 최대한 감정을 억누른 목소리로 그렇게 말하면서, 발끝으로 조금씩 거리를 좁혀 갔다. "5년 전, 레이고 섬의 연속 살인 사건을 기억하시나요?"

"뭐?"

"당신은 그 사건의 범행 그룹 일원이었습니다. 그리고 공범 열일곱 명 중에는 내 어머니도 있었죠." 나는 감정을 최대한 감추면서 말했다.

"그런가?" '엔지니어'는 조금 흥미가 있다는 듯한 표정을 지었다. "수사관의 부모가 살인범이라. 부모에게 물려받은 살인 재능을 살려 사건을 해결하고 있는 셈이군. 아주 흥미로워."

순간, 가슴 안에서 불타는 듯한 분노가 치솟았다.

그 분노를 억지로 머릿속 구석에 밀어 놓고, 나는 조용히 말을 계속했다.

"구체적으로 어머니가 어디까지 살인에 직접 가담했는지는 모릅니다. 하지만 한 가지 확실하게 말할 수 있는 것은, 내가 모르는 '살인범'인 어머니의 모습을 지금 당신은 알고 있다는 겁니다."

나는 권총을 다시 고쳐 잡고, 상대를 계속 겨냥했다.

"절대 놓치지 않겠습니다. 당신에게서 진실을 들을 때까지는."

"레이고 섬 사건은 물론 기억하고 있지." '엔지니어'는 그렇게 말하고는 웃었다. "나는 사건의 지휘 역할이었거든. ——사건의 본질적인 의미를 이해하고 있는 사람은 나뿐이었지. 사람을 죽이는 것은 어떤 것인가, 다른 사람을 죽이면 자신은 어떻게 변하는가. 그런 점을 다른 녀석은 전혀 이해하지 못했으니까. 그 사람들은 그냥 여행객이 생존해 있다고 위장을 하여 돈을 인출하는 것만 생각했지. 돈의 망령들이야. 그런 녀석들을 조종하는 일은 아주 쉬웠다. 개가 재주를 피우게 만드는 거나 마찬가지였어."

여유 있는 미소를 지으면서, '엔지니어'는 한 걸음, 이쪽을 향해 걸었다.

끈적거리는 웃음.

진흙이 끓는 것을 바라보는 것 같은 불쾌함.

총을 쥔 손에서 뜨거운 땀이 샘솟았다.

"나는 죽기 몇 년 전의 어머니에 대해선 아무것도 모릅니다." 나는 그렇게 말했다. 머릿속 어딘가가 캉캉 소리를 내며 마음속에 경종을 울렸다. "만약 어머니가 사악한 살인자였다면 나는 마음속의 어머니를 내쫓겠습니다. 만약 당신의 꼭두각시에 불과했다면, 나는 조종당했을 뿐인 가여운 어머니를 살해한 아야츠지 선생님에게 복수를 해야 합니다. ——어머니는 자신의 손을 더럽혔나요? 아니면, 계획을 도와주었을 뿐?"

그렇게 말을 하자 가슴속이 뜨겁게 달아올랐다.

나는 왜 이런 이야기를 하고 있는 걸까.

나는—— 시간을 벌기 위해 말을 계속 이어가고 있을 뿐일 텐데.

그런데 왜, 이렇게 가슴이 뜨거워지는 걸까.

"화내는 얼굴이 아주 귀엽구만, 아가씨." '엔지니어'는 히죽거리며 웃었다. "기억나는군. 화를 내면 너와 얼굴이 똑같았던 여자가 있었다. 나이 차이도 딱 맞는군. 색소가 옅은 눈이었고, 오른쪽 귀에 작은 상처가 있었는데……."

어머니다.

오른쪽 귀의 상처는 내가 어렸을 때 난 것이다. 어머니는 일을 하다가 살짝 다쳤다고 말했었다.

"수수하고 순종적인 데다 시시한 여자였지. 뭘 했는지 거의 기억이 안 나. 마지막에는 불타는 집의 자재에 깔려 죽었지."

몸 안의 신경에 벼락이 내리친 기분이 들었다.

"……너는……."

피가 들끓었다.

정보를 캐내기 전에 이 녀석을 죽일 수는 없다.

하지만——.

"꼭두각시, 라. ——지금까지 살인을 하면서 수많은 사람을 조종해 왔다." '엔지니어'의 시선이 부드러워졌다. 상대의 마음속 연약한 부분까지 꿰뚫어 보는 듯 매우 온화한 시선. "남자는 돈과 자존심으로 조종할 수 있었지. 하지만 여자를 조종하는 건 더 쉬웠다. 마음이 약한 여자는 특히나 말이야. ――네 어머니를 어떻게 조종했는지, 네 몸에다 직접 가르쳐 줄까?"

이성이 비틀리기 시작했다.

나는 찰칵 소리를 내며 총의 공이치기를 뒤로 당겼다. 그리고 한 걸음 더 앞으로 나아갔다.

"그만둬, 츠지무라. 도발에 넘어가지 마!"

아야츠지 선생님의 목소리는 기묘하게도 잠긴 듯, 멀찍이서 들려왔다.

내 검지가 경련을 일으켰다.

"곤란하군요, 츠지무라. 쉽게 증거품을 부수려 하다니."

어딘가에서 목소리가 들렸다.

다음 순간, 검은 바람 같은 사람 그림자가 눈앞을 스쳐 지나갔다.

그 그림자는 '엔지니어'에게 세 가지 동작을 적중시켰다. 오른쪽 무릎 뒤를 발로 차고, 오른손 새끼손가락을 뒤로 꺾고, 왼쪽 팔꿈치를 반대 방향으로 반쯤 회전시켰다. 내 눈에는 모두 동시에 일어난 것처럼 보였다.

'엔지니어' 가 비명을 지르기 전에, 그림자는 파쇄제를 빼앗아 멀리 집어던지더니, 어깨 관절을 반대로 돌려 상대를 바닥에 밀어붙였다.

순식간에 일어난 일이었다.

"츠지무라, 임무 수고했습니다. 이제부터는 우리에게 맡겨 두십시오."

짓눌려 신음소리를 내는 '엔지니어' 너머에서 또 다른 사람 그림자가 걸어왔다.

대학 교수 같은 적갈색 양복을 입고 둥근 안경을 쓴 사람. 조용하고 온화한 말과 행동. 하지만 그 눈동자의 안쪽에는 날카롭게 단련된 철침처럼 냉철한 빛이 깃들어 있었다.

"사카구치 선배." 나는 중얼거렸다.

"츠지무라, 내가 가르쳐 준 말을 기억합니까? '소몰이에게 사자를 쫓게 하지 마라.'. 사법성의 고관이 죽은 시점부터, 이 사건은 탐정 사무소가 맡을 수 있는 안건이 아니었습니다. 그 남자는 '사자' 입니다. 사자를 쫓는 것은── 우리 특무과의 일입니다."

사카구치 선배의 말과 함께 두 사람이 양쪽에 나타났다.

한 사람은 흐트러진 정장을 입은 여성. 껌을 씹으며 비스듬하게 서서 주변을 곁눈으로 노려보았다. 허리에는 정부 관계자만이 찰 수 있는 검은 칼집이 보였다.

또 한 사람은 키가 큰 남성. 조금 전 '엔지니어' 를 순식간에 구속한 남자다. 라이더 글러브를 끼고 검은 양복을 입은 모습. 몸의 중심이 조금도 움직이지 않는 걸 보면, 고도의 기술을 지니고 있는 듯했다.

모두 사카구치 선배의 직속 부하. 조직 내에서도 우수한 전투 실력을 보유한 사람들로, 항상 사카구치 선배의 신변을 보호해 준다.

그만큼 선배에게는 적이 많다.

내무성 이능력 특무과, 참사관 보좌—— 사카구치 안고.

"사카구치." 아야츠지 선생님이 조용히 말했다.

"안녕하세요, 아야츠지 선생님." 사카구치 선배는 공손하게 미소 지었다. "자주 뵙지 못해 죄송합니다. 이번 사건과 관련된 보수는 나중에 평소와 똑같은 방법으로 드리겠습니다."

라이더 글러브를 낀 부하가 '엔지니어'의 어깨를 한 손으로 잡고 억지로 일으켰다. 나는 저 사람이 사과를 한 손의 악력만으로 부수는 모습을 본 적이 있다. 저 손에 붙잡힌 이상 제대로 된 저항을 하기는 불가능하다.

"사카구치, 이번 안건은 인수해 가지 않는 편이 좋아." 아야츠지 선생님이 말했다. "아직 교고쿠의 꿍꿍이가 뭔지 다 파악하지 못했거든. 잘 알지도 못하는 사건을 커다란 상자로 옮겼다간, 치솟는 불꽃이 더 커질 뿐이야."

"특무과는 불타지 않습니다, 아야츠지 선생님." 사카구치 선배는 미소를 지으며 말했다. "아무도 특무과를 불태울 수 없습니다. 우리가 이곳에 온 이유는 사법성에 우리를 공격할 구실을 주지 않기 위해서입니다. 사카시타 국차장이 죽은 것은 대립 조직인 우리 특무과의 음모가 아닌가. 녀석들은 그렇게 주장하겠죠. 그렇게 되기 전에 이 남자의 흑막을 밝혀 특무과의 결백을 증명해야 합니다." 그렇게 말을 한 뒤, 사카구치 선배는 '엔지니어'를 차가운 눈초리로 내려다보았다.

"그래서 이 남자를 고문하겠다는 건가." 아야츠지 선생님은 어깨를 떨궜다.

"고문할 것도 없습니다." 사카구치 선배가 대답했다. "금세 이것저것 말을 하고 싶어 몸이 근질근질해질 테니까요."

나는 두 사람의 대화를 그저 바라보고 있을 수밖에 없었다.

사카구치 선배는 엄청난 실력을 자랑하는 상급 에이전트다. 과거에 이능력과 관련된 중요한 임무를 수없이 성공시켜, 이렇게 젊은 나이에 참사관 보좌까지 올라갔다. 사카구치 선배는 정보 수집과 분석이 특기로, 냉철한 사고와 판단력을 사용해 상대 이능력자를 궁지로 몰아넣는다.

그리고 수사관의 훈련생이었던 나를 특무과로 스카우트한 사람이기도 하다.

"특무과가 나선 이상 우리의 일은 이걸로 끝이군." 옆에 있던 아스카이 수사관이 총을 거두면서 말했다. "철수하자."

"아스카이 수사관, 한마디 해도 될까요?" 수사관 중 한 명이 총을 홀스터에 넣으면서 말을 걸었다. "한 가지 신경 쓰이는 점이 있습니다."

"요시노, 뭔데 그러지?" 아스카이 씨가 돌아보았다.

"소리입니다. 이 소리…… 뭐죠?"

요시노라고 하는 젊은 수사관은 얼굴을 찡그리더니, 공중을 바라보며 시선을 이리저리 굴렸다. 짧은 머리에 주근깨가 있는 얼굴. 내 또래이거나, 조금 어린 사람. 정장의 사이즈가 큰 편이라 그런지 어딘가 모르게 미덥지 못한 인상이었다.

"아무 소리도…… 안 들리는데?" 아스카이 씨는 하늘을 둘러보았다. 나도 그 말을 듣고 주변을 둘러보았지만, 별로 신경 쓰일 만한 것은 없었다.

"들려요. 이거 보세요, 뭔가가…… 서로 쓸리는 듯한……. 천이나 밧줄 같은 게…… 점점 커지고 있습니다."

밧줄이 쓸리는 소리?

"이봐, 탐정." '엔지니어'가 부르는 소리에, 우리는 주변 탐색을 멈췄다.

"뭐지?" 아야츠지 선생님이 차가운 목소리로 물었다.

"'그 사람'이 당신에게 안부를 전해 달라고 하더군." '엔지니어'가 말했다. "요술사가 말이야. 게다가 전해 주고 싶은 귀가 솔깃한 정보도 있다고 했다."

아야츠지 선생님은 잠시 아무 말도 하지 않았다. 그러다가 얼음장같이 엷은 미소를 지으며 말했다. "호오."

"오래 알고 지낸 당신에게만 말해 줄 생각이라더군. 특무과나 다른 녀석들에게는 절대로 말하지 않을 거래." '엔지니어'는 의미심장하게 웃었다. "내 윗옷에 통신기와 이어폰 마이크가 있으니, 그걸 사용해라."

아야츠지 선생님은 힐끔 사카구치 선배를 쳐다보았다. 사카구치 선배는 조금 생각을 하더니, 살짝 고개를 끄덕였다.

아야츠지 선생님이 '엔지니어'의 윗옷을 조사해 통신기를 꺼냈다. 이미 전원은 켜져 있었다. 아야츠지 선생님은 잠시 그걸 관찰하면서 함정이나 장치가 없다는 걸 확인한 뒤 이어폰을 귀에 꽂았다.

그리고 눈을 가늘게 떴다.

아야츠지는 그 목소리를 들었다. 될 수 있는 한 영원히 듣고 싶지 않았던 목소리를.

"먼저 미리 말해 두지." 그 목소리는 말했다. "쓸데없는 걱정을 할 필요는 없네. 자네에게 위해를 가할 생각은 없으니까 말이야."

그 목소리—— 조용하고 쉰 목소리를, 아야츠지가 잘못

들을 리가 없었다.

"교고쿠." 아야츠지가 갑자기 그렇게 말했다. "네놈은 대체 싫어하는 게 뭐냐?"

"뜬금없이 무슨 소릴 하는 겐가?"

교고쿠의 질문에 아야츠지는 아무 대답도 하지 않았다. 교고쿠는 어쩔 수 없이 말했다.

"그래…… 완결되지 않은 소설은 정말로 답답하지."

"그럼 나에게 있어 네놈은, 완결되지 않은 소설 같은 존재군."

잠시 뜸을 들인 뒤, 교고쿠는 유쾌하게 웃었다. "당연히 그래야지."

"일부러 부하에게 통신기를 건네주면서까지 나와 말을 하려고 하다니." 아야츠지가 말했다. "교고쿠, 고독한 늙은이로 살기는 많이 괴로운 모양이군."

"몰랐나? 젊은이를 괴롭히는 게 늙은이의 즐거움이네." 교고쿠가 껄껄 웃었다.

"대체 무슨 일이냐, 교고쿠."

"자네가 부탁을 들어줬으면 해서 말이지." 교고쿠는 불길한 쉰 목소리로 웃었다. "물론 공짜로 해 달라고는 안 해—— 둘이서 이야기할 기회를 주지. 대신에 그 사람을 놔 주게."

"——뭐라고?" 아야츠지는 미간의 주름을 더욱 깊게 새겼다.

“아야츠지 선생님, 뭐라고 하길래 그러시죠?”

조금 떨어진 장소에 서 있던 이능력 특무과의 사카구치가 물었다. 이어폰을 귀에 대고 있는 사람은 아야츠지 한 사람. 그 장소에 있는 특무과, ‘엔지니어’, 수사관들은 통신 내용을 전혀 들을 수 없었다.

“교고쿠가.” 아야츠지는 이어폰 마이크에서 입을 떼고 말했다. “‘엔지니어’를 놓아주라고 하는군.”

“……멍청한 소릴.”

그 자리에 있던 사람들 사이에 술렁임이 퍼져 나갔다.

멍하니 있던 ‘엔지니어’의 얼굴에, 이윽고 웃음이 퍼졌다.

“하…… 하하하하하! 역시 ‘그 사람’이군!” ‘엔지니어는 크게 입을 벌리고 웃었다. “여기까지 예측하고 있었을 줄이야!”

“교고쿠, 들리나? 아무리 네놈의 부탁이라도 그것만은 들어줄 수 없다. ……현장에 나오지도 못하는 녀석이 웬 참견이냐. 네 부하는 우리가 받아 가겠다.”

“공짜가 아니라고 했지 않나.” 통신기 너머에서 목소리가 들렸다. “대신에 자네들에게는 기회를 주지. 우수한 동료들을 살릴 기회를 말이네.”

아야츠지의 눈이 가늘어졌다.

“안 들리시나요? 이 소리! 역시 뭔가가 있습니다. 바로 근처에!”

수사관 중 한 명—— 요시노라는 젊은 수사관——이 하늘을 보면서 외쳤다.

그 장소에 있는 모두가 경계를 하며 무기를 손에 쥐었다.

"알았다…… 알아냈습니다! 여깁니다! 여기서 소리가 납니다! 적의 공격입니다!"

요시노가 그렇게 외치며 총을 겨누었다.

자신의 턱에.

"적의 공격을 저지해야 합니다. 제가 저지하겠습니다!"

그렇게 말하더니, 요시노는——.

"요시노, 그만둬!"

요시노는 자신의 턱에 총을 쏘았다.

발사된 9밀리미터 총알이 턱과 혀의 근육을 관통했다. 나선 운동을 하는 총알은 요시노의 접형골을 아래에서부터 부수더니, 소뇌를 휘젓고, 간뇌와 정수리를 파괴한 뒤, 몸을 빠져나갔다. 그리고 총알의 위력이 감소하면서 더욱 강해진 파괴 에너지가 뼈와 피와 뇌척수액을 머리 위로 흩뿌렸다.

충격으로 머리가 뒤로 젖혀진 요시노는 균형을 잃고 선로의 안전 철책을 넘어 10미터 아래쪽 지면으로 떨어졌다.

조금 뒤늦게, 아래쪽 통행인의 비명이 들렸다.

모두 그 충격적인 광경이 몸이 얼어붙었다.

"사람들에게 내 이능력은 약하다는 소릴 많이 들었지."

아야츠지의 귀에 노인의 가벼운 목소리가 울려 퍼졌다. “하지만 장소와 기회만 확보되면, 이렇게 유용하게 사용할 수 있네. 참고로 그 사람에게 빙의한 악령은 ‘액귀’ 다. 대륙에서 온 망자의 요괴로, 빙의된 사람은 밧줄로 목을 매 자살한다고 하지. 대륙에는 태평어람(太平御覽), 요재지이(聊齋志異) 등에 기술이——.”

“네놈은 반드시 죽이겠다. 이능력으로 죽이지 못한다면 내 손으로 직접, 반드시. 각오해 둬라, 교고쿠.”

“이거 참. 아야츠지의 위협은 특히 심장에 나쁘구먼.”

교고쿠의 말과 동시에 주변에서 잇달아 외침이 들려왔다.

“들린다…… 머리에서 들려! 밧줄 소리다!”

“머리에서…… 머리에서 들린다고!”

“내쫓아야 해! 젠장, 이런 소리에……!”

수사관 다섯 명 중 세 명이 당황해하며 소리를 지르더니, 일제히 자신의 턱을 향해 총을 겨누었다.

모두 진지한 표정으로, 자신의 행동에 작은 의문조차 품지 않았다.

“너희들, 그만둬라! 총을 버려!”

“그만하세요! 모두 정신 좀 차리세요! 이건 적의 이능력 공격이에요!”

아스카이와 츠지무라가 외쳤다. 하지만 상대가 총을 겨누고 있는 이상, 함부로 움직일 수는 없었다.

"쿠보를—— '엔지니어'를 놓아주지 않는다면, 그 사람들의 머리를 날려 버리겠다." 교고쿠가 말했다. "으음…… 실제로 말을 해 보니, 실로 품위 없는 대사라 조금 부끄럽군. 하지만, 말 그대로니 어쩔 수 없지."

"그만해라, 교고쿠." 아야츠지는 재빨리 말했다. "그래, 좋다. 네놈의 부탁을 들어주지. 더 이상 수사관들의 자살을 멈추게 해라."

아야츠지는 날카로운 눈으로 사카구치에게 시선을 보냈다.

"사카구치. 어차피 말단이다. 놓아준다고 해도 또 기회는 올 거야. '엔지니어'를 풀어 줘라."

"하지만……."

"논쟁할 생각은 없다. 어서!" 아야츠지가 잘라 말했다.

"……알겠습니다." 사카구치가 내키지 않는 표정을 지으며 말했다. "하지만 이 남자의 영상은 이미 거리 전체의 시 경찰에게 배부해 두었습니다. 이 남자가 혼자 도망칠 수 있을 리가 없습니다."

"들었나, 교고쿠?" 아야츠지가 통신기에 대고 말했다.

"아, 그것 말인가. 그런 거라면 걱정할 거 없네."

그때, 츠지무라가 문득 발밑의 선로를 보고 말했다.

"선로가…… 흔들려요."

아야츠지가 발밑을 보았다. 쥐색 선로 위에 올라가 있던 작은 자갈이 모두, 경련을 일으키듯이 흔들렸다. 진동은 조금씩 커져 가는 듯했다.

"젠장. 그런 거였나." 아야츠지가 거칠게 말을 뱉어 냈다. "모두 선로에서 떨어져라!"

이제는 모두의 눈이 그것을 정확하게 포착했다. 선로 너머에서 열차가 접근해 왔다.

"대체 어떻게 된 거지? 모두 정지시켜 놓았을 텐데——." 아스카이가 멍하니 중얼거렸다.

"모두 선로 가장자리로 이동해 주십시오! 자신을 향해 총을 겨누고 있는 수사관은 잡아끌어서라도 선로에서 밖으로 이동시키십시오!"

사카구치의 지시로 모두 달리기 시작했다. 어느새 열차의 차량이 삐걱이는 소리를 내며 불과 수십 미터 앞까지 다가와 있었다.

모두가 대피했을 때, 열차가 아야츠지 일행 앞에 정지했다. 한 량짜리 낡은 여객 차량으로 표면이 검은색으로 칠해져 있었다.

"그 열차에 쿠보와 둘이서 타라, 아야츠지. 자네들을 위한 특별 열차다." 교고쿠는 그렇게 말한 뒤 웃었다.

압축 공기를 내뿜는 가동음과 함께, 열차의 문이 저절로 열렸다. 차량 안은 밝고 아무도 없었다.

"교고쿠. 한 가지 말해 두지." 아야츠지는 통신기를 향해 말했다. "나를 태운 걸 후회하게 될 거다."

"자네라면 그렇게 말할 줄 알았지."

교고쿠의 그 말을 마지막으로 통신은 끊어졌다.

제5막 여객열차 안

오전
흐림

갑자기 흐려지기 시작한 잿빛 하늘 아래를 쿠보와 아야츠지를 태운 검은색 열차가 달렸다. 선로를 삐걱이게 만들고, 차체를 흔들면서, 열차는 늙은 초식동물처럼 질주했다.

열차는 이윽고 지하 터널로 들어갔다.

지하철도다. 이걸로 상공에서 열차를 추적하기란 불가능해졌다.

매우 조용하고 밝은 열차 안에는 두 남자가 문에 가까운 벽에 등을 대고 서 있었다.

한 사람은 쿠보—— '엔지니어' 라고 불리는 살인범. 히죽거리면서 창밖으로 흘러가는 어둠을 바라보았다. 또 한 사람은 살인 탐정 · 아야츠지 유키토. 눈을 감고 꿈쩍도 하지 않은 채 팔짱을 끼고 있었다. 운전석에는 아무도 없었다.

그 대신 잡다한 기계가 잔뜩 쌓여 자동으로 열차의 속도를 제어했다.

"이봐, 탐정. 당신, 이 일을 한 지 몇 년이나 됐지?" 갑자기 '엔지니어'가 물었다.

"20년." 아야츠지는 눈을 감은 채 대답했다.

"진짜인가? 유치원 때부터 이런 일을 해 왔다는 거군. 해결한 사건 수는?"

"5만 건."

"무시무시하구만. 죽인 살인자의 수는?"

"20억 명."

"……이봐, 탐정." 쿠보가 얼굴을 찡그렸다. "범인과 말할 기분이 아니라는 건 알겠지만, 날 너무 깔보는 게 아닌가?"

"호오. 왜 그렇게 생각하지?" 아야츠지가 눈을 가늘게 뜨고 물었다.

"나는 느긋하게 아지트에 돌아가기 위해 열차에 타고 있는 거다. 반면에 당신은 협박을 당해 열차에 탄 거지. 당신과 나는 달라. 벌벌 떨면서 상대의 안색을 살펴야 할 사람은 당신 쪽인 거다. 알겠나?"

"그런 얘기였군." 아야츠지는 살짝 냉소적인 목소리로 말했다. "분명히 네 말대로다. 다른 사람이 가르쳐 준 우물의 지식으로 사건을 일으킨 주제에, 마치 자신이 특별한 것처럼 선전하는 인간은 역시 하는 말이 다르군."

"뭐라고?" 쿠보가 표정을 바꾸며 말했다.

"우물에 대해서는 아무도 눈치채지 못할 거라 생각했나 보지?" 아야츠지가 차갑게 쿠보를 마주 보았다.

아야츠지는 집에 있는 것처럼 편한 동작으로 가는 담뱃대를 꺼내 입에 물었다. 그리고 말했다. " '사람에게 악을 가르쳐 주는 우물' ——그야말로 유행하는 도시전설을 연상시키는, 저속하고 진부한 울림이군. 하지만 그 뒤에는 아주 정밀하고 교활한 '특별 시스템'이 도사리고 있지. 완전 범죄를 성공시킬 수 있는 두뇌와 악의를 지닌 사람을 선출하기 위한 시스템이."

쿠보는 깜짝 놀란 표정을 지었다. "이미…… 거기까지 조사한 건가?"

"탐정이 사건을 해결하는 요령 중 하나가 바로, 풀 수 있는 수수께끼는 빨리 풀어 버리는 거다." 아야츠지가 말했다. "우물 안에는 어떤 책을 가리키는 서적 코드가 있었지. 『The Selfish Gene』……그 초판이다. 지금도 널리 읽히는 유명한 책이라 그런지, 1976년에 발행된 초판은 희소본으로서 고가에 거래되는 중이다."

아야츠지는 가는 담뱃대에 불을 붙이고 천천히 연기를 빨아들였다.

"당연히 입수 경로도 한정되어 있겠지. 특무과에 국내의 고서점을 돌아보게 했는데 한 권도 발견하지 못했다고 하더군. 그렇다면, 남은 수법은 해외의 고서점 옥션 사이트에서 입수하는 것뿐이다. 조사를 해 보니, 외부에서 여러 해외 고서점 사이트에 침입해 조작을 해 놓은 흔적이 남아 있더군. 특정 시기에 특정한 지역에서 'The Selfish Gene'을 구입한 사람을 확인해, 원래 배달해야 할 책에 더해 다른 종류의 정보를 동시에 보내도록 말이야."

아야츠지는 슬쩍 쿠보의 반응을 확인하면서 말을 계속했다.

"그때 비로소 '우물 신봉자'는 교고쿠라는 남자를 알게 되지. 녀석의 지식과 의지, 그리고 그때까지 일으킨 방대한 살인 실적을 말이야. 가짜 서적에는 교고쿠의 연락처가 적혀 있든가, 아니면 살인 지식이 적혀 있든가 하겠지―― 그건 직접 실물을 보고 확인해 보지 않았지만, 확실한 것은, 우물 신봉자들이 실제로 악한 지식을 얻으려면 방대한 조건을 극복해야만 한다는 거다. 몸을 진흙으로 더럽히면서 우물을 조사하는 행동력, 암호를 풀 수 있을 만한 지식, 수십만 엔에 달하는 책을 구입할 정도의 절실함―― 그 모든 것을 갖춰야만 비로소 '악'이 될 자격을 얻는 거지. 그렇게 해서 보툴리눔 균 트릭을 비롯한 완전 범죄 지식을 얻은 거다. 그게."

아야츠지는 거기서 일단 숨을 멈추고 얼어붙을 듯한 눈동자로 쿠보를 노려보았다.

"그게―― 우물에 사는 요괴의 정체다."

쿠보는 부정도 긍정도 하지 않은 채, 엷게 웃으며 아야츠지의 눈을 마주 보았다.

그때, 아야츠지는 무언가를 깨닫고 품에서 통신기를 꺼냈다. 열차에 타기 전에 교고쿠와 통신을 했던 바로 그 이어폰이 달린 통신기다.

"통신이 들어왔군." 아야츠지가 그렇게 말을 한 뒤, 이어폰에 귀를 댔다.

바로 아야츠지는 혐오스러운 표정을 지었다. "네놈인가, 교고쿠."

아야츠지는 이어폰의 목소리에 귀를 기울이듯 눈을 가늘게 뜬 채로, 가끔 고개를 끄덕였다. "그래, 알았다. 좋지."

그 타이밍을 맞춘 듯이, 자동 제어된 열차가 브레이크를 잡았다. 지하의 어두운 선로 한가운데에서, 열차가 으르렁거리듯이 소리를 내며 멈췄다.

자동문이 압축 공기를 내뿜는 소리를 내며 열렸다.

아야츠지가 쿠보의 눈만을 바라보며 말했다. "네놈은 내려라."

"당신은?" 쿠보는 아야츠지에게 물었다.

"나는 조금 더 앞까지 철도 여행을 해야 하는 모양이다." 아야츠지가 대답했다. "교고쿠가 기다리고 있다."

"나는 부외자인가. 좋지. 추격자한테서는 일단 도망치는 게 제일이니까."

"그렇다는군, 교고쿠." 아야츠지는 이어폰 마이크를 향해 말했다. "그런데 교고쿠. 지하에서도 무선 통신이 가능하다니, 대체 어떻게 된 거지? 네놈이 용의주도하다는 건 잘 알지만, 이건——."

아야츠지는 거기서 말을 끊고 얼굴을 찡그렸다. "끊어졌군."

"당신도 '그 사람'의 손바닥 위인 셈이군." 쿠보는 히죽거리며 웃었다. "손을 맞잡고 도피행각이라니, 아주 즐거웠다. '그 사람'에게도 안부를 전해 줘라."

열린 문을 지나 선로 아래로 내려가려는 쿠보를 향해 아야츠지가 말을 걸었다.

"마지막으로 한 가지만 묻지."

쿠보는 돌아보았다. "뭔가?"

"왜 내가 너를 죽이지 않았다고 생각하나?"

쿠보의 표정이 굳었다.

"알고 있지? 내 이능력은 '범인을 사고사시키는 능력'이다. 그리고 네놈이 엘리베이터에서 사카시타 국차장을 죽인 것은 거의 확실하다. 돌아가서 조금만 조사하면, 네놈이 어디로 도망가든 내 이능력이 네놈을 반드시 죽이겠지. 그런데 왜 내가 그러지 않는다고 생각하나?"

쿠보의 안색이 바뀌었다. 생명력이 없는 흙색이다. "무슨…… 말을 하고 싶은 거지?"

“네놈은 벌을 줄 가치조차 없는 인간이기 때문이다.” 아야츠지는 차갑게 웃으며 상대를 내려다보았다. “이번 사건의 배후에 교고쿠가 있다는 것만 증명되면, 교사범으로서 교고쿠를 ‘사고사’ 시킬 수 있다. 네놈은 그것을 증명하기 위해 필요하니까 안 죽이는 것뿐이야. 즉, 벌을 줄 가치도 없는 작은 동물이라 그냥 물 위에 헤엄치게 내버려 두는 것이지.”

“뭐라고?!” 쿠보는 열불을 내며 열차의 벽을 두드렸다. “나는…… 나는 달라! 작은 동물도 아니고, 누군가의 부하도 아니야! 나는 특별한 사람이다!”

“일전에 교고쿠가 말했지. ‘어리석은 자의 울부짖음은 실로 귀를 즐겁게 한다’ 고 말이야. 이번만큼은 나도 그 의견에 찬성이다.” 아야츠지는 어깨를 으쓱 들어 올렸다. “특무과 사람들이 금방 네놈을 추격할 거다. 다음에 보지, ‘엔지니어’.”

“당신만큼은 반드시 죽이겠다.” 쿠보는 증오를 담은 눈으로 아야츠지를 바라보며 말했다. 그 눈에는 진짜 살의가 깃들어 있었다. “내가 일단 안전을 확보한 다음에 말이다. 어떻게 하면 고통스럽게 죽일 수 있는지, 지금부터 작전을 짜둬야겠군.”

“그럼 재회할 때까지 작별이군.”

“그래.”

쿠보는 화가 머리끝까지 오른 채로, 천천히 열차에서 내렸다.

갑자기 그 등을 향해 아야츠지가 말을 걸었다.

"아, 한 가지 잊어버렸군. 최근에 환각을 본 적은 없나?" 아야츠지가 말했다. "현실인지 착각인지 구별하기 어려운 환각 말이야. 5년 전부터 지금까지. 개나 여우── 아니면 원숭이가 되는 환각."

원숭이. 그 부분에서 쿠보의 어깨가 움찔하고 움직였다.

"무슨 이야기인지 모르겠군." 쿠보는 잔뜩 억누른 목소리로 말했다.

"흐음. ……원숭이인가." 아야츠지가 조용히 말했다. "좋은 정보를 줘서 고맙군. 얼른 가 봐."

쿠보는 뭔가 말을 하려고 했지만, 마음을 고쳐먹었는지 입을 닫았다. 그리고 밉살스럽다는 듯이 아야츠지를 흘깃 본 다음, 빠르게 선로 위를 달렸다.

마치 그 모습을 확인한 것처럼 열차의 문이 닫혔다. 열차는 으르렁거리더니, 다시 움직이기 시작했다.

" '엔지니어' 의 추적 전파가 움직이기 시작했습니다."

군경의 특별 수사본부. 넓은 실내에 많은 수사관이 안팎을 오갔다.

그곳에서 나는 추적기의 전파를 탐지하는 위성 화면을 보고 있었다.

"장소는?" 사카구치 선배가 화면을 들여다보며 물었다.

"항만 입구 근처, 지하철도 비상 출입구입니다." 아스카이 씨가 화면을 조작하면서 대답했다. "아마도 '엔지니어'는 열차에서 내려 이 위치를 통해 지상으로 나온 거겠죠. 그래서 위성이 추적을 재개한 게 아닐까 싶습니다."

"녀석을 체포한 뒤 추적 장치를 달아둔 보람이 있었습니다." 사카구치 선배가 무표정한 얼굴로 말했다.

선로 위에서 특무과가 '엔지니어'를 제압했을 때, 상의 옷깃 뒤에 몰래 추적 장치를 붙여 두었다고 한다. 지하로 들어가 추적이 끊겼을 때는 등골이 서늘해졌지만, 이걸로 녀석을 뒤쫓을 수 있게 되었다.

"항만…… 입니까. 배로 도망갈 생각이군요." 사카구치 선배가 그렇게 중얼거렸다. "바다로 도망치면 위성 감시 영역 밖으로 나가게 됩니다. 바로 추적합시다."

좋아.

그렇게 결정된 이상, 멍하니 서 있을 수 없었다.

나는 재킷에서 자동차 열쇠를 꺼내 재빨리 출구를 향해 걷기 시작했다.

"츠지무라." 사카구치 선배는 그런 나를 불러 세웠다. "어디 가는 거죠?"

"물론 피의자를 체포하러 가는 겁니다!" 나는 힘차게 대답했다. "녀석을 놓칠 수는 없습니다! 물어봐야 할 게 산더미 같으니까요!"

사카구치 선배는 바로 대답하지 않고, 무표정한 얼굴로 안경을 밀어 올렸다.

"그건 일 때문입니까? 아니면 개인적인 복수 때문입니까?"

"물론……."

나는 대답을 하려고 했지만, 말을 잇지 못했다.

레이고 섬의 흑막.

어머니를 죽음의 길로 이끈 남자.

——네 어머니를 어떻게 조종했는지, 네 몸에다 직접 가르쳐 줄까?

"물론 일 때문입니다." 나는 똑바로 선배의 얼굴을 보고 말했다. "특무과의 일원으로서, 사카시타 국차장 살인 사건의 범인은 어떻게 해서든 체포해야 합니다."

사카구치 선배는 잠시 아무 말 없이 나를 바라보았다. 둥근 안경 안쪽에서 이쪽을 향해 쏟아지는 시선이, 날카롭게 나를 꿰뚫었다.

"……좋습니다." 이윽고 사카구치 선배가 입을 열었다. "단, 녀석을 반드시 죽이지 말고 체포하세요. 진범을 밝혀낼 필요가 있으니까요. 츠지무라가 개인적인 감정에 사로잡혀 행동할 거라고는 생각하지 않지만…… 만에 하나 피의자를 죽였을 경우, 그때에는.”

“더 이상 말씀하실 필요 없습니다.” 나는 선배의 말을 중간에 끊었다. “임무는 반드시 완수하겠습니다.”

나는 사카구치 선배의 대답을 기다리지 않고, 곧장 출구를 향해 걸었다. 뒤를 돌아보지 않고 성큼성큼 자동차를 향해서.

괜찮다. 녀석을 산 채로 붙잡을 거다. 죽일 생각은 없다.

괜찮아── 분명 괜찮을 거야.

Ⅱ

츠지무라는 노인이 탄식하는 것 같은 소리를 내며 멈춘 열차에서 내렸다.

거기서부터는 무선기의 지시에 따라 이동했다. 폐기된 지하 통로의 비상 사다리를 올라 지상으로 올라갔다. 철로 된 지상문을 열자, 건물이 없는 적막한 평야가 나타났다.

열차가 달린 곳은, 이미 폐선이 되어 노선 등록도 되어 있지 않은 지하 통로인 듯했다. 아야츠지는 누군가의 시선을 느끼면서, 지시를 받은 대로 길을 나아갔다.

이윽고 자갈길 너머에, 비를 피할 수 있도록 마련된 작은 지붕과 철제 지하 해치가 보였다.

아야츠지는 주변을 둘러보았다. 주변에는 사람의 기척이

전혀 없었다. 죽은 듯이 조용했다. 누군가가 매복해 있다가 주변을 둘러쌀 걱정은 없어 보였지만, 남몰래 구조를 요청할 만한 일반 시설도 역시 없었다.

모두 예상대로였기 때문에, 아야츠지는 가볍게 어깨를 으쓱 들어 올린 뒤, 철제 해치를 향해 발을 내디뎠다.

좁은 지하 통로를 빠져나가 수 미터 정도 아래로 내려가니, 거대한 공간이 나왔다.

사각형 공간이었다. 벽은 콘크리트였고, 내부는 텅 비어 있었다. 공간 중앙에서 조금 앞쪽으로 간 곳에, 아래로 이어지는 구멍이 보였다. 이쪽은 해치라기보다는 맨홀 구멍에 가까웠다. 그냥 뻐끔하게 구멍이 뚫려 있을 뿐이었다.

그 구멍에서 살짝 빛이 새어 나왔다. 불길한 화톳불처럼.

아야츠지는 구멍을 통해 아래를 확인해 보았다.

수직으로 난 구멍은 아래쪽 실내와 연결된 것처럼 보였다. 바닥까지의 깊이는 약 4미터 정도. 구멍 가장자리에 매달려 살짝 착지하면, 부상을 입을 정도의 높이는 아니었다.

그래서 아야츠지는 그렇게 했다.

"먼 길 오시느라 수고했네, 탐정 나리."

그 목소리를 들은 아야츠지는 자신이 걸어온 길이 그만한 가치가 있다는 사실을 깨달았다.

실내의 구석에 요술사가 서 있었다.

몇 걸음만 걸어가면 손이 닿을 듯한 거리.

"교고쿠."

중얼거리는 듯한 그 목소리를 들은 교고쿠는 만족스럽다는 듯이 고개를 끄덕였다.

"이리저리 움직이게 만들어 미안하네. 허나, 그렇게 미소를 지어 주니, 바지런히 노력한 보람이 있군."

그 말을 들은 아야츠지는 손으로 자신의 얼굴을 만졌다.

아야츠지는 웃고 있었다.

먹잇감을 고통스럽게 죽이기 직전의 육식동물처럼.

"웃고 싶은 게 당연하지. 겨우 본인이 납시셨으니까."

지금까지 아야츠지는 교고쿠와 무수하게 싸워 왔다. 하지만 실제로 얼굴을 맞대고 대결한 일은 손가락으로 꼽을 수 있을 정도였다. 이렇게 직접 얼굴을 맞댈 기회는 매우 드물기에, 보물섬 이상의 가치가 있었다.

아야츠지는 천천히 교고쿠를 향해 걸었다.

하지만 동시에 재빨리 주위를 경계했다.

실내 공간은 별로 넓지 않았다. 한 변이 4미터 정도의 정육면체였다. 실내 공간에는 거의 아무것도 없었고, 바닥에 철가루가 조금 흩어져 있을 뿐이었다. 4미터 정도 되는 주사위 내부에 있는 느낌이었다. 잠복해 있는 교고쿠의 부하도 없는 듯하고, 함정이 있는 것 같지도 않았다.

결전을 방해하는 것은 아무것도 없었다.

"교고쿠."

"아야츠지."

두 사람이 마주 섰다.

누군가가 단검을 숨기고 있으면, 순식간에 목을 벨 수 있을 정도로 가까운 거리였다.

"이거 참." 아야츠지는 목을 살짝 기울이며 말했다. "네놈과 만날 날을 얼마나 기다렸는데…… 막상 이렇게 되니, 말이 안 나오는군."

"나도 마찬가지네." 교고쿠는 웃었다. "물론, 서로 해야 할 일은 잘 알고 있지. 안 그런가?"

아야츠지는 속삭이는 듯한 목소리로 말했다. "묻고 싶은 것은 산더미 같지만, 어차피 물어봐도 대답해 주지 않을 생각이지?"

"글쎄. 시험해 볼 가치는 있다고 생각하네만."

아야츠지는 잠시 상대를 보고 생각했다. 그리고 말했다. "그럼 묻지. ……이곳에서 죽을 각오는 되어 있나?"

아무런 예고도 없이 아야츠지에게서 얼음장 같은 살의가 뿜어져 나왔다.

살의는 찌릿거리며 공기를 얼어붙게 했고, 냉기가 눈앞에 있는 교고쿠를 태웠다.

그 교고쿠가 순간 말을 잇지 못할 정도였다.

아야츠지의 살기를 바로 눈앞에서 느끼고도 동요하지 않을 사람은 존재하지 않는다.

"……죽을 각오가 되어 있는가 아닌가는, 그렇게 큰 문제가 아니지 않나." 교고쿠는 간신히 말을 꺼냈다. "문제는 여기서 자네와 승부를 할 수 있는가 없는가 아닌가? 그래서 염치없지만 약소한 선물을 가져왔네."

교고쿠는 그렇게 말을 하더니, 자신의 옷깃을 열어 보여 주었다.

그곳에는 노란색 액체가 들어간 팩이 매달려 있었다.

"쳇." 아야츠지가 혀를 찼다. "독인가."

"신경가스다." 교고쿠가 엷게 웃었다. "내가 끈을 당기면, 안의 액체가 기화해 실내가 맹독으로 가득 찰 걸세. 냄새는 과일처럼 향기롭지만, 한 번만 들이쉬어도 온몸에 경련이 일어나지. 그리고 몇 초 만에 호흡을 담당하는 근육이 마비되고, 토사물을 흩뿌리며 죽음을 맞이하네. 하지만 자네를 이걸로 죽일 생각은 전혀 없어. 유희를 즐기기 위한 어쩔 수 없는 무대 장치라고 생각해 주게."

"그래—— 자신의 목숨도 유희를 위한 도박 자금으로 활용하는 게 옛날부터 네놈의 습관이었지." 아야츠지는 움직이지 않고 교고쿠를 마주 보았다. "그래, 뭘로 승부할 생각이지?"

"지혜 대결이네."

교고쿠는 매우 기뻐하며 말했다.

아야츠지는 아무 말 없이 눈썹을 모았다.

"간단하지? 몇 개월 전, 바로 이 장소에서, 어떤 인물이 불가사의한 방법으로 죽었지. 그 죽음의 수수께끼를 풀면 자네의 승리야. 그리고 자네가 이기면——."

교고쿠는 거기서 일단 말을 끊고 아야츠지를 바라보았다. 그리고 말했다.

"자네의 파트너가 위기에서 벗어날 수 있는 방법을 가르쳐 주지."

K　　　　　　　　　　　　||

대답이 없다는 것. 어디로 가야 할지 모른다는 것.

자신의 마음을 스스로도 잘 모르겠다는 것.

그런 애매한 상태는 매우 우울하고 괴롭다.

나는 가야 할 길이 정해져 있어야 기쁘다. 다른 가능성에 집중력을 분산시킬 필요가 없을 때. 그냥 똑바로 이를 악물고 나갈 때가 기쁘다.

지금이 바로 그때였다.

액셀을 밟았다. 눈앞의 도로, 그 앞만을 가만히 노려보았다.

1초라도 빨리. 계속 질주했다. 녀석을 쫓아서.

"츠지무라. 너무 난폭한 운전은——."

"말하면 혀를 깨물지도 몰라요, 아스카이 씨!"

나는 핸들을 크게 꺾어, 신호에 걸리기 전에 십자로를 가로질렀다.

항구로 가는 시가지. 큰길에는 많은 차들이 오갔다. 그 안을 내가 운전하는 은색 애스턴 마틴이 총알처럼 질주했다.

붉은 회전등을 번뜩인 애스턴 마틴은 좌우로 차선을 변경하면서, 맹렬한 속도로 '엔지니어'를 쫓았다. 이미 속도 미터기를 확인하지 않은 지 오래다. 조수석의 아스카이 수사관이 몇 번이나 차에 몸을 부딪치며 신음소리를 뱉어 냈다.

"아스카이 씨, 정말 멍청한 범인 아니에요?!" 나는 옆에 앉아 있는 아스카이 씨에게 큰 소리로 말을 걸었다. "저한테서 도망칠 수 있을 거라고 생각하다니! 그 교만이 인생을 망하게 한다는 걸 확실히 가르쳐 주겠어요!"

"츠지, 츠지무라. 좀 물어보고 싶은데! 자동차로 피의자를 추적해 본 경험은 몇 번이나 돼?!"

"처음이에요!" 나는 그렇게 외치면서 핸들을 크게 꺾어, 자동차를 드리프트시켰다. "자자자, 잠깐만~!!"

"이렇게 엉망진창인 파트너는 처음이야!" 아스카이는 비명을 질렀다.

차량이 크게 튀면서 범퍼가 갓길의 전신주를 스쳤다. 평소라면 수리 비용이 자동으로 머릿속에 떠올랐을 소리도, 지금은 추적을 위한 반주곡처럼 들렸다.

머릿속에서는 드럼과 일렉기타의 리듬 비트가 울려 퍼졌다.

나한테서 도망칠 수 있을 거라 생각해?!

"츠지무라, 저기 보인다!" 아스카이 씨가 앞을 가리켰다. "녀석의 차야!"

십자로 너머. 차량의 흐름 속에 흰 스포츠카가 보였다. 도난 차량이다. 운전석의 창문이 깨져 있는데, 아마 자동차를 훔칠 때 '엔지니어'가 깨 버렸기 때문이겠지.

나는 상대의 차를 보고 대략적인 성능을 예상했다. 시가지용 스포츠 모델로, 구식이지만 회전력은 높았다. 성능은 내 애스턴 마틴과 좋은 승부가 될 듯했다. ――얼마나 도망갈 수 있을지, 실력을 한번 볼까?

상대가 이쪽을 눈치챘다. 엔진의 회전력을 높여 급가속을 하려고 했다.

그에 맞대응하듯이 나도 액셀을 힘껏 밟았다.

"츠지무라, 신호, 빨간색이야!"

기어를 바꾸었다. 변속기가 짐승처럼 포효했다.

차량 두 대가 동시에 급가속 했다.

내 애스턴 마틴이 빨간 신호인데도 총알처럼 십자로를 질주했다. 길을 가로지르는 승용차와 트럭 사이를 빠져나가 십자로를 통과했다.

"우와아아아아아!!" 아스카이 씨가 안전벨트에 매달린 채 눈만 돌려 이쪽을 바라보았다.

흰 스포츠카와 은색 애스턴 마틴은 심장이 순식간에 피를 온몸으로 내뿜는 것처럼 도로를 질주했다. 엄청난 소리에 일반 차량이 이리저리 피했지만, 내 눈에는 이제 녀석밖에 보이지 않았다.

온몸에 불꽃이 휘돌았다.

나를 적으로 돌린 게 너의 패인이다!

기어를 올리며 더욱 가속. 노면에 쓸린 타이어가 흰 연기를 내뿜었다. 아스팔트에 검은 바퀴 자국을 남기면서, 은색 철 덩어리가 달렸다. 피로를 모르는 육식동물, 공중 투하되어 지면을 부수는 은색 폭탄이다.

녀석이 차를 오른쪽으로 꺾었다. 나도 오른쪽으로 차를 꺾었다. 머릿속에 떠오른 지도를 확인해 보니, 슬슬 항구에 다다를 시점이었다. 오가는 일반 차량도 부쩍 줄어들었다.

"항구에 들어가면 일반 차량이 많이 줄어들어요!" 나는 운전을 하면서 외쳤다. "그곳에서는 조금 난폭하게 운전해도 괜찮겠죠?!"

"지금보다 더 난폭하게 운전하려고?!" 아스카이 씨가 비명을 내질렀다.

나와 '엔지니어'의 차는 거의 나란히 항만 내의 부지로 돌입했다.

화물 수송차도 오가는 곳이기 때문인지, 항구 내의 도로는 꽤 넓었다. 오른쪽으로는 컨테이너 창고가 펼쳐져 있고, 왼쪽으로는 세관용 건물이 늘어서 있는 그곳을, 차량 두 대가 가로질렀다.

――문득.

그때, 오른쪽 컨테이너 창고 건물에서 기묘한 사람 그림자가 보였다.

사람 수는 약 여섯 명. 검은 양복에 선글라스. 그 사람들은 항만의 경비원으로 보이는 사람으로부터 여러 더플백을 건네받았다. 주변에서는 진하게 선탠이 된 검은 SUV 차량 세 대가 보였다.

내 차에 붙어 있는 회전등을 보자, 검은 옷을 입은 사람들의 안색이 변했다.

"저 녀석들은……?"

검은 옷을 입은 사람들이 뒤쪽으로 뛰어가 시야에서 사라졌다.

그 직후, 차체를 망치로 마구 때리는 듯한 소리가 나며 차체가 흔들렸다.

심장이 얼어붙었다.

"바…… 방금 무슨 소리죠?!"

"큰일이야." 아스카이 씨의 안색이 변했다. "총에 맞고 있어!!"

우리 뒤를 조금 전의 검은 SUV 차량 세 대가 빠르게 쫓아왔다. 창문으로 몸을 내민 남자가 기관단총을 겨누었다.

"젠장. 어떻게 된 거야? '엔지니어' 가 부른 지원군인가?"

나는 백미러로 뒤를 바라보았다. 그 차체. 총의 종류.

머릿속에 저장해 놓은 자료를 빠르게 검색했다.

그리고 내려진 결론은── 최악이었다.

"이럴 수가." 나는 신음소리를 뱉어 냈다.

그런 거였구나.

'엔지니어'는 아무 생각 없이 항구를 향해 달린 게 아니었다. 이곳에 도착하면 수사관을 뿌리칠 수 있다는 계산이 섰던 것이다. 정부의 눈이 닿지 않는 어둠. 밤의 세계에서 활동하는 사람들이 지배하는, 나라 안의 외국.

"저 녀석들은 항구를 구역으로 삼고 활동하는 비합법 조직이에요!" 나는 그렇게 외쳤다. "조금 전에 본 건── 포트 마피아의 뒷거래 현장이고요!"

K　　　　　　　　‖

"츠지무라가 습격을 받고 있어?"

아야츠지의 말이 지하의 실내 공간에 메아리쳤다.

"그렇다." 교고쿠가 조용히 대답했다. "모처럼 이렇게 됐으니, 좀 더 즐겨 볼까 하고 말이네. 쿠보에게 살짝 조언을 해 주었지. 포트 마피아의 뒷거래 정보를 조사한 뒤, 그 현장 옆을 지나가라고 말이야. 녀석들처럼 난폭한 인간이 난 참 마음에 들더군. 행동 원리가 아주 단순하니까."

"뒤가 켕기는 거래 현장을 들킨 포트 마피아가 옆을 지나가던 경찰차를 습격한다고?" 아야츠지가 경멸하는 투로 코웃음을 쳤다. "교고쿠, 네놈답지 않게 안이한 생각이군. 녀석들은 국가 권력에 겁을 먹고 벌벌 떠는 쪽 사람들이다. 무차별적으로 경찰 차량을 습격했다간 한 달에 두 번씩 종신형을 받게 될걸?"

교고쿠는 전혀 동요하지 않은 채 미소 지었다.

"평범한 거래라면 그렇겠지."

"……뭐?"

"자네의 파트너인 츠지무라 아가씨가 목격하는 현장은 포트 마피아의 말단이 보스 몰래 비합법 거래를 하는 현장이야." 교고쿠가 말했다. "규율과 이익이 모든 것인 포트 마피아는 조직의 명령이 없는 뒷거래를 철저히 금지하고 있네. 특히, 소지가 엄중하게 금지되어 있는 위험 총기와 약물 등은 정부에게 들키면 난리가 나기 때문에 특히 심하게 금지하는 중이지. 하지만…… 가끔 일부 말단들이 일시적인 돈에 눈이 머는 경우가 있네. 이번처럼 말이야."

"보스에게도 비밀로 한 채 뒷거래라." 아야츠지가 혀를 찼다. "거래가 발각되면 체포 정도로 끝나지 않겠지…… 뒷골목 사회는 규칙을 깬 자를 절대 용서하지 않으니까."

"태어난 걸 후회할 정도의 고문을 받지 않을까 싶네만." 교고쿠가 기쁘게 웃었다. "공포 아닌가. 공포는 사람을 움직이게 하네. 입을 막기 위해서라면 정부의 수사관조차도 기꺼이 죽일 정도로."

총알에 맞은 창고 자재가 하늘을 날았다. 차체를 때리는 총알이 상태가 좋지 않은 관악기 같은 소리를 연주했다.

"빌어먹을. 대체 어떻게 된 거지?! 포트 마피아 녀석들, 경관한테 너무 괴롭힘을 당하다 보니 드디어 머리가 돌아버린 건가?"

"분명 거래 현장을 들켜서 입을 막으려고 그러는 걸 거예요." 나는 핸들을 꺾으면서 외쳤다. "어떻게든 해야 해요. 이래선 '엔지니어'를 추격하기도 전에 큰일 나겠어요!"

나는 총알을 피하기 위해 차체를 좌우로 마구 움직였다. 그래도 몇몇 총알이 차체에 맞아 불꽃을 튀겼다.

총알이 몇 개인가 유리에 명중해, 흰 부채꼴로 금이 갔다. 그래도 깨지지는 않았다.

"튼튼한 차네……. 설마 방탄차야?" 아스카이 씨가 총을 꺼내면서 말했다. "신입에 공무원인데?"

"에이전트는 식비를 줄여서라도 방탄차에 타야 한다!!"

"누가 한 말인데?"

"제가요!" 나는 그렇게 외친 뒤, 액셀을 더욱 강하게 밟았다. “그래도 차체 아래쪽에는 방탄 가공이 되어 있지 않아요! 지면에서 총알이 튀어 차 아래의 구동계를 망가뜨리면, 최악의 경우, 차가 수직으로 회전할 수도 있어요!”

“제발 그것만은 봐줬으면 좋겠어!”

아스카이 씨가 창문으로 팔을 내밀어 뒤쪽에서 쫓아오는 SUV 차량을 향해 권총을 쏘았다.

몇몇 총알이 SUV에 명중해, 순간적이나마 적의 속도가 느려졌다.

나는 핸들을 크게 오른쪽으로 꺾었다.

차체가 크게 기울어 왼쪽 타이어가 붕 떠올랐다. 아스카이가 깜짝 놀라 타이어가 뜬 쪽을 향해 체중을 실었다.

잔뜩 쌓여 있던 박스 자재가 날아가고, 철 막대기가 아스팔트에 마구 흩어졌다. 창고와 창고 사이의 틈새를 미끄러져 좁은 길을 질주했다.

풍경이 눈 깜짝할 사이에 뒤쪽으로 날아갔다. 엔진이 최대 음량으로 포효했다.

“아직도 쫓아오고 있어!” 아스카이 씨가 뒤쪽을 보면서 외쳤다. “저 녀석들, 이쪽을 어떻게 해서든 해치울 생각인 모양이야!”

이번엔 차를 왼쪽으로 꺾었다. 그렇게 계속 창고 사이를 내달렸다.

상황이 심각하다.

기관단총을 마구 쏘아대는 상대는 차가 세 대. 게다가 전투에 익숙한 뒷골목 사회의 조직원들이다.

그에 더해 항만은 녀석들의 뒷마당이나 마찬가지니, 좁은 길을 구석구석 잘 알고 있겠지.

반대로 이쪽은 중화기도 빈약하고, 나는 이능력을 스스로 조종하지도 못한다.

어쩌지? 이대로는 추격당하고 만다.

핸들을 쥔 손에 땀이 배었다.

어쩌면 좋지?

이럴 때, 어제처럼—— 특수부대에 둘러싸였을 때처럼, 아야츠지 선생님의 조언이 있었다면.

"빨리 출제해라." 아야츠지가 메마른 목소리로 말했다.

"호오. 승부를 받아들일 생각인가 보지?" 교고쿠가 즐거운 목소리로 물었다.

"속을 떠보려 하지 마라. 시간 낭비니까." 아야츠지가 내뱉듯이 말했다. "모든 것이 네놈의 작전이라면, 확실한 게 하나 있지. 네놈은 총이나 독이나 폭력으로 날 죽이지 못한다. 네놈은 나를 승부를 통해 굴복시키고, 패배한 내 인생을 지배한 다음 죽일 속셈일 테니까. 계속 그럴 심산 아니었나? ──얼른 문제나 내라."

"역시 자네는 유일무이한 존재군." 교고쿠가 만족스럽다는 듯이 웃었다. "그곳에 서류가 있네. 내가 이 미궁에 빠진 사건에 붙인 이름은 '살인 상자'. 마음에 드는 사건 중 하나지."

아야츠지는 방의 구석에 떨어져 있던 서류 뭉치를 주워 들었다. 표지의 글자를 보니, 아무래도 시 경찰의 자료실에서 훔쳐 온 것인 듯싶었다.

아야츠지는 서류의 페이지를 넘겨보았다.

──이 실내 공간에서 살인 사건이 일어났다.

살인범은 악랄한 사기꾼.

그 사기꾼이 돈을 버는 방법은 한 대기업의 회계사를 협박하고 조종하여 돈을 횡령하는 것이었다.

하지만 3개월 전, 사기꾼은 위기를 맞는다. 자신이 조종하던 회계사가 죄책감을 견디지 못하고 도망가 버린 것이다.

만약 경찰에 신고라도 하면 자신도 끝이다. 사기꾼은 필사적으로 그 여자를── 회계사는 여자였다── 찾았다.

그리고 발견했다. 아야츠지가 지금 서 있는 이 지하 쉘터에서.

사기꾼은 그 여자를 죽였다.

하지만── 사기꾼은 무죄 판결을 받았다.

아야츠지는 계속해서 서류를 넘겼다.

왜 살인범이 무죄 판결을 받았는가. 범행이 불가능했기 때문이었다.

여자 회계사는 이 공간에서 살해당했다. 사기꾼에게는 그 시간에 알리바이가 없었고, 그의 집에서는 피가 묻은 상의가 발견되었다. 혈액은 여자 회계사의 그것과 일치했다.

하지만 그 여자를 죽이는 것은 불가능했다.

왜냐하면 이 공간은 한 번 들어오면 절대 나갈 수 없는 곳이었기 때문이다.

쉘터로 도망친 여자 회계사가 유일하게 밖과 안을 연결했던 철 사다리를 스스로 파괴해 버렸던 것이다.

즉, 이것은 불가능 범죄. 들어와 죽일 수는 있어도, 나갈 수는 없다.

사기꾼 남자가 어떻게 방을 탈출했는지 증명하지 못하는 바람에, 그는 무죄 판결을 받았다.

"즉, 나도 마찬가지란 것인가." 아야츠지가 작게 고개를 저었다. "이 수수께끼를 풀어 진실을 밝혀내지 않는 한, 나도 이 공간에서 탈출할 수 없겠군."

아야츠지는 천장을 바라보았다. 들어왔던 둥근 구멍이, 천장 중앙에 빠끔하게 뚫려 있었다. 높이는 4미터. 사각형 공간에는 아무것도 없었다. 물론 손으로 짚을 만한 것이나 발판이 될 만한 것도 없었다. 도움을 요청하려고 해도, 지하 쉘터에는 휴대전화 전파도 닿지 않았다.

"덧붙이자면, 갈고리나 밧줄 사다리를 미리 준비해 둔 흔적도 없었지." 교고쿠가 유쾌하게 웃었다. "지금 자네와 마찬가지로, 들어와 살해를 한 뒤에야 나갈 수 없다는 사실을 깨달은 게야."

"호오, 이제야 알겠군. 즉…… 이 미해결 사건도 일찍이 네놈이 방법을 알려 줬다는 건가." 아야츠지가 말했다. "네놈은 탈출 방법을 이 안에 있던 살인자에게 가르쳐 주었던 거군. 네놈이 이곳에 있다는 사실은, 당연히 탈출 방법을 알고 있다는 이야기니까."

"관련 없는 일에 관한 추측은 서로 이쯤 해 두는 게 어떤가." 교고쿠는 서늘한 얼굴로 말했다. "중요한 승부를 해야 할 때에 출제자의 신상 얘기를 하다니, 그게 대체 무슨 소용이겠나."

"그건 그렇군." 아야츠지가 그렇게 말한 뒤, 실내 공간을 다시 관찰했다.

실내 공간의 벽은 흰 수지 합판이었다. 망치가 있으면 벽을 부술 수는 있을 듯했다. 하지만 파괴된 흔적도 없었고, 설사 파괴가 가능했다고 해도 이곳은 지하다. 그것만으로 탈출할 수 있을 리가 없었다.

실내 공간의 형태는 한 변이 4미터 정도인 정육면체. 바닥, 천장, 모든 벽이 정육면체 형태였다. 높이 4미터짜리 주사위 내부에 있는 모양새다. 이 정육면체 실내 공간이 교고쿠가 말하는 '상자'이겠지.

발판이 될 만한 것도 보이지 않았다. 실내 공간에는 애초에 물건이라고 부를 만한 것이 놓여 있지 않았다. 유일하게 철 파이프 파편만이 바닥 구석에 굴러다녔다. 피해자가 파괴한 철 사다리다. 원래는 이것이 천장의 구멍과 연결하는 유일한 길이었겠지. 지금은 그것이 수십 개의 파편으로 파괴된 상태였다.

자료를 보니, 피해자는 신변의 위협을 느껴 이곳으로 피난했다고 미리 경찰에게 연락을 했다. 경찰이 돕지 않으면 피해자 자신도 쉘터 밖으로 나갈 수 없었다. 죽을 각오를 했던 셈이다.

하지만 경찰이 도착해 보니, 피해자는 이미 사망해 시체가 되어 있었다.

——시체.

"시체가 없군." 아야츠지가 실내 공간을 둘러보며 말했다. "사살이라면 살해당한 장소에 혈흔 정도는 남아 있을 텐데."

"안내하지." 교고쿠가 그렇게 말하며 손짓했다.

사각 공간 일부에 밀어서 여는 형태의 문이 보일 듯 말 듯 설치되어 있었다. 그 안쪽은 더 작은 실내 공간이었다. 바깥

실내 공간이 한 변에 4미터 정도의 주사위라고 하면, 이쪽은 한 변이 3미터 정도가 채 안 되는 주사위였다.

실내 공간 두 곳은 거의 똑같았다. 유일한 차이는 바닥에 선명한 혈흔이 있다는 것 정도. 흐르다가 응고된 혈액이 이 삭막한 실내 공간의 유일한 개성이었다. 강렬한 개성. 옆쪽 실내 공간이 부러워할지도 모르겠다.

혈흔 주변에는 바닥에 꽂힌 여러 철 파이프가 보였다. 철 파이프는 시체의 자세를 기록한 흰 밧줄을 둘러싸듯이 다섯 개가 배치되어 있었다. 철 파이프의 길이는 긴 것은 40센티미터, 짧은 것은 겨우 15센티미터였다. 모두 바닥에 꽂힌 상태다.

아야츠지는 혈흔 앞에 웅크리고 앉아 철 파이프를 확인했다. "왜 이곳에 철 파이프가 꽂혀 있지?"

그리고 아야츠지는 큰 실내 공간으로 이동해 두 실내 공간을 연결하는 벽을 관찰했다.

문손잡이를 손으로 돌려 여는 문. 꽤 튼튼해 보였다. 옆에는 문 외에 옆의 작은 실내 공간과 똑같은 크기의 검은 선이 사각형으로 그려져 있었다. 마치 옆 실내 공간이 어느 정도의 크기인지 벽에 표시를 해 놓은 것처럼. 문은 벽의 중앙에 있었고, 문의 크기보다 더 큰 사각형의 검은 선도 중앙에 있었다. 검은 선 윗변 위에는 벽이 없고 검은 공간이었다.

"방 위에 공간이 있는 건가?"

아야츠지는 공간으로 손을 뻗어 보았지만, 닿지 않았다. 힘껏 뛰어도 닿을 것 같지는 않았다. 키가 큰 아야츠지도 닿지 않는 걸 보면, 그 공간을 통해 범인이 탈출하기란 어려웠겠지. 올려다보아 확인할 수 있는 것이라고는 작은 실내 공간의 벽과 천장을 연결하기 위해 금속 보강재가 사용됐다는 것 정도였다. 사다리 골격이겠지. 하지만 뛰어서 그걸 잡기는 어려울 듯했다.

설사 어떻게 해서든 금속 보강재를 붙잡고 공간이 있는 곳까지 기어 올라간다고 하더라도, 더 이상 뭘 어떻게 할 수 있는 것은 아니었다. 공간에서 큰 실내 공간의 천장 중앙에 있는 구멍까지는 거리가 약 2미터이다. 설사 세기의 탈옥수라고 하더라도, 공간에서 중앙 구멍으로 뛰어 탈출하기란 불가능했다.

아야츠지는 다시 큰 실내 공간 중앙으로 돌아가 천장의 출구를 올려다보았다.

"출구까지 높이는 약 4미터." 아야츠지가 말했다. "프로 운동선수의 수직 도약력은 50에서 70센티미터라고 하지. 즉, 자료에 나오는 용의자가 아무리 애써 봐야 2미터 50센티미터가 한계군. 4미터나 되는 천장에는 닿지 않아."

"그렇다. 그럼 슬슬 대답을 해 보실까." 교고쿠가 엷게 웃었다.

아야츠지가 눈을 가늘게 뜨며 교고쿠를 바라보았다. "시간제한이 있다는 얘기는 듣지 못했다만."

"그 유명한 살인 탐정이 기껏해야 시간제한에 겁을 먹은 건가?"

아야츠지가 눈을 부릅떴다.

뭐라고 반박할 수 없는 말이었다. 하지만── 정보가 너무 적었다.

차체가 튀었다.

애스턴 마틴이 빈 화물 상자를 몇 개나 튕겨내면서 항구 안을 질주했다.

적과의 거리는 계속 좁혀졌다. 앞으로 몇 분이나 버틸 수 있을지 알 수 없었다. 이곳은 포트 마피아의 활동 구역이니, 연안 경비대나 군경의 증원이 도착할 때까지는 시간이 걸릴 게 틀림없었다.

"젠장! 총알이 떨어졌어!" 슬라이드가 뒤쪽으로 고정된 자동권총을 노려보면서 아스카이가 그렇게 외쳤다.

"제 총을 쓰세요!" 이런 상황에서, 내가 총을 쏠 여유는 없었다.

"근데 상대도 방탄차야! 화력이 너무 부족해. 언제까지 버틸 수 있을지는……."

자동차는 어느새 방파제 근처의 해변가에 도착했다. 역시 녀석들은 항구 내의 길을 속속들이 잘 안다. 자칫하면 막다른 곳까지 내몰릴 수 있는 상태다.

어쩌지?

"츠지무라!" 아스카이 씨가 오른손으로 밖을 가리켰다. "배 위에 녀석의 차가 있어!"

고개를 돌려 보니, 부두에 접안한 화물선이 보였다. 그 대형 선박에 '엔지니어'가 탄 흰 스포츠카가 멈춰 서 있었다. 저 배를 타고 도망칠 생각이구나.

"저 배로 갈게요!" 나는 핸들을 꺾었다. "어쨌든 간에 저쪽으로 도망갈 수밖에 없어요!"

차체 밑바닥으로 아스팔트를 깎아낼 듯이 오른쪽으로 꺾자, 우리를 태운 애스턴 마틴이 부두 쪽으로 향하는 다리로 진로를 바꾸었다.

'엔지니어'.

절대 용서할 수 없다.

역에서 녀석은 우리 어머니를 조종했다고 말했다. 그렇다면 어머니는, 원래 나쁜 사람이 아니었을지도 모른다. 마음이 약해, 꼬드김에 넘어가 이용당했을 뿐일지도 모른다.

어렸을 때, 나는 어머니가 싫었다. 성인이 된 뒤로는 일 때문에 집에 돌아오지 않는 어머니와 거의 남처럼 지냈다.

그래도 지금, 어머니를 죽음으로 몰아간 '엔지니어'에게 나는 스스로도 놀랄 만큼 강한 살의를 품었다.

반드시 궁지로 몰아넣어 주겠어! 그리고 내 손으로——.

자동차는 총알처럼 '다리'에 접어들었다.

다리는 1차선 크기의 도개교였다. 항만 내로 들어오는 배를 위해 정기적으로 중앙이 갈라져 위로 올라가는 다리다.

그 다리의 딱 중앙. 우리가 가는 길을 막아서듯이 화물처럼 보이는 박스가 많이 놓여 있었다. 아마도 작업원이 배에 화물을 싣다 큰 소동이 일어난 모습을 보고 도망친 듯싶었다.

다리의 폭은 좁았다. 다른 곳으로 피해서 통과하기가 어려웠다.

"화물을 치면서 그대로 통과할게요!" 내가 외쳤다.

"괜찮겠어?!" 아스카이 씨가 그렇게 외쳤다. "누군가 화물 사이에 숨어 있으면 어쩌려고?! 잘못하다간 사람을 치어 죽일 수도 있어!"

나는 순간 할 말을 잃었다.

하지만 눈앞에 어머니의 원수가 있다.

"어쩔 수 없어요! 제발 사람이 없기를 기도하죠!" 나는 핸들을 꽉 잡았다. "꽉 잡으세요!"

정면의 산더미 같은 박스 화물로 돌진했다.

차체가 튀었다. 박스에 들어 있던 야채나 일상용품이 마구 튀어 올랐다. 무, 수세미, 화장지, 과일이 튀어, 다리 바깥의 바다로 떨어졌다. 차체가 마구 튀어 오르는 가운데, 자동차는 도개교를 가로질렀다.

"아무도 없었어요!" 나는 액셀을 계속 강하게 밟은 채 외쳤다.

"엉덩이 아파!" 아스카이 씨가 떨리는 목소리로 말했다.

화물을 강하게 짓누르는 감촉은 있었지만, 사람을 튕겨내는 감촉은 없었기 때문에, 나는 가슴을 쓸어내렸다. 애당초, 사람이 있었다면 폭음을 내며 질주하는 자동차—— 게다가 총알 시례를 받고 있는——가 다가오고 있다는 사실을 눈치채지 못할 리가 없었다.

"이대로 배의 승차구까지 내달릴게요!"

나는 핸들을 돌려 수송선 쪽으로 진로를 변경했다.

그때였다. 하늘을 가르며, 만의 반대편에서 무언가가 날아왔다.

충격이 세계를 뒤덮었다.

무언가가 우리 차에 격돌하기 직전에 폭발했다. 오렌지색의 불꽃이 차체를 휘감았다.

자동차가 공중에 떴다.

"크앗……!"

시야가 새하얘졌다. 자동차 안쪽에 몸을 마구 부딪쳐, 어디가 위이고 아래인지 구별할 수 없었다. 에어백에 얼굴을 부딪쳐 순간 의식이 사라졌다.

의미 없는 영상이 어둠 속에 떠올랐다. 어딘가 먼 곳을 바라보는 어머니의 얼굴, 특무과에서 실시했던 사격 훈련, 어둑어둑한 아야츠지 탐정 사무소. 그리고 더 먼 옛날, 스스로도 떠올릴 수 없었던 어린 시절의 기억.

순간—— 자신이 지금 어디서 무얼 하고 있는지도 애매해졌다.

"이봐, 일어나! 적이 또 습격해 오고 있어!"

자신을 흔들며 외치는 소리에 의식이 돌아왔다.

차는 부두 옆에 멈춰 있었다. 차 안쪽에까지 불꽃과 연기가 들어왔다. 마침 아스카이 씨가 나를 차에서 끌어내려고 했을 때, 의식을 되찾았다.

나는 기듯이 자동차 밖으로 나와 자동차 그림자 사이에 숨었다. 바로 건너편에서 대량의 총알이 날아왔다. 애스턴 마틴의 자체가 금관악기처럼 소리를 냈다.

"녀석들, 공중 작열탄 런처를 쐈어!" 자동차를 방어막 삼아 총알 세례를 피하면서, 아스카이 씨가 외쳤다. "포트 마피아의 무기 밀수 수사가 제대로 되고 있긴 한 거야?!"

공중 작열탄 런처는 수평으로 유탄을 발사하는 최신형 개인 화기다. 발사된 유탄은 목표까지 수평으로 빠르게 날아가, 레이저로 거리를 측정해 대상의 바로 앞에서 자동적으로 폭발한다. 무장 병사와의 전투를 대비한 무기로, 완벽한 군용이다. 시가지 근처에서 비합법 조직이 펑펑 쏠 수 있는 무기가 아니다. 아마 조금 전 목격한 거래의 거래 물품은 이 무기의 밀수였겠지.

그렇다면, 녀석들이 우리를 살려서 보낼 가능성은 없었다.

무슨 짓을 해서라도 우리를 죽일 생각이다.

“츠지무라, 남은 총알은?” 자동차 뒤에 숨은 채, 아스카이 씨가 물었다.

“이제 몇 발 안 남았어요.” 나는 권총을 확인하며 대답했다.

“그래……? 하지만 좋은 뉴스도 있어.” 아스카이 씨는 다리 쪽을 바라봤다. “마침 도개교가 올라갈 시간이거든. 이제 녀석들은 다리를 건너 이쪽으로 올 수 없어.”

나는 다리를 바라보았다. 분명히 다리의 중앙에서—— 우리가 화물을 날려 버린 근처에서—— 다리가 두 개로 갈라져, 여덟 팔 자 모양으로 올라가는 중이었다. 자동차를 타고 저길 건너 이쪽으로 오기는 불가능했다.

“좋은 뉴스 맞네요.” 나는 대답했다. “이제 적은 이쪽으로 오지 못하니, 저편에서 총알이 없는 우리에게 도망갈 곳이 없을 만큼 총알 세례를 퍼붓는 정도가 고작일 거예요. 최고네요.”

“누가 아니라냐.”

또 작열탄이 날아오면, 아마 자동차가 완전히 파괴되겠지.

적이 다리를 우회해 측면에서 십자포화를 퍼부어도 모든 게 끝장이다.

올라갔던 다리가 다시 원래대로 내려와도 적이 밀고 올 테니, 끝장.

나는―― 여기서 죽는 건가?

시야 끝에서 위로 올라간 다리 틈새 사이를 통해 화물이 투욱투욱 떨어지는 모습이 보였다. 야채와 과일, 그리고 더 무거운 나무 상자가 계속해서 수면으로 떨어져 물보라를 일으켰다. 이렇게 되고 보니, 짓밟은 화물에 손해 배상을 안 해 주어도 될 듯했다. 나는 그런 어찌 되든 상관없는 생각을 했다.

에이전트가 됐을 때부터 나는 수없이 총격전을 하다가 당하는 순간을 상상했다. 영화처럼 화려하게 총격전을 벌이다 죽는 모습도, 더러운 뒷골목에서 비참하게 죽는 모습도 상상했다. 너무 많이 상상을 한 탓에, 지금 자신에게 날아오는 총알과 죽음도 별로 실감이 나지 않았다.

정말 나는 이렇게 죽는 것일까? 이능력도 사용하지 못하고, 사격의 표적이 되어 너덜너덜하게 총에 맞아 죽는 게, 내 삶의 마지막인 것일까?

어머니의 원수가 바로 코앞에 있는데.

총을 꽉 잡았다.

그리고 재빨리 자동차 밖으로 팔을 내밀어 총을 쐈다.

건너편의 마피아가 한 사람, 몸을 뒤로 젖히며 쓰러졌다.

나는 에이전트.

이 정도의 위기는, 기껏해야 영화 중반에 분위기를 고조

시키기 위해 등장하는 장면에 불과하다. 이 정도로 누가 겁을 먹을 줄 알고?!

맞은편 사람들이 또 공중 작열탄 런처를 겨누는 모습이 보였다.

"이봐! 한 발 더 쏠 생각인가 봐!"

나는 평소와 다름없는 표정으로, 권총 끝만을 노려보았다.

"쏴서 떨어뜨리겠어요."

"제정신이야?" 아스카이 씨가 외쳤다. "시속 700킬로미터로 날아오는 25밀리미터 유탄을 권총의 총알로 어떻게 맞혀 떨어뜨리겠다는 거야?!"

"해 보지 않으면 모르는 거잖아요." 나는 권총으로 적을 정확하게 조준했다.

발사하는 순간에 유탄을 맞추면, 탄창에 있는 유탄까지 폭발해 일대의 적을 모두 정리할 수 있다. 그 외엔 다른 방법이 없었다.

적이 런처를 이쪽을 향해 겨눴다. 나도 총구를 적에게 겨눴다.

괜찮다. 훈련이나 마찬가지다. 올바른 사격 자세로 멈춰 있는 표적을 쏘는 것뿐. 훈련이라면 절대 놓치지 않을 자신이 있었다.

상대가 광학 거리계를 들여다보았다. 아직, 아직이다.

갑자기 바닷바람이 불었다. 순간, 불과 백 분의 일 정도의 정적.

——지금이다!

방아쇠를 당겼다.

…….

아무 일도 일어나지 않았다.

위가 들썩였다.

총이 막혀서 발사가 안 됐어!

조금 전의 폭발로 약실에 먼지가 들어간 것이다. 그래서 슬라이드가 중간에 걸렸다.

하필이면 왜 이럴 때……!

적이 런처의 방아쇠를 당기는 모습이 유난히 선명하게 보였다.

안 되겠어. 이젠 손쓸 방법이 없어!

이걸로 끝——.

그 순간은 오지 않았다.

눈을 감고, 이를 꽉 물었지만 폭발도, 충격도 오지 않았다.

조심스럽게 눈을 떠 보니, 건너편에서 마피아들이 무슨 소리를 질렀다. 하지만 이쪽을 보고 있지 않았다.

뭐지? 어떻게 된 거지?

그중 한 사람이 휴대전화를 귀에 대고 창백한 얼굴로 무슨 말을 하는 중이었다. 그리고 뒤의 마피아들이 서둘러 무슨 지시를 내리더니, 모두 소리를 지르며 SUV 차량에 몸을 실었다.

그렇게 그 사람들은 떠나 버렸다. 우리에게는 눈길도 주지 않은 채.

"산…… 건가?" 아스카이 씨가 차체 밖으로 고개를 살짝 내밀었다.

"쏜살같이 도망가 버렸네요……." 나는 총을 내리고 말했다.

"조직에서 무슨 지시가 내려왔을지도 모르지." 아스카이 씨가 말했다. "왜 지금, 이런 상황인데 녀석들은 돌아간 걸까? 몇 초 만에 우리를 통닭으로 만들 수 있었을 텐데."

적의 갑작스러운 퇴각. 내가 임무를 하는 중에, 갑자기 이유도 없이 운 좋은 일이 벌어지다니, 믿을 수 없었다. 누가 뒤에서 도와준 것이 아닌 한.

그렇다면── 짚이는 곳은 하나.

"뻔하죠." 나는 힘을 주어 말했다. "아야츠지 선생님이 적의 계획을 허물어뜨린 거예요."

"이건 간단하고 독창적인 탈출 트릭이다." 아야츠지가 말

했다.

교고쿠 앞에서 아야츠지는 천천히 걸으며 조용히 진실을 밝혔다.

"높이 4미터짜리 탈출구. 존재하지 않는 발판. 키가 큰 남자도 아무리 발버둥 쳐 봐야 손에 닿는 높이는 2미터 50센티미터 정도. 남은 1미터 50센티미터를 어떻게 벌충할 것인가."

아야츠지는 큰 실내 공간을 가로질러 작은 실내 공간과 연결되는 문에 손을 댔다.

"보통의 경우, 밀실의 수수께끼를 풀 때—— 일단 뭔가 이상한 점을 찾기 마련이지. 불필요한 이중문, 있을 필요가 없는 여벌 열쇠, 들어갈 수 없는 지하실. 그런 부가적인 요소를 하나씩 소거해 가는 거다. 때문에, 부가 요소가 없는 단순한 공간일수록 단서는 적어지지. 그렇게 따져 봤을 때, 이 밀실에는 불순물이라고 할 만한 게 하나도 없다. 시체와 방. 그것뿐이지. 그럼 어떻게 할 것인가. 이상한 점이 없으면, 만들면 그만이야."

"호오." 그때까지 가만히 듣고 있던 교고쿠가 엷은 미소를 지었다.

"이 밀실에는 방이 하나 더 있다. 그게 뭔가 이상한 점이지."

아야츠지가 잘라 말했다.

그리고 아야츠지는 문을 밀어서 연 뒤, 안쪽의 작은 실내 공간을 바라보았다.

"큰 방은 높이 4미터짜리 주사위. 작은 방은 높이 3미터짜리의 작은 주사위. 3평방미터의 정의를 이용하면, 한 변이 3미터가 정도인 정사각형의 대각선은 약 4미터. 이건 큰 실내 공간의 높이와 비슷하지. 그러니까—— 이렇게 하면 된다."

아야츠지는 작은 실내 공간의 문을 밀어서 열었다. 그리고 손을 올려 벽의 위쪽 문틀을 붙잡고—— 주저 없이 강하게 당겼다.

그러자 작은 실내 공간이 기울었다.

"발판이 없고, 작은 실내 공간이 있다면, 실내 공간을 발판으로 삼으면 되지." 아야츠지는 더욱 힘을 주었다. 벽에 그려져 있던 검은 선을 경계로, 작은 실내 공간이 앞으로 기울었다. 아야츠지는 높이를 조절하면서 신중하게 뒤로 물러섰다.

"검은 선이 보이는 이유는 실내 공간의 접합부이기 때문이야. 작은 방 위에 공간이 있는 이유는, 여유 있게 회전시키기 위해서고. 이 쉘터에 들어오기 전의 위쪽 층은 이곳보다 훨씬 큰 실내 공간이더군. 아래층도 같은 구조라고 하면,

공간이 남아. 남은 공간이 그대로 실내 공간이 된 셈이지. 네놈이 처음에 말한 대로, 작은 실내 공간은 일종의 방인 동시에—— '상자' 다."

대각선으로 튀어나온 작은 실내 공간은 딱 45도 각도로 기울었을 때, 위쪽이 걸려 더 이상 기울어지지 않았다.

"이걸로 발판 완성이군." 아야츠지가 말했다. "기울어진 발판의 높이는 4미터의 약 절반. 즉, 2미터 정도. 이 정도면 여유 있게 손이 닿지. 게다가 발판은 딱 출구 아래다. 이곳을 밟고 오르면, 천장 출구에 손이 닿고도 남아."

아야츠지가 발판을 두드리며 말했다. 대각선으로 기운 발판은 아야츠지의 키보다 조금 더 큰 정도였다. 모서리에는 딱 다리를 밟기 좋게 금속 보강 골격이 설치되어 있었다. 올라가는 것 자체는 어렵지 않겠지.

"아주 훌륭하네. 역시 아야츠지군. 그렇게 말을 하고 싶네만——."

교고쿠가 눈을 가늘게 뜨고 아야츠지를 바라보았다. 그 눈 안에서는 무언가가 반짝였다.

"굳이 말을 안 해도 알아. 추리가 불완전하다고 말하고 싶은 거지? 아직 말이 안 끝났으니, 끝까지 들어 봐."

아야츠지는 대각선으로 기운 작은 실내 공간의 바깥을 손바닥으로 두드렸다.

"경찰이 안에 들어왔을 때, 현장이 이 상태라면—— 즉,

실내 공간이 기울어진 채였다면, 도저히 밀실이라고는 할 수 없겠지. 누가 봐도 어떻게 탈출했는지 알 수 있었을 테니까. 그래서 기울어진 공간을 원래대로 되돌려 놓을 필요가 있었지. ——하지만 그것도 크게 어렵지 않아."

아야츠지는 고개를 숙이고 기울어진 문을 통해 작은 실내 공간으로 들어갔다.

"방 안에 쓰러져 있던 시체. 실내를 둘러싸듯 꽂혀 있는 철 파이프 파편. 그 이유가 이거다." 아야츠지가 시체가 있던 장소에 서서 기다리자, 작은 실내 공간이 천천히 똑바로 서더니, 이윽고 완전히 원래대로 돌아갔다. "철 파이프는 시체가 구르지 않도록 고정하기 위한 거였지. 범인이 발판으로 작은 방을 사용한 뒤, 고정된 시체의 무게로 방이 자연스럽게 원래대로 돌아가게 만들기 위해서 말이야."

아야츠지는 작은 실내 공간에서 나와 교고쿠 앞에 섰다.

"이게—— 밀실에서 탈출한 트릭이다."

"멋지군." 교고쿠는 기쁘다는 듯이 손뼉을 쳤다. "이렇게 짧은 시간 안에 수수께끼를 풀다니. '살인 상자' 는 내가 참 마음에 들어 하던 사건 중 하나였는데 말이네."

아야츠지는 불쾌한 듯 얼굴을 찡그렸다. "흥. 네놈이 직접 관여한 증거가 있었다면, 네놈을 '사고사' 시킬 수 있었을 텐데……."

아야츠지는 방을 둘러보았다. 아마 이 범인도 마찬가지

다. 자신의 의지로 살인을 하려고 계획하고, 스스로 직접 살해 방법을 선택했다. 교고쿠의 '살인 상자'는 어디까지나 장치에 불과했기 때문에, 이능력은 교고쿠를 공범이라고 보지 않았다.

아야츠지가 몇 번이고 반복적으로 경험한 상황이었다. 이런 상황에서 교고쿠가 실수를 범할 리가 없었다.

"그럼 약속대로, 츠지무라를 구할 방법을 가르쳐 주실까."

"이거 참. 질투가 나는구먼." 교고쿠는 품에서 종잇조각을 꺼냈다. "이게 자네의 조수를 습격하는 녀석들 연락처네. 자네라면 이 정보만으로도 녀석들을 멈추게 할 수 있겠지. 별것 아니야."

아야츠지는 종이에 적인 번호를 순식간에 기억했다. 그리고 품에서 휴대전화를 꺼냈다.

"여기서는 전파가 닿지 않아. 위로 올라가서 연락을 하겠다." 아야츠지는 몸을 뒤로 돌렸다. "네놈은 나중에 추궁해주마. 각오해 둬라."

"노인을 존중할 줄 모르는 탐정이구먼."

"닥쳐라!"

아야츠지는 작은 실내 공간을 다시 기울인 뒤, 그것을 발판 삼아 가볍게 구멍 위로 올라갔다.

"아야츠지, 한 가지 말해 두지."

출구에 손을 댄 아야츠지에게 교고쿠가 말을 걸었다.

"뭐지?"

"설사 조수를 구했다 하더라도, 자네는 이미 패배한 것이네. 승산은 앞으로 절대 찾아오지 않겠지. 그걸 절대 잊지 말게."

아야츠지는 그 말을 듣고 잠시 생각했지만, 바로 내뱉듯이 말했다.

"승산 따위는 필요 없다. 내가 원하는 것은 네놈의 죽음뿐이니까." 그리고 출구 위로 올라가 말했다. "금방 돌아오지. 그때는 각오해라."

아야츠지는 휴대전화를 한 손에 들고, 외길인 지하 통로를 빠르게 달렸다. 그리고 화면을 보면서 전파가 닿는 곳을 찾았다.

지하 통로를 반쯤 달렸을 때, 휴대전화에 전파가 닿았다. 아야츠지는 번호를 입력해, 포트 마피아의 습격자들에게 전화를 걸었다.

전화가 상대에게 연결되었다. 아야츠지는 상대의 말을 기다리지 않고 바로 말했다.

"네놈들이 뭘 했는지는 이미 특무과의 귀에 들어갔다. 특무과의 사카구치는 네놈들의 보스와 연결할 수 있는 직통 연락처를 알고 있지. 만약 공격을 멈추지 않으면, 특무과는 네놈들이 배신했다고 보스에게 밀고할 거다. 그렇게 되면, 네놈들이 땅끝까지 도망친다 하더라도, 보스 직속의 유격부대가 쫓아가, 네놈들을 철저하게 제거하겠지. 그게 싫으면 당장 물러가라."

그리고 아야츠지는 대답을 듣지 않고 전화를 끊었다.

이걸로 포트 마피아는 츠지무라를 쫓아가 입을 막을 필요가 없어졌다. 그들에게 유일하게 남은 선택지는 총격전을 그만두고 1초라도 빨리 도망치는 것이었다.

"자, 그럼."

아야츠지는 고개를 돌려 방금 밖으로 나온 쉘터까지 이어진 길을 바라보았다.

이제 남은 건 교고쿠뿐이다.

신경가스에 대한 대책도 몇 가지 생각해 두었다. 두뇌 노동이 전문이라고는 하지만, 아야츠지에게도 노인을 제압할 정도의 완력은 있었다. 그렇게 하지 않았던 이유는 수수께끼를 풀어 츠지무라를 먼저 구하기 위해서였다. 일단 행동을 하지 못하도록 막기만 하면, 아야츠지의 좌표를 확인한 특무과가 지원을 와 주겠지. 그때까지 교고쿠를 제압해 두면 그만이다.

아야츠지는 지하의 외길을 달려 쉘터로 돌아갔다.

그런데 교고쿠는 사라지고 없었다.

"……?!"

아야츠지는 이번에야말로 놀라움을 감추지 못했다.

이 실내 공간을 탈출할 수 있는 통로가 하나밖에 없다는 사실은, 조금 전에 막 추리한 참이었다. 출입구는 천장 딱 하나. 게다가 위의 지하 통로도 완전한 외길로, 아야츠지가 나온 뒤 다시 돌아간 통로에는 숨을 장소가 전혀 없었다. 이상한 점이 아주 조금만 있었어도, 아야츠지는 눈치를 챘을 게 틀림없다.

아야츠지는 큰 실내 공간, 작은 실내 공간, 그리고 실내 공간의 바깥에 있는 틈새까지 꼼꼼히 조사했다. 하지만 교고쿠는 없었다. 틈새 너머는 콘크리트 벽이었다. 새로운 제3의 실내 공간도, 비밀 통로도 없었다.

밀실에서 사라지는 트릭.

아야츠지는 신음소리를 뱉어 냈다.

이쪽이 진짜 교고쿠의 수수께끼 풀이였던 것이다.

작은 실내 공간을 기울이면 출구 구멍에 손이 닿는다. 하지만 구멍을 사용하지 않고 이 지하 밀실에서 탈출하는 것은 절대 불가능하다. 벽도 부수지 않고, 도와줄 제3자도 없이, 교고쿠는 연기처럼 밀실에서 사라졌다.

단순하면 할수록 밀실에서 탈출하는 난이도는 높아진다. 하지만—— 이 정상을 넘어선 단순함은, 해결 가능한 한계치를 넘어섰다.

아야츠지는 큰 실내 공간 중앙에 가만히 서 있었다.

교고쿠가 마지막에 뭐라고 했었지?

——설사 조수를 구했다 하더라도, 자네는 이미 패배한 것이네.

이 밀실 탈출의 수수께끼를 풀지 않으면 교고쿠는 도망간다.

천재일우의 호기를 놓치고 만다.

아야츠지는 조각상처럼 방 안에 가만히 선 채, 꿈쩍도 하지 않았다.

잠시 뒤, 아야츠지가 소리를 지르며 주먹으로 벽을 치는 소리가 지하 통로에 울려 퍼졌다.

나와 아스카이 씨는 서둘러 화물선 안으로 들어갔다.

군경의 도움으로 출항은 이미 정지된 상태였다. 이미 '엔지니어' 에게 도망갈 곳은 없었다.

화물선은 3층으로 나뉘어 있었다. 트레일러를 적재하는 최하층, 승용차를 적재하는 중간층, 화물을 적재하는 위층. '엔지니어' 가 아직도 스포츠카에 타고 있을 거라고는 생각하기 어려웠다. 나와 아스카이 씨는 따로 떨어져 각 층을 조사해 보기로 했다. 나는 권총을, 총알을 다 쓴 아스카이 씨는 비상시에 사용하는 문 파괴용 망치를 들고 '엔지니어' 를 찾았다.

화물을 적재한 위층은 굉장히 넓었고, 천장 근처까지 나무 상자가 쌓여 쭉 늘어서 있었다. 이 배는 화물 수송선으로, 수송 비용을 아끼기 위해 사람이 거의 타고 있지 않았다. 그래서 매우 조용했다. 어딘가 다른 층에서 자동차가 천천히 움직이는 듯한 소리가 들려왔지만, 너무 희미해서 무슨 소리인지 확실히 알기 어려웠다.

나는 권총을 쥔 채, 신중하게 앞으로 걸었다.

불길한 장소.

사람이 숨을 수 있는 장소가 수없이 많았다. 쌓여 있는 나무 상자 뒤, 운반용 노란색 지게차의 뒤. 사람이 한 명 정도 들어가 있을 수 있는 나무 상자도 많았다. 만약 영화였다면, 악역이 갑자기 주인공 에이전트의 등 뒤를 습격하고도 남을 장소였다. '엔지니어' 를 쫓아 발을 들이고 싶은 장소는 아니었다.

나는 총을 눈앞에 들고 계속 앞으로 나아갔다.

문득, 신발의 고무 바닥이 바닥에 쓸리는 소리가 들렸다. 본능적으로 경계 수준이 단숨에 붉은색까지 치솟았다.

"누구냐?!" 나는 총구를 겨누고 외쳤다. "나오세요!"

나무 상자 너머, 벽 근처에서 사람 그림자가 움직였다. 이쪽 목소리를 들었는지, 서둘러 도망치려 했다.

"멈춰라! 멈추지 않으면 쏘겠다!"

서둘러 도망가려던 사람 그림자가 깜짝 놀라 앞으로 넘어졌다. 그 사람은 으윽, 크윽, 하고 한심한 신음소리를 냈다.

"알았어, 미안. 정말 미안해. 손도 들게. 뭐든 다 말할게. 그러니까 제발 좀 용서해 줘. 이렇게 빌게."

파란 셔츠를 입은 왜소한 중년 남자가 바닥에 넘어진 채, 어쩔 줄을 몰라 했다.

'엔지니어'가 아니었다. 이 배의 작업원일까?

아니——.

"그 골프백. '엔지니어'가 가지고 있던 물건이죠?" 나는 남성이 등에 숨긴 검은 백을 총구로 가리켰다.

"이, 이이이이, 이건." 파란 셔츠를 입은 남자가 몸으로 골프백을 숨기려고 하다가 또 넘어졌다.

"그 백의 주인은 누구죠?"

"그, 그건 말할 수 없어." 남자는 새파랗게 질린 얼굴로 고개를 재빨리 저었다.

나는 아무 말 없이 총구를 입 쪽에 댔다.

"으, 으악!! 알았어!! 말할게! 말할 테니까, 그거 좀 치워!" 어린아이처럼 떠는 키가 작은 중년 남성.

뭔가…… 이 사람, 대하기가 힘드네.

남자는 벌벌 떨면서 골프백을 앞으로 내밀었다.

"이건, 도망칠 사람의 짐이야. 차를 타고 들어와서 지정된 장소에 숨겨 줬는데, 그때 이 짐을 주면서 바다에 버려 달라고 하더라고. 의뢰받은 일은 아니었지만, 위급하니 꼭 좀 부탁한다고 해서…….”

“잠깐, 잠깐만요.” 나는 손으로 이야기를 제지했다. “도망칠 사람? 그러니까 ‘엔지니어’를 말하는 건가요? 지정된 장소에 숨겨 줬다니…….”

“그게 ‘도망 청부업자’로서 해야 할 일이거든.”

“‘도망 청부업자’? 누가요?”

“나.”

중년 남자가 웃었다.

갑자기 총을 겨누고 있던 팔이 무거워졌다. 영화 주인공 같던 기분이 순식간에 날아가 버린 모양이었다.

“이 배는 경찰이 출항을 정지시켰어요.” 나는 권총을 내리면서 말했다. “당신이 도망치게 해 주려고 했던 ‘엔지니어’는 이제 도망칠 수 없는 거죠. 의뢰인을 어디에 숨겼는지 가르쳐 주세요.”

‘도망 청부업자’는 의뢰인을 비합법적으로 멀리 도망치게 해 주고 돈을 받는 사람을 말한다. 주로 여권 수배, 도망갈 곳에서의 생활 원조 등을 해 준다. 괴이한 이능력 범죄가 넘쳐 나는 요즘, 암흑사회에서는 비교적 흔한 직업이었다. 위험한 물건을 수송하는 운반책과 겸업하는 경우도 있지만, 그런 경우, 도망 청부업자는 대부분 화기로 중무장을 하고 있는 경우가 많다. 그런데 무기가 없는 걸 보면, 이 남자는 도망 청부가 전문인 듯했다.

내가 재촉하자, 남자는 저쪽이라고 하더니, 몸을 떨며 걷기 시작했다.

남자는 걷기 시작하자 다시 힘이 나는지, 말이 많아지기 시작했다.

"차에서 내리면 짐에 섞여 타는 거야. 대형 컨테이너나 트레일러 안이면 금방 발견되니, 정밀 기계나 식료품 같은 화물에 섞여 타지. 그런 건 나무 상자를 억지로 열었다가 상품이 상하기라도 하면 자칫 변상을 해 줘야 하니, 경찰도 마지막이 되어서나 열어 보거든. 만약을 위해 나무 상자를 이중 바닥으로 만들어서, 나무 상자 아래에 눕게 하기도 하지. 연말 선물용 연어 포장처럼. 선물용으로 포장된 연어 본 적 있어?"

나는 대답하지 않았다.

"아무튼 간에, 저기, 도망칠 사람은 저쪽 나무 상자에……." 남자가 우쭐해하며 산더미 같은 화물을 가리켰다.

"응?"

"왜 그러시죠?"

남자는 갑자기 허둥거리며 주변을 둘러보았다. 그리고 말했다. "없어."

"뭐라고요……?"

"이곳에 쌓아 놓은 화물, 위에서 세 번째. 58번 나무 상자. 이상하네. 분명히 이곳에 있는 상자에 넣어 줬는데. 57번이랑 59번은 있는데, 58번이 없어. 신출귀몰이네?"

"설마…… 소리를 듣고 도망친 건가?"

"근데 아예 상자도 없어. 아무리 위험하다는 생각을 했어도, 상자까지 들고 도망칠 리가 없잖아? 그거 꽤 무겁거든."

이 사람의 말대로다. 쭉 늘어서 있는 나무 상자는 사람 한 명이 충분히 들어가 누울 수 있을 만한 형태였다. 무게도 무게지만, 들고 도망가기에는 크기가 너무 컸다. 게다가 쌓여 있는 나무 상자 중, 위에 쌓여 있었을 것으로 보이는 57번 상자는 땅에 떨어지지 않고 원래 그대로 놓여 있었다. 우리가 포트 마피아와 싸웠을 때, 설사 그 소동을 눈치챘다고 하더라도, 과연 자신 위에 쌓여 있던 짐을 다시 원래대로 차분히 올려놓고 도망갈 수 있었을까?

그때 휴대전화의 벨이 울렸다.

나는 휴대전화를 꺼내 발신자를 확인했다. 특무과의 사카구치 선배였다.

"네, 츠지무라입니다. 선배, 도망 중인 '엔지니어'가——."

사카구치 선배가 내 말을 중간에 끊으며 말했다. "츠지무라. 그곳을 조사할 필요는 없습니다. 돌아오세요. 지금 군경 수사관이 '엔지니어'를 발견했습니다."

"네?!"

나는 깜짝 놀라 휴대전화를 꽉 쥐었다.

발견했다고?

하지만 '엔지니어'는 이 배를 타고 외국으로 도망치려고 했을 텐데——.

"그래서, 녀석, '엔지니어'는 잡았나요?!"

"네." 사카구치 선배는 대답한 뒤, 잠시 생각을 하듯 뜸을 들이다가 말했다. "츠지무라. 아야츠지 선생님에게 다음 지령을 보내세요. 탐정으로서 '엔지니어'에게 무슨 일이 일어났는지 밝혀 달라고 말입니다."

"무슨 일이 일어났나……라니, 하지만, '엔지니어'를 발견하셨다고 했잖아요?"

거기까지 말을 하고서야 나는 상황을 이해했다. 아야츠지 선생님에게 의뢰를 하는 이유가 무엇인지.

사카구치 선배는 조용히 말했다.

"'엔지니어'는 시체로 발견되었습니다."

눈앞에 문이 보였다.

검고, 무겁고, 작은 문이었다.

주철로 만든 투박한 문. 장식이나 손잡이도 없는 문. 한

번 닫히면 다시는 아무도 열수 없는 문.

그리고 문은 닫히고 말았다. 이제 다시는 열리지 않겠지. 나에겐 더 이상 그 너머에 있는 진실을 확인할 방법이 없었다.

나는 살짝 눈을 떴다. 내 눈꺼풀 뒤에만 존재했던 그 환상의 문이 사라졌다.

철문은 현실에 존재하는 문이 아니었다. 내 눈꺼풀 뒤에만 있는 문이었다. 문은 닫혔다. 이제는 그 누구도 앞에 있는 진실에 도달할 수 없다.

눈을 떠 보니 바로 앞에 해안으로 떠밀려 온 시체가 보였다.

그곳은 포트 마피아의 항구에서 그다지 멀지 않은 좁은 해변이었다. 잿빛 모래 위에 더러운 쓰레기봉투처럼 시체가 떠밀려 와 있었다. 주변에는 수사관과 감식반이 가득했다.

모두 잡담도 없이, 진지하게 자신의 임무에 충실했다. 당연하다. 이곳에 있는 시체는 그냥 평범한 신원 불명자가 아니었기 때문이다. 사카시타 국차장을 죽인 실행범, 군경과 특무과가 위신을 걸고 쫓았던 연속 살인범—— '엔지니어'였다.

시체의 가장 가까운 곳에, 아무런 표정이 없는 사카구치 선배가 서 있었다. 마치 길가의 썩어 버린 낡은 빈 캔을 보듯이, '엔지니어' 의 시체를 내려다보았다.

"죽은 지 시간이 많이 지났습니다. 게다가 시체도 크게 손상되어 있습니다." 사카구치 선배가 힐끔 나를 보면서 말했다. "특무과에서도 감식반을 통해 얻은 정보보다 더 많은 것을 확인하기는 어려울 듯합니다."

사카구치 선배의 말대로, 시체의 손상 정도는 보통이 아니었다. 정말 그 '엔지니어' 와 동일 인물인지, 눈으로만 봐서는 알 수 없었다. 온몸에 얻어맞은 흔적이 있었고, 무언가 무거운 것으로 내려찍힌 흔적이 있었다. 더 이상 골절될 곳이 없을 만큼 너덜너덜하게 파괴되었다. 게다가 온몸의 피부는 마구 갈가리 찢겨졌다. 꽤 강렬한 공격을 받아 죽은 모양이었다.

감식이 와서 역에 남아 있던 쿠보의 지문, 그리고 도둑맞은 스포츠카에 남아 있던 지문과 시체의 지문이 일치한다는 사실을 알려 주었다.

쿠보라는 이름은 '엔지니어' 의 본명인 듯했다.

그렇다면 이 사람은 틀림없이 쿠보── '엔지니어' 다.

우리 어머니를 살인자의 길로 들어서게 한 사람이자, 그런 어머니를 알고 있던 유일한 사람이었다.

그 남자가 눈앞에서 죽어 있다.

대체 어떻게 생각하면 좋을까.

근처의 낚시꾼이 해안에 떠밀려 온 시체를 발견했다. 자세한 사망 시각은 부검을 해 봐야 알겠지만, 턱 근육의 경직과 *시반(屍斑)의 상태로 봤을 때, 죽은 지 두세 시간이 지났을 거라는 추정이 나왔다.

딱 내가 포트 마피아와 총격전을 벌이고 있을 즈음이다.

'엔지니어'는—— 쿠보는 배에 올라탄 직후에 살해당한 셈이다.

나는 조금 생각한 뒤 말했다.

"이렇게 단시간에 '엔지니어'를—— 쿠보를 죽인 걸 보면, 쿠보의 도망 계획을 사전에 알고 있었던 사람이 범인일 확률이 높습니다. 즉, 교고쿠의 사카시타 국차장 살해 계획과 관련된 사람입니다."

"또는, 교고쿠 본인이겠죠." 사카구치 선배가 고개를 끄덕였다. "교고쿠에게는 쿠보도 장기짝 중 하나에 불과했다는 것입니다. ——츠지무라."

"네?"

"전에도 말했다시피 이 사건은 특무과의 최중요 안건입니다. 사법성과의 권력 투쟁에서 패하지 않기 위해, 사카시타 국차장을 죽인 진짜 범인을 꼭 발견해, 범행을 증명해야 합니다. 그리고 물적 증거도, 자백도 날조가 가능한 현대이기에, 불변의 진실성을 증명하려면 이능력을 이용할 수밖에 없습니다. ——무슨 말인지 알겠죠?"

나는 고개를 끄덕였다. 선배는 말을 계속했다.

---

*시반(屍斑) : 사람이 죽은 후에 생기는 반점. 이를 통해 사망 시간을 추정할 수 있다.

"쿠보를 살해한 자는, 쿠보를 이용했던 사람이라고 생각할 수밖에 없습니다." 선배는 말했다. "즉, 사카시타 국차장을 살해한 흑막입니다. 그 사람이 교고쿠일 가능성은 매우 높지만—— 반드시 교고쿠라고는 단언할 수 없습니다. 하지만 그래도 상관없습니다."

"그런가요?" 조금 의외여서 나는 그렇게 되물었다.

"중요한 것은 사카시타 국차장을 죽인 흑막이 특무과가 아니라고 증명하는 일입니다. 그리고 그 증명이 가능한 사람은 현재로선 아야츠지 선생님밖에 없습니다."

——그런 말이구나.

"아야츠지 선생님에게 쿠보를 죽인 범인의 살해를 의뢰할 생각입니다." 사카구치 선배는 그렇게 단언했다. "아야츠지 선생님의 이능력은 다른 이능력자와는 발현 원리가 완전히 다릅니다. 선생님의 이능력은 반드시 진실이어야만 발동되죠. 즉, 가짜 범인이나 추리 실수로 이끌어 낸 오답으로는, 사람을 죽이는 이능력이 발동되지 않습니다. 그 사실이 '사고사' 한 인물이 진범이라는 사실을 결과적으로는 증명해 주는 거죠."

——신의 시점을 지닌 이능력.

다른 이능력자가 발현시키는 이능력은 대부분이 이능력자의 주관만을 반영한다. 하지만 아야츠지 선생님의 이능력은 다르다. 아야츠지 선생님의 주관이 아니라 객관적으로,

진짜 범인에게만 죽음의 이능력이 발동된다. 즉, 무고나 억울한 죽음의 가능성이 아예 없다는 말이다. 아야츠지 선생님의 이능력을 사람들이 두려워하고 위험하다고 생각하는 이유는 이 '절대적 진실성'—— 애매한 이 세상에서 절대적인 정의를 구현하는 드문 이능력이기 때문이다.

그래서 특무과는 선생님에게 의뢰를 했다.

그 이능력이 얼마나 위험한 것이든 간에.

"이건 최중요 지령입니다." 사카구치 선배가 말했다. "거부, 잘못된 추리 및 지정 기간 내에 수수께끼를 풀지 못했을 경우, 정해진 바에 따라 특1급 위험 이능력자에 걸맞은 대응을 할 생각입니다. 그 사실을 아야츠지 선생님에게도 확실히 전달해 주십시오."

정해진 바에 따라 특1급 위험 이능력자에 걸맞은 대응을 한다.

즉—— '처분' 이다.

"괜찮습니다." 나는 말했다. "조금 전에 아야츠지 선생님이 교고쿠와의 두뇌 대결에서 승리했다는 보고가 있었습니다. 이번 '엔지니어' 살인에 관한 수수께끼도—— 분명 선생님은 진실을 이끌어 내 주실 겁니다."

그래. 틀림없이 괜찮겠지.

그 선생님이—— 뻔뻔하고, 냉혹하고, 항상 자신감에 넘치는 아야츠지 선생님이 사건을 해결하지 못할 리가 없다.

그런 일이 벌어질 리가 없다.

K　　　　　　　　I

아야츠지는 멍하니 서 있었다.

귀를 먹먹하게 할 만큼 큰 폭포 소리가 청각을 세계에서 고립시켰다. 몽환적으로 피어오르는 창백한 물안개가 시각을 세계에서 고립시켰다.

그곳은 용소 근처였다.

일찍이 아야츠지와 교고쿠가 대치하고, 눈빛을 나누고, 교고쿠가 떨어졌던 장소—— 그 낙하 지점. 아야츠지는 그 용소 옆에 그저 멍하니 서 있었다.

아야츠지는 지금—— 출구를 찾는 중이었다.

수수께끼를 풀 수 있는 출구. 함정에서 빠져나갈 수 있는 출구.

아야츠지는 무릎이 젖는 것도 상관 않은 채, 용소 근처에 발을 들였다. 차가운 물이 옷에 젖어 아야츠지의 체온을 빼앗아 갔다.

소용없었다.

아무리 찾아도 출구는 없었다. 해결책 같은 것은 없었다.

함정의 출입구는 닫혀 버렸다.

——자네는 나를 이길 수 없네, 살인 탐정.

——이것은 뻔히 패배하게 될 싸움.

"그런…… 것이었나."

아야츠지는 혼자서 그렇게 말했다.

창백한 피부, 창백한 입술.

무수히 많은 범인을 떨게 만든 아야츠지의 얼어붙은 살의가 이번엔 아야츠지 본인에게 이빨을 드러낸 것 같았다.

"그런…… 건가, 교고쿠."

아야츠지는 더욱 물 안쪽으로 걸었다. 용소 깊숙이. 물안개의 원천으로.

이 상황 그 자체가 밀실이었다. 교고쿠 비장의 무기. 들어갈 수는 있어도 나올 수는 없는 악의에 찬 밀실.

아야츠지는 아무렇게나 물속으로 팔을 집어넣었다. 온몸에 물이 튀었다.

이윽고 바닥에서 원하던 것을 발견하고 집어 올렸다.

아야츠지는 그것을 흐릿한 태양에 비춰 보았다.

둔탁하게 빛나는 동화(銅貨).

"모든 것이—— 풀렸다."

아야츠지의 입에서 혼잣말이 흘러나왔다.

"수수께끼도, 네놈의 책략도, 모든 걸 알아냈다—— 교고쿠."

구역질 대신이라는 듯이 말이 입에서 흘러나왔다.

모든 수수께끼가.

폭포에서 떨어진 교고쿠가 살아남은 수수께끼도.

아야츠지의 '사고사' 이능력이 발휘되지 않았던 이유도.

우물이란 무엇인가도. 왜 '엔지니어'를 사역마로 선택했는지도.

어떻게 지하의 밀실 상자에서 사라졌는지도.

"그런 거였나, 교고쿠. 패배란 것이, 그런 의미였는가."

——자네는 이미 패배한 것이네.

교고쿠의 웃음과 그 진의.

아야츠지는 턱을 들고 하늘을 올려다보았다. 물안개에 차단되어 태양은 흐리게 보였고, 마치 물속에서 하늘을 올려다보는 것처럼 덧없었다.

"네놈의 말대로다, 교고쿠."

아야츠지의 목소리는 헐떡이는 소리에 가까웠다. 그 목소리는 포식자가 아닌 먹잇감의, 뱀이 아니라 쥐의 목소리였다.

아야츠지는 조용히 눈을 감았다.

"내……………… 패배다."

아스카이는 책상 앞에 있었다.

눈앞에 놓인 절임에는 손도 대지 않고, 아무 말 없이 무언가를 생각하는 중이었다.

주변 사람들은 여전히 바쁜 모양이었다. 항구에서의 총격전, 그리고 '엔지니어'의 죽음. 아직은 수사관이 해야 할 일이 산더미 같았다.

갑자기 전화의 벨이 울렸다.

아스카이는 책상의 전화를 가만히 바라보았다. 뭘까. 이런 소리는 들어본 적이 없다. 살인일 경우 살인 같은 소리가, 절도일 때에는 절도 같은 소리가 난다. 아스카이에게는 벨소리로 전화가 어떤 내용인지 추측할 수 있는 특기가 있었다. 하지만 이번에는 전혀 알 수가 없었다. 들어본 적이 없는 소리였다.

벨소리가 세 번 울리길 기다린 다음, 아스카이는 어쩔 수 없이 전화를 받았다.

전화를 한 사람은 의외의 인물이었다.

"……아야츠지 선생님?"

아스카이는 전화를 잡아당겨 아야츠지의 말에 귀를 기울였다.

"네. 네? 교통사고를 당해 위독한 병원 환자 리스트를, 요………? 네, 물론 바로 준비는 할 수 있습니다만."

아야츠지 탐정 사무소에 살을 가르는 소리가 울려 퍼졌다.

계속, 계속, 집요하게 살을 파고들었다. 폭이 넓은 나이프가 몇 번이고 살과 등뼈 사이의 틈에 내려쳐진다.

나는 그 소리를 듣지 않는 척을 했다. 서류를 보면서, 그쪽에 집중한 척을 했다.

나이프의 끝이 등뼈와 늑골 사이로 파고들었다. 그 행동에는 아무런 망설임도 가차도 없었다. 그냥 담담하게 형을 집행하는 의무감이 있을 뿐이었다.

나이프를 쥐고 있는 사람은 아야츠지 선생님이었다.

나는 그 모습을 힐끔 훔쳐보았다. 선생님은 여전히 무표정했다. 하지만 아야츠지 선생님의 표정은 평소와 조금 달랐다. 차가운 표정 이면엔 어딘가 잔뜩 억누른 감정이 휘돌았다. 하지만 그것이 무엇인지는 알 수 없었다.

선생님은 나이프의 끝으로 살에서 엷게 살가죽을 벗겼다. 조용히, 신중하게 벗겼다.

그리고 밖으로 드러난 등뼈와 늑골의 접합부에 나이프의 끝을 집어넣고, 돌리듯이 부러뜨렸다. 우직거리며 뼈와 뼈가 부러지는 소리가 사무실에 울려 퍼졌다.

나는 그 모습을 한 번 봤다. 그리고 생각했다.

양고기를 해체할 생각이라면, 그런 군용 나이프가 아니라, 고기 자르는 칼을 쓰면 될 텐데.

"선생님." 나는 아야츠지 선생님을 불렀다.

아야츠지 선생님은 대답하지 않았다. 그저 일사불란하게

늑골에 남은 살가죽과 살덩이를 긁어서 떼어 냈다.

선생님은 알고 계실 게 틀림없었다. 선생님은 내가 가지고 있는 이 군경의 보고서를 읽어야 한다. '엔지니어' 인 쿠보의 신변 조사서, 배에서 만난 '도망 청부업자' 의 정체, 배 내부의 감시 영상 파일. 선생님이 해야 할 일은 양의 등뼈를 해체하는 것도 아니고, 양고기에 곁들일 감자를 깎는 것도 아니다. 물론 허브와 마늘을 다지는 것도 아니다. 사건을 해결하는 것이다.

"선생님, 이제 그만하세요." 나는 부엌에 있는 선생님에게 호소했다.

"밑간을 할 때 허브를 사용해도 괜찮나?" 아야츠지 선생님이 요리를 하면서 물었다.

"지금 그런 얘길 할 때가 아니에요!"

내가 그렇게 외치자, 아야츠지 선생님은 칼집을 넣던 손을 멈추고 나를 험악하게 바라보았다.

"저어…… 허브, 아주 좋아해요."

선생님은 고개를 끄덕이더니, 다시 작업을 시작했다.

내 머릿속에는 두 가지 목소리가 동시에 울려 퍼졌다. '밑간을 할 때 뭘 넣는지 생각할 때가 아니에요. 빨리 사건을 해결하지 않으면 특무과에 '처분' 을 당한다니까요.' 라는 목소리와 깜짝 놀라 '어? 내가 같이 먹어도 되나?' 하는 목소리였다.

속으로 혼란을 겪는 내 모습은 아랑곳없이 선생님은 껍질을 벗기고 나이프의 도신으로 으깬 마늘을 고기에 전체에 펴 발랐다. 그리고 굵은 소금을 칼집을 낸 고기 사이에 넣고, 곱게 간 흑후추를 뿌린 뒤, 잘게 자른 허브를 고기에 올리고 올리브오일을 끼얹었다.

그때가 되어서야 나는 겨우 향신료 향기의 주박에서 풀려나 제정신을 차렸다. "제 말 좀 들어주세요. 도망 청부업자가 모두 자백했어요. 그 남자는 익명 의뢰자에게서 돈을 받고, 쿠보를 국외로 도망치게 해 달라고 의뢰를 받았대요." 나는 배에서 만난 키가 작고 파란 셔츠를 입은 남자를 떠올렸다. "그 업계에서는 대부분 자신의 정체를 밝히지 않기 때문에, 도망 청부업자는 특별히 수상하게 생각하지 않았나 봐요."

거기서 내가 말을 끊고, 아야츠지 선생님의 반응을 살폈다.

아야츠지 선생님은 요리를 계속하면서, "듣고 있어."라고만 했다.

그래서 나는 말을 계속했다. "역에서 쿠보를 만났을 때의 반응을 보면, 외국으로 도망갈 계획을 쿠보가 처음부터 알고 있었을 가능성은 별로 없어요. 그러니까, 쿠보는 돈을 낸 의뢰인이 아니에요. 그리고 도망 청부업자는 '익명의 의뢰인' 에게, 쿠보를 어떻게 도망치게 할지 상세한 방법을 전달받은 모양이에요. 즉── '익명의 의뢰인'은 쿠보가 들어간 나무 상자를 빼내 다른 장소에서 죽일 수 있었다는 거죠."

그 '익명의 의뢰인'이야말로, 쿠보를 죽인 범인이 아닐까.

그게 내가 수사 자료를 읽고 이끌어 낸 추리였다.

"모순은 없군." 아야츠지 선생님이 말했다.

"그렇죠?!"

나는 우수한 에이전트. 선생님의 힘을 빌리지 않아도, 이 정도 추리는 할 수 있다.

아야츠지 선생님은 프라이팬을 달구고, 올리브오일을 뿌린 뒤, 프라이팬을 더 강한 불로 가열했다. 그리고 다시 중간으로 떨어뜨린 불에 고기를 넣고, 마늘 조각과 함께 노릇하게 구웠다.

위장을 자극하는 향기다.

하지만 나는 일류 에이전트였기 때문에, 겨우 그 정도로 정신이 흐트러지거나, 집중력을 잃진 않았다.

"그래서, 그 외엔?"

"……네? 아, 뭐였죠? 음~, 그 외에요? 그러니까── 아, 시체의 상처에 부착되어 있던 나무 파편이 도망 청부업자가 준비한 나무 상자 재료와 일치했어요. 즉, 쿠보는 나무 상자 안에 들어간 채로 살해당했거나── 적어도 살해당하는 순간에 나무 상자 위나 옆에 누워 있었을 가능성이 높아요. 그래서 배 안의 감시 영상을 철저히 조사해 봤는데요."

나는 아야츠지 선생님 쪽으로 자료 안에 있던 사진 한 장을 내밀었다.

"우리가 총격전을 하고 있을 때, 왜건 차 한 대가 배에서 내렸어요."

그 사진에는 흰 소형 박스카가 찍혀 있었다. 짐을 싣는 곳에는 창문이 없어, 어떤 물건이 적재되어 있는지는 확인할 수 없었다.

"쿠보가 들어간 나무 상자를 옮길 수 있었다면 이 차밖에 없어요. 아쉽게도 영상의 각도 때문에 운전사 얼굴이 보이지는 않지만…… 이 운전사를 쫓으면 반드시 쿠보를 죽인 사람을 찾을 수 있을 거예요. 그 사람은 아마도 도망 청부업자에게 일을 의뢰한 사람이고, 쿠보를 조종한 흑막이겠죠."

나는 그 말을 하면서 한 사람을 머릿속에 떠올렸다.

교고쿠. 요술사. 범죄자를 조종하는 자.

이걸로 문제를 해결하겠다. 아야츠지 선생님과 내가――반드시 녀석과의 싸움에 종지부를 찍어 보이겠다.

하지만 아야츠지 선생님은 내 결의를 꺾어 버리는 말을 했다.

"아니야."

나는 아야츠지 선생님을 바라보았다.

"……네?"

"그 운전사는 교고쿠가 있는 곳으로 갔다…… 그렇게 생각하는 거지? 틀렸어. 쿠보를 죽인 사람은 그냥 일반인이야."

"하지만!"

"그 책상 위에 있는 사진을 한번 봐 봐."

나는 선생님의 시선을 따라, 방의 집무실에 있는 사진을 보았다.

"카케바 히사시게. 대학에 근무하는 교원. 그 녀석이 쿠보를 죽인 범인이다."

"네?" 나는 당황했다. "벌써 범인을 발견하신 거예요?"

나는 급히 사진을 들고 확인했다.

사진은 꼭 증명사진 같았다. 학문에 종사하는 사람 특유의 차분한 얼굴. 나이는 서른 초반 정도일까? 음모를 꾸밀 사람처럼도 보이지 않았고, 자제를 못하고 폭력을 휘두를 사람으로도 보이지 않았다.

이 남자가 쿠보를 그렇게까지 너덜너덜하게 때려죽인 사람이라고?

"자네의 추리도 나쁘지 않지만, 진실은 아니야. 그 녀석은 쿠보의 살인, 그리고 도망 계획까지 사전에 파악하고 있었지. 그 녀석은 쿠보가 나무 상자에 들어가기를 기다렸다가 나무 상자를 배 안의 눈에 띄지 않는 장소까지 옮긴 다음, 철 막대기를 이용해 쿠보를 상자째로 때려죽였다. 그리고 바다에 시체를 버렸지."

배에서 시체를 바다에 버렸다.

분명히 그렇게 하면, 나무 상자를 옮기는 모습을 감시 카메라에 들키지 않을 수 있다.

하지만…… 철 막대기로 때려죽였다고? 사람 한 명의 완력으로 인체를 그렇게까지 엉망진창으로 만들 수 있을까?

평소 선생님의 날카로운 칼로 벤 듯 선명하고 정확한 사건 해결과 비교하면, 어딘가 찜찜한 설명이었다.

"그렇지만…… 교고쿠와 관계가 없는 범인이라면 대체 동기가 뭐죠?"

"복수지. 자네도 알고 있는 레이고 섬 살인 사건의 복수." 아야츠지 선생님이 말했다. "카케바는 살해당한 관광객 중 한 명의 친구였다."

"네……?"

레이고 섬 살인 사건. 쿠보는 그 범인 그룹의 중심인물이었다.

"어떻게 카케바가 단독으로 쿠보를 알게 됐는지는 지금부터 조사해야지. ——자, 다 됐다. 식기 좀 꺼내 봐."

"자, 잠깐만요." 아야츠지 선생님의 지시를 급히 제지했다.

"선생님의 말씀대로라면, 빨리 범인을 특무과에 넘겨야 해요! 이건 최중요 임무거든요. 사건 해결에 실패하면 특무과가 선생님을 처분할 테니까요. 게다가 이대로 가면 범인이 도주할 위험이."

"범인은 도망가지 못해."

왜요? 그렇게 물으려 했다.

하지만 아야츠지 선생님의 눈에서 뿜어져 나오는 냉기를 본 나는 묻기도 전에 이유를 깨달았다.

"녀석은 이미 '사고사' 했으니까."

——이유를 불문하고 반드시 범인을 죽이는 이능력.

"카케바의 자택을 조사했다. 그리고 피가 묻은 철 막대기를 발견했지. 그 다음 쿠보의 신변을 찾아, 도청을 한 흔적도 찾았다. 그정도 증거가 모이니, 범인을 찾을 필요가 없어지더군. ——카케바는 도내의 고속도로에서 졸음운전을 하다가 대형차와 충돌해 사망했다."

아야츠지 선생님의 이능력 때문에 억울하게 죽는 사람은 없다.

따라서, 만약 카케바라는 남자가 사고사했다면, 그것이야말로 카케바라는 사람이 범인이라는 확실한 증거다.

"알겠습니다." 나는 말했다. "식기를 꺼내면 되는 거죠?"

나는 식탁 주변을 걸으며 식기를 늘어놓았다.

"조금 불안했었어요." 나는 포크와 나이프를 올려놓으며 말했다. "교고쿠와 직접 대결을 한 뒤로, 선생님이 조금 이상했었거든요. 완전히 사건을 해결할 생각이 없어진 줄 알았는데…… 양고기는 우리가 사건을 해결해서 축하하려고

사 오신 거였군요?"

"우리?" 향기로운 향이 피어오르는 가운데, 아야츠지 선생님이 의아하다는 듯이 물었다. "왜 자네가 포함된 거지?"

"네……? 어? 어어?" 나는 무의식적으로 어정쩡하게 움직이며 말했다. "잠깐만요. 이 요리, 지금부터 둘이서 같이 먹는 거 맞죠?"

"미안하지만, 어디를 어떻게 봐도 1인분이다만?"

선생님이 프라이팬을 들어 올려 보여 주었다.

"어? 어어? 어라……? 그럼 이 향기로운 고기랑 마늘 향을 버티면서, 고인 침을 삼키면서, 필사적으로 식사 준비를 하고 있는 저는 대체……?"

"자네가 대체 어떤 사람인지, 가르쳐 줄까?"

아야츠지 선생님이 프라이팬을 내 얼굴을 향해 내밀었다.

"으아아아아." 자동적으로 이상한 목소리가 새어 나왔다.

아야츠지 선생님이 다시 프라이팬을 내 얼굴 앞으로 내밀었다.

"으아아아아." 자동적으로 이상한 목소리가 새어 나왔다.

"가르쳐 주지. 자네는 아야츠지 탐정 사무소의 개그 담당이다."

갑자기 무릎에서 힘이 빠졌다.

의식이 흐려지고, 배에선 꼬르륵 소리가 나고, 시야는 멍해졌다.

사라져 가는 의식 속에, 한바탕 농담을 끝낸 아야츠지 선생님이 미리 구워 놓은 양고기 1인분을 부엌 안쪽에서 꺼내는 모습이 보였지만, 이미 때는 늦었다.

나는 최고의 양고기를 앞에 두고 퇴짜를 맞은 충격에, 의식을 잃고 바닥에 쓰러졌고, 아야츠지 선생님에게 그 모습을 사진으로 찍히기까지 했다.

덧붙이자면, 양고기 요리는 이상한 목소리가 나올 정도로 맛있었다.

…….

왜 그때 나는 선생님을 깊이 추궁하지 않았던 걸까.

뭔가 이상했다. 작은 모순이. 필사적으로 찾았다면 그 원인을 발견할 수 있었을 텐데.

왜 그 한 걸음을 내딛지 못했을까?

내가 좀 더 현명했다면, 선생님의 치명적인 상황을 꿰뚫어 볼 수 있었을 게 틀림없다.

왜 나에게는 현명함이 부족한 걸까. 교고쿠나 아야츠지 선생님의 10분의 1이라도 나에게 앞을 내다볼 수 있는 힘이 있었다면, 그렇게는 되지 않았을 텐데.

하지만 지금 와서 그런 생각을 해 봐야 이미 늦었다.

그날 밤, 아야츠지 선생님은 감시망을 빠져나간 뒤, 모습을 감췄다.

그리고 다시는 돌아오지 않았다.

제6막 이능력 특무과 기밀 거점

아침
맑음

"카케바 히사시게가 범인이 아니었다고요?"

나는 무심코 회의실 책상 앞으로 몸을 내밀었다.

"매우 안타깝지만, 그렇습니다."

사카구치 선배는 손끝으로 둥근 안경을 밀어 올리며 대답했다.

그곳은 특무과 기밀 거점. 엘리베이터를 타고 지하로 내려간 곳 끝에 있는 작전 회의실이었다. 흰 회의실 벽면에는 거대한 스크린이 있었고, 각종 정보가 화면을 가득 메우고 있었다.

"아야츠지 선생님이 실종된 것을 계기로, 이쪽에서 쿠보 살인 사건을 재조사했습니다. 아야츠지 선생님의 추리를 뒷받침하기 위해서였죠." 사카구치 선배는 앞에 있는 자료의 페이지를 넘기면서 말했다. “그 결과, 카케바가 교통사고를 일으켜 병원으로 이송될 때, 작은 트러블이 일어났다는 사실을 알게 됐습니다.”

카케바—— 아야츠지 선생님이 ‘쿠보를 죽인 범인’으로 단정하면서, 이능력 때문에 죽었다고 한 대학 교원.

교통사고로 병원에 이송된 지 세 시간 후에 사망했다고 들었는데…….

“이송한 구급 대원의 증언을 통해 알게 된 사실인데, 경찰이 확인한 사고 시간과 실제 시간이 달랐다고 합니다. 카케바를 태운 구급차가 맨 처음 도착했던 병원은 환자를 받아들이길 거부했습니다.”

“거부요?”

“구급 외래 환자가 가득 차 자리가 없었던 탓에, 어쩔 수 없이 16킬로미터나 떨어진 중앙 병원으로 이송됐다고 합니다.” 사카구치 선배는 지도를 가리키며 말했다. “카케바는 그 후 곧 병원에서 사망했습니다. 특무과가 병원을 직접 찾아가 조사했는데, 이런 식의 환자 거부는 드물지 않은 일로, 누군가가 고의적으로 거부를 한 것은 아니라는 사실을 확인했습니다.”

나는 사카구치 선배의 말을 머릿속으로 정리하면서 물었다. “하지만…… 그게 특히 중요한 정보는 아닌 것 같아요. 아야츠지 선생님의 추리랑 무슨 관계가 있죠?”

"구급차가 헛걸음을 한 16킬로미터. 이동 시간인 약 30분을 더하니, 카케바가 교통사고를 일으킨 시간은, 쿠보가 운전한 스포츠카가 배에 올라탔던 시간과 거의 일치했습니다."

"어……?"

그러면.

카케바가 '사고사' 당했을 때…… 쿠보는 아직 살아 있었다?

"하지만 아야츠지 선생님의 이능력은."

나는 필사적으로 머릿속을 정리했다. 아야츠지 선생님이 카케바를 '사고사' 시킨 건, 쿠보를 죽인 범인이기 때문이다. 하지만 사고를 당했을 때, 쿠보는 아직 살아 있었다. 즉.

"이렇게 결론을 내릴 수밖에 없습니다." 사카구치 선배는 딱 잘라 말했다. "카케바는 정말로 그냥 사고가 나서 죽었을 뿐입니다. 아야츠지 선생님의 '사람을 죽이는 이능력'과는 관계없이요. 그리고 레이고 섬에서 죽은 피해자 가운데, 카케바와 교류가 있었던 사람은 한 명도 없었습니다. 즉, 아야츠지 선생님은—— 가짜 범인을 꾸며 낸 겁니다."

"그럴 수가!" 나는 계속 물고 늘어졌다. "하지만 피가 묻은 흉기가 집에서 발견됐다고 했어요."

"아야츠지 선생님이라면, 이유를 대고 시체에서 지문과 혈액을 입수해 흉기를 위조하는 것쯤이야 간단하겠죠."

할 말을 잃었다. 분명히 그 말 그대로다. 시체 안치소에 이유를 대고 들어가 혈액을 입수하고, 조사라는 명분으로 카케바의 집에 들어가서 가짜 흉기를 놓고 오는 정도야, 선생님이라면 그야말로 식은 죽 먹기이겠지.

그런데—— 왜?

아야츠지 선생님은—— 왜 그런 짓을 한 거지?

"현재 상당히 심각한 상황입니다." 사카구치 선배는 눈썹을 모으며 말했다. "아야츠지 선생님은 특무과의 의뢰를 받고도 범인을 위조하고, 감시를 속여 모습을 감췄습니다. 다네다 장관님께 이유가 확실히 밝혀질 때까지 판단을 보류해 달라고 직접 말씀드렸지만, 시간을 오래 끌 수는 없습니다. 아마 열두 시간 이내에 납득이 가는 설명이 없는 한, 아야츠지 선생님에 대한 '처분' 결정이 내려지겠죠."

처분.

특1급 위험 이능력자를 제어하기 어렵다고 생각될 때 내려지는 조치.

"츠지무라. 특무과 에이전트인 당신에게 지령을 내리겠습니다." 사카구치 선배는 일어나, 심각한 얼굴로 말했다. "열두 시간 이내에 쿠보를 살해한 진범을 찾아 주십시오. 그리고 츠지무라 선생님이 위증을 하고 도망간 이유를 밝혀 내 주십시오. 만약 그것이 불가능하다면."

사카구치 선배는 거기서 잠깐 말을 흐렸다. 하지만 잠시 후, 고개를 들고 말했다.

"당신에게 아야츠지 선생님 사살 명령이 떨어질 겁니다."

진범을 발견한다.

방법은 이제 그것뿐이었다.

쿠보는 나무 상자에 갇힌 채, 누군가에게 옮겨졌고, 몇 시간 뒤, 너덜너덜하게 얻어맞아 죽은 채로 발견되었다. 누가 그런 짓을 했는가. 특무과를 배신하고 사라진 아야츠지 선생님을 대신해 내가 그 사실을 밝혀내야 했다.

즉, 탐정이다.

탐정 · 츠지무라 미즈키.

솔직히 말해── 마음이 무거웠다.

이런 상황이 아니었다면 꽤 괜찮은 어감이라며 살짝 춤을 췄을지도 모른다. 하지만 탐정으로서 맡게 된 첫 의뢰는 될 수 있으면 뒷마당에 파묻어 기억에서 지우고 싶은 사건이었다.

아야츠지 선생님이 내던지고 간 수수께끼를, 아야츠지 선생님 대신 풀어야 한다──.

내가 할 수 있을 리가 없잖아! 땅에 뒹굴면서 팔다리를 마구 버둥거리고 싶었다.

하지만 이 사건에는 많은 수수께끼가 남아 있었다. 츠지무라 선생님은 왜 특무과를 배신했는가. 누가 어머니의 원수, 쿠보를 죽였는가. 그 목적은 무엇인가.

특무과의 직원으로서 해야 할 일 이상의 문제가 걸려 있는 사건. 모든 수수께끼가 나에겐 절실하게 알고 싶은 것들뿐이었다. 해명을 다른 사람에게 미루고 싶지 않았다.

그래도── 현실적인 문제가 있었다. 탐정은 어떻게 일을 하면 되는 거지?

선생님이 일하는 모습을 떠올려 보았다. 감시 업무라는 핑계로 나는 수많은 사건 현장에 동행했다. 아야츠지 선생님이 의뢰를 받고, 조사하고, 검사하고, 추리하고, 진실을 이끌어 내는 모습을 나는 가장 가까이에서 봤다.

선생님이라면 이 사건을 일단 어떻게 조사했을까.

일단은── 먼저 그 도망 청부업자를 만나 보지 않았을까. 나는 멍하니 그렇게 생각했다.

나무 상자를 훔쳐 쿠보를 죽인 사람은 당연한 얘기지만 쿠보가 어느 나무 상자에 들어갔는지를 사전에 알았다. 즉, 나무 상자를 준비한 도망 청부업자와 어떤 관련이 있을 게 분명했다.

그래서 나는 배에서 만났던 그 도망 청부업자를 한 번 더 만나기로 했다.

군경의 특별 유치장 면회실은 거의 대부분이 잿빛으로 칠해져 있었다.

바닥에서 벽, 천장, 창틀과 책상, 의자까지. 모두 잿빛이었다. 하지만 쓰레기나 얼룩은 하나도 없었다. 청소를 하는 모범수 공급이 원활하기 때문이겠지.

내가 두리번거리며 실내를 둘러보고 있는데, 수용실로 이어져 있을 문이 열리더니, 간수와 함께 그 도망 청부업자가 나타났다.

"아니, 누님 아니신가! 오랜만이구만! 오늘도 참 예쁘군." 수용복을 입은 도망 청부업자는, 장소에 어울리지 않게 얼굴 한가득 미소를 지었다.

"안녕하세요." 나는 고개를 숙였다.

도망 청부업자는 생글거리면서 맞은편 의자에 걸터앉았다.

"내가 이런 일을 오래하긴 했는데, 교도소는 처음이야. 참~, 조용해서 좋은 곳이더군. 식사도 잘 나오고, 간수들도 모두 좋은 사람들이고. 무엇보다 일을 안 해도 살아갈 수 있어서 참 좋아. 난 일하는 게 싫거든. 그냥 여기서 살까?"

"네? 저기…… 그거야 마음대로 하시면 될 것 같습니다만."

이 사람이랑 이야기를 하면 자꾸 분위기가 흐트러진다.

"그건 그렇고 누님. 뭐 하러 왔어? 아, 혹시 내가 *히바곤을 잡았을 때의 얘기를 듣고 싶어서 온 거야?"

"아닙니다." 히바곤이 대체 뭐지? "당신은 쿠보와 마지막으로 만난 사람입니다. 그래서 그때의 상황을 듣고 싶어서 왔습니다."

이 도망 청부업자는 나와 만난 뒤, 곧바로 수사관에게 구속당했다. 그 이후로는 군경의 감시를 받고 있었을 게 분명하다. 즉, 쿠보를 살해하는 것은 불가능하다. 아직 방심은 할 수 없지만, 증언을 들을 가치는 있다고 보는 게 좋겠지.

"상황이라." 도망 청부업자는 귀 뒤를 긁었다. "나무 상자에 집어넣고 밖에서 자물쇠를 잠근 게 다라서."

"자물쇠……를 잠갔나요?" 그런 짓을 했는데도, 쿠보는 화를 내지 않았던 걸까.

내가 묻자, 도망 청부업자는 뭐 그런 걸 가지고, 괜찮아, 라고 말하며 손을 흔들었다.

"내가 뭐 리조트 여행을 보내 주는 건가? 쾌적한 배 여행보다 안전이 우선이지. 한 번은 상자에 넣어둔 의뢰인이 폐쇄공포증 때문에 발버둥 쳐서 결국 경비한테 걸린 적이 있어. 그때 의뢰인은 불쌍하게도 상자째로 바다에 버려졌지. 그 뒤로는 웬만한 일로는 발버둥 치지 않도록 수면제를 먹이고, 자물쇠를 잠가."

---

*히바곤 : 일본에 생식한다고 하는 유인류 형 미확인 동물.

"수면제요?"

"멀미약이라고 거짓말을 하고 말이야." 도망 청부업자는 헤헤헤, 하고 웃었다. "그래도 이번에 그 사람, 쿠보 씨였나? 그 사람한테는 수면제라고 직접 말을 하고 줘도 아마 화를 안 냈을 거야. 좁은 곳에서 계속 일어나 있으면 불안하다고 말했으니까. 게다가 '가장 안전한 상자를 안다' 고 하면서 스스로 나무 상자를 골라 들어갔거든."

"스스로 골라서요?" 나는 눈썹을 들어 올렸다. 그 정보는 어딘가 모르게 굉장히 중요할 듯했다.

"그래." 도망 청부업자가 고개를 끄덕였다. "난 평소, 근처에 있는 화물 상자 안에 대충 집어넣는데, 그쪽이 원한다는데 어쩌나. 쿠보 씨가 말하기로는, 위험한 녀석들 화물이라더군. 그 녀석들의 화물을 마음대로 열면, 다음 날 바다 위에 둥둥 떠다닐 테니, 암흑사회 사람들은커녕 승무원들도 근처에 다가가지 않는다고 말을 하더라고. 그러니까 딱 숨기에 좋다나 뭐라나. 실제로는 나중에 본인이 직접 바다에 둥둥 뜨게 됐지만."

어이구, 무셔라, 무셔. 도망 청부업자는 호들갑스럽게 몸을 떨었다.

대체 무슨 말이지? 나는 필사적으로 머리를 굴렸다. 쿠보는 열차에서 도망쳤을 때, 어떻게 도망쳐야 하는지 자세한 방법을 교고쿠에게 지시받았을 게 분명하다. 그때 배나 도망 청부업자의 존재, 그리고 '제일 안전한 상자'에 대해서 들었겠지.

하지만 도망 청부업자의 말대로, 그 지식은 오히려 불행의 씨앗이었다. 결국 쿠보는 그 상자째로 납치당해 살해당했으니까. 쿠보가 어떤 상자에 숨을지, 그 정보가 어디선가 새어 나갔다?

——아니.

처음부터 교고쿠는 쿠보를 죽일 셈이 아니었을까?

쿠보는 '우물'에 대한 정보를 아는 사람들 중에서도 교고쿠와 매우 가까운 인물이었다. 살려 두면 여러모로 불편한 점도 있었겠지. 그래서 도망가게 해 준다고 하면서, 지정한 상자에 숨게 만들어 살해했다.

으~음…….

뭔가 석연치 않다.

이상한 점은 두 가지. 만약 쿠보 살인범이 교고쿠, 또는 그 부하라고 한다면, 아야츠지 선생님은 왜 수사를 그만둔 걸까. 마치 교고쿠를 감싸는 것처럼 가짜 범인을 만들어서까지. 선생님 입장에서는 교고쿠를 궁지로 내몰 기회였을 텐데.

또 한 가지는 왜 교고쿠는 번거롭게 도망 청부업자까지 불러 함정을 만든 걸까. 입을 막기 위해 죽이는 거라면, 열차에 폭탄을 설치하든가, 더 쉬운 방법도 있었을 텐데.

그 화물── 쿠보가 숨은 대신 폐기한 나무 상자에는 원래 뭐가 들어 있었냐고 물었더니, 도망 청부업자는 순수한 눈동자로 경찰에게 압수당했다고 말했다.

특무과를 경유해 압수당한 나무 상자에 대한 정보를 얻는 편이 좋을 듯했다.

"협력해 주셔서 감사합니다." 나는 의자에서 일어섰다. "그 외에 잊은 건 없으신가요?"

"있지."

나는 도망 청부업자를 돌아보았다. 중요한 정보일까.

남자는 뺨을 붉히고 책상에 턱을 괴더니, 쑥스러운 듯이 입을 열었다.

"히바곤."

"그건 됐습니다."

나는 얼른 그 자리를 떠났다.

나는 탐정 사무소 책상 위에 자료를 펼쳐 놓고 머리를 싸쥐었다.

책상 위에는 그 뒤로 더 많이 모은 정보, 자료, 사진 등이 난잡하게 펼쳐져 있었다.

배의 현장에서 얻은 정보. 압수한 화물. 도망 청부업자나 쿠보의 성장 과정.

내가 유치장에서 이야기를 나눈 도망 청부업자에게는 사망 시간에 알리바이가 있었다. 도망 청부업자에 대해 잘 아는 군경의 반사회 조직 감시팀에게 물었더니, 이번 사건으로 인해 그 도망 청부업자는 신용을 상당히 잃은 모양이었다. 호송해 주어야 할 쿠보는 죽고, 게다가 자신까지 체포되었으니까. 도망 청부업자에게는 치명적이다. 담당 수사관이 그렇게 말해 주었다.

즉, 이번 사건으로 손해만 본 그 도망 청부업자가 남몰래 적극적으로 교고쿠와 공조했을 가능성은 별로 없었다. 만약 사전에 범행에 대해 알고 있었다면 더 잘 처신했을 테니까.

이어서 나무 상자의 명의인에 대해. 쿠보가 '안전하니까'라는 이유로 지정한 화물은, 어떤 개인이 해외로 보내기 위해 수속을 밟은 것이었다. 등록한 사람은 사에키. 하지만 등록된 주소로 군경이 찾아가 보니, 텅 빈 집으로, 전화에는 〈경찰에게 들켰다. 처분해야 하니 물건을 지정된 장소에 놓아 두어 파괴하라.〉라는 자동 응답 메시지가 남아 있었다.

이 사에키라는 사람에 대해 자세히 조사해 보니, 조직의 말단에 속하는 운반책으로, 밀수품의 적재 등을 담당하는 범죄자인 듯했다. 조직의 이름을 더욱 구체적으로 조사해 보니, 포트 마피아의 밀수팀의 이름이 등장했다.

포트 마피아.

역시 녀석들인가.

도망 청부업자가 '그 녀석들의 화물을 마음대로 열면, 다음 날 바다 위에 둥둥 떠다닐 테니'라고 말했을 때부터 혹시나 하고 생각하긴 했다.

쿠보가 정말로 포트 마피아의 화물이라 안전하다고 생각했다면, 그건 크나큰 착각이었다. 그 항구에서는 포트 마피아와 우리의 격렬한 카체이스가 펼쳐졌다. 거래 현장을 목격한 우리의 입을 막기 위해서였다. 그만한 일이 벌어졌으니, 그 후 몇 시간 이내에 경찰이 포트 마피아의 화물을 철저하게 조사할 게 틀림없었다.

즉, 쿠보는 속아 넘어간 셈이 된다.

이게 무엇을 의미하는가.

"아……. 하나도 모르겠어."

나는 의자 위에서 엉덩이를 미끄러뜨리며 몸을 뒤로 젖혔다. 어둑어둑한 천장의 팬이 눈에 들어왔다. 팬만이 주인을 잃은 사무소를 가만히 내려다보고 있었다.

이런 건 역시 나한테 어울리지 않는 모양이다.

선생님이라면 이런 수수께끼쯤이야 순식간에 풀어 버렸을 텐데.

아야츠지 선생님은 지금 어디에 있는 걸까.

이 사무소를 남겨 두고, 대체 어디로 간 걸까. 왜 우리를 배신한 걸까.

내가 아야츠지 탐정 사무소에 배속된 이유는, 내가 희망했기 때문이었다. 선생님은 모르겠지만, 어머니를 이능력으로 살해한 사람이 아야츠지 선생님이라는 사실을 당시의 나는 이미 알고 있었다. 그래서 군경 훈련생 시절, 이능력 특무과에서 나를 스카우트하려고 했을 때, 아야츠지라는 탐정에게 접근할 수 있도록 허락해 줄 것을 조건으로, 스카우트에 응했다. 그 뒤로 훈련을 거듭해, 정식으로 아야츠지 선생님의 감시 역할로 임명되었다.

언젠가 물어볼 생각이었다. 살인범으로서 '사고사' 당하기 직전의 어머니는 어떤 모습이었냐고. 정말로 살해당해도 할 말이 없을 만큼 나쁜 사람이었을까. 하지만 묻지 못했다. 언제든지 물어볼 수 있다고 생각하면서, 계속 피해 왔다.

어쩌면 다시는 물어보지 못할지도 모른다.

이제 와서…… 이렇게까지 어머니가 신경 쓰이다니.

"대체 뭐야…… 엄마. 죽고 나서까지 이렇게 날 고민하게 만들다니……."

일 때문에 거의 집에 없었던 어머니와는 일주일에 한두 마디밖에 말을 하지 않았다. 그것도 집 안 공사가 어떠니, 차가 어떠니 같은 사무적인 이야기뿐이었다. 집안일은 가정부 담당이었다. 친구를 제외하면 나는 가정부와 함께 보내는 시간이 가장 길었다.

어느 날, 선반의 쿠키를 먹어도 좋냐고 물을 때, 잘못해서

가정부를 '엄마'라고 부른 적이 있다. 부르자마자 아차 싶었다. 가정부는 난처한 얼굴로 내 눈을 바라보았다.

그리고 그때, 현관 근처에는 진짜 엄마가 있었다.

내 말이 들리지 않았을 리가 없다. 하지만 어머니는 아무렇지도 않다는 듯이 집에 들어와, 옷을 갈아입고, 서재에서 일을 시작했다. 내가 한 말실수는 눈곱만큼도 신경 쓰지 않는 듯했다.

사실은—— 그때 화를 내 줬으면 했다. 잔뜩 기분 나쁜 얼굴로 나와 가정부에게 역정을 냈으면 했다. 가정부를 엄마라고 불러도 아무렇지도 않게 생각할 만큼, 나와 엄마의 거리는 크게 벌어져 있었던 것이다.

그 거리를 좁힐 수단은 더 이상 남아 있지 않았다.

어머니는 살인범이 되어 죽었다.

나는 몸을 일으켜 얼굴을 문질렀다. 생각해야 할 게 너무 많았다. 사건에 집중하기 위해서는 어머니에 대한 생각은 머릿속에서 쫓아내야 했다. 하지만 쉬운 일이 아니었다. 요즘에도 혼자 있으면, 어머니의 망령이 금방 옆에 다가온 듯한 기분이 들곤 했다.

그때, 책상 위에서 자료 한 장이 하늘거리며 아래로 떨어졌다.

나는 그걸 별생각 없이 주워 들었다. 증거품 담당팀에서 준 보고서였다. 자료가 워낙 많다 보니 내가 미처 보지 못했던 자료인 모양이었다. 보고서에는 현장의 증거품에 관한 내용이 적혀 있었다. 총, 자동차, 도망 청부업자가 지니고 있던 물건.

그 안에 압수한 나무 상자에 대한 내용도 있었다.

쿠보의 도망을 위해 바꿔치기를 해 놓았던 나무 상자 안의 내용물은 결국 경찰에 압수당했다고 도망 청부업자가 말했다. 그래, 조사해야 하는데 완전히 잊어먹고 있었다.

그 나무 상자다. 안에는——.

레몬.

상자 가득, 10킬로그램에 달하는 가공용 레몬이 가득 차 있었다고 한다.

레몬? 암흑사회 중에서도 더욱 어두운 곳, 무시무시한 비합법 조직 포트 마피아가—— 레몬을 밀수?

이게 뭐야? 아주 중요한 레몬이었던 걸까.

내가 머리에 의문 부호를 띄우면서 마피아의 검은 옷을 입은 사람들이 널찍한 공장에 모여 레몬 케이크를 만들고 있는 모습을 멍하니 상상했던 그때.

전화가 울렸다.

내 업무용 휴대전화가 아니라, 아야츠지 탐정 사무소의 전화였다.

나는 누가 전화를 걸어 왔을까, 짚이는 곳을 머릿속에서 찾았다. 하지만 기본적으로 이 사무소에는 정부를 통한 의뢰만이 들어온다. 아무런 예고 없이 전화를 하다니, 그럴 만한 사람이 있을 것 같지는 않았다.

——한 사람을 제외하면.

나는 서둘러 전화에 다가가 수화기를 귀에 댔다. "여보세요."

내 예상은 적중했다.

"사무소 선반에서 멋대로 다과를 꺼내 먹으면 어떡하나, 츠지무라."

"안 먹었어요." 나는 반사적으로 그렇게 반박했다.

아야츠지 선생님이었다.

"선생님, 지금 어디 계세요?!" 나는 순간적으로 마구 소리를 쳤다. "당장 돌아오세요! 특무과는 지금 위아래 할 거 없이 전부 다 단단히 화가 났단 말이에요! 펄펄 끓는 가마안에 머리를 집어넣는 취미라도 있으세요?!"

"자네야말로 어떻게 된 거 아닌가? 왜 내가 특무과 같은 정부의 하급 관리들에 묶여 얌전히 있어야 한다고 생각하는 거지?"

생각지도 못한 말에, 나는 숨이 딱 멎었다.

"뭘 놀라나? 놀라야 할 사람은 이쪽인데. 정부의 비밀 조직, 저격수의 스물네 시간 감시, 거절하면 즉시 살해당하는 의뢰. 그런 세계에 발을 담그고도 좋아할 녀석이 정말 있을 거라 생각하나 보지?"

"그건……."

말이 나오지 않았다. 머리끝에 강한 감정이 꽉 응축된 것 같은 감각이었다.

겨우 그런 이유 때문에 우리 앞에서 모습을 감춘 거라고?

"나는 도저히 자네들 같은 무능한 사람들과 어울릴 수 없어. 특무과와도, 죽느냐 사느냐 해야 하는 임무와도, 이걸로 작별이다."

"그런 식으로 제멋대로 행동해도 정말 괜찮을 거라 생각하시는 거예요?!"

지금껏 들어 본 적이 없을 만큼 큰 목소리가 나왔다.

"선생님은 특1급 위험 이능력자예요! 원하든 원하지 않든, 반드시 정부의 관리를 받아야 해요! 설사 그게 선생님의 목숨을 위협하더라도요! 그게 책임 있는 모습 아닌가요?!"

그렇게 외치니, 어쩐 일인지 눈에 눈물이 고였다.

이런 남자를 내가 따랐던 건가.

감시 역할이라는 명목으로 현장에 따라가, 수사를 돕고, 신변을 보호했단 말인가.

이렇게 제멋대로인 남자를.

"당신의 그런 무책임한 행동이." 생각을 하기도 전에, 말이 먼저 목을 타고 넘어왔다. "그 무책임한 행동이 어머니를 죽인 거예요!!"

화난 목소리가 실내에 메아리쳤다.

나는 어깨를 거칠게 들썩이면서, 분노가 혈액을 타고 온몸을 휘도는 소리를 들었다.

아야츠지 선생님은 전화를 받은 채 아무 말이 없었다. 무거운 침묵이었다.

이윽고 선생님이 입을 열었다.

"그렇다 하더라도, 그게 나랑 무슨 상관이지?" 그 목소리는 매우 차갑고, 낮고, 맑았다. "충고 하나 하지. 이 일에서 손을 떼라. 자네의 힘으로 '엔지니어' 죽음의 수수께끼를 푸는 건 절대 불가능하니까."

뭐라고 반박하고 싶었지만, 뭐라 할 말이 없었다.

"다음엔 나 같은 위험 이능력자의 담당이 되지 마라. 그럼 이만."

그 말을 마지막으로 전화가 끊겼다.

나는 혼자 남겨진 방에서 수화기를 꽉 쥔 채 몸을 떨었다.

"……맘대로 해." 끊어진 전화를 향해 내가 그렇게 중얼거렸지만, 그 말은 듣는 사람 없이, 방 안에 덧없이 퍼져 나갔다.

나는 해가 뉘엿뉘엿 넘어가는 시간에 거리를 걸었다.

언덕길 옆 인도에는 사람이 별로 없었다. 진한 오렌지색

저녁놀에 길고 검은 그림자만이 내 뒤를 따라왔다.

아야츠지 선생님에게서 전화가 왔다는 사실은 바로 특무과에 보고했다. 전화의 발신지를 역탐지하기 위해 기술팀이 바로 움직였지만, 아마 헛걸음이었겠지. 아야츠지 선생님이 그런 초보적인 실수를 할 리가 없었다.

하지만, 그 전화 내용이 상층부의 마음을 움직인 듯했다. 이걸로 아야츠지 선생님이 특무과에 반기를 들었다는 사실이 거의 확실해졌기 때문이었다. 특무과 내의 토의는 어떻게 위험 이능력자를 제지할 것인가에 대한 작전 회의로 변경된 듯했다.

당초 설정됐던 열두 시간이라는 기한도, 아마 대폭 단축되겠지.

내가 알 바 아니다.

선생님이 사라진 뒤, 내 임무는 사실상 동결되었다. 더 이상 선생님의 말과 행동에 갈팡질팡하거나, 감시를 위해 스물네 시간 동안 신경을 곤두세우고 있을 필요도 없어졌다.

이제 모두 끝났다.

사실은 쿠보 살인 조사도 그냥 내팽개치고 싶었다. 녀석의 죽음을 조사하면, 어머니에 대한 일이나 아야츠지 선생님에 대한 일이 자꾸만 머리에 떠오르기 때문이었다. 하지만 사카구치 선배는 나에게 추적 조사를 하라고 명령했다. 나무 상자에 들어 있던 레몬에 대한 새로운 사실이 밝혀졌다고 하면서.

“압수한 레몬을 감식반이 조사해 보았습니다.” 사카구치 선배는 전화로 그렇게 말했다. “그 결과, 흥미로운 사실이 밝혀졌습니다. 밀수 상품은 평범한 레몬이 아니었습니다.”

“평범한 레몬이 아니라고요……?” 희귀 품종인 걸까.

“겉보기엔 레몬이지만, 안은 열매가 아닙니다. 안을 모두 파내고, 고도의 기술을 사용해 과실 부분에 병기를 설치해 놓은 듯합니다.”

——병기?

바로는 의미가 잘 이해되지 않았다. 일부러 레몬의 껍질만 남기고 안에 병기를 집어넣었다는 건가? 대체 왜?

“자세한 건 아직 알 수 없습니다.” 사카구치 선배는 감정이 느껴지지 않는 목소리로 말했다. “한 가지 확실한 것은, 이 병기의 경우 전문 지식이 없는 사람은 해체가 불가능하다는 점입니다. 함부로 만지면 목숨이 위험합니다. 그래서 어쩔 수 없이 우리는 포트 마피아와 거래를 했습니다.”

“거래?”

이능력 특무과와 포트 마피아가?

“개인적인 커넥션을 이용해 포트 마피아의 간부와 협상을 했습니다.” 사카구치 선배는 전화 너머에서 그렇게 말했다. “매우 희소한 이 병기를 포트 마피아에게 건네주는 대신, 병기에 관한 정보를 일부 가르쳐 달라고 말이죠. 그게 거래 내용입니다. 상대도 동의해 이미 나무 상자를 받아 갔습니다. 곧 정보를 지닌 포트 마피아의 거래인이 츠지무라에게 갈 겁니다."

상황을 이해하는 데 조금 시간이 걸렸다.

포트 마피아가 정부와 거래를 하다니, 들어 본 적이 없다. 게다가 자신들의 비밀을—— 그리고 아마 불법인—— 병기에 대한 정보를 가르쳐 주다니, 전대미문이다. 그렇게까지 해서 레몬을, 즉, 병기를 받아 가고 싶었던 건가.

"츠지무라. 그리고…… 아야츠지 선생님 말입니다만."

사카구치 선배는 머뭇거리다가 말을 꺼냈다.

"그 이야기는 됐습니다." 나는 선배의 말을 자르며 말했다. "이제 저와는…… 관계없는 일이니까요."

"만약 아야츠지 선생님에 대한 사살 명령이 떨어지면, 그에 따를 생각입니까?"

전화 너머에서 사카구치 선배의 감정 없는 목소리가 들렸다.

이유는 모르겠지만 대답이 바로 나오지 않았다. 뻔히 무슨 대답을 해야 하는지 알면서도.

"……물론입니다."

내 목소리가 아닌 듯한 목소리가 자신의 입에서 흘러나왔다.

임무는 끝났다. 나와 아야츠지 선생님은 이제 아무런 관계도 없다.

또 연락하겠습니다. 그런 목소리가 끝나자마자 전화가 끊어졌다.

나는 전화를 쥔 채, 저녁놀 안에서 잠시 가만히 서 있었다.

앞쪽으로는 길고 긴 길이 이어져 있었다. 등 뒤에도. 띄엄띄엄 전봇대가 서 있었다. 오른쪽으로 쭉 이어진 철망 너머로 완만한 잿빛 언덕이 보였다.

그리고 공기는 흘러넘칠 듯 농밀한 적등색.

해 질 녘. 땅거미가 질 때. 낮과 밤의 경계, 이쪽과 저쪽 세계의 경계. 그런 다른 세계와의 경계에서는── 마물을 만날 수 있다고 한다. 요괴, 유령, 도깨비── 즉, 교고쿠의 영역이다.

무시무시한 상상이 머리를 스쳤다.

아야츠지 선생님은 이 마물의 영역에── 교고쿠의 곁에 가 버린 게 아닐까?

그렇지 않을 거라는 보증은 전혀 없다.

지하 쉘터에서 교고쿠와 만난 뒤부터 아야츠지 선생님의 모습이 어딘가 이상했다. 안에서 교고쿠를 만났다는 사실은 일단 보고서를 읽어서 알고 있었지만, 그게 모든 것이라고는 할 수 없었다.

아야츠지 선생님이 정부 측, 살인을 막는 쪽에 있었던 이유는 어디까지나 편의상이 아니었을까. 교고쿠에게 다가갔다가 감화되어, 마음이 어둠으로 기운 것은 아닐까.

그렇다면, 내가 막아야 한다.

사살 명령이 있든 없든 간에.

나는 옆구리의 홀스터에 가볍게 손을 댔다. 그 안에 있는 무거운 권총의 감촉을 확인했다.

문득 깨달았다.

누군가가 등 뒤에서 지켜보고 있다.

등골이 오싹해졌다. 직감적으로 깨달았다. 이건 사람의 시선이 아니다. 아무리 사악하더라도, 사람에게서는 이토록 불쾌하고 차가운 시선이 느껴지지 않는다.

바로 뒤를 돌아보지 못했다.

해 질 녘. 사람이 없는 길. 등 뒤에 서 있는 누군가.

겨우 움직일 용기를 낼 수 있었던 이유는, 등 뒤의 사람이 교고쿠일지도 모른다는 생각이 들었기 때문이었다. 만약 그 사람이라면 절대 놓쳐선 안 된다.

나는 총을 빼고 뒤를 돌아보았다.

그 앞에는—— 아무도 없었다.

인기척도 없었다. 아주 조용했다. 거리의 소리가 어딘가로 자취를 감춘 것처럼, 그냥 아무도 없는 길이 쭉 이어져 있었다.

따끔. 다리에서 통증이 느껴졌다.

통증이 나는 곳을 내려다보니, 그 녀석이 있었다.

그림자 아이가.

늪에서 고개를 내민 짐승처럼, 내 다리 밑에 있는 그림자에서 몸을 반쯤 내밀었다.

이 녀석이 가지고 있는 검은 낫이—— 내 발목 부근을 찌른 것이다.

나는 깜짝 놀라 뒤로 펄쩍 뛰었다.

그림자 아이는 천천히 그림자에서 기어 나왔다. 심하게 떨리고 윤곽조차 뚜렷하지 못한 그 모습은 1초도 같은 형태를 유지 하지 못했다. 전체적인 모습은 염소의 뿔을 지닌 이족보행 수인. 하지만 정확하게 그 세부적인 모습을 확인하려고 눈을 응시하면 할수록, 모습은 끝없이 흔들려 실체를 정확하게 파악할 수 없었다.

왜, 지금?

그림자 아이는 천천히 미끄러지듯 이쪽으로 다가왔다. 낫을 든 채. 그림자 아이에게는 감정도, 의도도 없었다. 녀석은 마음을 통하게 할 무언가를 아무것도 지니고 있지 않았다.

눈이 어디에 있는지도 모를 모습이었는데도, 유난히 시선만은 확실히 느낄 수 있었다.

나는 뒷걸음질했다. 그림자 아이는 내가 제어할 수 없다. 무슨 생각을 하는지, 무슨 목적을 가지고 움직이는지도 모른다. 하지만 살상 능력은 매우 뛰어나다. 그리고 한번 움직인 이상, 목표로 삼은 먹잇감을 절대 놓치는 법이 없다.

그림자 아이가 한 걸음 발을 앞으로 내디뎠다.

나는 한 걸음 뒤로 물러섰다.

왜 나타났는지는 알 수 없다. 뭘 하려는 건지도 모른다. 상대는 이해할 수 없는 영역 밖에 있는 완벽한 이물질. 단, 한 가지 확실한 것은 조금 전의 그 시선이 바로 이 녀석, 그림자 아이의 것이라는 것뿐.

내 안의 이물질.

불길한 예감이 부풀어 올랐다.

"멈춰." 나는 총을 그림자 아이를 향해 겨누었다. "멈추지 않으면 쏘겠어."

그림자 아이는 상관없이 발을 앞으로 내디뎠다.

경고해도 아무런 소용이 없었다. 이 녀석에게는 말이 통하지 않았다.

더욱 그림자 아이가 발걸음을 내디뎠다.

나는 총을 쏘았다.

총알은 노린 대로, 그림자 아이의 머리를 정확하게 관통해 등 뒤의 지면에 떨어졌다. 그림자 아이는 머리를 크게 뒤로 젖히며 한 번 작게 경련을 일으켰지만, 금방 아무 일도 없었던 것처럼 원래대로 되돌아왔다.

소용이 없다. 그림자 그 자체로 구성된 이 녀석에게 권총은 아무런 의미도 없었다.

대체 뭐지?

이 이능력은 대체 뭐지?

혈관이 수축했고, 손끝이 차가워졌다. 목이 바짝 말랐다. 저항할 수단이 없었다. 도망을 쳐 봐야 틀림없이 그림자 아이가 더 빠르다.

몸이 마비된 듯 움직이지 못하게 된 나를 향해 그림자 아이가 덤벼들었다——.

"너 정말 바보야? 이런 이능력을 상대로 총이 통할 리가 없잖아."

등 뒤에서 목소리가 들리더니, 누군가가 팔을 뻗었다.

그 팔은 내 옆을 스쳐 지나 그림자 아이의 머리를 붙잡았다. 그리고 바로 지면에 내동댕이쳤다.

총알을 맞고도 꿈쩍도 안 하던 그림자 아이가, 누군가의 손에 붙잡힌 채 도망치지 못했다. 도망치기는커녕, 지면에 내동댕이쳐진 채, 제대로 일어나지도 못하고 발버둥만 쳤다. 그 손이 떨어진 이후로도, 그림자 아이는 일어서지 못한 채 지면에서 버둥거렸다.

마치 자신에게 걸려 있는 중력이 갑자기 수백 배나 커진 것처럼.

그림자 아이는 보이지 않는 속박에서 벗어나려고 잠시 발버둥 쳤지만, 갑자기 힘을 잃더니, 자신의 그림자 아래로 잠겨 들어갔고, 이윽고 땅속으로 사라졌다.

"겨우 이 정도로 쪼는 여자가 에이전트라니, 특무과도 갈 데까지 갔구나?"

목소리의 주인공은 조금 전까지 그림자 아이를 붙잡고 있던 검은 장갑을 가볍게 두드린 후, 이쪽을 바라보았다.

검은 모자를 쓴 소년―― 아니, 청년이었다.

검은 챙이 달린 모자에, 검은 외투. 장갑도 검은색. 가죽 초커도 검은색. 외견은 화려하지 않았지만, 몸에 두르고 있는 모든 옷과 장식품이 초일류 고급품이었다. 하지만 말도 거칠었고, 고급스러운 옷을 입고 있다는 느낌도 들지 않았다.

그 청년이 피와 폭력 속에 살아가는 사람이라는 사실은 기척으로 바로 알아챘다. 아야츠지 선생님과는 또 다른 종류의, 죽음을 초월해 건듯이 살아온 사람 특유의 기척이, 온몸에서 뿜어져 나왔다.

나는 바로 청년의 정체를 눈치챘다. 포트 마피아다.

"너희 상사인 교수 안경에게 말해 둬라. 너희 덕분에 조직의 병기를 부정 유출하려고 했던 배신자들은 처분했다고. 하지만 이 정보로 빚은 다 갚은 거다, 라고." 검은 모자를 쓴 청년은 품에서 서류 몇 장을 꺼내 던져 주었다. 서류는 하늘하늘 날아 지면에 떨어졌다.

조직의 배신자―― 그 사람들은 아마도 항구에서 우리와 총격전을 벌인 검은 양복을 입은 사람들이겠지. 그 사람들은 레몬처럼 생긴 병기를 몰래 외부에 팔려고 했다.

"그럼, 당신이—— 포트 마피아에서 나온 사람?"

"그래. 나 참. 그 교수 안경, 이런 시기에 포트 마피아에 연락을 하다니, 대체 생각이 있는 거야 없는 거야? 보스의 명령만 아니었어도 죽여 버렸을 거다. 아무튼…… 그 덕에 우리 부하가 열심히 만든 폭탄을 회수할 수 있었지만."

폭탄?

회수. 그렇다면 그 레몬 모양의 병기는—— 폭탄이었던 건가?

검은 모자를 쓴 청년은 한참 투덜거리더니, 힐끔 이쪽을 향해 고개를 돌렸다.

"뭐라고 말 좀 하지?"

그제야 나는 자신이 지금까지 숨을 쉬지 않고 있었다는 사실을 깨달았다. "사카구치 선배와 아는 사이세요?"

"옛날에 이런저런 일들이 있었지. 그뿐이야." 검은 모자를 쓴 마피아 간부는 곧장 등을 돌려 걷기 시작했다. "너하곤 관계없어."

뭐라고 말을 해야 한다고는 생각했지만, 결국 아무 말도 못한 채, 나는 그냥 그 뒷모습을 바라보기만 했다.

그런데 떠나가던 중에, 청년이 갑자기 걸음을 멈췄다.

"……아~, 빌어먹을. 그러고 보니 배신자인 교수 안경에게 하나, 개인적인 빚이 있었어." 청년은 얼굴을 찡그리며 욕을 했다. "그 자식, 그걸 알고 연락한 거구나…… 이봐, 거기 여자."

나는 나를 부르는 소리에 고개를 들었다.

"네 상사가 한 번 내 목숨을 구해준 적이 있다. 그래서 충고해 주는 거다." 청년은 본의가 아니라는 듯이 나를 손가락으로 가리키면서 말했다. "아까 너를 습격한 검은 짐승. 내가 때려눕힌 녀석 말이야. 그건 네 이능력이 아냐."

나는 몸이 얼어붙었다.

검은 모자를 쓴 청년의 목소리가 땅거미 안에 울려 퍼졌다가 사라졌다.

"역시 착각하고 있었구만. 그건 자율 동작형 이능력이다. 시체 냄새가 풀풀 나는 걸 보니, 아마 이능력을 지니고 있었던 사람은 벌써 죽었겠지만. ——조심해. 죽은 사람에게 살해당하긴 싫지? 이능력이 나타났을 때와 비슷한 시기에, 죽은 녀석이 누구인지 한번 생각해 봐."

나는 그 자리에서 멍하니 서 있었다.

그런 사람이라면—— 한 명밖에 없다.

검은 모자를 쓴 마피아는 조용히 길을 똑바로 걸어갔다.

나는 움직이지도, 무슨 말도 하지 못한 채, 진한 오렌지색 대기 속에서, 그 검은 그림자가 서서히 작게 사라지는 모습을 가만히 계속 바라보았다.

K I

아야츠지는 혼자 우물의 가장자리에 걸터앉아 있었다.

주변을 둘러싼 숲은 이 세계의 것이 아닌 색으로 물들어 있었다. 저녁놀이 질 때면 생기는 오렌지색이 우물 주변을 이 세계가 아닌 공간으로 바꾸어 놓았다.

"땅거미 질 때…… 경계, 마물이 나타날 때……." 아야츠지가 혼잣말을 했다.

아야츠지는 생각했다. 모든 것은 너무나도 명백했다.

이 우물은 지역의 경계에 위치해 있었다. 그리고 강에 접해 있었다. 즉, 경계다. 좁은 십자로, 즉, 십자로도 전통적으로는 경계라고 인식되는 장소다. 그리고 우물 그자체도, 땅의 세계와 물의 세계의 경계를 의미한다.

교고쿠가 하고자 하는 일은 처음부터 대답이 나와 있었다. 자신이 그것을 깨닫지 못했을 뿐이었다.

아야츠지는 이곳에 오는 동안, 이 우물과 거의 같은 구조인 '사당'을 네 개 더 발견했다. 무덤 입구, 낭떠러지 아래에 있는 연고 없는 비석, 강에 걸린 다리 아래, 영령이 있는 산기슭의 오두막. 모두 일상 세계와 이세계의 중간 지점, 즉, 피안과 이승의 경계에 위치한 장소이자, '무언가가 나타날 가능성이 높다고' 알려진 토지이다. 아마 국내 각지에는 그 외에도 무수히 많은 '사당'이 있겠지.

경계에는 좋지 않은 것이 나타난다.

우물에 걸린 '악을 제조하는 장치'는 교고쿠 그 자체였다. 동기가 있는 자에게 지식을 전해 주고, 등을 떠밀어, 발을 들이면 돌아올 수 없는 길로 나아가게 한다.

그럼 왜 그런 장치를 만들었는가. 이렇게 호들갑스러운 장치를 만들어 교고쿠는 무엇을 하려고 하는 건가.

그 이상은 본인을 직접 만나 물어볼 수밖에 없었다.

"——가 볼까."

아야츠지는 일어섰다.

갑자기 나무를 넘어 저녁의 회오리바람이 불었다.

바람은 검은 나무를 흔들면서 술렁였다. 생명 있는 것들의 속삭임에 숲 전체가 울었고, 그 소리가 아야츠지를 감쌌다.

아야츠지는 표정을 바꾸지 않은 채, 가는 담뱃대를 꺼내 불을 붙인 뒤, 연기를 빨아들였다.

아야츠지가 내뿜는 연기가 영혼처럼 흔들리더니, 숲 속의 냉기 속으로 사라졌다.

그리고 걷기 시작했다.

결전의 때가 바로 코앞까지 다가왔다. 그리고 교고쿠가 어디에 있는지, 아야츠지는 이미 알고 있었다.

그곳은 처음으로 결전을 벌였던 장소.

타키레오의 폭포가 있는 낭떠러지 위였다.

K I

나는 항구에 있었다.

이미 총격전의 현장 검증도 대략적으로 끝나, 수사관은 거의 대부분이 철수했다. 나는 목적도 없이 항구 안을 걸었다.

다양한 현상이 머릿속을 맴돌았다.

포트 마피아의 간부가 마지막으로 한 한마디. '그림자 아이는 죽은 누군가의 이능력'——.

그림자 아이가 나타나기 시작한 때는, 5년 전, 어머니가 죽은 그날 이후부터였다. 그때 이후로 계속, 불길한 기척이 나를 휘돌았다.

지금도 녀석의 시선이 느껴진다. 내 그림자 안에서 그림자 아이는 이쪽을 바라보았다.

모든 것을 종합해 보면, 가능성은 하나밖에 없었다. 그림자 아이는 죽은 어머니의 이능력이다.

이능력의 효과는 다양하다. 본인 주변에서 능력이 발휘하는 게 대부분이지만, 본인에게서 떨어진 채, 특정한 공격 대상에 계속해서 효과를 나타내는 이능력도 확인이 된 상태다.

그리고 사용자가 죽어도 사라지지 않는 이능력도 있다.

특무과의 이능력 연구는 민간 연구보다 몇 세대는 앞서 있다. 나도 그 연구 결과를 몇 가지인가 읽어 보았다. 대부분의 이능력은 사용자가 죽으면 소멸하지만, 원격 기능이 있는 이능력은 사용자가 죽은 후에도 대상을 계속 공격하는 경향이 있다. 본인의 의도와는 상관없이, 주인의 명령을 유언처럼 계속 지키는 것이다.

그다음은 생각하고 싶지 않았다. 그림자 아이는 어머니의 저주일지도 모른다, 라니—— 상상하고 싶지도 않았다.

그림자 아이가 도와줬으면 하고 바랐던 때가 꽤 많았다. 특수부대에게 포위되었을 때도 그렇다. 포트 마피아와 총격전을 벌였을 때도 그랬다. 만약 그림자 아이가 어머니의 명령으로 나를 지켜 주고 있는 것이라면, 그때 도와줬을 게 틀림없다.

하지만 그림자 아이가 한 일이라고는, 그냥 차갑게 입을 다물고, 내 그림자 안에 숨어 불쾌한 시선을 내던진 것뿐.

어머니는 죽었고, 저주만이 남았다. 그렇게 생각하자 내장이 서서히 차가워지는 듯한 감정이 몸을 가득 채웠다.

나는 앞으로도 평생—— 이 정체를 알 수 없는 감정에 떨면서 살아야 하는 걸까.

생각에 잠겨 있을 때, 주머니에서 휴대전화가 울렸다. 확인해 보니, 직장에서 걸려온 전화였다. 내키지는 않았지만, 받을 수밖에 없었다.

"네, 츠지무라입니다."

"레몬 정보는 손에 넣었습니까?" 조용한 목소리였다. 사카구치 선배다.

"네." 나는 포트 마피아의 간부에게 받은 자료를 꺼내면서 대답했다. "레몬은 매우 특수한 폭탄이었습니다. 폭약 성분의 흔적을 남기지 않아 익명성이 매우 높기 때문에, 조직끼리의 항쟁이나 범행 현장에서 자주 사용된 모양입니다. 단, 포트 마피아의 어떤 과학 기술 담당 한 명 이외에는 제조 기술이 없어서, 비합법 조직이라면 누구나 그 제조법을 알고 싶어 한다고 합니다."

"그래서 고가로 거래되었다는 거군요. 목숨이 아까운 줄 모르는 녀석들이야." 사카구치 선배는 전화기에 대고 그렇게 말했다. "이쪽에도 새로운 정보가 들어왔습니다. 나무 상자를 등록한 명의자였던 사에키라는 남자가 길거리에서 사망했습니다."

"네……?"

사에키라고 하면, 분명히 포트 마피아의 운반책…… 〈경찰에게 들켰다. 처분해야 하니 물건을 지정된 장소에 놓아두어 파괴하라.〉라는 자동 응답 메시지를 남기고 모습을 감춘 인물이다.

"도망 도중에 항구 근처의 육교 계단에서 미끄러져 경추가 골절되었고, 병원으로 옮겨졌지만 사망했다고 합니다." 사카구치 선배가 말했다. "상황을 봤을 때, 사고라고 하기엔 타이밍이 너무 절묘합니다. 아마 타살일 가능성이 높겠죠."

무언가가 머릿속 구석에서 이상하다고 호소했다.

추락사. 나무 상자의 명의자.

남아 있던 자동 응답 전화의 내용으로 봤을 때, 사에키는 아마 레몬을 배 밖으로 반출한 사람이다. 포트 마피아의 배신자는 조직 전용 병기를 밀매하는 금지된 일에 손을 댔다. 그게 수사관에게 들킬 듯하자, 서둘러 증거인 레몬을 처분하려고 했다. 그 일을 사에키가 했다.

그렇다면—— 뭔가 이상하다.

나무 상자 안에는 사실 레몬이 아니라 쿠보가 들어 있었다. 약을 먹고 잠든 쿠보를 레몬이라고 착각해 반출한 것이다. 즉, 쿠보를 죽인 인물과 반출한 인물은 각각 별개의 인물이었던 셈이 된다. 적어도 화물을 반출한 운반책 사에키에게는 쿠보를 죽이려는 의도가 없었다. 수사관이 바로 코앞까지 온 마당에 상자에 들어가 있던 얼굴도 모르는 남자를 그토록 너덜너덜하게 때려죽일 필요는 전혀 없다.

뭔가가 이상하다.

아무리 봐도 쿠보를 죽이고 싶어 하는 범인다운 사람이 없었다. 수사선상에 걸려드는 사람들은 모두 쿠보를 살해할 만한 여유가 없거나, 더 긴급한 개인적인 사정이 있었던 사람들뿐이었다.

"츠지무라, 쿠보를 살해한 진범은 발견했습니까?"

사실을 보고하기가 괴로웠다. "아직입니다."

"기분을 전환해야 할 때인지도 모릅니다." 사카구치 선배는 마음이 무거운 듯이 그렇게 말했다. "진상이야 어쨌든, 제어 불가능한 특1급 위험 이능력자가 지금, 길거리에 그대로 방치되어 있는 상황입니다. 정보가 부족한 상태에서 일을 진행하는 건 제 방침에 어긋나지만……. 사살 대상을 추적할 때의 매뉴얼은 기억하고 있죠?"

나는 기억하고 있다고 대답했다. 요 몇 시간, 나는 그 순서를 머릿속에 계속 떠올리고 있었다.

아니, 2년 전, 감시 역할에 임명되었을 때부터 계속, 이날이 오기를 상상해 왔다.

"선배. 아야츠지 선생님은 '나는 도저히 자네들 같은 무능한 사람들과 어울릴 수 없어.' 라고 말했습니다." 나는 억누른 목소리로 그렇게 말했다. "그리고 오늘까지, 아야츠지 선생님의 추측은 한 번도 틀린 적이 없고요. 특무과는 선생님이 어디에 있는지 알아낼 수 있나요?"

"그거라면 대책을 세워 뒀습니다." 사카구치 선배는 말했다. "현재 내무성이 정부의 감시 위성을 이동시키도록 관리 부서와 교섭을 진행 중입니다. 그걸 이용하면 아야츠지 선생님이 바깥에 있는 한 바로 좌표를 확인할 수 있습니다."

드디어 감시 위성을 활용하기로 결단을 내린 건가.

즉, 아야츠지 선생님을 발견 및 사살하지 않으면 국가 안전에 큰 위협이 된다고 간주하기 시작했다는 말이다.

나는 신음소리를 흘렸다.

계속 몸 어딘가가 아팠다. 하지만 어디가 아픈지 알 수 없었다. 알 수 있을 리가 없다. 아픈 곳은 마음이니까.

전화를 하면서 나는 어느새인가 배 앞에 있는 다리에 도착해 있었다.

공중 작열탄 런처를 얻어맞았던 장소. 위로 올라간 다리의 양쪽에서 총격전을 벌였던 장소다.

다리 위에 있던 화물은 대부분이 바다에 떨어졌다. 다리가 갈라져 올라갈 때, 대부분 떨어진 거겠지. 주변에는 작은 파편이 흩어져 있을 뿐이었다.

그러고 보니── 그때는 필사적이어서 미처 생각하지 못했는데, 왜 이런 곳에 화물이 쌓여 있었던 거지?

"츠지무라, 듣고 있습니까?" 휴대전화에서 사카구치 선배의 목소리가 들렸다.

"네."

"냉정하게 들어 주십시오." 그렇게 말한 뒤, 사카구치 선배는 잠시 말을 흐리며 뜸을 들였다. "방금, 내무성 관료들의 회의가 끝났습니다. 그리고 만장일치로, 아야츠지 선생님의 사살이 결정되었습니다."

눈앞이 일그러졌다.

드디어 오고야 말았다.

뻔히 예상되던 명령. 각오를 한 명령이었다. 하지만 정작 그 명령을 들으니, 철 구슬에 가슴을 얻어맞은 것 같은 충격이 덮쳐 왔다. 나는 전화를 떨어뜨릴 뻔했다.

"츠지무라…… 괜찮습니까?"

나는 수초 동안 호흡을 가다듬고, "네." 하고 간신히 대답했다.

특무과의 명령은 절대적이다.

상부의 회의에서 결정된 사항이라면, 명령은 절대 철회되지 않는다.

"감시 위성의 이동이 완료될 때까지, 본부에서 추적 작전을 지시하겠습니다. 일단 돌아와 주십시오."

나는 대답하지 못했다.

사카구치 선배는 나에게 무슨 말을 하려고 하다가 입을 닫더니, 결국 아무 말도 하지 않고 전화를 끊었다.

나는 혼자서 다리 위에 멍하니 서 있었다.

전화로 마지막 이야기를 했을 때, 아야츠지 선생님의 말이 되살아났다.

――정부의 비밀 조직, 저격수의 스물네 시간 감시, 거절하면 즉시 살해당하는 의뢰. 그런 세계에 발을 담그고도 좋아할 녀석이 정말 있을 거라 생각하나 보지?

이능력 특무과는 국내 최고의 이능력 조직이다. 특히 대(對)이능력자 제압용으로 조직된 검은 특수부대, 일명 '야미가와라(闇瓦)'에게서 도망칠 수 있는 사람은 아무도 없다. 설사 아야츠지 선생님이라도, 선생님에 대해 속속들이 알고 있는 특무과를 상대로는 승산이 없다.

만약 아야츠지 선생님이, 자신의 말대로 정말 특무과의 감시를 싫어했다고 하면——.

이 결말. 아야츠지 선생님이 사살되는 운명은 우리 특무과가 초래한 것일지도 모른다.

말로는 표현할 수 없는 감정이, 가슴속에서 솟구쳤다. 겨우 이 정도로 동요를 하다니, 분명히 나는 에이전트 실격이다. 하지만 해야 할 일을 하지 않을 수는 없었다.

특무과의 기밀 거점으로 돌아가려고 내가 발걸음을 돌렸을 때, 휴대전화에서 데이터 도착을 알리는 벨소리가 울렸다.

휴대전화를 열어 보니, 군경에서 온 전자 정보였다. 사에키의 정체가 밝혀진 모양이었다.

본명, 얼굴 사진, 신장, 체격. 정보가 계속 이어졌다. 나는 별생각 없이, 눈으로만 자료를 훑었다.

문득, 글자 하나가 눈에 들어왔다.

'포트 마피아의 말단에 속하기 전, 사에키는 기업을 상대로 횡령을 하며 돈을 버는 사기꾼이었다. 하지만 어느 살인 사건의 피의자가 된 이후, 손을 씻었다'——.

짤각. 머릿속에서 소리가 났다.

이 정보—— 뭔가 묘하다.

어딘가에서 본 기억이 난다.

나는 서둘러 손에 들고 있던 자료를 뒤졌다. 아야츠지 선생님이 지하에서 교고쿠와 대치했을 때의 보고서를 꺼냈다.

틀림없다.

아야츠지 선생님이 승부를 하며 풀었다고 하는 '살인 상자' 사건의 범인과 조직의 운반책인 사에키의 나이가 일치했다.

동일 인물이었다.

하지만── 그렇다고 해서 뭐가 어쨌단 거지?

사에키는 입막음을 위해 살해당했다. 사에키가 어디로 나무 상자를 옮겼는지 들키면 진범이 자동으로 밝혀지기 때문이었다. 때문에 계단에서 추락하게 만들어 살해──.

──잠깐.

추락.

사고사.

사에키가 죽은 시점은 아야츠지 선생님이 밀실 살인 사건의 수수께끼를 푼 직후다.

그래, 맞다.

왜 바로 깨닫지 못했던 거지?

사에키는 입막음을 위해 살해당했다. 하지만 그건 누군가가 직접 손을 댔기 때문이 아니었다. 아야츠지 선생님이 밀실의 수수께끼를 풀어 사고사 이능력이 발휘되었기 때문이었다.

즉, 교고쿠의 책략 중 일부. 교고쿠는 아야츠지 선생님에게 밀실의 수수께끼를 풀게 만들어, 멀리 떨어진 사에키를 살해해 입을 막은 것이다.

그렇다면 왜? 사에키가 들키면 무척 곤란한 정보를 쥐고 있었다?

사에키는 나무 상자를 옮긴 뒤 바로 죽었다. 만약 죽기 전에 사에키가 특무과에 잡혔다면, 분명히 모든 것을 자백했겠지. 그랬다면 아야츠지 선생님에게 쿠보 살인의 수수께끼를 풀어 달라는 의뢰가 가지도 않았을 것이다.

즉—— 교고쿠는 아야츠지 선생님에게 탐정 역할을 하게 만들고 싶었다? 왜?

그때, 발끝에 무언가가 부딪쳤다.

나는 발밑을 내려다보았다.

그곳에는 흰 나무 파편이 굴러다녔다.

아마 내가 자동차로 날려 버린 화물 중 일부이겠지. 이리저리 흩어진 상자 파편이 바다에 떨어지지 않고 남아 있었다.

이 나무 파편이 내 생각의 일부를 작게 두드렸다.

2년 전의 나라면 아무런 생각도 하지 않았겠지. 하지만 아야츠지 선생님 곁에서 많은 사건을 해결하는 경험을 하면서 수수께끼가 풀리는 순간을 계속 목격해 온 내 머리는, 이 나무 파편이 다른 것과 다르다는 사실을 발견했다.

나는 나무 파편을 주워 들었다.

어떤 상자의 파편이겠지. 자동차가 산산조각을 냈기 때문에, 원래 어떤 형태였는지는 상상하기 힘들었다. 하지만 이 색, 어딘가에서——.

머릿속에서 익숙한 말이 들려왔다.

'사건 해결이다, 츠지무라. 수수께끼는 풀렸다.'

갑자기 영상이 거친 파도처럼 밀려들었다.

레몬. 운반책. 포트 마피아.

〈경찰에게 들켰다. 처분해야 하니 물건을 지정된 장소에 놓아 두어 파괴하라.〉

포트 마피아에게 그런 지시를 받은 사에키는 나무 상자를 배에서 급히 반출했겠지. 그 레몬이 발각되면 자신들은 끝이다. 완전히 파괴해서, 경찰에게도, 포트 마피아 간부에게도 알려지지 못하게 증거를 인멸해야 한다.

하지만 어떻게? 시간은 별로 없다. 레몬형 폭탄은 감식반도 해체하지 못했다. 어딘가에 숨기더라도, 총격전이 끝나면 항구에 수사관이 밀려온다. 모든 곳을 철저하게 수색할 게 틀림없다. 그럼 바다에 던지면? 그래도 안 된다. 완전 밀봉된 레몬 폭탄은 수장되어도 망가지지 않는다. 무게로 인해 바다에 가라앉으면, 후에 다이버에게 발견될 게 분명했다. 그 다이버가 경찰이든, 마피아이든, 배신자들은 끝이다.

그럼 어쩌지? 어떻게 하면 증거품인 폭탄을 흔적도 없이 이 세상에서 사라지게 할 수 있을까.

——만약 교고쿠가 이런 상황을 예측하고 있었다고 한다면 어떻게 될까?

교고쿠는 쿠보가 항구로 도망치는 타이밍을 조작했다. 그리고 그때는 마침 포트 마피아의 배신자들이 폭탄 거래를 하고 있는 중이었다. 그렇게 해서 나를 총격전에 말려들게 했다.

그리고 교고쿠가 조종한 사람은 쿠보만이 아니었다면? 포트 마피아가 폭탄을 밀수하게 만든 것 자체가 교고쿠의 계획이었다면?

'우물'을 떠올려 보자. 교고쿠는 다른 사람을, 자신의 의지라고 착각하게 만들어 조종할 수 있다. 포트 마피아가 조직의 폭탄을 빼돌리는 대담한 짓을 한 것도, 교고쿠가 바람을 집어넣었기 때문이 아닐까. '우물'은 알려 준다. 이렇게 하면 절대로 들키지 않을 거라고. 가르쳐 준 대로 하면 절대 들키지 않을 거고, 설사 들킨다 하더라도 완벽하게 증거를 인멸할 방법이 있다. 그 모든 것을 가르쳐 주마. 실행할지 안 할지는 너희에게 맡기겠지만.

그리고 배신자들은 증거를 인멸할 방법을 배웠다. 모든

폭탄을 흔적도 남기지 않고 날려 버리는 방법이었다. 하지만 폭탄의 위력이 지나치게 컸기 때문에 근처에서 폭발시킬 수는 없었다. 원격으로 폭발시키려 해도, 기폭 코드는 개별 관리라 하기가 어렵다. 포트 마피아의 과학 기술 담당에게 들키겠지. 그렇다면 가장 최적의 방법은 누군가가 밟고 지나가게 하는 것이다. 해체하면 폭발하는 폭탄이니, 짓밟아 한꺼번에 날려 버리는 게 좋다. 그래서 운반책인 사에키는 무슨 일이 있었을 경우, 차량 통행이 많은 장소에 레몬이 든 나무 상자를 놓아두라는 지시를 받았다.

그리고 도개교는 최적의 장소였다. 폭발한 뒤, 파편은 바다에 떨어질 테고, 폭약은 분해될 테니까. 기폭 회로는 산산 조각이 나고 바다에 떨어져 해체 불가능해진다. 마침 도개교가 분리되는 경계 근처── 내가 지금 서 있는 곳 근처에 놓아두면.

교고쿠의 책략.

'우물'.

아야츠지 선생님이 가짜 범인을 만들어 낸 일.

"……그럴 수가……."

진실이 홍수처럼 머릿속으로 밀려들었다.

나는 숨도 쉬지 못한 채, 다리 위에 주저앉았다.

아야츠지 선생님은 모두 알고 있었다.

한번 발동된 아야츠지 선생님의 '범인을 사고사하게 만드는' 이능력은 절대로 취소할 수 없다. 설사 의뢰를 취소해도, 범인을 죽일 때까지 이능력은 멈추지 않는다.

그리고 아야츠지 선생님의 이능력이 정의하는 '범인'은 엄밀하게 정해져 있다. 살의가 있을 것. 피해자가 죽게 된 물리적 원인을 스스로의 의지로 만들었을 것.

그럼 살의가 있었던 사람은 누구인가.

도망 청부업자에게 살의는 없었다. 도망 청부업자는 자신의 일을 완수하기 위해 쿠보를 나무 상자에 넣고 수면제를 주어 잠들게 했다. 자신의 의지로.

사에키에게 살의는 없었다. 사에키는 자신의 일을 완수하기 위해, 나무 상자를 반출해 누군가가 짓밟고 가도록 다리 위에 놓아두었다. 자신의 의지로.

포트 마피아에게도 살의는 없었다. 도개교에도 살의는 없다.

그때 살의가 있었던 사람은 누구인가.

——'엔지니어'. 절대 용서할 수 없다.

——반드시 궁지로 몰아넣어 주겠어! 그리고 내 손으로——.

나는 웅크리고 앉아 양손으로 얼굴을 감쌌다.

떨림이 멈추지 않았다.

살의가 있었던 사람은 나다.

내가 쿠보를 자동차로 짓밟아 죽인 것이다.

그리고 아야츠지 선생님이 특무과를 배신한 이유는 내가 사고사로 죽는 걸 막기 위해서였다.

K I

아야츠지는 혼자 산길을 걸었다.

저녁놀은 조금씩 끊어졌고, 숲 아래에서 어둑어둑한 밤이 기어 나오기 시작했다.

저녁이 지나면 숲은 짐승들을 위한 장소로 변모한다. 검은 잡목림 안에서는 흙을 파 고기를 먹는 짐승들이 아야츠지를 멀찍이서 지켜보았다.

아야츠지는 짐승들의 기척은 아랑곳없이 묵묵히 길을 걸었다. 숲 안에 침묵이 내려와 있었다. 짐승들은 아야츠지가 가는 길을 애도하듯이 바라보았다.

완벽한 패배.

아야츠지는 불순물이 없는 순수한 패배를 받아들였다. 세포 하나하나에 스며든 그 패배의 기운이 아야츠지의 발걸음을 무겁게 했다. 질퍽한 산길에 파묻혀 앞으로 쓰러질 것 같았다.

하지만 걸어야 한다. 결전의 장소를 향해.

승부를 마무리 짓기 위해 교고쿠가 자신을 불렀으니까.

설사 뻔히 패배한다고 하더라도, 그곳에 반드시 가야 했다. 누군가가 사건을 마무리 지어야 한다. 많은 피와 죽음으로 점철된 사건이었지만, 결말을 계속 뒤로 미룰 수는 없었다. 설사 교고쿠가 이길 게 뻔하다고 해도, 누군가가 그 사건을 끝내야 했다.

안개비가 어느새 소리도 없이 산길의 대기를 파랗게 물들이기 시작했다.

아야츠지는 흰 입김을 내뿜으며, 대지로부터 방해물처럼 흘러넘치는 밤을 향해 무거운 발걸음을 옮겼다.

밤은 요괴가 활동하는 시간이기도 하다.

"표적의 좌표를 확인. 이곳으로부터 5킬로미터 떨어진 숲길입니다."

특별 경비차 안에서 통신사가 말했다.

자동차의 병사 수송석에 앉아 있는 사람은 완전 방비를

한 특수부대 대원이 두 명, 특무과의 에이전트가 네 명, 군경 수사관이 두 명이었다. 모두 벤치 같은 모양의 의자에 걸터앉아 있었다. 어둑어둑한 차내의 유일한 빛인 빨간 차내등이, 앉아 있는 사람들을 유령처럼 떠오르게 했다.

특수부대를 수송하는 차량은 이것뿐만이 아니었다. 만전의 태세를 갖추고 표적을 포위하기 위해, 각 부대를 태운 수송차가 네 대 더 있었다.

아무리 아야츠지 선생님이라도, 이렇게 많은 특수부대를 어떻게 해볼 수는 없다.

아무리 아야츠지 선생님이라도…….

"츠지무라. 장비 점검은 다 했어?"

옆에 앉아 있던 아스카이 씨가 편한 말투로 물었다.

"……."

나는 대답할 수 없었다.

"이제 도착할 장소에서는 무슨 일이 일어날지 모르니까, 방탄조끼하고 예비 탄창이라도 확인해 두는 게 좋아."

충고를 순순히 듣는 편이 좋다는 사실은 잘 알고 있었다.

하지만 다른 문제가 마음속을 점거하고 있어서, 바깥에서 아무리 정보가 날아들어도 내 머릿속까지는 들어오지 않았다.

아스카이 씨는 난처한 듯이 머리를 긁었다.

"아, 그렇지. 절임, 먹을래? 신작인데."

"……아니요……."

가느다란 목소리로 그렇게 대답하는 게 고작이었다.

조금 전부터 계속, 같은 질문이 머릿속을 빙글빙글 맴돌았다.

나는 어쩌면 좋지? 난 뭘 할 수 있을까?

아야츠지 선생님은 내 죽음을 막기 위해 도망쳤다. 쿠보를 죽인 살인범을 찾으라는 의뢰를 받은 지금, '사고사' 이능력은 발동 조건을 갖췄고, 취소할 수 없는 상태가 되고 말았다. 앞으로 뭔가 하나, 아주 작은 증거라도 발견되면, 나는 피할 수 없는 '사고사'를 당하게 된다.

그래서 아야츠지 선생님은 사건을 해결하지 않고 도망칠 수밖에 없었다. 이능력 발동을 멈출 수 있는 수단이 없는 이상, 도망쳐서 사건 해결을 늦출 수밖에 없다.

그런 아야츠지 선생님을 특무과가 뒤쫓았다. 사살하기 위해서.

내가 할 수 있는 일은 아무것도 없었다.

사살 명령은 절대적이다. 설사 내가 진실을 말하더라도, 아야츠지 선생님이 감시에서 도망치고, 가짜 범인을 꾸며내 특무과를 배신했다는 것만큼은 틀림없는 사실이었다. 애당초, 특1급 위험 이능력자가 지금까지 감시가 붙어 있었다고는 하지만, 자유롭게 외출을 할 수 있었다는 것 자체가 문제였을지도 모른다.

갑자기 아스카이 씨가 크게 숨을 내쉬었다.

"나도 마찬가지야."

돌아보니, 아스카이 씨는 벽을 뚫어지라 쳐다보고 있었다.

"이 상황을 어떻게 해 볼 수 없을까 계속 생각하고 있어. 그런데 상황이 상황인지라 손쓸 도리가 없네."

실내가 어둑어둑해서 표정이 잘 보이지는 않았다. 단, 아스카이 씨의 억누른 목소리는 흔들리는 차내에 울려 퍼졌다.

"츠지무라. 조금 전부터 계속 아무 말도 안 하는데, 사실은 아야츠지 선생님이 도망친 진짜 이유에 대해…… 뭔가 짚이는 데가 있는 거 맞지?"

"……네."

나는 작게 고개를 끄덕였다.

"역시나." 아스카이 씨는 한숨을 내쉬었다. "교고쿠의 책략이야?"

"아마도…… 그런 것 같습니다."

살의 없는 공범자들.

도망 청부업자, 사에키, 포트 마피아. 쿠보를 나무 상자에 넣고, 다리까지 옮긴 범죄자들은 모두 자신들의 의지에 따라 행동했다. 자신들이 하는 짓이 살인이라고는 눈곱만큼도 생각하지 않은 채. 즉, 아야츠지 선생님의 이능력인 '사고사'로 죽어야 하는 대상이 아니었다.

가장 범인에 가까운 사람은 바로 나.

우연히 그런 상황이 만들어질 리가 없다. 도망 청부업자도, 사에키도, 포트 마피아도, 조종당하고 있다는 사실도 모르는 사이에 계획의 일부를 담당했다. 흑막에 의해.

그것은 '범인이 사고사를 당하게 하는' 이능력의 윤리적 불완전성을 노린 공격. 아무도 미처 생각하지 못했던 아야츠지 선생님의 유일한 약점이었다.

그런 일이 가능한 사람은 한 명밖에 없다.

아야츠지 선생님의 숙적. 사람의 무의식적인 행동을 조종하는 괴뢰사.

"교고쿠……."

뛰어난 지혜를 지닌 악마가 만들어 낸, 너무나도 용의주도하고 정밀한 톱니바퀴.

나는 몸을 떨었다. 출구가 완전히 막혀 도망칠 틈이 전혀 없었기 때문에.

나는 내가 상대하는 적이 얼마나 거대한지 하나도 몰랐다.

그 요술사의, 끝을 알 수 없는 사악함과 간사한 꾀가.

"교고쿠는 드디어 아야츠지 선생님을 궁지로 모는 데 성공했어." 아스카이 씨는 작게 중얼거렸다. "그래도 아직 방법이 없는 건 아니야."

나는 천천히 아스카이 씨를 바라보았다.

"……네?"

방법이 없는 건 아니야……?

“아야츠지 선생님은 아마, 교고쿠와 직접 대결을 벌일 생각이겠지.” 아스카이 씨는 무언가를 생각하는 표정을 지으며 말했다. “아무리 아야츠지 선생님이라도 특무과 사람들에게서 도망칠 순 없어. 그러니까 제한된 도망 시간 동안 교고쿠와 최후의 직접 승부를 펼칠 생각이겠지. 그 일순간이 교고쿠를 붙잡을 수 있는 마지막 기회야.”

“붙잡……아요?” 나는 무심코 큰 목소리로 말했다.

“목소리 낮춰.” 아스카이 씨는 작은 목소리로 말했다. “확실히 현명한 방법은 아니야. 하지만 선생님을 특무과가 포위하려고 하는 지금이기에, 교고쿠에게 접근할 수 있는 것도 사실이니까. 이럴 때 잡아야지. 아야츠지 선생님이 배신한 게 아니라는 걸 증명하려면, 이젠 교고쿠의 자백에 의존할 수밖에 없어.”

하지만.

그 교고쿠에게 그토록 무모한 수가 과연 통할까.

“……몇 년 전, 난 파트너와 둘이서 교고쿠의 주변을 조사했던 적이 있어.”

갑자기 아스카이 씨가 그렇게 말을 꺼냈다.

“별것 아닌 사건이라고 생각했었지. 상대는 전과가 없던 깨끗한 일반이었거든. 그런데 그 녀석 주변에서 피비린내 나는 살인 사건이 몇 건이나 일어나서, 만약을 위해 감시를 했었어."

아스카이 씨는 기억을 더듬듯이 먼 산을 바라보며 말했다.

"어느 날, 내가 감시용 방에 들어가 보니, 파트너가 너덜너덜하게 찢겨 죽어 있더라고." 아스카이 씨는 지쳤다는 듯이 얼굴을 손으로 감쌌다. "범인은 바로 발견했어. 어쩌다 집에 침입한 빈집털이였지. 다른 사람에게 명령을 받아 범죄를 저지른 흔적은 없었어. 하지만 난 확신했지. 범죄자는 교고쿠라고."

아스카이 씨는 항상 끼고 있던 가죽 장갑을 벗고 양손을 가만히 바라보았다.

마치 피투성이로 쓰러진 파트너의 몸의 무게를 떠올리는 것처럼.

"나중에 알았어. 파트너는── 유이는, 임신 3개월이었다는걸." 아스카이 씨는 고개를 저었다. "그날 이후로 나는 계속 교고쿠를 쫓는 중이야. 증거 따위는 필요 없어. 녀석의 시체만 눈앞에 있으면, 그걸로 충분하니까."

나는 눈을 감았다.

"말씀하신 대로예요." 나는 말했다.

아야츠지 선생님과 교고쿠의 승부는 구름 위에서 벌어지는 싸움이다. 우리 같은 일반인은 그걸 아무 말 없이 올려다볼 수밖에 없다. 그래도── 우리의 총알이 교고쿠가 있는 저 높은 곳에 도달하지 않는다고 녀석이 생각하고 있다면, 그건 큰 착각이다.

"추적 상황은 들었지? 위성은 숲길 부근에서 아야츠지 선생님을 발견했어. 하지만 밤중인 데다 나무로 차단되어 있어 정확하게 어디 있는지는 모르니, 특무과는 일단 넓게 포위해 구석구석 찾아볼 수밖에 없어. 특무과는 선생님이 도망치는 중이라 생각해, 포위망을 좁히며 궁지로 몰아넣을 생각이겠지. 하지만——."

"아야츠지 선생님은 도망친 게 아니에요." 나는 말했다. "선생님이 어디로 갔을지, 전, 짐작 가는 곳이 있어요."

"특수부대는 둘러싸는 즉시, 아야츠지 선생님을 사살할 거야." 아스카이 씨는 가죽 장갑을 끼면서 진중하게 고개를 끄덕였다. "아야츠지 선생님을 구하기 위해서는 그 사람들보다 먼저 교고쿠를 붙잡고, 모든 것을 자백하게 만들 수밖에 없어. 그게 마지막으로 남은 작은 희망이야."

교고쿠가 죄를 자백하게 만든다.

그게 얼마나 어렵고 비현실적인 일인가—— 우리는 잘 알았다.

하지만 다른 방법이 없다.

나는 숨을 들이쉬고, 내뱉었다.

——그 무책임한 행동이 어머니를 죽인 거예요!!

그때—— 아야츠지 선생님과 전화로 이야기했을 때, 나

는 화를 참지 못하고 그렇게 말했다.

하지만 잘못된 생각이었다. 아야츠지 선생님이 도망친 이유는 무책임했기 때문도 뭣도 아니었다.

조금이라도 방심하면, 목구멍까지 치솟은 슬픔에 허우적거릴 것 같았다.

아야츠지 선생님은 교고쿠와 대결할 수 있을까. 그건 알 수 없었다.

나는 교고쿠가 사라지기 전에 아야츠지 선생님을 찾을 수 있을까. 그것도 알 수 없었다.

하지만 한 가지── 딱 한 가지. 이제는 숨길 수 없을 만큼 확실히 알게 된 사실이 있다.

명령에 따르는 것이 일류 에이전트라 하더라도. 쏘는 것이 올바른 행동이라고 해도. 언젠가 올 그날을 위해 지금까지 훈련을 해 온 것이라 하더라도──.

나는 아야츠지 선생님을 쏠 수 없다.

굉장히 큰 소리가 나는 폭포.

물안개로 뿌연 골짜기.

이제는 저녁놀도 없고, 사람의 기척이 느껴지는 불빛도

저 멀리서 보일 뿐이었다.

해 질 녘. 땅거미가 질 때. 그때가 현세와 이세계를 연결하는 경계에 해당한다면, 밤기운이 확연한 폭포 위는 한없이 괴이한 세계이자, 피안, 저승에 해당하는 세계이다. 현세의 법칙이 통하지 않는 저편의 세계인 것이다. 존재하는 것이라고는 요마가 발톱으로 밤을 할퀸 듯한 초승달뿐.

땅거미가 지는 바로 그 시간에, 그림자 하나가—— 소리도 없이 서 있었다.

큰 키. 헌팅캡과 차광안경. 감정 없이 먼 곳을 바라보며, 불기 시작한 밤바람에 몸을 그대로 내맡긴 사람.

살인 탐정.

말도, 움직임도 없는 가운데, 오로지 생각만이 밤의 장막을 헤매다 심연으로 녹아들어 갔다.

문득 살인 탐정이 입을 열었다.

"오랜만이군."

소리가 낮은 현악기 같은 그 목소리는 대기를 흔들리게 하더니, 술렁이는 나무들 사이로 흡수되어 갔다.

이윽고 등 뒤에서 대답하는 목소리가 들렸다.

"그렇군."

초연한 목소리. 내면이 엿보이지 않는 시원한 피리 같은 목소리.

"자네와 이곳에서 대결하는 게 3개월 만인가? 정말 시간 한번 빠르군."

"네놈은 이 폭포에서 떨어졌다."

교고쿠는 멍하니 과거를 돌아보는 듯한 표정을 지었다.

"꿈같은 한때였지."

"그때부터—— 이런 상황을 맞이할 수 있도록 준비한 건가."

아야츠지는 그렇게 말하며 뒤를 돌아보았다.

산속의 깊은 그림자 속에서 그 사람은 소리도 없이 미끄러져 나왔다.

얼굴의 반을 나무 그림자에 숨긴 채, 남은 반을 어렴풋한 달빛에 내놓은 노인이 산속에서 모습을 드러냈다. 그 모습은 산림과 동화되고, 반쯤 어둠에 녹아 있어, 이 비현실적인 골짜기 그 자체의 일부처럼 보였다.

"나한테는 권력이 없네. 친구도 없지. 나한테는 이 머리뿐이야. 이곳에는." 교고쿠는 자신의 관자놀이를 손가락으로 두드렸다. "낙원이 있네. 완전한 낙원이 말이야. '마치 소금 결정이 안쪽이든 바깥쪽이든 완전한 맛의 결정이듯, 나 자신(아트만)도 안쪽 바깥쪽 할 것 없이 완전한 지혜의 결정 그 자체이네.'"

"산스크리트의 교의인가. 정조도 없는 녀석이군."

"진실이 기록된 서적이라면, 난 뭐든 읽지. 손자나 칸트, 그리고 '물리적 실재에 대한 양자역학적 기술은 완전한

가?' 같은 것 말이네."

"이번엔 아인슈타인의 EPR 패러독스에 관한 논문인가? 확실히 인식과 비실재에 관한 물리학인 양자역학은 네놈과 잘 어울리는 이론이다."

검은 나무가 바람에 흔들려 술렁였다.

용소에서 피어오르는 창백한 물안개가 두 사람 사이를 떠돌았다.

"아야츠지. 정말 고맙네." 갑자기 교고쿠가 고개를 들고 말했다. "결과적으로 자네는 내 목적을 이루는 데 큰 도움을 주었으니까 말이야. 다른 사람이었다면 이렇게 되지 않았겠지."

"그건 그랬을 거다." 아야츠지는 천천히 걸으면서 대답했다. 발에 밟히는 마른 잎이 작은 소리를 냈다. "네놈의 목적은 살인이 아니었다. 나를 이기는 것도 아니었다. 네놈의 목적을 말해라."

"확산시키는 것."

교고쿠는 쉰 목소리로 말했다.

"요괴의 본질을 알고 있나?"

아야츠지는 대답하지 않고 가만히 교고쿠를 바라보았다.

"요괴의 본질은 확산되는 것에 있네." 그렇게 말한 교고쿠는 손가락을 비볐다. "개인 차원에서 보자면, 삶이란 공포스러운 풍경과 언제나 인접해 있지. 산속, 물속, 마음속의 어둠. 지각이 닿지 않기에, 정체를 알 수 없는 무언가가 있을지도 모르는 이세계. 하지만 그것뿐이라면 그냥 공포스러운 감각에 불과해. 요괴는 태어나지 않지. 대신 요괴는 서적으로, 구전으로 전파되네. 다른 사람의 마음속에 옮겨 붙을 수 있지. 해안이나 물가에 출몰하는 우귀(牛鬼), 연기에 얼굴이 떠오른다는 엔엔라(煙煙羅), 모습이 보이지 않는 새인 바사바사(婆娑婆娑). 요괴는 공포를 양식 삼아 늘어나는 정보 생명체. 동네, 마을, 도시라는 구조 그 자체에 생식하는 불사의 생명이지."

"하지만 요괴는 실제로 존재하지 않아." 아야츠지는 낮은 목소리로 잘라 말했다.

"그래. 요괴는 실제로 존재하지 않는다." 교고쿠가 고개를 끄덕였다. "똑같은 논리를 적용하면, 신도 존재하지 않는다고 할 수 있지. 화폐도 실재하지 않고 말이야. 성별도, 권력도, 언어도 실제로는 존재하지 않아. 모든 것은 개념을 공유하는 것에 지나지 않으니까."

아야츠지는 잠시 생각을 하듯이 입을 닫았다. 그리고 말했다. "밈인가."

"그렇네." 교고쿠는 만족스럽게 고개를 끄덕였다. "자네라면 그 해학을 깨달아 줄 것이라 믿었네. 『이기적 유전자』 안에 나오는 밈은, 사람의 입을 통해 전염되어 증식해 가지. 그야말로 요괴다. 예를 들자면, 전형적인 빙의 사례인 '개

귀신이 씐 사람'은 귀신의 밈이 감염되어 일어나는 집단 정신 감응 현상이라고 하더군. 즉, 요괴란—— 사람의 마음에 감염되는 밈에 속아 넘어간 생명체네. 밈이란 유전자에 대비되는 정보의 방주. 내가 보기엔 유전자로 찔끔찔끔 늘어나는 사람보다, 밈에 의해 천 년 이상 생존하면서 계속 확산되어 가는 요괴가 훨씬 뛰어난 생명체야."

교고쿠는 한 발 앞으로 나왔다. 하지만 발소리는 들리지 않았다.

"그리고 요괴와 마찬가지로, '악'도 역시 개념이며, 밈이지."

아야츠지는 고개를 들었다. 달빛이 비친 옆얼굴에, 이해의 빛이 퍼져 나갔다.

"그렇군. 교고쿠, 네놈의 목적은——."

K I

나는 산길을 달렸다.

땀이 이마를 타고 흘렀다. 거친 호흡이 목구멍에서 폭발했다. 신발 안에서 날뛰는 발끝과 발꿈치가 욱신거렸다.

그래도 멈추지 않고 전력으로 질주했다.

아야츠지 선생님이 이 산으로 와서 교고쿠과 대결을 펼친다고 한다면, 역시 그곳밖에 없다.

폭포 위의 낭떠러지.

3개월 전에 결전을 펼쳤던 장소. 이번처럼 결전을 펼쳐 아야츠지 선생님이 이긴 장소.

아야츠지 선생님은 그 폭포에서 떨어진 교고쿠가 어떻게 살아남았는지 트릭을 풀었을 게 틀림없다. 그리고 지금이야말로 교고쿠를 없앨 수 있는 기회라 생각해 다시 그 장소로 간 것이다.

하지만 상대는 교고쿠. 무슨 짓을 할지 알 수 없다. 그리고 특무과에 쫓기고 있는 아야츠지 선생님 쪽이 조건상 여러모로 불리하다.

그러니까, 어떻게 해서든 특무과보다 먼저 선생님이 있는 곳에 도착해야 한다.

"아야츠지, 선생님……! 선생님은 왜……!"

달리는 동안 입에서 말이 새어 나왔다.

산소가 부족했다. 폐가 찢어질 것 같았다. 하지만 다리는 고통과는 달리 점점 더 빨리 움직였다. 거친 산길이었지만 1초라도 빨리. 앞으로, 앞으로. 나는 계속 달렸다.

내 다리를 움직이고 있는 것은 근육이 아니었다. 내 다리에 힘을 부여하고 있는 것은 피가 아니었다. 내가 이렇게 달릴 수 있는 이유는 눈에 보이지 않는 무언가 때문이었다. 목구멍에서 뿜어져 나오는 뭐라고 하는지 알 수 없는 말 때문이었다.

"나를 계속 어린 여자애 취급하면서……!" 떨리는 목구멍에서 말이 새어 나왔다. "아무 말도 안 하다니……! 이제 제발 그만 좀 해, 이 냉혈한 같으니라고……!"

한밤중에 산길을 달리는데도 고통스럽지 않았다. 무섭지도 않았다.

단지, 이제 곧 아야츠지 선생님에게 닥칠지도 모르는 일만이 머릿속을 맴돌았다.

그렇게 되기 전에 어떻게 해서든——.

아야츠지 선생님에게 전하고 싶은 말이 있었다.

"악이란 무엇인가?" 손가락을 든 교고쿠가 소리도 없이 걸어 아야츠지 옆으로 다가와 말했다. "그 질문은 수없이 반복되어 왔지. 법조계에서, 역사서에서, 이야기 속에서—— 하지만 내가 보기에 생명의 본질은 선이 아니라 악이네. 즉, 나를 우선하는 것이지."

교고쿠는 걸으면서 계속 말했다. 그 목소리가 물안개에 녹아들어 갔다.

"사자는 우두머리의 자리를 빼앗으면 이전 우두머리의 새끼들을 몰살시키지. 침팬지는 이웃과 영아를 죽여서 먹고, 돌고래는 오랜 기간에 걸쳐 소형 동족을 물어뜯고 상처를 입히면서 궁지로 내모는 오락을 즐기고 말이야. 생물이 살아가는 데에는 처음부터 일종의 악이 포함되어 있는 것이지. 분명히 개인의 이익을 위해 타인의 이익을 빼앗는 일—— 그건 이 사회에서 용서받을 수 없는 짓이네. 그런 짓을 가만히 내버려 뒀다간 사회가 붕괴하겠지. 하지만 나를 지키고, 나의 사랑하는 자를 지키는 것 또한 인간다운 면이 아닌가. 사회가 악을 벌해 사람이 본래 지니고 있던 빛을 압살하는 절삭기가 되었을 때—— 사람을 진정으로 자유롭게 하는 것은 '악' 이라고 생각하지 않나?"

"그게 네놈의 종교인가." 아야츠지는 얼어붙은 목소리로 말했다. "그게—— 네놈이 '사람을 악하게 만드는 우물' 을 만든 이유인가."

"누구나 자네처럼 강하지는 않네, 아야츠지." 교고쿠의 쉰 목소리에는 아주 조금이지만 다정함마저 깃들어 있었다. "나의 우물에 사람이 모여드는 이유는 사회에 짓눌려 비명조차 지르지 못하는 무고한 사람들이 사람다움을 찾기 위해 악에 기대기 때문이네. 그런 의미에서 본다면 내가 하는 일은 자선 사업이라고 할 수 있지."

"말도 안 되는 궤변이군." 아야츠지는 한마디로 잘라 말했다. "서로의 머리를 총으로 쏜 부부를 잊지는 않았겠지? 그것도 자선 사업인가?"

"적어도 그 사람들의 두 딸은 살았네만."

"………." 아야츠지는 살의가 담긴 눈으로 교고쿠를 노려보았다.

"물론 궤변이라는 사실은 나도 아네. 하지만 그만큼 '악' 이라는 밈은 사람의 마음을 뒤흔들지. 즉, 번식력이 있다는 말이야. 우물로 세계를 구할 수 있을 거라고는 생각도 한 적이 없네. 나에게 중요한 것은 번식력이야. 그리고 마찬가지로 요괴나 도시전설이 지니는 번식력도, 평생을 건 나의 대사업에 필수불가결한 요소이지. 이 사업에 자네를 빼놓을 수 없는 것과 마찬가지로."

교고쿠는 아야츠지의 바로 옆까지 걸어왔다.

흰 폭포, 가는 초승달. 폭포 소리와 바람 소리.

3개월 전── 지난 '대결'을 할 때와 거울을 보는 것처럼 똑같았다. 똑같은 사람의 그림자, 똑같은 폭포 소리. 다른 점이 있다면── 단 하나.

"나 혼자만 말이 많았군." 교고쿠가 웃으며 말했다. "이제 자네 차례네, 아야츠지. 탐정은 역시 수수께끼를 풀어야 하지 않나."

"……그래." 아야츠지가 조용히 대답했다.

"답을 맞춰 볼까? 수수께끼는 두 개. 지난번, 동화(銅貨)를 증거로 '사고사' 이능력을 발동했을 때, 어떻게 내가 살아남았는가. 그리고 지난 지하 쉘터에서 수수께끼를 푼 뒤, 나는 어떻게 출구가 없는 지하실에서 사라졌는가. 자네는 수수께끼를 풀었나?"

"대답 대신 이걸 주지."

아야츠지가 숨겨두었던 권총을 교고쿠를 향해 겨눴다.

"……호오." 교고쿠는 의외라는 표정을 지었다. "머리를 쓰는 것이 탐정의 직분이라고 말했던 것으로 기억하는데?"

"직분은 아니지. 나와 네놈 사이에서는 말이다."

"그것도 그렇군." 교고쿠는 유쾌하게 웃었다. "그런데 정말 그래도 괜찮은가, 아야츠지? 자네도 특무과에 쫓기는 몸. 곧 특무과가 밀려들 텐데, 총 따위를 가지고 있으면 변명할 틈도 없이 사살되지 않을까?"

아야츠지가 총구를 교고쿠의 관자놀이에 밀어붙였다. 총구가 뼈에 닿는 둔탁한 소리.

"알 게 뭐냐."

아야츠지가 공이치기를 뒤로 젖혔다. 그리고 방아쇠에 손가락을 댔다.

교고쿠는 밤하늘을 올려다보며 웃었다.

"아름다운 달밤이구먼."

총성.

충격이 전해져, 산길을 달리다 잠시 멈춰 섰다.

방금 그건—— 총성이다. 그것도 세 발.

짐승의 포효 같은 권총의 발사음은 주변의 검은 나무들에 빨려 들어가 사라져 갔다.

폭포의 낭떠러지 위는 바로 앞. 섬광은 그쪽 편에서 보였다.

아야츠지 선생님이 교고쿠를 쏜 것일까.

아니면 교고쿠가 아야츠지 선생님을 쏜 것일까.

어느 쪽이든 간에, 바로 앞에서 결전이 펼쳐지고 있었다.

"아야츠지 선생님!"

나는 달렸다. 홀스터에서 권총을 빼냈다. 흙을 박차고 바위를 넘어 모든 것이 끝나기 전에 결전의 장소로——.

앞이 트이는 장소가 나왔다.

총을 겨눈 곳 앞에 사람 그림자.

달빛에 비친 키 큰 그 사람을 잘못 볼 리가 없었다. 아야츠지 선생님이었다. 총을 겨누고 있다. 늦지 않았다. 그 앞에는 교고쿠가 있는 것일까?

"선생님! 교고쿠한테서 떨어지세요!"

나는 권총을 겨눈 채 주변을 경계하며 접근했다.

"츠지무라." 선생님이 나를 보고 조용히 말했다. "이런 곳까지 오다니…… 정말 못 말리는군. 특무과는 어디 있지? 나를 사살하기 위해 부대가 이쪽을 향해 오고 있을 텐데."

"시간이 없어요." 나는 외쳤다. "교고쿠는 어디에 있죠?! 녀석이 꾸민 모든 일을 자백하게 만들어야 해요! 선생님이 살아날 방법은 이제 그것밖에 없어요!"

총구를 겨누고 적을 찾았다. 그림자가 많았다. 어디지? 교고쿠는 어디에 있지?

"교고쿠라면 여기에 있다." 아야츠지 선생님은 자신의 바로 옆을 바라보았다. "그렇지? 교고쿠?"

"교고쿠라면 여기에 있다." 아야츠지는 자신의 어깨 너머에 있는 교고쿠를 바라보았다. "그렇지? 교고쿠?"

"그렇다." 교고쿠가 유쾌하게 웃었다. "조직의 명령을 무시하고 혼자서 여기까지 오다니. 자네의 사역마는 참으로 충실하군. 부럽기 짝이 없네."

"츠지무라는 사역마가 아니다." 아야츠지는 숨을 헐떡이며 교고쿠를 찾는 츠지무라를 보고 말했다.

"츠지무라는 사역마가 아니다." 선생님은 옆에 있는 누군가를 향해 말했다.

나는 선생님의 시선을 따라 총구를 겨눴다. 저기에 있는 걸까.

"교고쿠. 들리나? 특수부대의 발소리다." 아야츠지 선생님이 숲 안쪽을 바라보았다. "이제 곧 마지막을 맞이할 시간이 오고 있는 거지."

내 귀에도 그 소리가 들렸다. 숲을 달리는 부대의 발소리. 시간이 없다.

"응? 아, 미안하군, 교고쿠. 내가 겁에 떠는 모습을 보고 싶었겠지만―― 아쉽게 됐군. 이미 알고 있는 결과에 겁을 먹어 봐야 그게 무슨 도움이 되겠나."

아야츠지 선생님은 교고쿠와 이야기를 하는 중이다. 틀림없다.

"아니, 아니다, 교고쿠. 네놈이라면 알 텐데…… 뭐?"

총구를 겨누고 적을 찾았다.

나는 아야츠지 선생님의 앞으로 이동했다. 하지만 아무도 없었다.

목구멍에서 차가운 공포가 솟아났다.

"선생님!" 나는 총구를 겨눈 채 외쳤다. "아무도 없어요! 아무도!"

“소용없다, 츠지무라.” 아야츠지는 소리를 지르는 츠지무라의 어깨에 손을 올렸다. “지하 쉘터에서 눈치를 챘지. 쉘터는 완전한 밀실. 거기서 탈출하는 건 어떤 천재라도 불가능해. 그렇다면 대답은 하나지.”

“그렇지.” 교고쿠는 옆에서 유쾌하게 웃으며 말했다.

“처음부터 교고쿠는 그곳에 없었다.”

츠지무라가 깜짝 놀란 얼굴로 아야츠지를 바라보았다.

“그게 밀실 탈출 트릭이다. 폭포에서 떨어져서 교고쿠가 죽지 않았던 이유는 사실 존재하지 않았기 때문이야. 내 ‘사고사’에서 도망칠 수 있는 사람은 아무도 없어. 츠지무라, 오컴의 면도날이다. 여러 가설이 있을 경우, 가장 간단한 가설이 진실이지.”

“교고쿠는 3개월 전에 폭포에서 떨어져 죽었다.”

“그, 그럴 수가…….” 츠지무라가 창백해지며 떨리는 목소리로 말했다. “그럼…… 사건은…….”

“이곳에 있는 것은 녀석의 잔상—— ‘악령’이다. 녀석이 죽기 직전, 나에게 걸어 놓은 이능력이지. 교고쿠에게 죄를 자백시켜 내 무죄를 증명하는 건 불가능해. 녀석은 이제 이

세상에 존재하지 않으니까."

아야츠지 선생님의 말이 낮고 뚜렷하게 달 아래에 울려 퍼졌다.

나는 비틀거리며 뒤로 한 발 물러섰다.

"그런 일이…… 있을 리가 없어."

교고쿠가 죽었다?

아야츠지 선생님이 지금 대화를 나누고 있는 사람은 이능력으로 만든 '악령'?

나는 필사적으로 기억을 떠올리려고 했다.

3개월 전. 그 사건이 일어난 후, 교고쿠는 가장 먼저 아야츠지 선생님 앞에 모습을 드러냈다—— 부부가 서로에게 총을 쏴 자살했을 때다. 그때, 그 장소에는—— 아야츠지 선생님밖에 없었다. 유일한 목격자인 그 부부는 죽었다. 나나 특무과는 교고쿠가 다시 나타났다는 사실을 보고서를 통해 알았다. 교고쿠를 직접 본 것이 아니었다.

다음으로 교고쿠와 접촉한 곳은—— 역의 선로 위. 쿠보와 대치했을 때다. 그때 교고쿠는 무선기로 통신을 했다. 그 무선기를 받은 사람은—— 아야츠지 선생님. 다른 사람은 교고쿠의 목소리조차 듣지 못했다. 모두 아야츠지 선생님의 설명에 따라 통신기 너머의 사람이 교고쿠라고 판단했을 뿐이었다.

그 후, 지하 쉘터에서의 대결 때도 그 장소에 있었던 사람은 아야츠지 선생님과 교고쿠뿐. 다른 사람은 교고쿠를 보지 못했다.

도망 청부업자도, 쿠보도, 직접 교고쿠와 만난 적은 없다. 아무도. 아무도――.

"하지만…… 어떻게." 총을 든 손이 떨렸다. "교고쿠가…… 죽었다고요? 그럼 우리는 뭐 하고 싸운 거죠……?"

"교고쿠는 이 나라에 태어난 특이점이다." 아야츠지 선생님은 조용히 말했다. "녀석이 죽기 전에 만들어 낸 거대한 무형의 계획은 사람에게 전달되었고, 시간을 넘어, 전염병처럼 퍼져 나갔지. 그곳에 본인의 육체가 있는지 없는지는, 이미 큰 문제가 아니야."

"그렇다고 해도…… 왜." 나는 떨리는 목소리로 말했다. "왜 녀석은 그런 짓을…… 죽어서까지…… 뭘 위해서."

"여기까지 와서도 모르겠나?" 아야츠지 선생님은 아무런 감정도 담겨 있지 않은 목소리로 말했다. "우물. 악의 사당에 관한 소문. 자기 증식해 가는 밈―― 교고쿠의 목적은 명백하다. 이 녀석은."

아야츠지 선생님은 아무도 없는 옆의 허공을 보더니――메마른 목소리로 가만히 중얼거렸다.

"너는 요괴가 되고 싶었던 거지? ——그렇지, 교고쿠?"

"모두 무기를 버려라!"

낭떠러지 위에서 성난 목소리가 울려 퍼졌다.

소리도 없이 포위한 완전 무장한 검은 병사들—— 대이능력자 제압 능력은 국내에서 최고를 자랑하는 특수부대, '야미가와라'. 돌격 부대가 스물두 명. 저격 부대가 여섯 명. 완전 포위당했다.

"잠깐만요!" 나는 외쳤다. "아야츠지 선생님은 특무과를 배신하지 않았어요! 선생님은 저를 지키기 위해 교고쿠와——!"

"츠지무라, 비키세요. 이제 더 이상 동기는 아무런 상관이 없습니다." 어둠 속에서 조용한 목소리가 들렸다.

어두운 숲을 등지고 사카구치 선배가 나타났다.

뛰어난 실력을 지닌 특무과 에이전트. 일찍이 수많은 비밀 작전을 성공시킨 대이능력 범죄의 달인.

"이능력 범죄자, 아야츠지. 우리는 너를 치안을 어지럽힐 우려가 있는 특1급 위험 이능력자로 지정했다. 따라서 지금부터, 위험 이능력자 대처 규정에 의해—— '처분'하겠다."

사카구치 선배의 차가운 목소리가 낭떠러지 위에 의연하게 울려 퍼졌다.

"잠……."

말리기 위해 달려가려고 하는데, 등 뒤에서 갑자기 나타난 검은 팔이 나를 붙들었다.

총을 빼앗기고, 어깨와 목을 붙잡히고, 지면에 내동댕이쳐졌다. 검은 특수부대가 몇 명이나 나를 억누르며, 몸을 움직이지 못하게 했다.

늑골이 비명을 질렀다. 숨을 제대로 쉴 수 없었다.

그래도 계속 외쳤다.

"아야츠지 선생님! 제발 사실을 모든 사람들에게……!"

뒤통수의 차가운 감촉. 특수부대가 소총을 머리에 겨눴다.

제거 대상을 감싸는 사람도 역시 제거당한다.

"그만해라! 츠지무라는 범죄자가 아냐! 총을 거둬!"

누군가가 달려오는 소리가 들렸다. 아스카이 씨다. 지면에 억눌려 있어 모습은 보이지 않았지만, 소리를 쳤던 사람이 내 머리에 닿아 있었던 소총을 잡아 떼어냈다는 사실은 기척을 통해 알 수 있었다.

"아야츠지 선생님. 아마 당신은 이 상황을 보고도 놀라지 않으셨겠죠." 사카구치 선배의 차가운 목소리가 들렸다.

그 목소리를 듣고, 나는 비로소 공포를 느꼈다.

냉정하고, 엄격하고, 가끔은 얄궂은 듯도 하지만, 상사로서 의지가 되는 선배 에이전트. 학자 같은 사람으로 항상 냉정한 사카구치 선배.

하지만 지금, 나는 선배의 목소리를 듣고 바로 깨달았다.

사카구치 선배는 아야츠지 선생님을 쏴 죽이는 데, 더 이상 아무런 망설임도 없었다.

과일을 따는 것처럼 범죄자의 목숨을 빼앗는 냉혹함. 사카구치 선배도 역시, 교고쿠나 아야츠지 선생님과 마찬가지로 구름 위에서 노는 초월자였다.

"사카구치, 쏘고 싶으면 쏘게." 아야츠지 선생님의 말은 한없이 차분했다. "나는 교고쿠와의 싸움에서 졌다. 3개월 전에 교고쿠가 폭포에서 떨어진 순간부터, 승부는 결정되어 있었지. 그리고 교고쿠가 원하는 것은 나의 죽음. ――이제는 더 이상 어떻게 해 볼 도리가 없다."

나는 간신히 고개를 들고 목소리가 나는 쪽을 바라보았다.

시야의 끝에, 폭포를 등지고 서 있는 아야츠지 선생님과 총을 겨눈 채 가까이 다가가고 있는 사카구치 선배가 보였다.

총을 겨누고 주위를 둘러싼 특수부대. 등 뒤에는 폭포. 도망갈 곳이 없었다.

평범한 경찰이라면 아야츠지 선생님의 달변으로 위기를 넘길 수도 있겠지만, 특무과와 사카구치 선배가 상대라 그것도 불가능했다.

"교고쿠 사건에 대한 나의 의견은 보고서로 정리해 사무실에 숨겨 뒀으니, 내가 죽은 뒤에 읽어 봐라."

조용한 아야츠지 선생님의 말에, 사카구치 선배의 표정은 아주 잠깐 흔들렸다.

"마지막까지 협력해 주셔서…… 감사합니다."

총구가 정확하게 머리를 향했다.

아야츠지 선생님은 방탄조끼를 입고 있지 않았다. 설사 입고 있다고 하더라도, 머리에 총을 쏘면 막을 수 없다.

"그만…… 그만하세요!" 목이 타는 듯이 아팠다. 몸 전체가 아팠다. "규칙은 잘 알아요! 그래도 제발……!"

사카구치 선배가 총을 고정했다. 거리는 2미터가 채 안 됐다. 이 정도면 빗나갈 리가 없다.

"아야츠지 선생님." 사카구치 선배가 눈을 감고 말했다. "지금까지 수고 많으셨습니다."

아야츠지 선생님이 나를 바라보았다. 선생님과 눈이 마주쳤다. 선생님은 이쪽을 보고—— 나에게 처음으로 미소를 지어 주었다. 그리고 입을 열고 무언가 말을 하려고——.

세 번의 총성.

아야츠지 선생님의 머리가 뒤로 튕겨 나가더니, 몸이 등 뒤로 기울었다.

그리고 그대로 용소로 추락해 갔다.

내 귀에서 수많은 소리가 사라졌다. 영혼이 비명을 내질렀다.

거의 무의식적으로 나는 나를 누르고 있던 특수부대의 팔 관절을 반대 방향으로 비틀었다. 힘이 약해진 틈을 타 자리에서 일어서 달렸다.

"아야츠지 선생님!"

왜.

왜, 왜, 왜.

왜 이렇게 됐지? 왜?

낭떠러지의 산길을 달려 내려갔다. 눈앞이 붉은색과 흰색으로 깜빡였다. 아무런 생각도 나지 않았다. 단지 온몸의 근육만이 엄청난 힘으로 나를 앞으로 달려가게 했다.

왜, 왜, 왜. 어째서, 어째서 선생님은, 나 같은 사람을 위해——.

용소는 엄청난 소리와 물안개를 자아내는 폭포에 휩싸여 있었다. 마치 이쪽 세상이 아닌 곳 같았다. 선생님을 찾기는커녕 가까이 다가갈 수도 없었다.

나는 3개월 전의 교고쿠에 대한 보고를 떠올렸다. 이 용소는 매우 위험하다. 떨어지면 절대로 살아 나올 수 없다.

"이럴 수가……."

내 머리에서 발끝까지 꿰뚫은 감정에—— 선생님은 나를 위해 죽었다는 실감에—— 내 몸은 세포 하나하나까지 타들어 갔다.

몇 명인가의 발소리가 등 뒤에서 들렸다.

"주변에 이능력자나 협력자가 있을 만한 흔적은?"

"없습니다."

사카구치 선배가 등 뒤에서 특수부대에게 명령하는 소리가 들려왔다. 하지만 머릿속에는 들어오지 않았다.

"너무 어두워 수색하기 어렵습니다. 주변을 경계하며 내일 아침에 수색을."

나는 돌아보지 않은 채, 계속 용소를 바라보았다.

왜?

왜 아야츠지 선생님은 나를 감싼 거지? 선생님이 의뢰를 받은 뒤에, 내가 쿠보를 죽인 범인이라고 말만 했으면——이렇게 되지는 않았을 텐데. 선생님은 죽지 않았을 텐데.

왜 선생님은 나를 살려준 거지?

마음이 비명을 질렀다. 대답이 뻔한데도 머리가 도무지 쫓아가지 못했다.

그때, 불이 붙은 것처럼 온몸에 열이 휘돌더니, 분출되듯이 머릿속에 한 가지 질문이 떠올랐다.

누가 아야츠지 선생님을 이렇게 만들었지?

"츠지무라." 등 뒤에서 사카구치 선배의 목소리가 들렸다. "이제 이곳은 됐습니다. 본부에 돌아가세요."

나는 대답하지 않았다.

"츠지무라."

"이상해요." 나는 돌아보았다.

"츠지무라……."

"이상하다고요. 뭔가 이상해요." 나는 자동인형처럼 감정 없는 목소리로 계속 말했다. "사카구치 선배, 잘 생각해 보세요. 어떻게 교고쿠는 이런 작전을 성공시킨 거죠? 교고쿠는 3개월 전에 수많은 준비를 해 놓고 죽었어요. 하지만 그것만으로는…… 설명할 수 없는 일이 있어요."

심장에서 경련이 일어났다. 말을 멈출 수 없었다.

뇌가 불타고 있는 듯했다.

"쿠보는 자신이 끝까지 도망칠 수 있다고 생각했어요. 그런데 죽었죠. 쿠보가 배에 타려고 한 날짜와 포트 마피아의 거래 날짜, 그리고 도개교가 자동으로 올라가는 시간. 그 세 가지를 누군가가 조종하지 않는 한, 아야츠지 선생님을 속인 이번 함정은 성공할 수 없었어요. 하지만 그 모든 조건을 갖춰 놓은 사람은 쿠보가 아니에요. 그럼 누구죠? 누가 죽은 교고쿠 대신, 함정이 완성되도록 타이밍을 조종한 거죠?"

"그건……."

사카구치 선배의 얼굴에 고민하는 흔적이 떠올랐다.

"교고쿠는 자신이 죽기 전에 이미 세 가지가 모두 갖춰질 수 있도록 면밀하게 손을 써 두었다고, 그렇게 생각할 수도 있겠죠. 하지만 쿠보가 도망가는 타이밍과 도개교는 미리 준비해 놓을 수 있지만, 3개월 전부터 포트 마피아의 거래

일자까지 맞추기란 불가능한 거 아닌가요? 설사 우물로 지배하는 일이 어느 정도 가능했다 하더라도, 불확실한 요소가 많은 어설픈 계획을 토대로 한 작전을—— 그 교고쿠가 과연 세웠을까요? 그렇게 중요한 책략에.”

내 안에서 누군가가 말했다.

나는 아주 평범한 사람이다. 교고쿠나 아야츠지 선생님에게는 크게 미치지 못한다. 그래도, 선생님 곁에서 사건을 보고 해결하는 순간을 봐 온 경험이, 내 두뇌와 입을 빌려 무언가 의미 있는 말을 하려고 했다.

이 사건은——.

“실행범이 있어요, 사카구치 선배.” 나는 그렇게 단언했다. “교고쿠의 부하가. 바로 근처에 있어요. 우물의 보수 · 유지. 소문의 확산. 수사 상황을 바로바로 알 수 있고, 교고쿠에게 절대 복종하며, 우리의 행동을 먼저 읽고 계획을 수정한 사람이. 교고쿠가 죽은 뒤, 녀석의 계획인 ‘의식’을 이어받아서요——.”

그런 사람을 뭐라고 했더라. ——그래.

‘사역마.’

쿠보는 교고쿠의 사역마가 아니었다. 전체적인 구상을 모르는, 그냥 장기짝에 불과했다.

그럼 사역마는——.

"츠지무라, 이제 그만해라."

갑자기 총성이 울려 퍼지더니, 허벅지에 불타는 듯한 통증이 밀려왔다.

소리 없는 비명을 지른 뒤, 나는 앞으로 몸이 기울었다.

"……크윽……!"

내가 쓰러지지 않은 이유는 등 뒤에서 누군가가, 내 목을 난폭하게 붙들었기 때문이었다.

"사카구치 씨, 총을 버려 줬으면 하는데. 쓸데없이 사람을 죽이고 싶지 않거든."

등 뒤에서 나는 목소리. 내 목을 잡은 손에서 목소리의 진동이 전해져 왔다.

"윽…… 어째서?"

머릿속이 새빨갛게 물들었고, 온몸이 경계 신호를 발했다. 희미하게 들리는 등 뒤의 목소리를 나는 들은 적이 있었다.

"그 사람의 '의식'은 아직 끝나지 않았다."

고개를 돌릴 수 없어서, 나는 눈으로만 상황을 확인했다.

"왜, 죠……? 왜 당신이."

왼쪽 관자놀이에 권총.

등 뒤에 있는 누군가의 기척.

"나도 이러고 싶진 않아, 츠지무라. 하지만 이렇게 하는 것 외엔 방법이 없어."

나는 극심한 통증이 밀려오는 상처를 붙잡았다.

아직 믿을 수 없었다.

지금 여기서 일어나는 일을.

머릿속에는 계속 모래 폭풍이 불었다. 통증과 혼란으로 상황을 제대로 생각할 수 없었다.

그래도, 목소리가 목에서 용솟음치듯이 나왔다.

"왜죠?! 교고쿠는 당신 파트너의…… 원수잖아요! 그런데 왜?! 대답해 주세요…… 아스카이 씨!"

나에게 총을 겨누고 있는 사람은 아스카이 수사관이었다. 군경의 특별 상등 수사관. 계속 교고쿠를 뒤쫓은 강인한 수사관.

"나도 무서워." 귓가에서 아스카이 씨의 목소리가 들렸다. 그 목소리는── 떨리고 있었다. "그래서 선생님이 죽을 때까지 행동을 할 수 없었어. 하지만…… 알지?"

"뭘…… 말이죠?"

내 목소리는 떨리고 있었다.

"때가 온 거야. 츠지무라…… 이쪽으로 와."

아스카이 씨의 손이 나를 뒤쪽으로 끌었다.

꽉 붙잡은 그 손을 나는 뿌리칠 수 없었다.

발뒤꿈치를 끌면서 나와 아스카이 씨는 뒤쪽으로 이동했다. 용소 쪽으로.

무슨 일이 벌어지려 했다.

두개골 안에서 생각이 마구 휘돌았다.

왜지? 왜 아스카이 씨가?

아스카이 씨는 계속 교고쿠를 뒤쫓았다. 파트너의 원수라서, 교고쿠 씨를 원망하고 있었다. 실제로, 이 사건이 벌어지는 동안 몇 번이나 아야츠지 선생님과 나를 도와주었다. 항구의 카체이스 때에는 포트 마피아에 쫓기는 내 차에 타고 있어서 총에 맞아 죽을 뻔했다. 그런 사람이 실행범이라니, 그럴 일이——.

——아닌가?

반대——인가?

교외의 하수 처리 시설에서 특수부대에게 습격을 당했을 때, 그 장소에는 아스카이 씨가 있었다. 그곳은 비밀리에 이야기를 나누기 위한 곳으로, 다른 사람에게 들키지 않으려고 세심하게 주의를 기울여 고른 장소였다.

항구에서 카체이스 와중에 내 차를 적절한 타이밍에 다리로 유도하는 것은 매우 힘든 일이었을 게 틀림없다. 나무 상자를 놓아두기 전에 내 차가 지나가면, 계획은 수포로 돌아간다.

——츠지무라, 저기야! 녀석이 탄 차야!

——츠지무라! 배 위에 녀석의 차가 있어!

그건—— 타이밍 좋게 나를 유도하기 위한 것이었을까?

"아야츠지 선생님이 죽은 지금, '의식' 은 겨우 최종 단계에 들어섰어." 등 뒤에서 냉정한 목소리가 들렸다. "'의식' 이란 애초에 나에게 내려진 일련의 지령을 말하는 거였지. 그리고 이게―― 마지막 '의식' 이야."

아스카이 씨가 내 머리에 총을 꽉 밀어붙였다.

분명히 아스카이 씨라면 교고쿠의 시체를 숨기는 것도 가능했다. 하지만 그토록 정의감이 넘쳤던 아스카이 씨가 왜?

"아스카이 씨…… 설마." 허벅지의 고통을 참으면서, 나는 간신히 목소리를 쥐어짜냈다. "녀석에게…… 교고쿠에게 '빙의' 를 당한 건가요?"

"아니. 나는 '빙의' 를 당하지 않았어. 모두 내 의지로 하는 일이야." 등 뒤에서 아스카이 씨가 말했다. "나는 옛날에 '그 사람' 과 싸웠어. 담당 수사관으로서 말이야. 하지만 그 사람은 인간이 도달할 수 있는 경지를 훌쩍 넘었었지. 인간이 요마에게 이길 수 있을 리가 없어."

요마―― 교고쿠.

나를 살인 사건의 범인으로 만들고, 아야츠지 선생님을 속여 죽인 남자.

"유사 이래, 사람들은 인간의 경지를 넘은 사람을 어떻게 대해 왔을까? 츠지무라, 사람들은 두려워하고 숭상했어. 받들어 모시며, 변덕에 불타는 일이 없도록 빌었지. 그 외에 할 수 있는 일은 아무것도 없어."

시야의 끝에 아스카이 씨가 쥔 권총이 보였다. 머리를 어떻게든 움직여 그쪽을 향해 시선을 돌렸다.

"그래서 나도 그렇게 한 거야—— 그때도, 그리고 5년 전에도."

시야 앞에서—— 이상한 것을 발견했다.

아스카이 씨는 항상 가죽 장갑을 끼고 있었다. 하지만 지금은 끼지 않았다. 달빛에 비친 흰 손가락에 희고 오래된 상처가 나 있었다. 손끝을 감싸듯이, 둥그렇게 한 바퀴. 이렇게 가까이에서 보지 않았다면 상처가 나 있는지도 몰랐겠지.

그 오래된 상처는—— 마치, 한 번 절단된 부분을 다시 치료해 이어붙인 것 같았다.

왼손 약지.

손가락이 잘렸던 건가?

"설마." 나는 신음소리를 내뱉었다. "설마…… 당신은……."

쿠보를 다시 떠올려 보았다.

녀석은 자신을 레이고 섬의 살인범이라고 인정했다. 스스로 그렇게 말했다.

하지만 그 이외에 객관적인 증거가 있었던 것은 아니었다.

"아스카이 수사관. 그 사람을 놔 주십시오."

사카구치 선배가 총을 겨누며 말했다. 하지만 아스카이 씨는 내 바로 뒤에서, 나를 방패 삼아 숨었다. 나도 다리에 총을 맞은 지금 상태로는 저항할 수단이 없었다.

"살아서 도망갈 생각은 없습니다, 사카구치 씨." 아스카이 씨가 조용한 목소리로 말했다. "아야츠지 선생님과 츠지무라. 그리고 나. 이렇게 셋이 같은 장소에서 죽어야 비로소 '악의 사당'이 완성되지. '그 사람'이 그러더군. 자신을 쫓아오는 사람들조차 짓밟아 죽이는 불굴의 요괴. 믿고 숭배하는 자에게는 악의 힘을 내려주는 자. 그 소문은 자신을 증식하게 만들어 이 나라에서 반영구적으로 계속 살아가게 해준다. 그것이…… 유전자를 남기지 못하는 그 사람이, 바라던 모습이다."

후퇴한 우리는 용소 근처의 물로 들어갔다. 물에 닿은 부분에서 저릿할 만큼 차가운 감각이 온몸으로 퍼져 나가 나는 신음소리를 뱉어 냈다.

"자아, 이제 모두 끝이다."

아스카이 씨가 후퇴했다. 이미 허리까지 물이 차오르는 곳까지 후퇴했다. 여기까지 오자, 용소의 굉음에 두개골이 흔들릴 정도였다.

짤각. 귓가에서 소리가 들렸다.

"작별이다."

그것은 끝을 알리는 소리였다.

아아.

이런 곳에서 끝나다니.

어머니에 대해서도 묻지 못하고. 아야츠지 선생님이 몸을 바쳐 감싸 준 목숨을 이렇게 허무하게.

"엄마……." 내 의식과는 상관없이 목소리가 흘러나왔다. "살려줘……, 제발……."

총구가 관자놀이에 바짝 닿았다.

"살려줘……." 목소리가 멈추지 않았다. 피를 너무 많이 흘린 탓에, 의식이 몽롱했다. 이제는 자신이 무슨 말을 하는지도 알 수 없었다. "살려줘……, 엄마……. 살려 주세요……………… 선생님………."

몸이 차갑게 식어 갔다.

죽음의 기척이 나를 휘감았다…….

" '살려주세요' 라고? 자네는 정말 대단한 일류 엔지니어군, 츠지무라."

그 목소리가 들렸다.

환청이다. 그 목소리가 들리다니, 말도 안 된다.

왜냐하면.

왜냐하면 그 목소리는——.

"참 나. 자네도 자네군, 아스카이. 내가 죽자마자 바로 정체를 드러내다니…… 역시 교고쿠가 아닌 상대는 너무 쉬워서 탈이야."

"이럴 수가……."

아스카이 씨가 목소리가 들리는 쪽으로 고개를 돌리려 했다. 총을 겨누려고 했지만 그 팔은 보이지 않는 힘에 막혀 움직이지 못했다.

"쿠보를 만났을 때부터 녀석이 '엔지니어'가 아니란 건 알았다. 녀석의 말주변으로 열일곱 명이나 되는 공범들을 선동하는 건 불가능하니까. 더 설득력이 있는 사람── 예를 들어, 국가 권력이라는 후광이 있는 수사관 정도는 되어야 가능한 일이지."

그 모습.

머리까지 폭포에 젖어 물방울을 뚝뚝 떨어뜨리고 있는 키가 큰 사람.

인형처럼 창백하고 생기가 없는 피부. 눈동자에는 생명력을 앗아갈 듯한 차가운 기운.

온몸에서 얼어 버릴 듯한 냉기를 발산시키고 있어, 냉혈한 뱀조차 도망가 버릴 듯한 모습.

"아야츠지, 선생님……?!"

죽지 않았다.

살아 있다.

근데, 어떻게──?

"죽었다가 살아나는 게 교고쿠의 장기라면." 아야츠지 선생님은 눈을 가늘게 뜨고 말했다. "그 특기를 빼앗아 보고 싶어졌거든."

"아니……? 총이…… 팔이 안, 안 움직여……?!"

아스카이 씨가 자신의 팔을 붙잡았다.

총을 들고 있는 팔이, 마치 공중에 묶인 것처럼 정지해 있었다. 아무도 건들지 않았는데.

"자백은 다 들었다. 이걸로 필요한 게 다 모였군." 젖은 아야츠지 선생님이 차가운 입김을 내뱉으며 말했다. "이제 죽어 있을 필요는 없어."

"이럴 수가! 아야츠지 선생님…… 당신은 죽을 수밖에 없어! 당신이 살아 있으면 츠지무라가 죽으니까!"

"그 말대로다. 하지만 이미 때가 늦었군." 아야츠지 선생님은 뱀처럼 날카롭게 나를 바라보았다. "모르겠나? 쿠보를 죽인 범인에게는── 지금 그야말로 죽음이 찾아오고 있는데. 숙명적인 죽음이. 봐라."

나는 반사적으로 깜짝 놀라 몸을 떨었다.

왜냐하면 쿠보를 죽인 범인은.

그때, 나무 상자를 짓밟고 쿠보를 죽인 사람은──.

문득 무언가가 굼실거려 나는 발밑의 수면을 내려다보았다.

물속에서 무언가가 발버둥 치면서 금속이 삐걱이는 듯한 비명을 질렀다. 나는 발밑의 물속을 들여다보았다.

그곳에는 검고, 형태가 일정하지 않은 짐승이—— '그림자 아이' 가 있었다. 그림자 아이는 몸의 구성 성분이 마구 분해되어 찢겨진 것처럼 몸을 비틀며 날뛰는 중이었다.

"쿠보는 그 녀석이 죽였다." 아야츠지 선생님이 조용히 말했다. "분명히 쿠보는 자동차에 치였지. 하지만 짓밟혀 죽기 전에, '그림자 아이' 가 나무 상자 안에 들어가 쿠보의 목을 베어 버렸다. 왜냐하면 그 녀석은 그런 명령을 받았기 때문이다. 츠지무라가 죽이려고 하는 대상을 한발 앞서 먼저 죽이라고. 그게 죽은 진짜 주인에게 받은 명령이다."

나는 무언가가 번뜩 떠올랐다.

하수 처리 시설에서 군경의 특수부대와 싸울 때.

그때 나는 특수부대 대원과 서로 총을 겨누었었다. 빗나가게 쏠 여유가 없었다. 그대로 총을 쐈다면 특수부대 대원은 총에 얼굴을 맞아 즉사했거나 중태에 빠졌을 게 틀림없었다.

하지만 내 총알은 발사되지 않았다. 그 직전에 '그림자 아이' 가 대원을 찔러 버렸기 때문이다.

몸이 떨렸다.

쿠보의 시체는—— 너덜너덜하게 갈가리 찢겨 있었다. 거의 대부분이 자동차에 치여 생긴 상처였으니, 그중에 낫에 찢긴 상처가 하나 섞여 있었다고 해도 아무도 눈치채지 못했겠지. 거의 동시에 난 상처라면, 부검을 해도 어떤 상처가 치명타였는지 판단하기가 불가능했을 게 분명하다.

'그림자 아이'.

우리 어머니가 나를 쫓아다니게 만들어 놓은 저주의 이능력.

하지만—— 그럼 설마, 그림자 아이는 이번 같은 사태를 미리 예상하고——?

"'그림자 아이'는 츠지무라의 이능력이 아니야." 아야츠지는 말했다. "'그림자 아이'를 실제로 부린 이능력자는 5년 전에 죽었다. 하지만 이능력만이 살아남아, 츠지무라의 목숨을 계속 지켰다. 죽은 주인의 딸을—— 지키라는 명령에 따라서."

그럴 수가.

그럼, 죽은 어머니는——.

"자, 오래 기다렸군. 아스카이." 아야츠지 선생님이 천천히 걸었다. "자네 차례야."

"자…… 잠깐만! 아야츠지 선생님, 나는 아직……!"

"멋진 반응이군."

아야츠지 선생님이 미소를 지으며 입에서 냉기를 뱉어 냈다.

선생님의 그 기척은 이미 사람이라고 보기 힘들 정도였다. ——절대영도의 명계, 그곳에서 젖어 나오는 죽음의 기척 그 자체.

"아스카이, 잘 알고 있었을 텐데? 이날이 올 거란 걸 말이야. '엔지니어'로서 레이고 섬의 살인을 지휘했을 때부터. 어쩌면 더 이전—— 교고쿠에게 명령을 받고서 자신의 손으로 파트너를 참혹하게 죽였던, 그때부터."

아스카이 씨는 저항도 하지 못했다.

손에 쥐고 있던 권총이 아스카이 씨 본인의 의지와는 상관없이 위로 올라갔다.

다른 손으로 아무리 억눌러도 총은 마치 의지를 지닌 것처럼 움직였다.

총구가—— 아스카이 씨 본인을 향했다.

"아…… 아직 나를 죽일 수는 없을 텐데?!" 아스카이 씨가 떨리는 목소리로 외쳤다. "나, 나는 아직 교고쿠의 계획에 관한 정보를……!"

"필요 없다."

아야츠지 선생님이 옅게 미소 지었다. 영혼을 빨아들이는 명계의 저승사자에 필적할 만큼 차가운 미소.

'피가 얼어붙은 사신'.

아스카이 씨는 자신의 손으로 총구를 턱에 갖다 댔다.

"입에 넣어 봐라."

자신의 의사와는 다르게 입을 벌린 아스카이 씨는 총구를 그곳에 쑤셔 넣었다. 아스카이 씨의 눈동자에는 극한의 공포가 서렸다.

아야츠지 선생님은 그 공포에 서린 눈동자를 아주 가까이에서 즐거운 듯이 바라보았다.

"잘 가라, 아스카이 수사관. 자네는 우수한 수사관이었고 ── 분뇨 더미에서 죽은 구더기의 시체가 깨끗해 보일 정도로, 교고쿠는 발끝에도 미치지 못할 쓰레기 중의 쓰레기였다. 썩어빠진 얼굴과 지독한 입김이 사람들의 뇌를 썩어 문드러지도록 만들기 전에, 얼른 죽어서 사회의 보탬이나 되라."

"우어엄……!"

아스카이 씨가 무슨 말을 외치기도 전에, 섬광이 입 안에서 번뜩였다.

입에 문 총구에서 발사된 총알이 입 안의 살을 멀리 날려 버렸다.

대인 살상용으로 설계된 할로 포인트의 총알이 입 안을 에어 내며 목뼈를 분쇄. 그리고 일그러진 총알이 두개골 안에서 마구 날뛰었다.

총알이 소뇌의 운동중추를 할퀴고 간 탓에, 온몸이 제멋대로 경련을 일으켰다. 아스카이 씨의 의사와는 달리, 손끝이 떨려 자동권총에서 몇 번이고 총알이 발사되었다.

연속으로 발사된 총알이 잇달아 살을 흩날렸고, 뼈를 부수었다. 머리에 뚫린 온갖 구멍에서 피를 뿜으며 아스카이 씨가 절규했다. 총알이 힘줄을, 살을, 뇌를 날려 버려, 피와 뇌척수액이 뒤쪽으로 흩뿌려졌다.

아야츠지 선생님은 표정 하나 변하지 않은 채 그 모습을 바라보았다.

이윽고 총알이 다 발사되어 경련을 일으킨 손가락이 짤각 짤각 하고 텅 빈 소리를 냈을 때, 그제야 아스카이 씨의 생명이 끊어졌다. 거의 머리의 절반이 날아가 버린 아스카이 씨는 짧은 피리 소리처럼 가는 비명을 목의 어딘가로 뱉어내더니── 머리를 뒤로 젖히고 죽었다.

주변에 정적이 찾아왔다.

"편히 잠들어라."

아야츠지 선생님은 피투성이가 된 아스카이 씨의 어깨를 툭툭 두드리고는 몸을 살짝 뒤로 밀었다. 아스카이 씨의 시체는 뒤로 쓰러져── 작은 물보라를 일으킨 뒤, 물속 깊숙이 가라앉았다.

특무과 사람들 모두가── 백전노장인 병사들이, 모두 말도 못 하고 그 광경을 바라보았다.

살인 탐정.

범인을 무조건 사망에 이르게 하는 그 이능력의 강력함과 기괴함에, 사람들은 손가락 하나 움직이지 못하고 가만히 서 있었다.

"……아야츠지 선생님."

그때, 평소와 다름없이 약간 얄궂은 목소리로 선생님을 부르는 사람이 있었다. 사카구치 선배였다.

"곤란합니다…… 이렇게 독단적인 작전이라니. 쿠보를 살해한 범인이 츠지무라라는 것도, 츠지무라가 죽이려는 대상을 죽이라는 명령을 '그림자 아이'가 받았다는 사실도, 지금 알았습니다만?"

"자네한테는 충분한 정보를 줬을 텐데, 사카구치." 아야츠지 선생님은 평소와 다름없는 말투로 말했다. "살상 능력이 없는 고무탄으로 총을 쏘라는 것, 폭포 내부에 잡고 아래로 내려갈 수 있는 네트를 설치해 놓을 것. 그리고 진범을 방심시키기 위해 나를 진심으로 죽일 것처럼 연기하라는 것. 그 외에 사전에 알아야 할 게 있었나?"

나는 수 초간 멍하니 두 사람을 번갈아 가며 바라보았다.

그리고 겨우 깨달았다.

두 사람은—— 처음부터 의사소통을 했었던 것이다.

'사역마'를 방심시키기 위해서는 아야츠지 선생님이 진짜로 죽은 것처럼 연기해야 한다. 그래서 아야츠지 선생님은 몰래 사카구치 선배에게 지시를 내린 것이다.

"그럴 수가!" 나는 무심코 화가 나 소리쳤다. "진짜 뭐예요!! 너무하잖아요!! 그럴 거였으면 저한테도 미리 사실을 얘기해 주시지!"

"……라고 하는데…… 사카구치, 내 대신에 대답 좀 해 주면 안 될까?" 아야츠지 선생님이 못 말리겠다는 듯이 사카구치 선배를 바라보았다.

"츠지무라는 얼굴에 뻔히 다 드러나서 안 됩니다." 사카구치 선배는 무표정하게 말했다.

두 사람 다 정말 너무해!

"사역마—— 즉, 교고쿠의 광기에 감염되어 '정신 감응'을 일으킨 사람이 경찰 내부에 있다는 추측은 비교적 쉬웠지. 폭포에 떨어져 죽은 교고쿠의 시체를 숨기려면 현장을 조사한 경찰의 도움이 필수적이니까. 하지만 증거가 없었어. 그래서 사살당하는 연출을 한 거야. 내가 죽으면 사고사를 당할 염려가 없어진 사역마가 반드시 움직일 테니까."

"하지만." 나는 도저히 무슨 말을 하지 않고는 가만히 있을 수가 없었다. "녀석이 '엔지니어'였다니…… 선생님은 그것도 알고 계셨나요?"

"도중부터 알았다." 아야츠지 선생님은 어깨를 으쓱 들어 올렸다. "쿠보가 '엔지니어'의 그릇이 아니라는 사실은 금방 알아챘지만, 본인은 자신이 '엔지니어'라고 진심으로 믿었지. 즉, 진짜 '엔지니어'가 쿠보에게 죄를 모두 뒤집어씌웠다고 생각하는 게 타당해. 기억까지 전부."

"기억까지 전……부?"

"쿠보는 일찍이 환각을—— 원숭이 환각을 본 적이 있었던 모양이야. 아마도 교고쿠의 이능력이었겠지. 원숭이에게 빙의되었다면 아마도 '사토리(覺)' 였을 거다."

'사토리' ——?

"들은 적이 있습니다." 사카구치 선배가 입을 열었다. "분명히 산에서 살고, 사람의 마음을 읽는 요괴였습니다."

나는 멍한 표정을 지었다. 혹시 이 자리에서 요괴에 대해 잘 모르는 사람은 나뿐인 건가?

"그래. 쿠보가 주입받은 기억은 '엔지니어' 인 아스카이의 것이었지. 오랫동안 아스카이의 사고와 기억을 주입받은 결과, 쿠보는 자신이 레이고 섬의 살인자—— '엔지니어' 라고 착각을 하게 된 거야. 결국 마지막까지 자신이 특별하다고 착각했으니, 본인으로서는 행복했을지도 모르지만."

역에서 쿠보가 보여 준 불손한 태도가 기억났다.

그 사람은 계속 사람을 죽이고 사회에서 쫓기는 것 자체가, 자신이 특별한 사람이라는 증거라고 믿었다. 악으로 사는 것이, 사회에 짓눌릴 것 같은 자신을 지키기 위한 최선의 수단이 되었던 거겠지. 그래서 교고쿠는 쿠보를 선택했을지도 모른다.

악을 내려 주어 개인을 구한다.

그것이 교고쿠가 그 우물로 하려고 했던 일이니까.

"그건 그렇고…… 이번엔 정말로 간담이 서늘했습니다." 사카구치 선배가 한숨을 내쉬었다. "아야츠지 선생님. 이번에야말로 장관님께 보고할 때 같이 가 주셔야겠습니다. 저 혼자 그 사람의 잔소리를 듣기는 싫으니까요."

지친 표정을 지으면서, 사카구치 선배는 특수부대에게 지시를 내린 뒤, 수송차로 되돌아갔다.

나는 떠나가는 그 사람들의 뒷모습을 아무 말 없이 바라보았다.

"선생님." 나는 아야츠지 선생님을 보고 말했다. "저어…… 감사합니다."

아야츠지 선생님은 무심한 듯한 눈빛으로 나를 내려다보았다. "뭐가 말이지?"

"그러니까, 저어……… 그거요. 으음……." 나는 어떻게 말을 하면 좋을지 생각했다. "선생님이, 어…… 특무과의 의뢰를 무시하고 도망간 건, 그러니까, 음…… 저를……."

선생님이 눈썹을 끌어 올렸다. "그러니까 무슨 얘기냐고."

"선생님, 그러니까요! 저를…… 저를 대신해서, 어……." 나는 점점 얼굴이 빨개졌다. "앗, 이거 혹시 그거인가요? 선생님, 다 알고 계신 거죠? 꼭 제가 직접 말을 해야 직성이 풀리세요?"

"자네가 넌지시 뭔가를 말하려고 하는 것 같긴 한데." 의아한 표정을 짓는 아야츠지 선생님. "무슨 말을 하는지 전혀 모르겠는데?"

"그러니까!" 꼭 이럴 때만 눈치가 없다니까! "아야츠지 선생님은 저를 죽지 않게 만들려고 도망친 거, 맞죠? 그러니까…… 그게 굉장히 기뻤어요! 꼭 감사하다고 말하고 싶었다고요!”

그 말을 듣고 아야츠지 선생님은 갑자기 엷게 미소 지었다.

“흐음. 사람은 역시 솔직한 게 최고야.” 그렇게 말하더니 아야츠지 선생님이 고개를 끄덕였다. “참고로 말하자면, 쿠보를 죽인 진짜 범인이 자네가 아니라 ‘그림자 아이’라는 사실은 처음부터 알고 있었어. 아스카이를 방심시키기 위해서 쫓기는 척을 했을 뿐이지. 절대 자네를 죽음에서 구하기 위해 도망친 게 아냐. 내가 자네를 위해서 왜 그렇게까지 해야 하지?”

순간 영혼이 몸 밖으로 튀어 나갔다.

“윽…….” 체온이 올라갔다. 몸이 자동적으로 떨렸다.

“참 나. 솔직히 인사도 못 해서야, 메이드가 되기엔 아직 멀었군.” 아야츠지 선생님이 고개를 갸웃했다. “내일 이후로 조금 더 조교 방침을 강화할 필요가 있겠어.”

“조교라니, 그게 무슨 소리예요?!” 나는 무심코 주먹을 쥐고 아래로 내려쳤다. 그러자 선생님은 움직임을 예상했는지, 가볍게 옆으로 살짝 피했다. “전 아야츠지 선생님의 감시자예요!”

“그래. 그러니까 조교를 해 두는 거지. 감시자를 순종적이 되도록 훈련시켜 놓으면, 내가 일을 편하게 할 수 있으니까."

"한 번 더 폭포에서 떨어뜨릴 거예요?!"

잔뜩 화가 나서 달려들려고 했는데, 허벅지에서 강한 통증이 느껴졌다. 나는 그 통증 때문에 앞으로 넘어질 뻔했다.

넘어질 뻔한 나를 긴 팔이 뻗어 나와 붙잡아 주었다.

"……바보 같은 녀석이군." 아야츠지 선생님이었다. "병원까지 바래다주지. 빨리 나아서 메이드로 복귀해라."

"그러니까…… 전 메이드가……."

"결정했다." 내 어깨를 부축하면서, 아야츠지 선생님이 문득 말했다. "하루 종일 뭐든 들어 주기로 약속했었지? 내일 그걸 사용하지."

"저기요! 전 부상당한 몸이에요!!"

"그편이 순순해서 더 좋아."

내 어깨를 부축하면서, 아야츠지 선생님은 시익 웃었다.

정말…… 최악이야!

이 사람, 언젠가 반드시 총으로 쏴 죽이겠어!

종 막 아야츠지 탐정 사무소

아침 쾌청

그로부터── 2주가 지났다.

나는 다리의 부상이 겨우 다 나아, 재활을 하면서도 특무과 일에 복귀했다.

사카구치 선배는 교고쿠 사건 이후, 여전히 서류에 파묻히거나, 사법성 상급 관료와 불꽃을 튀기며 다투거나, 요코하마에서 해외 이능력 조직과 대결을 벌이는 등── 바쁜 나날을 보내고 있는 모양이었다.

아야츠지 선생님에게는 '살인 탐정' 에 더해, '탈옥왕' 이라는 별명이 붙었고, 감시팀이 예전보다 두 배나 늘었다. 하지만 가끔 훌쩍 사라져 취미인 인형 컬렉션을 사 오거나 해서, 그때마다 특무과는 간이 콩알만 해졌다.

교고쿠에 대해서는── 현재 보강 수사가 진행 중이다. 그런데 신기하게도, 교고쿠가 흑막이 아닐까 생각되는 범죄가 지금도 가끔 보고되고 있다는 모양이다. 재편되어 새로 워진 군경의 특별 수사관들은 '마치 녀석이 아직 살아 있는 듯하다.' 라고 하면서 머리를 감싸쥐었다. 아스카이 씨가 숨겨 놓았을 교고쿠의 시체도 아직 발견하지 못했다. 어쩌면 녀석이 아직 어딘가에 살아 있는 게 아닐까── 그렇게 생각하자 등골이 오싹했다.

요괴이니, 어디서 뭘 한다고 해도 솔직히 이상하지 않다.

그리고 나는──.

"아야츠지 선생님, 잡지 기사! 보셨나요?!"

나는 탐정 사무소에 들어오자마자 큰 소리로 외쳤다.

커피를 마시던 아야츠지 선생님은 입구에 있는 나를 나른한 시선으로 바라보았다. "뭐야, 츠지무라인가. 아침부터 시끄럽군. 드디어 나비 묶기가 가능해졌나?"

"그게 아니에요! 이것 좀 보세요!"

나는 선생님의 책상에 가십 잡지 한 권을 세게 내려놓았다.

" '공포! 사람을 악으로 이끄는 요술사의 원령!' " 선생님은 기사 제목을 읽었다. "보기만 해도 두통이 밀려오는 기사군. 누가 쓴 거지?"

"전의 그 우물에 관한 기사를 썼던 가십 잡지의 기자예요." 내가 말했다.

나는 기사를 대략적으로 읽어 주었다.

——최근 몇 주간, 살인 사건 피의자들의 이해하기 어려운 진술이 계속되고 있다. 손님의 그릇에 독을 타 살해한 레스토랑의 사장은 '출장을 갔던 산속에서 요마가 나에게 속삭였다.'라고 말했고, 연인의 손발을 절단해 보존하고 있던 여성은 '어떤 십자로에서 악마와 계약했다.'라고 진술했다——.

"조금 뒤로 넘어갈게요." 나는 그렇게 말하고 잡지의 페이지를 넘겼다.

——피의자들은 공통적으로 요마가 자신들에게 완전 범죄를 저지르는 방법을 가르쳐 주었다고 진술했다. 어떤 탐정의 추리로 죄가 밝혀져 죽은 사악한 요술사가 그 원한 때문에 악령이 되어 사람을 악의 길로 이끌었다는 것이다. 소름이 끼칠 만큼 무시무시한 이야기이지만, 더욱 무서운 것은 얄미운 상대나 조직이 있는 사람들이 이 악령에게 빙의될 방법을 찾고 있다는 섬뜩한 소문이다. 본 잡지의 기자는 이렇듯, 자신의 욕망을 이루기

위해 사람을 죽이려는 비열한 심리를 단호하게 비난한다. 한편, 사람들은 이 악령을 보았다는 장소를 '오마교고쿠츠지(逢魔京極辻)'라고 불렀다. 본지의 기자는 앞으로도 이 장소에 대해 계속해서 조사를——.

"이거야 원." 아야츠지 선생님이 얼굴을 찡그리며 말했다. "기자 자신은 정의감에 불타 기사를 쓰는지 몰라도, 결국 살인 지망자의 등을 떠미는 꼴이나 마찬가지군. '지옥으로 가는 길은 선의로 포장되어 있다.'라는 말이 딱 어울리는 녀석이야."

"조금 전에 본인과 직접 만났는데, 이 기사와 거의 비슷한 태도였어요. 아무래도 교고쿠 사건과 연관된 군경이나 시 경찰의 수사관들에게 이것저것 묻고 다니면서 정보를 모은 모양이에요." 나는 한숨을 내쉬었다. "정부 권한으로 잡지를 회수하라고 할까요?"

"쓸데없는 짓이야." 아야츠지 선생님은 흥미 없다는 듯이 커피를 마셨다. "어차피 비슷한 기사나 소문이 다발적으로 떠돌 즈음이니까. '요괴'는 녀석의 예상대로, 순조롭게 확산되기 시작한 모양이군."

요괴——.

'오마교고쿠츠지'에서 솟아나, 악을 내려 주는 자.

선생님이 몇 번이나 말했듯이 이 승부는 교고쿠의 '승리'였다.

3개월 전, 폭포 위에서 아야츠지 선생님에게 살해당한 순간에—— 우리의 패배는 결정된 것이나 마찬가지였다. 그 뒤의 사건은 모두 우리가 패배를 곱씹기 위한 의미 없는 잔여 경기에 불과했다.

사람들을 막기 위해서는 원흉인 교고쿠가 평범한 인간일 뿐이라고 증명을 해야 하는데—— 녀석이 죽어 버린 이상, 그것도 불가능하다.

교고쿠의 죽음은 '의식'을 완성시키기 위해 필요한 마지막 조각이었던 거겠지.

"사람이 요마로 변한 예는 과거에도 많아." 아야츠지는 표정을 바꾸지 않은 채 말했다. "*헤이케 모노가타리의 검의 권에 나오는 '우지의 하시히메'에서는 귀족의 딸이 샘이 나는 다른 여자를 저주하기 위해 기후네의 신사에 7일간 틀어박혀 귀신으로 만들어 달라고 빌었다고 하지. 그러자, '귀신이 되고 싶으면 모습을 바꾸고 우지 강변에 21일간 들어가 있어라.'라는 계시가 내려졌다. 하시히메는 긴 머리카락을 다섯 갈래로 나누어 뿔처럼 만들고, 얼굴에는 주홍색, 몸에는 붉은색을 칠하고, 삼발이를 머리에 이고, 대나무를 다리 밑에서 불태운 다음, 횃불을 입에 문 채, 21일간 강변

---

*헤이케 모노가타리(平家物語) : 일본의 가마쿠라 막부 초기의 전쟁 이야기 책.

에 몸을 담갔지. 그 결과, 결국엔 귀신이 되었고, 샘이 났던 사람들을 죽일 수 있었다."

아야츠지 선생님은 눈을 감고 술술 계속해서 암송했다. 한 번 읽거나 본 것을 절대 잊어버리지 않는 사람다웠다.

"그 외에도 덴표호지(天平宝字) 원년, 즉, 757년에는 옥사했던 다치바나노 나라마로(橘奈良麻呂)의 망령이 나타났다는 소문이 돌아 시골에 큰 소동이 일어났다는 기록이 있지. 또 호키(宝亀) 3년, 즉, 772년 3월에는 덴노를 저주했다고 해서 황후인 이노우에가, 같은 해 5월에는 그 자녀인 왕자, 오사베가 폐위되는 일이 있었는데—— 이 두 사람이 3년 후, 이유를 알 수 없는 죽음을 맞이하자, 궁중에서는 잇달아 괴이한 일이 일어났다고 한다. 가장 유명한 것은 903년에 죽은 스가와라노 미치자네(菅原道真)일까? 그 사람은 죽은 뒤에 거친 뇌신(雷神)이 되어 거듭해서 여러 모습으로 나타난 탓에, 결국 사람들이 기타노텐만 신사를 만들어 제사를 지내게 되었지. 지금은 학문의 신으로 유명하다."

"죽어서 요마가 되고, 날뛰어서 사람들이 제사를 지내고. 결국에는 신이 됐군요."

"이 나라에는 요괴와 신을 본질적으로 똑같이 보니까." 아야츠지 선생님이 말했다. "익충과 해충 같은 거지."

그렇다면 교고쿠도 언젠가 신이라고 불리는 때가 올까?

악과 범죄를 통해 고독한 사람들을 구하는 악한 신. 언젠가 소문이 전설이 되고, 이윽고 괴담이 되는 걸까.

교고쿠니까, 우리와는 관계가 없는 곳에서 책략을 사용해 사역마를 배치하여 다양한 요괴화 계획을 진행시키고 있겠지.

교고쿠의 유쾌하고 큰 웃음소리가 들리는 듯했다.

"그러고 보니." 나는 고개를 들었다. "교고쿠의 모습을 한 '악령'은 아직도 가끔 나타나나요?"

나는 주변을 둘러보면서 물었다. 물론 실내에는 나와 선생님밖에 없다. 하지만 그렇다고 해서 녀석이 이곳에 없다는 것을 의미하지는 않았다.

"그래." 아야츠지 선생님은 눈을 가늘게 뜨고 실내의 안쪽을 바라보았다. "지금도 저곳에 있다."

나는 무심코 선생님을 따라 시선을 돌렸다.

물론 그곳에는 아무도 없었다. 어둑한 실내 공간과 희미한 바람, 침묵이 있을 뿐이었다.

"선생님." 나는 아무것도 없는 그 공간을 바라보면서 말했다. "특무과에 맡겨 두면, 선생님에게 씐 '악령'인 교고쿠를 쫓아낼 수 있을지도 몰라요. 만약 동의하시면――."

"나도 진심으로 그러고 싶지만, 안타깝게도 그럴 수 없어." 아야츠지 선생님은 불쾌한 듯한 얼굴로 그렇게 말했다. "녀석은 뇌도 몸도 없는 그림자에 지나지 않지만, 그래도 우리가 모르는 교고쿠가 살아 있을 때의 지식을 가지고 있으니까. 그리고 녀석은 때때로 변덕을 부리듯 과거의 살인 사건에 대한 진상을 밝혀 주지. 나를 괴롭힐 요량으로 말이야. 그러니 다른 우물에 관한 정보나, 미해결 사건의 새로운 정보를 얻기 위해서는 당분간 무시무시한 악령과 같이 살 수밖에."

"그러면…… 한 가지 물어봐 줬으면 하는 게 있는데요."

"뭐지?"

"왜 교고쿠는 아야츠지 선생님과 저를 고른 거죠?" 나는 말했다. "녀석의 '의식'에는 각각의 사건에 관여하고 해결해서, 우물에 관한 소문을 확산시켜야 하는 역할이 필요하다는 건 잘 알겠어요. 그런데 그게 왜 저랑 아야츠지 선생님이었던 거죠? 우리 외에도 이능력 수사관이나 탐정은 얼마든지 있을 텐데요."

"글쎄." 아야츠지 선생님은 의자에 등을 기대고 앉은 채 말했다. 하지만 바로 표정을 바꾸더니 말했다.

"……뭐?"

아야츠지 선생님은 실내의 구석 쪽을 바라보았다. 그곳의 보이지 않는 무언가를 응시했다.

"왜 그러세요?"

"교고쿠가 그것뿐만이 아니라고…… 아니, 설마…… 네 이놈, 지금 장난하는 건가?"

그것뿐만이 아니라니…….

나는 조금 불안해졌다. "교고쿠가 뭐라고 했나요?"

"아니……." 아야츠지 선생님은 고개를 젓더니, 시선을 돌렸다. "신경 쓰지 마라. 어차피 거짓말이거나 농담일 테니까."

나는 고개를 갸웃했다. 그것뿐만이 아니라고? 나와 아야츠지 선생님을 휘말리게 한 다른 이유가 있다는 걸까.

아야츠지 선생님은 사무소 구석을 잔뜩 화가 난 것처럼 바라보며 말했다. "닥쳐라, 교고쿠. 아, 아니지. 죽은 네놈의 상대를 계속하고 있을 수 없는 건가. 알았으면 꺼져라. 그리고 다시는 내 머리맡에 서지 마라. 오늘 아침처럼 얼굴을 가까이 대고 눈앞에서 일어나길 기다리지 말란 말이다."

그렇게 말한 뒤, 아야츠지 선생님은 손에 들고 있던 스푼을 사무소 구석으로 집어던졌다.

스푼은 그대로 날아가 아무것도 맞지 않은 채, 벽에 튕겼다가 바닥에 떨어졌다.

"뭔가……." 나는 보고 느낀 대로 무심코 말을 하고 말았다. "이상한 사람 같아요."

그 말을 듣고, 천천히 돌아본 아야츠지 선생님의 표정은 —— 작은 웃음.

"……츠지무라." 명부의 최심부를 흔들리게 만드는 듯한 목소리가 선생님의 입에서 흘러나왔다. "아무래도 자네는 입원했을 때 해 줬던 '조교'의 효과가 떨어진 듯하군. 한 번 더 처음부터 해 볼까?”

머리가 새하얗게 되었다가 정신을 차려 보니, 나는 어느새 바닥에 무릎을 꿇은 채 고개를 숙이고 있었다.

“부…… 부탁합니다. 제발 그것만은.” 온몸이 멋대로 마구 떨렸다. “조교만은 제발, 제발 하지 마세요, 부탁합니다. 조교는 싫어요, 싫어, 조교 무서워.”

“흥.”

아야츠지 선생님은 자리에서 일어서, 차가운 눈으로 나를 내려다보았다.

“어떤 입장인지 알면 됐다. 가자, 츠지무라. 차를 준비해.”

“……네?” 나는 고개를 들었다. “어디 가실 생각이신데요?”

“호출이다.” 아야츠지 선생님은 가는 담뱃대를 입에 물고 말했다. “자네가 근무하는 곳, 이능력 특무과의 기밀 거점에서.”

아야츠지는 혼자서 이능력 특무과의 거점 입구를 지났다.

시골 도서관으로 위장을 해 놓은 시설의 지하를 지나, 사람이 없는 비개방 도서관에 도착했다.

아야츠지가 낡은 흰 벽의 일부에 손을 대고 비틀자, 아무것도 없어 보였던 벽이 움푹 패더니, 안쪽으로 문이 열렸다.

그리고 몇몇 감시 장치와 음성 · 동공 식별 장치를 빠져나간 뒤, 엄중한 경비원의 확인을 거쳐 지하로 내려갔다. 아무도 없는 어둑어둑하고 넓은 지하를 지나자, 알루미늄으로 만든 거대한 문이 나왔다.

소리도 없이 열린 문 앞에는 거대한 지하 도서관이 펼쳐졌다.

흰 도서관이었다. 위층에 있는 일반 시민용 위장 도서관과는 달리, 천장이 매우 높고, 실내의 안쪽 저 깊은 곳이 어둑어둑하고 흐릿해서 잘 보이지 않았다. 의장병처럼 나란히 늘어선 백은 서가에, 세계 각지의 귀중한 서적이 가득 들어차 있었다.

그곳에는 시간과, 종이와, 침묵이 가득 쌓여 있는 듯했다.

아야츠지는 고개를 돌려 주변을 둘러보았다.

입구 근처의 넓은 독서 책상 앞 의자에 여자 한 명이 걸터앉아 책을 읽는 모습이 보였다.

매우 차분해 보이는 여성이었다. 나이는 마흔에서 쉰. 병꽃나무색 니트 스웨터를 걸치고, 은색이 섞인 검은 머리를 수수한 머리핀으로 정리한 모습이었다. 액세서리는 하나도 하지 않았다. 색소가 부족한 눈동자가 책의 문자를 꼼꼼하게 좇았다.

도서관에는 여성이 책의 페이지를 넘기는 소리만이 울렸

다. 종이를 넘기는 소리가 들릴 때마다, 실내는 더욱 조용해졌다. 여성에게서는 어딘가 모르게 시간과 지성을 굳혀서 가두어 놓은 듯한 인상이 느껴졌다.

아야츠지는 여성의 맞은편에 앉았다.

잠시 동안 둘 다 아무 말도 하지 않았다. 그저 책을 넘기는 소리만이 밀물 때의 파도 소리처럼 도서관에 울렸다.

"가끔은 밖에 나가면 어떤가, 국장."

아야츠지가 낮은 목소리로 말했다.

"이곳도 나쁘지 않아." 여성은 여전히 책을 보면서 대답했다. "그리고 나는 국장 보좌야, 아야츠지. 계속 무대에 나서지는 않았지만, 일단은."

"그래. 결코 무대에 나서지 않고, 특무과를 관리하는 보스지."

국장 보좌는 책에서 고개를 들고 미소 지었다. "당신의 그 신랄한 소리를 듣는 게 몇 년 만인지."

"5년이다." 아야츠지는 보일 듯 말 듯 작게 입술을 움직이며 미소 지었다. "내 신랄한 소리를 듣고 싶었나 보지? 그럼 빨리 연락하지. 얼마든지 해 줄 수 있는데 말이야."

"그럴 수 없었어." 국장 보좌는 살짝 머리를 쓸어 올렸다. 여성의 오른쪽 귀에는 아주 오래 전에 난 것처럼 보이는 작은 상처가 있었다. "내가 살아 있다는 사실을 알고 있는 사람은 불과 몇 명에 불과해. 죽은 사람이 밖에 나가 돌아다니면, 다들 심장마비에 걸릴지도 모르잖아? ——그렇지?"

"그래."

아야츠지는 고개를 끄덕였다. 그리고 말했다.

"그래, 츠지무라 씨."

여성은 미소를 지은 채 가만히 아야츠지를 바라보더니, 조용히 책을 덮었다. 그리고 말했다.

"딸은 좀 어때?"

그 목소리는 넓은 도서관을 떨리게 해, 실내를 유난히 더 고요하게 만들었다.

"여전히 미친 듯이 날뛰고 있지." 아야츠지는 고개를 저었다. "다음 월급과 저금을 모두 투자해, 이번엔 방탄 사양의 사륜 SUV를 살 생각인가 봐. 뒷좌석에 중기관총을 탑재할 수 있는 타입이야. '이번엔 안 질 거예요.' 라고, 의미를 알 수 없는 기염까지 토하더군."

"큰일이네." 여성의 미소가 더욱 크게 번졌다. "하지만 당신한테 맡겨 뒀으니, 안심이야."

"그래. 멋진 메이드로 키워 줄 생각이다."

"그럴 생각 없으면서."

아야츠지는 무언가 말을 하려다가 숨을 들이쉬고, 다시 조용히 숨을 내뱉었다. 그리고 먼 산을 바라보았다.

잠시간, 사막의 모래가 흐르는 듯한 침묵이 번졌다.

"'그림자 아이'를 죽여서 미안하군." 갑자기 아야츠지가 먼 산을 본 채 말했다.

"그게 그 아이의 임무였으니, 괜찮아." 여성은 고개를 저었다. "걱정할 거 없어. 자율형 이능력 생명체는 몇 년 있으면 원래 크기로 다시 성장하니까."

"츠지무라가 포트 마피아의 간부에게 들은 말이 있다고 하더군." 아야츠지는 흰 책상의 모양을 바라보면서 말했다. "'그림자의 아이'에게서 시체 냄새가 난다고."

여성은 바로 대답하지 않고 가만히 아야츠지를 바라보았다.

"그것도 당연하겠지." 아야츠지가 말했다. "당신과 '그림자 아이'는 무수히 많은 이능력 범죄자나 외국의 이능력 첩보원과 싸워, 그 모두를 죽여 버렸으니까. 당신은 이능력 전투의 스페셜리스트—— 츠지무라가 동경하는 영화 주인공 같은 진짜 에이전트였어."

"그러네." 여성은 조용히 고개를 끄덕였다. "하지만 그런 시기는 오래 계속되지 않는 법이야."

"그래. ……적을 너무 많이 만든 당신은 일선에서 물러날 수밖에 없었지. 그리고 당신에게 살해당했어야 할 나에게 생존을 보증하는 대신, 위장을 하는 데 협력해 달라고 요청했지. 설마 그 수수께끼를 쫓아 당신의 딸이 내가 있는 곳까지 굴러들어 올 거라고는 생각도 못 했지만 말이야."

"그렇게 보여도 우리 딸은 한번 결정하면 고집을 꺾지 않는 성미거든." 여성은 미소를 지었다.

"그렇게 보이든 이렇게 보이든, 츠지무라는 고집이 세." 아야츠지는 질린다는 듯이 말했다. "츠지무라 씨, 당신과 똑같아."

츠지무라 국장 보좌는 기쁘다는 듯이 미소 지었다.

"하지만 이번엔 당신의 존재가 유리하게 작용했어. 쿠보는 당신이 죽었다고 했는데, 덕분에 녀석이 '엔지니어'가 아니라는 사실을 알게 됐지. 아마 '사토리'에게 기억을 개조당했을 때, 사건 자료와 실제의 기억이 뒤섞인 걸 거야."

"도움이 됐다니, 정말 다행이야." 츠지무라 국장 보좌는 쓴웃음을 지으며 말했다. "사건 이야기를 하는 김에 하나 더 가르쳐 줬으면 하는데. ——교고쿠는 자신의 계획을 이루기 위해 탐정이 필요했어. 그런데 그 상대로 당신과 딸을 선택한 이유가 뭐지?"

"그건——." 아야츠지는 말을 흐렸다. 그리고 뭔가를 골똘히 생각했다.

같은 질문을 츠지무라에게도 받았다. 그때에는 대답하지 않았다.

아야츠지는 눈앞의 여성을 바라보았다. 츠지무라 국장 보좌는 수많은 의도를 꿰뚫어 보는 듯한 눈으로 가만히 아야츠지를 응시했다.

그 재촉하는 눈을 본 아야츠지는 결국 포기했다는 듯 숨을 내쉬더니, 말을 시작했다.

"일반적으로 요괴나 악령이 발생하는 장소에는 법칙성이 있지." 아야츠지가 말했다. "이세계와 생활공간이 교차하는 장소야. 우물, 다리, 산기슭── 그중에는 길이 교차하는 십자로도 포함되지."

아야츠지는 책상 위에 올린 손에 깍지를 끼었다.

"불교의 우란분재와 일본 고래의 행사가 융합한 선조의 영에게 제사를 드리는 행사, 즉, 백중맞이 때는, 마을의 무덤이나 십자로에 향을 올리면, 그곳으로 선조의 영이 돌아온다고 믿었었지. 또 봉오도리 춤은 마을의 중심, 즉, 십자로를 중심으로 춤을 추면서 걷는 게 풍습이었어. 그리고 어느 지역에서는 장례식이 끝난 뒤, 일고여덟 척 정도의 대나무 꼬챙이에 흰 종이를 끼워 마을의 십자로에 꽂아 놓았지. 마을 사람들은 그걸 보고 장례식이 있었다는 사실을 인지했다고 하더군. 즉── 옛날에 십자로는 저세상과 이 세상의 경계에 해당하는 장소라 생각하는 잠재적인 사상이 있었던 거야."

츠지무라 국장 보좌는 조용히 고개를 끄덕였다. "거기까지는 이해가 됐어. 계속해 줘."

"또 『규아이즈이히츠(笈埃随筆)』를 보면, 교토 궁궐의

북동 방면에 있는 '웅크리는 십자로' 라는 곳이 나오는데, 말을 타고 이곳을 통과하려고 하면 귀신 때문에 한 발자국도 움직이지 못한다고 하더군. 또 십자로에는 죽은 임산부의 유령인 '우부메(産女)' 가 나타난다는 전승이 많아. 게다가 '다라시' 라는 요괴는 십자로에 나타나 지나가는 사람을 억지로 붙잡아 지치게 만든 다음, 움직이지 못하게 만들지. 그 외에도 십자로(辻)라는 이름이 붙은 이바라키의 츠지도(辻堂), 가고시마의 츠지가미(辻神), 사카이에서 생겨난 십자로 점괘 등, 십자로에 관련된 귀신 전승은 셀 수 없이 많아. 해외에서는 십자로의 악마라고 해서, 영혼을 대가로 소원을 이루어 주는 악마 전승도 있고 말이야."

츠지무라 국장 보좌의 표정이 갑자기 어두워졌다. 뭔가 깨닫기 시작한 얼굴이었다.

하지만 무언가 말을 하려는 츠지무라 국장 보좌를 손으로 제지하면서 아야츠지는 다음 말을 꺼냈다.

"십자로(辻)가 실제로 저세상과의 경계였는지는 알 수 없지. 하지만, 교고쿠가 그것에 집착했다는 건 사실이야. 녀석은 우지의 하시히메나 스토쿠 덴노처럼, 자신의 의지로 요괴가 되려고 했던 사람들과 이름을 나란히 하기 위해, 그 발생 장치에 철저하게 집착했지. 그리고 가장 신경을 써야 했던 것이, 괴이한 현상을 풀어내고 민간에 퍼뜨리는 토대가 될 역할, 즉, 퇴치 역할이자 발생원인 탐정이었어."

"잠깐만." 츠지무라 국장 보좌가 손으로 얼굴을 감싸며 말했다. "그럼…… 그 교고쿠가 당신을 숙적이라고 칭하면서, 마지막 계획을 성취시키기 위해 당신과 우리 딸에 집착한 이유는——."

"그래, 맞아." 아야츠지는 순순히 고개를 끄덕였다.

그리고 말했다.

"내 이름은 아야츠지(綾辻). 조수의 이름은 츠지무라(辻村). 즉—— 이름에 모두 십자로라는 뜻이 들어가 있기 때문이야."

츠지무라 국장 보좌는 어처구나가 없다는 듯이 고개를 저었다. "어처구니가 없어. 겨우 그런 이유 때문에——."

"자아…… 대화 즐거웠어." 아야츠지가 의자를 빼고 자리에서 일어섰다. "슬슬 실례하지. 밖에서 츠지무라가 기다리고 있거든."

"딸에 대해서—— 마지막으로 한 가지 물어봐도 될까?" 여성이 아야츠지에게 말을 걸었다. "당신, 보고서에 한 가지 거짓말을 적어 놨지?"

아야츠지는 선 채로 츠지무라 국장 보좌를 가만히 바라보더니, 말했다. "무슨 거짓말이지? 짚이는 데가 너무 많은데."

츠지무라 국장 보좌는 살짝 미소 지었다. "'특무과의 의뢰를 무시하고 도망친 것은 연기. 모든 것은 사역마를 끌어내기 위한 위장이었다.' ——보고서에는 그렇게 적혀 있었는데. 좀 이상하지 않아?"

아야츠지는 대답하지 않았다. 차광안경 안쪽의 눈이 가만히 츠지무라 국장 보좌를 향해 있었다.

"당신은 '그림자 아이'가 어머니인 내 이능력이라는 사실을 알고 있었어. 내가 살아 있다는 사실도." 츠지무라 국장 보좌는 책표지를 쓰다듬으면서 말했다. "하지만 '그림자 아이'에게 부여한 명령까지는 몰랐잖아? '딸이 죽이려고 한 상대를 딸보다 먼저 죽여라.' ——그건 당신이 도망한 후, 나한테 연락을 하고서야 처음으로 알게 됐을 텐데?"

아야츠지가 시간을 들여 천천히 눈을 깜빡였다. 그리고 입을 열었다. "하고 싶은 말이 뭐지?"

"이런 거야. 쿠보의 죽음을 조사하는 사이에, 당신은 우리 딸이 범인이 되었다는 사실을 눈치챘어. 그대로 가면 딸이 사고사를 당하니—— 당신은 그래서 도망간 거야. 특무과가 쫓아올 거라는 걸 알면서도. 즉, 당신은 자신의 목숨과 딸의 목숨을 저울질해 본 다음, 최종적으로 딸을 선택한 거지. 내 말 틀려?"

"……무슨 말인지 모르겠군." 아야츠지는 시선을 돌리고 걷기 시작했다.

"무슨 말인지 모르겠군, 이라고?" 츠지무라 국장 보좌가 기쁘게 웃었다. "교고쿠와 호각으로 싸운 살인 탐정이면서, 얼버무리는 실력이 겨우 그 정도야?"

"당신 페이스에 말려들 생각은 없어. 그럼 이만."

아야츠지는 발소리를 내면서 도서관의 출구를 향해 걸었다.

아야츠지가 문에 손을 댔을 때, 츠지무라 국장 보좌가 말을 걸었다.

"딸을 잘 부탁해, 아야츠지."

아야츠지는 돌아서서 가볍게 웃으며 말했다.

"그래. 당신이 자신과 똑같은 이름을 지어 준 딸은, 나한테 맡겨 둬. 이런 대답이면 되겠지? 이능력자―― 츠지무라 미즈키 님."

아야츠지는 혼자서 도서관의 뒷문을 통해 밖으로 나갔다.

밝은 빛에, 아야츠지는 눈을 가늘게 떴다.

그곳은 조용한 주차장. 출입구에는 츠지무라가 기다리고 있었다.

"선생님! 빨리 나오셨네요? 누구랑 만난 거예요?"

"오랜 친구와 우정을 다지고 왔지." 아야츠지는 걸으면서 간단히 대답했다. "다음 탐정 의뢰가 있는 건가?"

"네. 조금 전에 연락이 왔는데…… 기묘한 연속 살인이래요." 츠지무라는 아야츠지의 뒤를 쫓으면서 자신의 수첩을 펼쳐 사건을 확인했다. “어떤 유명한 건축가가 건설에 참가한 저택에서 잇달아 기묘한 살인 사건이 일어나고 있다는 모양이에요. 그리고 그쪽 관계자의 입에서 오마교고쿠츠지라는 이름이 나왔대요.”

“즉―― 순조롭게 증식하는 녀석의 분신과 또 싸워야 한다는 거군.”

아야츠지는 한숨을 한 번 내뱉더니, 이동용 차량을 향해 다시 걷기 시작했다.

차량 너머에, 낯이 익은 사람의 그림자가 보였다.

“좋은 걸 가르쳐 주지.” 유쾌한 듯 자동차 앞에서 기다리던 인물이 아야츠지를 보고 웃었다. “이제부터 맡게 될 사건은 악몽이 될 거다. 내가 마음에 들어 하는 살인귀가 최신 밀실 트릭을 만들어 자네를 기다리고 있거든.”

아야츠지는 그 말을 듣고도 전혀 고개를 돌리지 않은 채, 자동차를 향해 걸었다. 교고쿠는 무시를 당하자 아야츠지에게 얼굴을 가까이에 댔다.

“지금까지와 마찬가지로 사건 해결에 실패하면 자네는 죽네. 만약 조언이 필요하면 언제는 물어보게. 자네의 부탁이라면 거절하지 않을 테니까.”

“비켜라.”

아야츠지가 손을 난폭하게 휘두르자, 교고쿠의 모습이 순간적으로 사라졌다.

"소용없어. 나는 진짜 그림자에 불과하니까." 교구쿠는 어느새 차의 뒷좌석에 나타났다. "실재하지 않는 환상, 즉, 자네 머릿속에 사는 가공의 존재지. 자자, 앞으로도 둘이서 사이좋게 사건을 해결해 보는 게 어떤가."

"누가 네놈이랑——."

화를 내려고 했는데, 이미 교고쿠는 사라지고 없었다. 아무리 찾아도 없다.

아야츠지는 한숨을 내쉬었다.

"선생님? 왜 그러세요?" 운전석에 앉은 츠지무라가 걱정스러운 듯이 돌아보았다.

"……아무것도 아니야, 츠지무라."

"네?"

아야츠지는 아무 말 없이 츠지무라의 얼굴을 바라보았다.

츠지무라는 신기한 듯이 아야츠지를 마주 보았다. 츠지무라가 고개를 갸웃하자 앞머리가 뺨에 닿았다.

아야츠지는 생각했다.

자신의 이능력은 자신의 의지와는 상관없이 주변 사람들에게 죽음을 퍼뜨리는 저주받은 이능력이다. 그런 힘을 얻은 순간부터, 제대로 된 인생을 살기란 불가능한 일이었다. 앞으로도 죽음과 피에 둘러싸여, 통곡과 원망을 듣는 생활을 보내겠지. 이 목숨이 끝나는 순간까지.

그리고 교고쿠와의 사투를 하는 동안 많은 사람들이 상처를 입었고, 죽었다. 앞으로도 그런 일이 계속된다. 교고쿠가 남긴 '악'과의 싸움에는 승리가 없다. 패배가 뻔한 싸움을 죽을 때까지 계속해야 한다.

하지만.

츠지무라의 눈. 어머니를 닮아 색소가 옅은 눈이, 아야츠지를 바라보았다.

하지만 그래도, 이 사람이라면——.

"아무것도 아니야. 분수에 맞지 않는 생각을 했을 뿐. 출발하자."

"알겠습니다!"

"안전운전을 하도록."

"내달리겠습니다! 꽉 잡아 주세요!"

아야츠지는 어이가 없다는 듯이 고개를 저었다.

설사 지옥이 기다리고 있다 하더라도.

설사 죽음이 넘친다 하더라도.

설사 음모와 원망 속에서 깎이고 잃고 허우적거리다가 숨이 끊어지는 그날이 오더라도——.

"탐정이라 정말 다행이구나."

아야츠지는 그렇게 말하며 살짝 웃었다.

《了》

참고 문헌

『요괴 민속학—— 일본의 보이지 않는 공간』 미야타 노보루 (이와나미 쇼텐, 동시대 라이브러리, 1990년)

『요괴학신고 요괴로 보는 일본의 마음』 고마츠 카즈히코 (고단샤 학술문고 2015년)

아사기리 카프카

3월 17일생. 시나리오 라이터. 『문호 스트레이독스』, 『시오노미야 아야네는 틀리지 않는다』, 『미나세 요무와 사실은 무서운 크툴루 신화』의 만화 원작을 맡았다. 일본 국내외의 문호들이 의인화(캐릭터화)되어, 〈이능력〉을 사용해 싸우는 배틀액션 만화 『문호 스트레이독스』는 애니메이션도 방영된 인기 작품이다. 직접 집필한 스핀오프 소설인 『문호 스트레이독스 다자이 오사무의 입사 시험』, 『문호 스트레이독스 다자이 오사무와 암흑시대』, 『문호 스트레이독스 탐정사 설립 비화』가 있다.

문호 스트레이독스 외전

2016년 08월 22일 제1판 인쇄
2023년 06월 20일 제7쇄 발행

지음 아사기리 카프카 | **일러스트** 하루카와 산고 | **옮김** 문기업

펴낸곳 영상출판미디어(주)
등록번호 제 2002-000003호
주소 07551 서울특별시 강서구 양천로 570 NH서울타워 19층
대표전화 02-2013-5665

ISBN 979-11-319-4631-2
ISBN 979-11-319-4230-7 (세트)

BUNGO STRAY DOGS ANOTHER STORY AYATSUJI YUKITO VS. KYOGOKU NATSUHIKO

Illustration by Sango HARUKAWA
Edited by KADOKAWA SHOTEN
First published in Japan in 2016 by KADOKAWA CORPORATION, Tokyo
Korean translation rights arranged with KADOKAWA CORPORATION.

노블엔진 POP(NOVEL ENGINE POP)은 영상출판미디어(주)의 대중소설 브랜드입니다.

노블엔진POP

단행본 출간작 리스트
(해외 라이선스 / 장편 시리즈 작품)

(만능감정사Q의 사건수첩) 1~12 (완)
· 마츠오카 케이스케 지음 —— 만능감정사 시리즈

(창공시우) (초련혜성) (영원홍로) (눈빛숨결)
· 아야사키 슌 지음 —— 화조풍월(花鳥風月) 시리즈

(노블칠드런의 잔혹) (노블칠드런의 고별)
(노블칠드런의 단죄) (노블칠드런의 애정)
· 아야사키 슌 지음 —— 노블칠드런 시리즈

(퇴장게임) (첫사랑 소믈리에) (공상 오르간)
(천년 줄리엣) / (물시계)
· 하츠노 세이 지음 —— 하루치카 시리즈 外

([映]암리타) (퍼펙트 프렌드) (가면을 쓴 소녀)
(죽지 않는 학생 살인사건) (소설가를 만드는 법)
(2) / 인연이네요 1-2
· 노자키 마도 지음 —— 노자키 마도 연작 外

(3일간의 행복) (스타팅 오버)
(아픈 것아, 아픈 것아, 날아가라)
· 미아키 스가루 지음 —— 미아키 스가루 단편 시리즈

(반도 호타루코, 일상이 따분따분)
· 진자이 아키 지음 —— 반도 호타루코 시리즈

(휴대폰 탐정 켄나이짱) 1
· 나나오 요시 지음 —— 휴대폰 탐정 켄나이짱 시리즈

(보랏빛 퀄리아)
· 우에오 히사미츠 지음 · 츠나시마 시로 일러스트

(마왕의 죽음과 가짜 용사) 상/하 (완)
· 타시로 히로히코 지음 · 간타 일러스트

(베이비 굿모닝)
· 코노 유타카 지음 · 시이나 유우 일러스트

문학으로 탐닉하는 엔터테인먼트

노블엔진POP

단행본 출간작 리스트
(해외 라이선스 / 단편 작품)

(내가 7대 불가사의가 된 이유)
· 오가와 하루오 지음 · 요시즈키 쿠미치 일러스트

(소녀 키네마 - 혹은 폭상왕과 다락방 공주의 이야기-)
· 니노마에 하지메 지음 · 나마니쿠ATK 일러스트

(이웃은 한밤중에 피아노를 친다) 1~2 (완)
· 쿠가 본초 지음 · 이와모토 에이리 일러스트

(그날 본 꽃의 이름을 우린 아직 모른다) 상/하 (완)
· 오카다 마리 지음 · 타나카 마사요시 일러스트

(암흑소녀)
· 아카요시 리카코 지음 · 치런 일러스트

(마법사의 허브티)
· 아리마 카오루 지음 · 아바라 헤이키 일러스트

(러시아 유령 군함 사건)
· 시마다 소지 지음 · toi8 / 스즈키 쿠미 일러스트

(나는 내일, 어제의 너와 만난다)
· 나나츠키 타카후미 지음 · Renian 일러스트

(라스트 런)
· 카도노 에이코 지음 · 스기모토 이쿠라 일러스트

(실연탐정의 조사 노트)
· 미사키 사기노미야 지음 · 모구모 일러스트

(두 번째 여름, 두 번 다시 만날 수 없는 너)
· 아카기 히로타카 지음 · 부타 일러스트

(여기서 사신이 안타까운 소식을 전해드립니다.)
· 에다 유리 지음 · THORES 시바모토 일러스트

(PSYCHO-PASS 사이코패스)
· 후카미 마코토 지음 · 최도균 옮김

(문호 스트레이독스 외전-아야츠지 유키토 VS. 교고쿠 나츠히코)
· 아사기리 카프카 지음 · 하루카와 산고 일러스트

죽음을 자각하지 못한 사람을 '저세상'으로 보내는
미남 보험 설계사——그는 사신.

공전절후의 사신 직업 소설 등장!

여기서 사신이 안타까운 소식을 전해드립니다.

"나, 죽은 건가요?"
"네. 애석하게도."

카지 마코토가 카페에서 들은 기묘한 대화. 그건 보험 설계사 같은 남자가 노부인에게 계약서의 사인을 요청하는 광경이었다. 남자는 자신을, 죽은 것을 깨닫지 못한 인간을 설득하는 「사신」이라고 소개한다. 만화가 지망생이자 은둔형 외톨이인 카지는 반 강제로 사신의 업무를 돕게 되는데…….
최후를 맞이한 사람들을 억지로 저세상에 보내는 공전절후의 사신 직업 소설! ——당신은 죽지 않았다고 단언할 수 있습니까?

에다 유리 지음 / 김동수 옮김
문학으로 탐닉하는 엔터테인먼트